完美告别

艾米 作品

北京联合出版公司
Beijing United Publishing Co.,Ltd.

图书在版编目（CIP）数据

完美告别 / 艾米著 . -- 北京：北京联合出版公司，
2015.4

ISBN 978-7-5502-4861-8

Ⅰ . ①完… Ⅱ . ①艾… Ⅲ . ①长篇小说—中国—当代
Ⅳ . ① I247.5

中国版本图书馆 CIP 数据核字（2015）第 053984 号

完美告别

作　　者：艾　米
选题策划：北京宏泰恒信文化传播有限公司
责任编辑：徐秀琴
策划编辑：空　空
封面设计：仙境设计
版式设计：张　敏
责任校对：张艳婷

北京联合出版公司出版
（北京市西城区德外大街 83 号楼 9 层　　100088）
北京时捷印刷有限公司印刷　新华书店经销
字数 300 千字　710 毫米 ×1000 毫米　1/16　24.5 印张
2015 年 5 月第 1 版　2015 年 5 月第 1 次印刷
ISBN 978-7-5502-4861-8
定价：36.80

既然是"堕入情网"，那就是往下掉了

男人发懒病的时候，

女人有的是手段治他，

不让上床，他就得乖乖投降

食够了人间烟火，

更容易爱上不食人间烟火的人

有了爱情,还需那些柴米油盐干吗

爱情的种种苛律，

本来就是设在那里让爱人突破的嘛

目 录

她是一个最怕被人讨厌被人恨的人，哪怕只是一个冷
漠的眼神，都会让她如芒刺在背，所以她凡事都力求
做到最好，总是察言观色，体会别人的好恶，宁可克
制自己，也要奉迎别人，只为了不遭人讨厌不被人
仇恨不看人冷眼。

她那时只觉得两个人的名字很巧合，愿意了解了解他。
但随着了解的加深，他的形象越来越高大了，因为他
才气过人，知识渊博，中国历代文人的名著名句，他
都能横流倒背，而且写得一手能与字帖媲美的好字，
随便写个便条，都值得裱糊起来，挂在墙上。

她只能从自己做起，为人处世小心谨慎，能忍就忍，
能让就让，不让自己落到需要保护神出手相救的地步。
她也教育儿子小心谨慎，能忍就忍，能让就让，不能
忍不能让就报告老师，所以基本还没闹到需要保护神
出手的地步。

奇怪的是，一旦她不再指望了，反而觉得丈夫说的也没那么刺耳了，很多都是正确的，尤其是关于文学和文人方面的，更是字字珠玑，铿锵有力。难道文学不该用来净化人类的灵魂？难道文人不该有点文人的清高气节？

她昨晚刚看过姐姐写的情书，所以不得不承认遗书是姐姐亲笔写的，但她分析说："即便遗书是你妈亲笔写的，也只能证明你妈曾经有那么一刻，想过——告别这个世界，但她还可以改变主意。有人做过统计，百分之八十以上写过遗书的人，最后都改变了主意。"

放下电话，她第一个冲动是立即打电话去把匡守恒臭骂一通，出出心头这团恶气，但号码拨了一半又停下了，哼，骂他还太抬举他了，好像我把他当回事似的，而且他肯定不会承认，会说这是小荣被赶走不服气，在背后造谣污蔑他呢。既然我现在也没办法查明究竟是谁在撒谎，那又何必丢自己的面子去骂他呢？

她胸口堵得慌，很想破口大骂，他爷爷的！你还觉得我变庸俗了？是的，你从来不谈柴米油盐，而我总在操心柴米油盐的事。但你有没有想过，如果不是我在那里挣钱，在那里算账，在那里操劳，你这些年能吃饱喝足还有地方睡觉？就凭你那点收入，你连喝酒都不够，更别说娶妻生子，成家立业了！

她是个很有自知之明的人，从来不会对那些在情场上比她幸运的人羡慕忌妒恨。一旦明白了柏老师的意图，她就尽力为那两个人撮合起来："我听玉珊说，远音长得非常漂亮，父亲是名校中文系教授，她从小知书识礼，才貌双全。"

01　越是气头上，越不能干这种覆水难收的事

她觉得自己也不是那种无所事事的小女人，成天要丈夫捧着围着，茶余饭后八卦东家长西家短。她有自己的事业，虽然没明确定下勇夺诺贝尔奖的目标，但也想在科研上做出点成果来，绝对不会做个依附于丈夫的小女人。

1

戴明一觉醒来，看了看床头的电子钟，已经凌晨一点多了，但身边的床铺还是空的，丈夫季永康还没来睡觉。

她悄悄打开卧室门，赤足走到客厅边，看见丈夫歪在沙发里，抱着个手提电脑。虽然他面朝着她，但眼睛藏在镜片下，看不清是睁是闭。不过从他脑袋与肩膀的垂直度来看，绝对没有打瞌睡，精神抖擞着呢，估计没两三个小时不会困到上床的地步。

她没惊动他，自己悄悄回到卧室。

都忘了是从什么时候开始的了，丈夫的作息时间就是这么颠颠倒倒，夜以作日，日以作夜。很多时候，她都不知道他究竟是几点钟才上床睡觉的，也不知道他第二天是几点钟才起床的，只知道他肯定是在她睡着之后才上床睡觉的，也肯定是在她去上班之后才起床的。

她不知道他这样晚睡晚起，是不是在故意回避夫妻生活，反正他们已经好久都没做过那事了。

刚开始她以为是两个人作息时间不同，他怕吵醒她，才没提要求的，所以她特意不睡着，在床上等他。但他实在是待到太晚了，而她每天早上最迟六点半就要起床，所以等着等着，她就睡着了。

后来，她就懒得等了，别等成一块望夫石，把席梦思给压坏了。

在这个问题上，她是个比较老套的人，最多最多也就是走过去招呼他一声："这么晚了，还不睡觉？"

但如果他悟不出来，她也不会直截了当地说："来，咱们上床做爱吧！"

她不知道如果她说了这个话，他会怎么反应。

但她知道她无论如何是说不出这个话来的。

从来没说过。

现在想说都不知道从何说起。

她在网上看到一些文章，教女人如何委婉地提出做爱的要求，说可以打扮得性感一些，走过去坐在丈夫膝盖上，搂住丈夫的脖子，娇羞地说："亲爱的，不早了——"

啥，坐在丈夫膝盖上？

那肯定不是在说她。

她从来没坐过，一百多斤的人，可别把丈夫的膝盖坐成粉碎性骨折喽。

什么叫打扮性感一点？

是不是穿那种肩带细得像粉条、下摆短得像虎皮裙的睡衣？

缎子的，发光的，领口开得很低的，带蕾丝花边的？

她在影视剧中看到过，从"维多利亚的秘密"橱窗边走过时也看到过，很好看，很性感。

但她从来没穿过，也没买过。

她睡觉连那种背心裙一样的睡衣都不穿，就是穿件旧 T 恤和平时穿的内裤，感觉那才像睡觉的样子。

裙子对她来说，有点像工薪阶层省吃俭用买的名牌包，不是没有，也不是不穿，但不是天天穿，只在一些特殊场合才穿。

读小学的时候，要到六一儿童节才会穿裙子；读中学大学，没六一儿童节了，也就不穿裙子了；参加工作后，成天在实验室干活，连露脚趾的鞋都不能穿，更别说穿露腿的裙子。

出国之后，穿裙子的场合更少了，平时总是钻实验室，周末即便不去实验室，也是待在家里，或者去超市买菜。超市那些老美都穿着 T 恤短裤，甚至背心短裤，偶尔看到一两个穿裙子的，肯定是亚洲人，感觉太隆重了，隆重到不合时宜的地步。

她只在面试的时候才穿裙子，西服套裙，深色的，里面配着白衬衣，下面是高跟鞋，把她给憋的！连路都走不利落，脖子都转不动，手都抬不起来！

太影响面试效果了，肯定不能正常发挥。

老在想着衣着的问题，哪里有心思面试？

所以她这个人特怕找工作，一找工作就得面试，一面试就得穿西服套裙，一穿西服套裙就得蹬高跟鞋，一蹬高跟鞋就得低着头走路，生怕踩进地上的缝隙里，撅掉了鞋跟不说，还把自己摔个狗吃屎。

也许对于别人来说，穿个西服套裙高跟鞋之类都是小菜一碟，但对于她这个一辈子不爱穿裙子的人来说，不啻一个浩大的工程，跟大姑娘上轿有得一比。

所以她绝对不会去买那种性感睡裙！

试想，一个平时基本不穿裙子的人，到了睡觉的时候反而穿上一条裙子，是不是有点本末倒置，滑稽可笑？

再说丈夫已经看惯了她的T恤内裤，如果突然换上一条性感睡裙，他肯定会以为她发神经了。

她从小就打扮得比较中性化，爱穿衬衫、运动衫、牛仔裤、卡其裤、运动鞋等等。

一是她比较爱好运动，二是她觉得自己的身材脸型气质性格都比较适合这样的打扮。

她身高一米七，在那个年代，绝对是女中豪杰，同班女生都比她矮，连很多男生都比她矮。

既然衣着是向中性化方向整，发型自然也要向那个方向整了。她几乎留了一辈子的短发，只在刚进大学不久留过一段时间的长发。

那是多大的决心啊！

只为了爱情！

她暗恋上了一个男生Z，一米八几的大高个，粗犷的性格，篮球场上的健将。

她之所以看上了Z，主要是因为他的身高，其他男生吧，都那么矮，叫她怎么看得上呢？

所谓"看上"，从词的构造上就说明必须是一个比自己高的男生，因为是看上，不是看下，也不是看平！

"看上"是通俗的说法，正规说法是"爱上"。

看见没有？还是"上"！

不是爱下，不是爱平，而是爱上！

女生爱上一个男生，是得有点仰慕才行的。

看见没有？还是"上"！

仰慕仰慕，先有仰才有慕啊！

什么样的人才能让她仰呢？

当然是比她高的人！

怎么着也得比她高个十厘米吧？

那就得一米八以上。

而她班上一米八以上的男生，真是太少了！

所以这个Z啊，就像冥冥之中，上天按需分配给她的名额一样，度身定造的。

Z跟她关系不错，经常邀她一起打篮球，帮她在自习室占座，抄她的笔记，有时还跟她谈国计民生天下大事，忧国忧民，愤世嫉俗，谈得兴起，会拍她的肩，拉她的臂，好像完全不知道天下还有"男女授受不亲"的说法。

或者知道是知道的，但没把她当女性看待。

这可真让她伤心！

她听同学们说，Z最爱长发飘飘的女生，在校园里碰到一个长发女生，就走不动路了，会站在那里，等人家从身边走过，使劲一个深呼吸，将长发飘逸出的芬芳尽收鼻底，并由此判断出女生用的是哪款洗发水，还能即时诵读那款洗发水的广告词。

据说有好几次都引得长发女郎回眸微笑，这是对上象的节奏啊！

于是，她暗下决心：留！长！发！

这能是多大个难事啊？

不就是从此再不剪发了嘛？

那不比两个月剪一次发更简单吗？

理论上是不难的，但等到真的留起了长发，她才发现不比高考容易啊！

如果有人愿意替她留长发，她宁愿代替那人高考！

等待头发长长的日子，真的很难熬！

刚开始，头发全都往脖子里长，整整一圈，全都戳在脖子那里，很难受的有木有？

熬过了那一段，总算可以用橡皮筋捆住了，但捆一个马尾还是不行，得捆两个才行。

她就顶着人家异样的眼光捆了两个月的丫角辫。

那时有人给她起了个诨名，叫"哪吒"。

她真心搞不懂，怎么叫"哪吒"呢？我的丫角辫梳得有那么高吗？我不是捆在耳朵下吗？怎么就"哪吒"了？

又过了两个月，她能在脑后梳个马尾辫了，但不像马的尾巴那样顺滑下垂，而是直直地向后撅着，前面和耳边的一些碎发总是捆不住，搞得她成天都像是刚从床上爬起来，头没梳脸没洗一样。

但她是个有恒心的人，做一件事就要做到底，更何况是为了爱情！所以无论多么艰难，她都咬紧牙关坚持下来了。

终于有一天，她也长发过肩，可以散开马尾，清汤挂面了。

她对着镜子梳理了半天，也没弄出清汤挂面的感觉来，反而像一蓬乱草，不驯服地支棱着。

人家披散着头发，很淑女，很飘逸，很芬芳；她披散着头发，很杂乱，很憔悴，很没有章法。

她在同寝室女生的帮助下，又是摩斯又是发乳地整了一通，感觉比乱草好多了，便勇敢地走了出去，特地到篮球场附近去徘徊，好让 Z 看到她的飘飘长发。

Z 果然看到了，跑到跟前来，惊诧地问："你跟人打架了？"

"没有啊？"

"那你怎么——头发都扯散了？"

去，太不解风情了！

Z 还在推理："肯定是打架了！而且是跟女生打的，女生才爱扯头发，我们男生不搞这一套。说，是跟谁打架了？"

"没跟谁打架。"

"那你的头发？"

"我——自己留的。"

"自己留的？是不是橡皮筋丢了？"

"没有啊。"

"那怎么——成这样了？"

"我——特意放下来的。"

"放下来干吗？"

"不干吗，就是想换换发型。"

"这是一种——发型？我怎么看不出来？说，是谁给你理的这个发，说了我去找他退钱！"

她一气之下跑掉了。

后来，Z真的找了个长发女友，从后面看，真是西施再世，贵妃还阳，长发飘飘，袅袅婷婷，风吹杨柳，摇曳如花。

但转过身来，能把你吓一跳！

哎呀妈呀！那牙床，凸得，你确信不是周口店人没出五服的嫡系血亲？

她二气之下把头发给剪短了。

2

戴明一直到参加工作之后才遇到了自己的真命天子。

两个人在同一天来到Y市的同一个研究所，所长带着他俩到各自的实验室去认祖归宗，先去了他的实验室，她才从所长的介绍中得知他的姓名和毕业学校。

他叫季永康，名字很普通，但学校很有名，X大！比她的学校还有名一点，这让她有了一点"仰"的感觉，虽然他并不比她高多少，目测只有一米七五左右。

她那时已经不追求爱"上"和"仰"慕了，因为她一路读到博士，都没遇到几个能让她爱"上"和"仰"慕的人。虽然比她高的男生还是有一些的，但男生单看时会比女生显矮十厘米，所以一米七的女生很震撼，但一米七的男生就不过尔尔。

而那些一米八以上的男生，不知道是不是都进了省体校打篮球去了，反正大学里没见到几个。

她不是那种认死理的人，很明白"物竞天择，适者生存"的道理。

生活中这么少的男生超过一米八，那就是天要灭她的节奏啊！如果她坚持爱必爱上，慕必仰慕，那就嫁不出去了。嫁不出去就没有后代，没有后代她就灭绝了。

她这么好的基因，怎么能随随便便就灭绝掉呢？

如果不能改变环境，那就只能改变自己。虽然自己的身高不能改变，但对终身伴侣的选择条件是可以改变的。

不是还有"堕入情网"这么一个词吗？

既然是"堕入"，那就是往下掉了。

说明找对象并不一定要找比自己高的男生。

所以，她已经能够接受比自己矮的男生了——当然是看上去比自己矮，不是真的比自己矮。

而季永康就正好符合这个条件。

问题是，季永康博士都毕业了，那就是奔三的人了，还会没女朋友？

她正在寻找途径打听季永康有没有女朋友，已经有热心的大姐来做媒了："小戴啊，你还没男朋友吧？人家小季也没女朋友，我给你们说合说合吧。"

真没想到堂堂的科研工作者里也有爱做媒的人！

她本来是很反感被人撮合的，不反感也不会拖到博士毕业还没对象了。但这个季永康给她的感觉是相当的老实，或曰相当的被动，不像能主动追求她的样子，她也不愿意主动追求他，那就只好让大姐去说合了。

说合的好处，就在于男女双方谁都不是追求者。

不追求就不存在被拒的可能。

不被拒就不丢面子。

虽说爱情比面子更重要，但被拒了就既没爱情也没面子了。

她生怕是自己在做花痴梦，核实地问："他——这么出色，怎么会到现在还没——对象呢？"

"你不也是这么出色但到现在还没对象吗？"

"我——"

"这些都是缘分，缘分没到，年龄再大也没用。"

嗯，这个理论还不错，比那什么"高不成低不就""挑花了眼""没人要"好听多了。

那咱就缘分一把吧！

大姐见她没吭声，以为她不愿意，便大力推销说："像我们院这种地方，学历高的一抓一大把，但大多都是书呆子，长得也差强人意。像小季长得这么帅的，太难得了！”

她还是第一次听人说他帅，不禁诧异地问：“他——长得帅吗？”

“你没见过他？”

“见过呀。”

“那你怎么不知道他长得帅呢？”

“我——”她真心没觉得他长得帅，当然也不丑。

很帅和很丑的人，都会让她注意到长相。

但她没注意到他的长相，说明他长得既不帅也不丑，可能她对他的注意力都放在他的学历和身高上了。

尤其是学历，X大，一下就把她炸晕了，因为她从小学到高中想的都是进X大，结果阴差阳错没进成，只进了W大，虽然专业方面不比X大差，但学校的名气还是稍逊一筹的。

这年头，谁管你专业排名啊？

主要看学校排名。

她不就是只看学校排名吗？

当然，她也不知道他那个专业的排名如何。

不是自己的专业，从来没关心过。

但学校有名就够了，就能振聋发聩。

大姐进一步介绍说：“人家都说他长得像濮存昕。”

“濮存昕？”

“是啊，你不会连濮存昕都不知道吧？”

“听说过名字——”

“《最后的贵族》就是他演的，还有《清凉寺的钟声》——”

这些电影她好像都没看过，但濮存昕这个演员她还是知道的。

经大姐这么一提，她也觉得季永康有点像濮存昕了，主要是眼睛像，小小的，单眼皮。

她一向觉得小眼睛单眼皮不好看，主要是她自己就是小眼睛单眼皮，这是她心头永不愈合的伤，因为她没有哪一张头像不是被小眼睛单眼皮给毁坏了的，毕业证、身份证、学位证，全都不能示人，因为照片上的她，太难看了！

凡是看过她头像的人，都说她不上相。

　　按说她五官还是很端正的，鼻子眼睛嘴巴都生对了位置，算命的都说她天庭饱满，鼻梁端正，嘴型圆润，三庭适中，是难得的"正命"之相。

　　但就是眼睛不争气，不是双眼皮，也不够大，算命的说她不擅识人，容易被人骗。

　　她倒不在乎擅不擅识人，反正她又不是搞人事的，要那么会识人干什么？她心痛的是眼睛小了照相总显得无精打采，从来没有熠熠生辉过。

　　她只适合野外照，远景的，全身的，绝对是亭亭玉立，五官立体。

　　她潜意识里是想找个大眼睛双眼皮男朋友的，那样的话，下一代至少有百分之五十的可能是双眼皮，就不用像自己这样，心中有道永不愈合的伤了。

　　但这个季永康还真是难得，不光是学历和身高符合她的要求，连长相也是很顺她眼的那种，虽然因为眼睛小不是她心目中的美男子，但美男子也不会读博士做科研了，早就被星探发掘出来，演电影去了，那就跟自己没了交集。

　　也就是说，季永康就是她今生所能遇到的最好的候选人了。

　　就怕人家不这么看她。

　　她正在那里兀自担心季永康看不上她呢，做媒的大姐就带话来了："一拍即合！你们真是有缘！"

　　于是两个人谈起了恋爱。

　　恋爱过程很风平浪静，无非就是看看电影，逛逛公园，平时一起上食堂，周末一起做饭。

　　两个人都不是本地人，都住在单位的宿舍里。单位里基本没什么年轻人，就他俩；外面的年轻人，他们基本都不认识，所以主观上客观上都很一心一意。

　　恋爱谈得差不多了，她就向他坦白了自己的恋爱史，一共两段，包括暗恋Z的那段在内。

　　她等着他如法炮制，但他说从来没谈过恋爱，也没暗恋过谁。

　　她不相信："怎么可能呢？"

　　"怎么不可能？"

　　"你条件这么好，怎么会从来没有过女朋友？"

　　"我条件好？"

　　"你条件不好吗？"

　　她是越来越觉得他条件好了，学历什么的没得说，早就觉得很好，长相是自从大姐说了他像濮存昕之后，才逐渐觉得很好的。不管怎么说，濮存昕是电影演员，人家连明星都当得了，会长得不好？

现在她特爱跟人谈起濮存昕，主要是想知道有多少人认为濮存昕长得很帅。

出乎她的意料，凡是知道濮存昕的，都说濮存昕长得很帅。

她每次都特意提醒人家："濮存昕眼睛很小的呀！"

人家的回答几乎是一模一样的："男人要那么大眼睛干吗？"

看来是她自己的审美观出了问题。

咱改！

一点也不难。

不出三个月，她已经觉得季永康眼睛很耐看了。

所以她没法相信他从来没有过女朋友。

但他赌咒发誓地说："真的没有，不信你可以去问×××。"

这个×××的名字，她从来没听说过。但听他的口气，应该是史上信用最好的人，刀搁脖子上也绝不撒谎的那种。

而他敢叫她去问×××，说明他绝对经得起调查。

那就不用调查了。

其实她也不在乎他有过恋爱史，二十七八的人了，有几段恋爱史也是正常的，没有反而有点不正常。

她问到这一点，只是想让两个人的关系透明化。趁着还没结婚，你交代你的过往恋爱史，我交代我的过往恋爱史，这样两个人彻底了解对方，如果想打退堂鼓，现在还来得及。

通过这段时间的接触，她比较倾向于相信他没有过恋爱史，因为他好像对恋爱不是那么感兴趣，主要精力都放在科研上，完全是奔诺贝尔的节奏。

春节的时候，她把他带回家给爸爸妈妈看。

二老对他的硬件都挺满意，名校毕业，名所工作，个子高大，相貌堂堂。但软件方面就不尽如人意了，主要是没个"起眉动眼"，就是说，人不那么活泛，比较寡言少语。

说不清是人比较木讷，还是比较高傲，感觉是一点也不合群。人在那里，但心却像是在远方，从来不知道主动找点话题说说，都是问一句答一句，还都是些单词，很少有句子，更没段落。

吃饭的时候就埋头吃饭，吃完了也不知道帮忙收个碗擦个桌子。

然后就坐那里看电视。

好像完全不动动心思讨好二老。

或者是不屑讨好？

对父母的这些评价，她不以为意，知道 V 市的风俗就是岳父岳母挑剔女婿，公公婆婆巴结媳妇。

当然是指结婚前。

结婚之后，谁挑剔谁，谁巴结谁，就很难说了，都是个案，没有一定之规。

父母说："这就看你自己了，今后是你跟他生活，不是我们跟他生活，他对我们热情不热情，都无所谓的，主要是看他对你怎么样。"

他对她怎么样呢？

就那样。

他不是那种特会来事的人，她也不是他千辛万苦追到手的，所以俩人从一开始就比较平淡，直接从陌生人变成准夫妻，没有经历猜心的煎熬，也没有体验热恋的疯狂。

她觉得自己也不是那种无所事事的小女人，成天要丈夫捧着围着，茶余饭后八卦东家长西家短。她有自己的事业，虽然没明确定下勇夺诺贝尔的目标，但也想在科研上做出点成果来，绝对不会做个依附于丈夫的小女人。

她安慰父母说："就像他这样平淡如水更好，婚前婚后就没落差，反正我有自己的事业，不需要谁成天陪我说话。"

3

大年初三，戴明就跟着季永康回他的家乡拜望他的爸爸妈妈。

她虽然打趣说这是"丑媳妇去见公婆"，但心里还是比较自信的，知道自己不丑，虽不算大美人，但绝对不丑，还是博士，著名的 Y 所研究人员，知书达理，脾气又好，家里经济状况也不错，爹妈都在工作，都是知识分子。

认识她的人都说这样好的媳妇上哪儿找？不知道今后便宜了谁家臭小子。

她曾经半开玩笑似的把这些评价告诉过他，他没说什么，但从他的笑容来看，应该是很高兴自己做了"臭小子"的。

　　她是个百分之百的城市姑娘，生在二线城市，长在一线城市，还从来没去过真正意义上的"乡下"，这是第一次，很兴奋。

　　一路车船劳顿，颠颠簸簸，最后终于来到一个称得上"穷乡僻壤"的小村庄。

　　但"穷"和"僻"没有把她吓倒，反而增加了她对他的敬佩：他在这样的环境里长大，没有名校，没有名师，还能考上比她的学校更有名的大学，这要不是天才，啥是？

　　她也被自己感动坏了。

　　如果换个眼光势利的女孩子，看到这么落后原始的乡村，肯定掉头就走。

　　说不定都熬不到看到这落后原始乡村的地步，半路上就逃跑了。

　　而她，没有叫苦叫累，也没有嫌弃他的家乡，而是更加敬佩他。

　　这是多么高尚的情怀啊！

　　如果他俩换个位置，她肯定要对他感激涕零，就凭这一点，都要加倍爱他，爱他两辈子。

　　她的专业习惯使她不由自主地想到自己的下一代，她和他生的孩子，肯定会有良好的基因，但肯定不会在这样恶劣的环境里生活，只要他俩不溺爱娇惯孩子，孩子肯定会比他俩更出色。

　　他俩就已经算是各自专业的佼佼者了，读的是全国首屈一指的学校，进的是全国最高等的研究所，而他们的孩子，将会比他们更出色，那会出色到什么程度啊？

　　她的想象力都有点不够用了。

　　他父母都是地道的农民，话不多，跟她说过的话，加起来不超过十句。

　　她怕他父母对她不满意，瞅个空子逮住他打听："你爸妈——喜欢我吗？"

　　"你没见他们笑得合不拢嘴吗？"

　　"笑得合不拢嘴就说明他们喜欢我？说不定他们是在笑我——哪点做得不好呢！"

　　"怎么会呢？你哪点做得不好？"

　　她还真觉得自己没哪点做得不好的，穿着打扮简单素雅，言谈举止落落大方，给家里每个人都带了适合他们年龄和身份的礼物。

　　但她还是不满足于"笑得合不拢嘴"，又问："他们对我俩的事——怎么说？"

　　"中！"

"中？什么意思？"

"就是好的意思，表示他们都同意了。"

她开心了！

也明白了他为什么寡言少语。

遗传。

联想到自己的父母居然对他那么多意见，益发觉得还是贫下中农朴实亲切，就一个字"中"，哪来那么多"虽然……但是……"

但他家的生活习惯跟她的太不同了，搞得她束手无策，摸头不是脑。

他家伙食很单一，顿顿都是白菜萝卜，用个长柄铁叉子从地窖里叉出来的，天知道放在那里多久了，萝卜的心都变黑了，白菜叶子也不新鲜，有时还能看到几粒老鼠屎，也不知道洗干净了没有，就那么水煮盐拌的，真是难以下咽。

她私下问他："你们家——就吃这个？"

"是啊。"

"一年四季都吃这个？"

"最少半年吃这个。"

"怎么半年都吃这个呢？"

"只有这个嘛，不吃这个还能吃什么？"

"怎么不去菜市场买菜吃呢？"

"菜市场？这里哪有菜市场？家家都有菜地。"

"那你们在哪里买肉吃？"

"自己养猪。"

"猪呢？"

"杀了。"

"肉呢？"

"卖的卖了，送人的送人了。"

"自己一点都不留？"

"留了。"

"在哪儿？"

"过年吃完了。"

她是年后去的，没赶上。

"怎么不——多留点平时吃呢？"

"留多了放哪里？不坏了吗？"

她这才想起他家好像没冰箱。

"怎么不——买个冰箱呢？"

"电不足，三天两头断掉。"

她在他家吃了几天清水煮白菜萝卜，吃得心慌慌，从早到晚都觉得饿，又不好意思要东西吃，怕人家说她馋。

但她是搞科研出身的，遇到困难，首先想到的不是退缩和回避，而是想办法解决。只有到竭尽全力也无法解决的时候，才会承认此路不通，然后去寻找新的途径。

所以她看到他家过的是这样清贫的生活，并没有想到逃跑，而是积极想办法改变。

当然，眼下这几天她是没办法改变他家的现状的，但她设计了很多改变方案，可以用在未来。比如买些密封包装的鸡鸭鱼肉带来，开一包，吃一包，就不会坏掉。还可以放在他们的地窖里，既然白菜萝卜放在那里都能保持一段时间，密封包装的鸡鸭鱼肉就更可以放一段时间不坏掉了。

然后，她又想到这个方案还是不完美，只在自己来的时候才带鸡鸭鱼肉来，那人家平时不还是没肉吃吗？

应该平时就寄些密封的鸡鸭鱼肉过来，让他家人经常打打牙祭。

她眼前浮现出一幅感人的画面：他爸爸妈妈还有弟弟弟媳妹妹侄儿侄女等一大帮人，吃着她寄来的鸡鸭鱼肉，个个都感激涕零，脸上洋溢着幸福的微笑，边吃边夸："这是大嫂从城里寄来的呀！真好吃！"

她的心里无比畅快，感觉肚子里的馋虫都得到了安抚。

看来望梅还真的能止渴！

到他家的当天晚上，她想洗个热水澡，洗去一路风尘旅途劳顿，但找了一圈，也没找到洗澡间，或者热水器。

她跑去问他，他带她去找他妈："妈，你给她烧点水洗澡洗头。"

他妈站那里不动，脸色木然。

她主动要求："我自己来吧，你只要教我怎么生火就行了。"

他抓耳挠腮。

她好奇地问："你也不会生火？"

"没生过。"

"那你以前在家的时候怎么做饭？"

"没做过。"

"那你吃什么？"

"有人做。"

"谁？"

"多得很的人，我家女人一大帮呢。"

刚好他家那一大帮女人中的一个——他妹妹——到厨房来找水喝，听见了他们的对话，毛遂自荐道："我来帮大嫂烧水吧。"

他如释重负："永萍，谢谢你了，以后接你到 Y 市去读书！"

"不骗人？"

"我骗过你吗？"

"没有，大哥最好了！"

把她交给了妹妹，他就去跟他那帮娃娃朋友玩牌去了。

永萍帮她生了火，往炒菜的大铁锅里装上水，边烧水边跟她聊天："我大哥对你真好，还叫妈给你烧水，但是哪有婆婆给媳妇烧洗脚水的道理？"

她有点尴尬："我是说我自己来——"

"你是城里人，哪里会烧我们这种灶？幸好被我听见了——"

"真谢谢你了！"

"我家就我大哥最有出息，考上了名牌大学。二哥三哥都不行——"

"你是家里唯一的女孩？"

"是啊。我爸妈说我像我大哥，会读书。"

"你想到 Y 市去读书？"

"是啊，我哥说只要我考上了，他养我。"

她还在思考这个"他养我"的意思，就听永萍说："大嫂，我喜欢你，你比我以前那个大嫂好太多了——"

她一愣，马上醒悟过来，追问道："她怎么了？我是说你以前那个——大嫂——"

"她太娇气了！一到我们家就哭，像哭丧一样。大过年的，连小孩儿都不许哭的，她一个大人还哭，多晦气啊！"

"小孩儿都不许哭？那要是哭了呢？"

"哭了就挨打。"

"挨打那不是更哭？"

"哪敢啊？不怕打破嘴？"

"那——小小孩儿呢？又听不懂话——"

永萍一笑："那就用奶头堵住嘴呗。"

"那你以前那个大嫂——没人敢打她——也没人——堵她的嘴吧？"

"是啊，可难办呢。"

"后来呢？"

"后来她就要我大哥送她回去。"

"你大哥送了吗？"

"我大哥不肯送，哪有大年三十往外送媳妇的啊？"

"那你大嫂怎么办？"

"她就不停地哭，越哭越凶，搞得我家年夜饭都没吃好——"

"再后来呢？"

"再后来就哭了一宿。"

"再再后来呢？"

"年初一就把她送走了。"

"她就和你哥——吹了？"

"嗯。"

"这是——什么时候的事？"

"去年过年的时候。"

她觉得胸口像塞了一团烂棉花一样哽得慌。

虽说她不计较他以前有过女朋友，但那是以他主动坦白为前提的，像她那样，自己把过往情史原原本本都告诉对方，给对方一个定夺的机会。

如果他是那样做的，她肯定不会计较。

二十七八岁的人了，谁没个前啥的？

但现在她是从外人口中得知的，性质就不同了，不是简简单单一个前啥，而是隐瞒历史。考虑到她还特意问过他这个问题，而他回答说从来没有过女朋友，那就不是一般的隐瞒，而是恶性撒谎了。

撒谎这种事，有第一次，就有第二次。

有第二次，就有第 N 次。

关键是人品有污点了，信誉坏了，你没法再相信他，因为不知道他哪句是真，哪句是假。

她在考虑要不要也叫永萍送她去车站。

最后决定先问问他。

永萍烧热了水，舀进木桶里，帮她提到卧室："大嫂，你洗，我看电视去了。"

她看着桶里的水，总觉得上面漂着一层油，因为刚才永萍烧水的时候也没先把锅洗一下，直接装水烧的。而她忙着打听他那个前啥的事，忘了指出这一点。

现在让永萍再帮她烧一锅水，就太过分了。她只好安慰自己说：他家炒的菜都看不到油星，哪里会有油漂在水面上？

闭着眼睛洗吧。

她没敢洗头，只绞了几把毛巾，把身上擦洗了一番。

一直到晚上吃饭的时候，她才逮住他。本来他吃完饭又要去跟他那帮娃娃朋友玩牌的，但被她抓住了，说有重要事跟他商量。

他有点紧张，可能猜到了是什么"重要事"，但他很快就摆出死猪不怕开水烫的架势，那表情仿佛在说："大不了你哭一宿呗，我明天送你走。"

她一下怯场了，生怕落到前大嫂的下场，哭一宿也没人理，还落下一个骂名，若干年过去了，人家还在背后念叨她"晦气"。

他问："什么重要事？快说吧，我那帮老同学还等着我开局呢。"

"我听你妹说你以前——有个女朋友——"

"怎么了？"

"是不是真的？"

"什么是不是真的？"

"你有过女朋友？"

"是真的。"

她追问："那上次我问你的时候，你怎么说你——没有过情史呢？"

"是没有过嘛。"

"但怎么你妹说你有过女朋友？"

"有过女朋友就是有过情史？"

"这不是一个意思吗？"

"当然不是一个意思！"他振振有词地说，"有过女朋友只不过说明——有过女朋友，但是有过情史——那就意味着——两个人谈情说爱过——彼此相爱过——"

"那你的意思是——你和她没有谈情说爱过？"

"没有。"

"那你们在一起干什么？"

"不干什么。"

"你也没有——爱过她？"

"这不明摆着的吗？"

她突然觉得没什么好问的了。

他宽宏大量地说："其实你说的那两次，也不算情史。"

"算什么？"

"一次是暗恋，另一次——只不过是有人追你，你答应了而已。"

还真是这么回事！

说明他那次不是撒谎，只是在用词方面比较严格而已。

搞科研的人，用词严格是应该的，不严格是搞不出科研来的。

她对"前大嫂"的事释然了，没再纠缠，只央告说："你——不去跟那些人打牌不行吗？"

"人家都等着了——"

"那我也跟你去吧。"

"那像什么话？一帮老爷们玩牌，你一个老娘儿们——我是说你一个姑娘家——跟在那里成什么话？"

她有点失落。

他过来搂住她，安慰说："我也不是天天跟他们玩牌，一年就这么几天。你要是不喜欢，我们明年不回来就是了——"

她是个听不得软言软语的人，他这么一说，她就不好意思再坚持了。

4

那年的五一劳动节，戴明跟季永康结婚了。

是的，你没算错，他俩从认识到结婚，时间还不到一年。

短是有点短，但短得有道理。

人家那些认识好些年才结婚的，一半时间都花在捅破窗户纸前的那些猜测和试探上。窗户纸捅破之后，还要相处一段时间，考察一段时间，折磨一段时间，才能确定结婚的意向。

即便确定了结婚的意向，也不等于就能立即结婚，你还得有房子才行。

而房子是单位分的。你做得了自己的主，做不了单位的主。如果单位房子紧俏，你可能排几年队才会轮到。

这样一来，从认识到结婚一般就得好些年了。

短则三四年，长则七八年。

她有个闺中好友，一进大学就爱上了一个同班同学，但一直到四年之后，大家都快毕业了，才有机会捅破那层窗户纸。旋即，两人分到了不同的城市，两地了好几年才调到一起，然后又等单位分房，又是几年。

那两人从认识到结婚整整经过了八年，人称"抗战夫妻"。

所以说，认识多久之后结婚，不代表感情成熟与否，很大程度上依赖于外在因素。

而她的外在因素太适宜结婚了！

首先，她和季永康是人家介绍撮合的，从一开始就是奔结婚去的，所以那什么猜心啊误会啊之类的过程，他们全都省掉了。

按她那个闺中好友的时间单位来计算，那就是三四年。

其次，她和季永康在同一个单位，抬头不见低头见，基本上是从早到晚在一起。

按她那个闺中好友的时间单位来计算，那就是二十年。

再次，他们正赶上单位分房，他们两人在同一个单位，都是高学历，都是大龄，加起来分数很可观，一下就分到了婚房。

按她那个闺中好友的时间单位来计算，那就是好几年。

所以说，她和季永康相当于认识了几十年才结婚！

一点不短！

两人都是知识分子，都是搞科研的，早已脱离了低级趣味和庸俗势利，钻进了分子、原子和基因，所以婚礼没有大操大办，而是简简单单地登了个记，买了些糖果分发给同事和亲戚朋友，就算结婚了。

婚后的生活平静无波，两人照样从早到晚泡实验室，一日三餐吃食堂，跟结婚前没什么两样。

唯一不同的是，再没有人催她找对象了，再没有人给她提亲了，再没有人同情她可怜她了。

她摇身一变，成了很多人羡慕的对象！

她的闺中好友们都说她是"酒醉后来人"，虽然她们几个都比她早恋爱早结婚，但找的丈夫都比不上她的丈夫，学历不如，工作不如，人才也不如。

她父母的同事朋友也都对季永康赞不绝口："戴老师啊，你们家小明真棒，不仅书读得好，工作找得好，连丈夫都这么出色。你们真是有福！"

她家的邻居最夸张，直接对她爸妈说不敢相信她居然把自己嫁出去了！

这个邻居跟她家住对门，从小看着她长大的，自己也有个女儿，跟她年龄差不多。一路过来，都是她比那家的女儿学习成绩好，进的大学也好，所以那家人总是酸溜溜的。

但自从她上了研究生之后，那家的口气就变了，因为那家的女儿已经参加了工作，还找了对象，很快就结了婚，有了孩子。

而她还是孤家寡人，还在埋头读书。

那家人经常对她父母说："叫你们家小明别念研究生了，女孩子，读那么多书干吗？读越多越不好嫁人！你看我们家小辉，就读个本科，找个对象是研究生，多般配啊！你们家小明读了研究生，上哪儿去找对象？难不成还有比研究生更高的学历？"

她那书呆子父母对人家解释说："我女儿念的是硕士研究生，上面还有博士研究生呢。"

邻居哑口无言了，估计回头就会去拷问女婿究竟是硕士研究生还是博士研究生。

但还没过几年，她就从硕士直升博士。

这下惨了，她父母再不敢对邻居讲解我国高等学位的框架结构了。

春节的时候，邻居看到她带个对象回家，还咬紧牙关说："这是搞对象，成不成还难说，要等结婚了才算数！"

当她爹妈把喜糖发到邻居家的时候，邻居难以置信："真结婚了？是和上次来的那个吗？"

"是啊，不是他还能是谁？"

"这么快就结婚了？"

"都老大不小的了，又碰上单位分房子——"

过了好几天，邻居才回过气来，推心置腹地对她爸妈说："这下我总算放心了。以前看你们家小明老找不到对象，还担心她这辈子嫁不出去呢，没想到她嫁得这么好！"

她从她父母那里听说了邻居的评价，真是哭笑不得，喜怒参半。

喜的是大家都这么看好她的丈夫，怒的是居然有人担心她嫁不出去！

我有这么差吗？

等她怒气消了，就只觉得好笑了，顺便就把这事当笑话讲给了丈夫听。

他听得呵呵笑。

但那个表情分明不是"你们家邻居太荒唐了"，而是一种正中下怀扬扬得意的笑。

她问："你笑什么？"

"呵呵，人家都觉得我出色吧？"

"看你美的！"她抱怨说，"但你没看她怎么说我的，居然担心我嫁不出去！"

"人家的担心很有道理啊！"

"有什么道理？"

"如果不是我愿意收容你，你还真嫁不出去呢！"

她很不舒服："怎么是你收容我呢？"

"怎么不是我收容你呢？难道还是你收容我？"

"我们之间根本不存在——谁收容谁的问题，因为我们是——人家介绍的——"

"人家介绍也还要我答应才行嘛。"

"我可没求着你答应！"

"我也没说你求着我答应了。"

"是你自己答应的。"

"当然是我自己答应的。"

"那你干吗说什么收容？"

"我答应就是为了收容你嘛。"

"什么意思？"

他搔搔脑袋："我看你年龄也不小了，长得又不出众，还这么高学历，如果我不答应，你就要当一辈子老处女了——"

"那你是为了解救我才答应的？"

"当然啦，所以说如果不是我愿意收容你——"

"瞎说！"

"怎么是瞎说呢？你刚才不是还说别人也这么说吗？"

"别人这么说，是因为别人不了解我们之间的情况——"

"什么叫不了解？你没听说过这样一个成语：当局者迷，旁观者清！"

她越听越不开心："你怎么不早说呢？"

"早说什么？"

"说你根本没看上我，只是同情我，怕我嫁不出去才——答应的——"

"早说了就怎么样？"

"早说了我肯定不会——同意跟你——搞对象，因为我用不着你施舍——"

"你怎么不早说呢？早说了我就不用施舍了。现在我已经施舍了，你也已经接受了我的施舍，后悔也来不及了。"

"有什么来不及的？"

"因为我们已经结婚了。"

她拍案而起："结婚了还可以离嘛！"

"离也没用，离了婚也不能改变你接受了我的施舍这个事实——"

"我倒要看看离婚到底有用还是没用！"

她气急败坏地找出几张纸，拿起笔就开始写离婚协议。

他开始还不以为然，坐在对面甩二郎腿。

过了一会儿，见她表情肃穆，一声不吭地奋笔疾书，才走过来看个究竟。

她也不遮挡，由着他看。

他看到了"离婚协议"几个大字，以迅雷不及掩耳之势夺走了她手中的笔，有点愠怒地问："你还真的写起离婚协议来了？"

"不真写还咋的？"

"写了干吗？"

"离婚！"

"开什么玩笑？才结婚几天啊，怎么就扯到离婚上去了？"

"我就不信离了你这个张屠户，我就得吃带毛猪！"

"什么张屠户？我都不知道你在说什么！"

她气哼哼地说："你不知道我在说什么？先问问你自己说了什么！"

"我没说什么呀！"

"哼，你没说什么？你说如果不是你接收我，我就——嫁不出去！"

"哎呀！那不是在开玩笑吗？怎么就当真了？"

"什么玩笑不好开，单单开这样的玩笑？"

"不是你自己先提起来的吗？"

"我提什么了？"

"你说你们那个邻居——"

"那是别人说的！"

"别人说得，怎么我就说不得呢？况且别人说的还是真心话，而我不过是开个玩笑而已。"

他的表情很真诚，大概的确是在开玩笑。

她也不好继续纠缠下去了。

事过之后，她静下心来想想，还真险啊！

如果他当时不赶快转弯，说自己是开玩笑的，她怎么办？

只有两条路：

向左：自己打自己嘴巴，把离婚协议撕了，涎着脸向他求和。

向右：接着把离婚协议写完，然后真的离婚。

不论哪条路，都是死路！

如果她涎着脸向他求和，他一定会得意扬扬，今后越说越大胆，成天把"如果不是我收容你，你就嫁不出去"挂在嘴边，那多烦人啊！

如果她真的把离婚协议写出来了，而他也真的签字了，那他们就只能离婚了。

但是，他们才结婚几天啊？

这么快就离婚，爸妈那里怎么交代？那不是让邻居和爸妈那些同事朋友看笑话了吗？肯定说得更难听：

"我就说她嫁不出去的吧，你们还不相信！看，这不马上就离婚了吗？"

"是啊是啊，我就说人家小季那么出色，怎么会看上她？肯定是一时糊涂，现在清醒了，当然就不要她了——"

"戴老师啊，我早就说别让你们家小明读那么多书，女孩子学历太高了嫁不出去，嫁出去了也会被人家退回来。"

"没事没事，我认识一个丧偶带孩子的，才四十多岁，配你们家小明正好——"

一想到这些，她就不寒而栗！

5

那一次，是戴明有史以来唯零点五次提出离婚。

只能算零点五次，因为离婚协议都没写完呢。

也就是说，她跟季永康结婚十几年来，只在头一年里写过半张"离婚协议"。

从那以后，"离婚"二字就从她的字典里被删掉了。

当然不是因为他再没犯过比那更严重的错误。

现在想来，他那算什么错误啊！

一个玩笑而已。

就算他不是在开玩笑，而是在说真的，也不值得她动气。

爱那么说的男人太多了！

就像女人爱说"离婚"一样。

她就不止一次听别的男人那么说过他们的妻子，至于女人自己当笑话讲出来的，那就更多了。

但没有谁像她那次那样大动干戈的。

说明她真的是小题大做了。

她曾经对她妈讲过那次"离婚"风波，发生之后不久就讲了，结果被她妈狠狠剋了一顿："你当离婚是首儿歌，想唱就开口唱一唱？咱们是书香门第，我和你爸爸结婚这么多年，连脸都没红过，更别说离婚了！"

"那是你们运气好——"

"不是运气，而是家风！咱们家祖祖辈辈都没出过离婚的人，你可别开这个坏头！"

她辩解说："我也不是真的要跟他离婚，只不过是气头上——"

"越是气头上，越不能干这种覆水难收的事！"

"哪能真离婚呢？我知道他会阻拦，不让我往下写的。"

"那你可别太自信了，男人是很重脸面的。"

"他重脸面，我就不重脸面了？他干吗要说什么'收容'之类的话？"

"他开个玩笑，你当什么真呢？！"

"我怎么知道他是开玩笑？"

妈妈坚持说："不管怎么说，婚姻不是儿戏，你们都老大不小的了，还为这些鸡毛蒜皮的事闹离婚，说出去不怕人笑话！"

她听她妈那个口气，估计如果哪天她真的离了婚，她妈都不会让她进家门了，嫌她败坏了家风。

其实后来还有很多场合，她都动过离婚的念头，但都没付诸实践，连"离婚"两个字都没提过，只把自己憋了个心口痛。

究其原因，老妈所说的"家风"起了很大作用。

她真不想祖传的家风毁在她手里。

她家上至祖先，下至她父母，全都是父母包办的婚姻，订婚前连面都没见过的那种，不也都从一而终白头到老了嘛！

像她这样，虽然算是"媒妁之言"，但绝对不是封建社会那种"媒妁之言"，她的媒人只起了一个传话的作用，因为她和季永康是自己认识、自己了解、自己同意的，基本算是自由恋爱自由婚姻。

你自己选择的人，都不能做到白头到老，却要在半路离婚，那不是自己给自己一耳光？

你什么眼力？

什么定力？

什么能力？

两个各方面都这么般配的人，居然闹到离婚的地步，那只能是你们自己经营不善了。

每次家庭风暴过去之后，她都庆幸自己没提"离婚"二字，因为一旦冷静下来，就会觉得两人之间也没什么大事，无非就是他家务做少了，对孩子不耐心之类。

太鸡毛蒜皮了！

为这样的事闹离婚，去了民政局都会觉得矮人一截，因为离婚理由太小巫见大巫了，太拿不出手了。人家那都是闹到了势不两立，有你没我，家族大战，你死我活，才往民政局跑。像她这样，连大声嚷嚷都还没有过，哪里就到了离婚的地步？

你当民政局的人吃饱了没事干？

打回去！

等你们闹到人家那地步了再来！

跟季永康在一起生活得越久，她越知道不能随便提"离婚"二字，因为他是个不会转弯的人，满打满算，也就那一次主动转过一次弯，申明自己是开玩笑的，从那之后，凡有矛盾，他都没再转过弯。

当然，她也不愿意转弯。

因为每次都是他的错，比如不洗碗啊，大声吼孩子啊，忘了去幼儿园接女儿啊，不愿意去她父母家过节啊，等等。

这难道不是他的错吗？

她从来没吼过孩子，从来没偷懒不干家务，她也信守诺言，经常给他家寄密封包装的鸡鸭鱼肉，每个春节都去他家过，他妹妹来 Y 市读书，周末吃住都在她家，每月还给零花钱，他家人来 Y 市看病旅游，都是她亲自招待。

她觉得自己做得够完美的了！

凭什么该她转弯？

就算是她的错，都不该她率先转弯，因为她是女的，谁家夫妻吵架不是丈夫先转弯，低三下四恳求妻子回心转意？

历史上就只有女的赌气回娘家，男的牵着毛驴去丈人家接老婆的先例，没听说过男的赌气回爹妈家，让女的牵头毛驴去接的。

但这个季永康完全是逆历史潮流而动！

每次吵架，都是他先跑了。

当然不是跑回他爹妈家，太远了，没个三五天不能跑个来回，就算是周末吵的架，都不够他跑回爹妈家去。

也不是跑去朋友家。

他在 Y 市还是有几个朋友的，主要是"大老乡"，就是同一个省份出来的人。他那个省的人，好像"同乡"观念特别强，竟然有好事者成立了"同乡会"，把全 Y 市的同省人都挖掘出来，拉进那个会里去了。

当然，那时还没有 QQ 和微信之类的玩意儿，不然的话，更热闹了。

那时就是有个通讯地址之类，有时也组织活动，一起出去春游或秋游。

她去过几次就没再去了。

又不是她的同乡，说话都不太懂，风俗习惯更是不同，她工作又忙，孩子也小，就不去凑那个热闹了。

但他是每次都要去的。

不过他吵架之后还从来没跑到"大老乡"们的家里去住过，大概怕丢人，也可能是没住处，人家也都是单位分的房子，都有家有口的，哪里会有空闲的房子给他住？

所以他都是跑实验室去。

刚开始，她气得血涌心。

好你个季永康，你还会跑了！

你有本事跑了就别回来！

她狠狠关上门，闩上，睡觉。

但睡不着。

她一门心思想知道他跑哪里去了，跑多久，还回来不回来。如果回来，她该怎么办；如果不回来，她又该怎么办。

第二天，她才知道他是跑实验室去了。

因为所里相干不相干的人都知道他们昨晚吵架了，还知道是为什么而吵，都跑来劝她：

"不就是吼了孩子几句吗？没事的，小孩子嘛，严格点有好处！我还打我们家小子呢，你看他现在多孝顺！"

"碗嘛，洗不洗都无所谓的啦，可别让这么点小事影响了夫妻关系！"

"男人事业心强点好啊，难道你希望他整天围着锅台转，一事无成？"

"女强人不是那么好当的，你想事业家庭兼顾，那就只好自己多做点。"

她就不明白，一个堂堂的科研单位，里面全部是堂堂的科研人员，都是在各自的领域里勇探新层面、开发新产品、力破新纪录的前卫人士，怎么思想观念会这么落后，说起话来都像是《红楼梦》里贾母贾政之流呢？

这一点，要等她若干年后来到美国，发现很多科学家都虔诚地相信女人是上帝用男人肋骨造出来的，她才有所理解。

敢情专业和生活，是可以存在于两个完全不同的层面上的啊！

但在当时，她完全无法理解。

开始，她跟那些人辩论。

但很快就发现辩无所辩。

观念不同。

理念不同。

概念不同。

无论她怎么辩，都是鸡同鸭讲。

后来，她就懒得辩了。

没那个精力，也不想成为众矢之的。

她只要求季永康别再弄得尽人皆知。

他嘴里没同意，但行动上还是照做了。

后来吵架他还是跑实验室，但一到十二点就回家，把被子抱到客厅去睡沙发。

连着几天，他会不理她，昂着头，目不斜视地进进出出，不吃她做的饭，到外面买了吃。

她也不理他，也昂着头，目不斜视地进进出出。

但她照常做饭，跟女儿两个人吃。

女儿从小就很乖，一见爸爸没在家吃饭，就知道爸妈吵架了。

女儿不哭不闹也不问，只加倍地乖。

乖得让她心疼。

过个三五天之后，他不知道是坐在哪个磨子上想转了，又把被子抱回卧室里来。

但绝对不会道歉。

就像什么都没发生过一样，上床，躺在他经常睡的那一边。

她经过了这几天的冷战，也已经消气了，尤其是看到女儿的乖，只想风波尽快过去，过回正常日子。

所以她什么都不问，不问他为什么这几天要跑客厅沙发上去睡，也不问他这几天在哪儿吃饭，更不问他为什么回到卧室来，就像什么都没发生过一样，上床，在自己经常睡的那边躺下。

两人会假睡一会儿。

然后，他会伸出手来扳她。

她装作半睡半醒的样子，让他把她扳到怀里。

他脱她的衣服。

她让他脱。

然后做爱。

从第二天起，两人又开始交谈了，虽然话不多，但恢复了常态。

每闹一次，他都会改进一段时间，洗碗，不吼女儿。

直到他懒病复发，或者脾气复发。

结婚十几年来，他们几乎都是沿用"床下吵架，床上和好"的模式。两人睡一张床上，并做爱了，那就意味着和好了。

最近这段时间，两人没吵架，但也没做爱。

她就不明白是咋回事了。

他应该没有外遇，因为他从早到晚都在家里，没去过任何地方。她偷偷查看过他车的油表，借口怕久不开车会打不着火，过两天就打着一次，让车热热身。

油表一直都在那个刻度。

而他们这个大农村，没车哪里都去不成。

他应该也没看黄片。

她查过他的手提电脑，趁他早上还在酣睡，打开他用过的浏览器，查看他去过哪些网站。都是一些华人网站，主要是看新闻八卦。再就是一个围棋网站，他爱下围棋，以前就是周末下下，现在失业在家，每天都会登录那个围棋网站，找人下棋。

她知道自己人到中年风韵无存，对他没多少性吸引力，但她年轻时也不是什么大美人啊！应该说，生过两个孩子后，她还比以前多了几分成熟女人的风韵，因为胸比以前大了，臀比以前厚了，好歹也算个沙漏型身材了。

她十几年的婚姻经历也告诉她，男人并不是非得要大美人才能激起性欲的。性欲就像食欲一样，是有一定的量的，饿了就要吃，不管是不是山珍海味。他怎么可以几个月不饿呢？

02 自己笑话自己，别人反而不笑话你了

戴明一路听下来，仰慕之情油然而生，不是仰慕侯玉珊从小就做大王女友，也不是仰慕侯玉珊进了大专，而是仰慕侯玉珊能这么气定神闲地对待这一切，还能大言不惭地讲给人家听。

6

噩耗传来的时候，侯玉珊正在孤儿院做义工。

她每周来这里做半天义工，一般是中午12点左右来，下午5点左右走，做了快半年了。

要不是在孤儿院做义工，她还真不知道美国也有那么多雷人的父母。

院里的孤儿，只有少数是真正意义上的孤儿：父母双亡。其他很多都是父母一方仍然健在，甚至父母双方都健在的。

有的是生下来就没见过父亲，因为父亲一见女友怀孕，就逃之夭夭了。而母亲也不成器，不是吸毒就是做鸡，无力也无意抚养孩子，就把孩子扔给了孤儿院，或者因为对孩子照顾不周，被政府强行把孩子带走，交给孤儿院抚养。

还有的父母倒是有正当职业，也不吸毒，甚至是很体面收入很高的家庭。但孩子生下来就有先天疾患，父母害怕一辈子侍候一个病孩子，没了自己的生活，就狠心把孩子丢在医院不管，或者托付给邻居熟人，然后自己尿遁了。

反正美国也没有户籍制度，想遁形容易得很。

在国内的时候，她从来没见过孤儿院是什么样子的，但她一直觉得孤儿院是个很恐怖的地方，因为她以前看过的有关孤儿院的小说和影视，都是非常凄惨非常恐怖的。

好像是狄更斯写的一部小说吧，孤儿院的孩子吃不饱，穿不暖，还不敢抱怨。有个小孩子就因为饿极了，斗胆说了一句："再给我一点汤吧！"就被关了黑屋子，好像还挨了打。

简·爱好像也是在孤儿院长大的吧，忘了简·爱挨打了没有，但总体印象是孤儿院的环境非常刻板，非常冷漠，生活条件非常严酷，让人避之不及。

所以她以前从来没想到过自己会到孤儿院来做义工，怕见到书里和影视里描绘的那种黑暗场面，更怕为虎作伥，成为恐怖院方的帮手。

但她来美国后看了一部有关孤儿院的电影，叫《The Cider House Rules》（《总有骄阳》，或译《心尘往事》），讲的是二十世纪缅因州乡下一个孤儿院的故事，老院长是《Miss Congeniality》（《选美俏卧底》，或译《特工佳丽》）里那个训练女主的选美顾问演的，非常风趣有亲和力。

老院长同时是个妇产科医生，专为那些偷情怀孕的女人做流产和接生，孤儿院的孤儿大多是他接生的私生子。

老院长对孩子们非常好，每晚都给孩子们念睡前故事，然后幽默地说："Good night, you princesses of Maine. You kings of New England."（晚安，缅因州的公主们，新英格兰的国王们。）

她女儿说老院长说的是："Good night, you princes of Maine. You kings of New England."（晚安，缅因州的王子们，新英格兰的国王们。）但她不相信，怎么可以又是王子又是国王，而没有公主和王后呢？要知道，那个孤儿院里也有女孩的，所以她固执地认为老院长说的是"Good night, you princesses of Maine. You kings of New England."

就是这句话，深深地打动了她。

试想，孤儿们都是被父母遗弃的孩子，连自己的父母都不要自己，那还有什么价值？

但在老院长眼里，那些孤儿都是王公贵族，多让孩子骄傲自豪啊！

其实那部电影主要是关于其中一个叫 Homer（荷马）的孤儿的，是《蝙蝠侠》里的那个男主演的，他在孤儿院长大，老院长把他培养成一个妇产科医生，想让他接替自己管理孤儿院，但荷马爱上了一个来孤儿院做流产的年轻女子 Candy（坎迪），并乘坐 Candy 未婚夫的车，来到他家的农场，成了一名农场工人。

　　Candy 的未婚夫 Walley（威利）上前线打仗去了，Candy 一个人寂寞无聊，便与 Homer 发展出一段恋情。

　　后来 Candy 的未婚夫 Walley 在战争中受伤，被人送回家里的农场。

　　Candy 回到未婚夫身边，Homer 则返回孤儿院，接替去世的老院长，做了孤儿院院长。

　　他像老院长一样为那些偷情女子接生做流产，并给孤儿们念睡前故事，然后对孩子们说："Good night, you princesses of Maine. You kings of New England."

　　她就是在这部电影的感召下，确切地说，是在老院长那句话的感召下，才到孤儿院来做义工的。

　　可惜她晚上不能来孤儿院做义工，不然她也要像那个院长一样，给孤儿们念睡前故事。她晚上得在家陪女儿，虽然女儿已经到了本州法律允许的一个人待在家里的年龄，但她住的那块儿不是很安全，她不放心让女儿一个人留在家里，总要在女儿放学之前赶回家。

　　不过，她每次下午离开孤儿院的时候，都会学着老院长对孩子们说："Bye, you first daughters of the US . You first sons of the US.（晚安，美国的第一女儿们，美国的第一儿子们。）"

　　每次都把孩子们逗得哈哈大笑。

　　而她自己，经常会泪湿眼眶，想起自己那不是孤儿却胜似孤儿的儿子。

　　儿子是她到美国之后才生的，在国内时已经生了一个女儿。

　　公婆都是乡下的，非常重男轻女，说家里已经两代单传了，如果她不生个儿子，他们匡家就要绝后了。

　　其实他们家女儿已经生了儿子，两个姐姐一人一个，都是在生了女儿之后，不顾计生政策又生的第二胎第三胎。最后，两个姐夫都被政府抓去强行结扎了。

　　但她公婆说女儿生的儿子都是随别人姓的，所以不是匡家人，匡家就指着她了。

　　她丈夫匡守恒是个孝子，每天换着法子劝她生第二胎："生吧生吧，给我们匡家生个儿子！"

　　"我可不想丢掉工作。"

　　"没事呀，你丢了工作我养你。"

"等你养我的那一天，还不天天给我脸色看？"

"怎么会呢？我是那样的人吗？"

到那时为止，他还的确不是那样的人，但那是因为她也在工作，又有父母倒贴，家里的开销基本是她在承担，而他的收入大多给了他的父母和姐姐们。

他当然不敢给她脸色看。

但如果她丢了工作，真靠他养活，他还会那样吗？

她不敢担保。

也不想以身试法。

他说不动她，只好想别的办法。

什么办法都想到了，就只差离婚。

她倒是提出过："算了，你这么想生儿子，我们离婚吧。你离了婚，再娶个黄花闺女，让她给你生儿子。"

"不行吧？听说像我们这样已经生了一个的，即便离了婚，也没有生育指标。不然的话，大家不都想这个法子生二胎了吗？"

"是带孩子的那方不能再生吧？如果我带着女儿，你单身一人，再娶怎么不能生呢？"

他摇摇头："不行，我不能跟你离婚，当初求婚时我就向你爸妈保证过，要跟你白头到老的。"

她有点小感动，但挑剔说："那你只是因为对我爸妈许下过诺言？"

"当然不仅仅是为这个，我这么爱你，怎么舍得跟你离婚呢？"

她彻底被感动了。

最后，他终于找到一个生二胎的办法：出国！

他放着心血管外科医生的宝座不坐，跑到美国来做博士后，在实验室给人打下手，目的只有一个：生儿子。

她来到美国后，发现这里气候宜人，生活费用低，生孩子不用花钱，连养孩子都不用花钱，更没什么计划生育政策，也萌生了再生一个的念头。

于是两人日夜造人，终于怀上了第二胎。

美国不像国内，做B超不让"超"胎儿性别，"超"出来也不会告诉你。美国这边很早就给做B超，B超内容就包括孩子的性别。医生不仅会告诉你是男是女，还会指着B超屏幕让你看。

丈夫说："早点去做 B 超，如果'超'出是女孩，就趁早做掉。"

她坚决不同意："为什么要做掉？不管是男是女我都要生下来。"

"干吗呢？我辛辛苦苦跑到国外来，不是来让你生女孩的。"

"生男生女这种事，怎么可能事先预定呢？"

"我知道不能预定，所以叫你早点做 B 超嘛。美国管得很紧的，超过多少周就不让流产了。"

"反正美国不搞计划生育，我们干吗一定要二胎生儿子呢？如果二胎不是儿子，就接着再生呗。"

"你说得轻巧！怀胎要十个月，生了还不能马上怀，那不得再等一两年？"

"你慌什么？急着投生啊？"

"不是急着投生，而是想早点生出儿子，早点回国。"

"你还准备回国吗？"

"当然了，难道在美国干一辈子博士后？"

"那我和孩子怎么办？"

"你们？太好办了。你们可以留在美国，也可以跟我回去。"

她在美国生活了这段时间，已经不想回国了，主要是不想让女儿又回到那个作业写到半夜三更的苦日子去。再说，就算每天写到半夜三更，也不能保证就能考上清华北大。就算进了清华北大，也还没到头，还得想法出国留学。

那又是何必呢？

不如从小就在美国读书，无论读成什么样，最终都能进美国大学。

再说她正在 T 大读会计专业，好不容易补了那么多课，终于正式录取了，难道就半途而废，丢下学位不要了回国去？

她在国内是做护士的，特护病房的护士，成天侍候那些当官的有钱的，真有点做烦了。改学会计专业后，觉得自己在这方面很有兴趣，不想中途放弃。

再说，现在国内的工作市场对她这种中年女人也很不友好，她拖儿带女回家去，还不知道能不能找到一份好工作。

她把自己的这些担心都讲了，丈夫很理解，说不回国了，就在美国做博士后，有机会了去"考板"（Board Tests，美国的医生考试），考过了就可以在美国做医生。

那段时间，真是顺风顺水。

B超结果出来，是个男孩！

两人都很开心。

丈夫每天都把她当皇后娘娘供着，不让她做饭，不让她洗衣，一切都留着他下班后来做，生怕她动了胎气，把孩子弄没了。

儿子生下来后，一家人生活其乐融融。她不工作，又只修了一门课，基本上就是在家照顾孩子。他对儿子宝贝得不得了，下班回家就围着儿子转。女儿大了，也能帮着抱弟弟，哄弟弟玩。

但这种开心日子没过多久，突然有一天，她晚上下了课回来，发现丈夫和儿子都不在家。

问女儿，女儿说："爸爸开车带弟弟出去兜风了。"

她起先没太在意，因为丈夫经常开车带着儿子去兜风。那孩子也鬼机灵，只要坐在车里，就不哭不闹。有时哭得厉害，爸爸就带着儿子去兜风，那家伙一下就不哭了。

但这次兜风太不寻常了，一直兜到半夜都没回来。

她慌了，给所有认识的人打电话，人家都说没见到匡大夫。

她只好报警，但警察局的人说要等48小时过后，如果还没见人影，才能立案。

她崩溃了，请朋友开着车，载着她在城里到处找。

找了整整一夜，连流浪汉收容站、火葬场、停尸房什么的，都去找过了，也没找到根人毛。

7

那个开车载着侯玉珊在城里到处寻找匡守恒父子的朋友，就是戴明。

戴明和侯玉珊是在女儿的钢琴私教柏师聪家认识的。

柏师聪出生在香港，但父母都是广东海丰人，与著名音乐家马思聪是同乡。他父亲非常崇拜马思聪，便给儿子起了这么个名。

马思聪可给海丰人长脸了！是中国著名作曲家、小提亲家和音乐教育家，被誉为"中国小提琴第一人"。他早年留学法国，考入法国巴黎音乐学院，1932年学成归国，于1937年创作了著名的《思乡曲》，被认为是中国二十世纪的经典音乐之一。他还创作了《摇篮曲》《绥远组曲》《西藏音诗》《牧歌》等多部著名音乐作品。

1949年，中国政权更替前夕，美国驻中国大使司徒雷登曾邀请马思聪去美国，但他是一个爱国音乐家，对新政权寄予无限的希望，毅然拒绝了司徒雷登的邀请，留在了中国，筹办中央音乐学院，出任首任院长，致力于音乐创作和教育。

哪知道，好景不长，"文革"刚一开始，马思聪就被揪出来批斗，受尽各种侮辱与摧残，忍无可忍之下，他和妻子儿女东躲西藏，最后乘坐一艘电动拖船逃到了香港，然后辗转去了美国。

马思聪到美国后，曾在寓所接受记者采访，说了如下一段话："我是音乐家，我珍惜恬静、和平的生活，需要适宜工作的环境。况且我作为一个中国人，非常热爱和尊敬自己的祖国和人民。当然，我个人所遭受的一切不幸和中国当前发生的悲剧比起来，全是微不足道的。'文化大革命'在毁灭中国的知识分子。去年夏秋所发生的事件，使我完全陷入了绝望，并迫使我和我的家属成了逃亡者，成了漂流四方的'饥饿的幽灵'。如果说我的行为在某种意义上有什么越轨的地方的话，那就是我从中国逃跑了……"

马思聪的悲惨遭遇，尤其是上面这段讲话，吓坏了柏师聪的父亲，他赶在香港回归大陆的前夕，举家移民加拿大，成了漂流四方的"饥饿的幽灵"。

后来，柏师聪来到美国发展，虽然他是音乐专业出身，但为了生计，改学了电脑，现在是软件工程师。从经济上来讲，他完全不用教钢琴谋生，只是出于对音乐的爱好，尤其是本着发掘音乐人才的宗旨，才在业余时间教几个学生，所以他对学生要求很高，如果没有音乐天分，给多少钱都不会接受。

戴明的女儿季小明从很小就开始学钢琴，起先是家长赶时髦，人家的孩子都学琴，咱的孩子当然也要学琴，于是赶着鸭子上架，逼着女儿学开了钢琴。

但学着学着，小明自己爱上了钢琴，兴趣越来越浓厚。

戴明是二十四孝妈妈，既然女儿爱弹钢琴，那就要支持她学下去，哪怕倾家荡产，旷工旷课，也在所不惜！

季永康一向不赞成小明学钢琴，怕影响了学业："她今后能凭着弹钢琴为生吗？你没见她那几个钢琴老师，都没个正当职业，靠教小孩混饭吃——"

"人家也不比你赚得少。"

"但那是没保障的，收的学生多，就赚得多；收的学生少，就赚得少——"

"我看她们的学生都很多。"

"那是时机问题。她们那时候学钢琴的少，随便学学都是凤毛麟角。现在连咱们小明都在学钢琴，你就可想而知该有多少人在学钢琴了。等到小明长大的那一天，随便丢块石头都会砸中一帮学钢琴的，钢琴私教肯定是供过于求，还到哪里去教学生赚钱？"

"我们家小明今后肯定不会靠教琴过日子的，她会像我们一样，搞科研，钢琴只是她的一个业余爱好。"

"但如果影响了学习，那就搞不成科研了。"

她也不敢拍胸担保，说女儿学琴一定不会影响学业，便去跟女儿商量："爸爸担心你学琴会影响学习，你看是不是不学琴了？"

女儿很有把握地说："不会影响学习的。"

"那就会很累。"

"我不怕！我保证不影响学习，如果我哪天成绩掉下来了，你们就不让我弹琴了，行吧？"

"行，一言为定！"

"一言为定！"

女儿果然说话算数，琴照样练，成绩也没掉下来。

出国之前，女儿最担心的就是学琴的事："妈妈，我们去了美国，还有没有钢琴老师啊？"

"当然有！"

"美国能不能考级啊？"

"当然能考。人家那考级更正规更严格，听说很多地方都不承认咱们中国的考级，但承认美国和英国的考级。"

"是吗？那我要去美国！"

来到美国后，戴明第一时间就是到处打听哪里可以请到好的钢琴私教。

有人推荐她去找柏师聪："他可是正儿八经学音乐的，不是自学成才，也不是半路出家，是音乐学院毕业的，家里祖祖辈辈都是搞音乐的。人家眼界高得很啊，一般般的人，想做他的学生，他还不收呢。我是看你女儿考过了十级，才推荐你去找他的。"

这话吊起了戴明的胃口，决定就找柏师聪做女儿的钢琴私教。但她同时也很紧张，如果求上门去，让人家考察小明一番，但最后人家决定不收，那不是对小明当头一棒吗？

小明还从来没被钢琴老师拒收过，都是一看人，一听琴，就决定收为弟子了。

她决定自己先去探探口风，如果有希望，就带女儿上门受考，如果根本就没希望，那就不告诉女儿，免得伤害女儿的自尊心。

打定了主意，她便给柏师聪打电话，软磨硬泡，终于约上了一个时间。

她没带女儿，自己单枪匹马去的，但她带上了女儿这些年来用过的教材、获得的证书和奖品，还有每次演出的录像。

柏老师看来是真不缺钱，住在一个很好的小区，房子也不小，家里好几台钢琴，有专门的琴房，里面摆着一台三角钢琴。

柏老师看上去二十多岁，高高瘦瘦、面庞白净，鼻梁挺直，戴着一副细边眼镜，头发梳得一丝不乱，白T恤扎在黑长裤里，很斯文，称得上玉树临风。

这就是她心目中音乐人的形象！

那些搞现代音乐的，都是长发披肩，胡子拉碴，穿得很不修边幅。在她感觉里，他们是摇滚歌星，而不是音乐人。

柏老师这样的，才是正宗的音乐人。

她越发希望柏老师收她女儿这个弟子了。

柏老师虽然人长得斯斯文文，但嗓音并不娘娘腔，而是浑厚的男中音，估计唱歌应该很好听，说不定当年曾在声乐和器乐之间艰难地选择过一番。

她说明了来意，把女儿弹过的乐谱和考级的证书都给柏老师过目，还把女儿演奏的录像带都拿出来给柏老师看。

柏老师对那一大堆乐谱和证书没什么兴趣，扒拉了两下，就跳过不提了。他只挑着看了一些录像，但没作任何评论。

她紧张地问："怎么样？柏……柏老师，您愿意收我女儿为……弟子吗？"

他没说收还是不收，只用港式普通话问："怎么不带女儿一起来呢？"

她坦白说："不敢。"

"为什么不敢？"

"因为别人都说你收学生——要求很高。"

"那不是更应该把女儿带来让我看看她的水平吗？"

"我怕你不收，她会受打击。我女儿是个自尊心很强的人，还从来没有哪个钢琴老师拒收过她。"

"是吗？"

"嗯，所以我不敢带她来见你。"

"那你不怕受打击？"

"我？也不是不怕，但如果能保护我女儿不受打击，我——受点打击——没什么嘛。"

他微微一笑，又问："那如果我决定不收，你怎么对她说呢？"

"什么也不对她说，我根本没告诉她我会来这里找你。"

"是吗？那她没问你去哪里了？"

"我说我去中国店买菜。"

"是吗？"他又一笑，"那不是——撒谎了吗？"

"只是 white lie（善意的谎言）。"

"White lie 也是 lie 啊。"

她有点尴尬。

早就听说香港人大多信教，估计柏老师也信教，lie 对他们教徒来说，是件十恶不赦的事，貌似《十诫》里就有"不可撒谎"这一条吧？

她不信教，是个彻底的无神论者。但她只是不相信"世界是上帝创造的""女人是男人肋骨造出来的""有人打你的左脸，你就把右脸也伸给他打"之类的说法。对于宗教里那些教人向善的东西，比如不撒谎啊，不奸淫啊，帮助你的邻居啊，等等，她还是很赞成的。

她感觉自己弄巧成拙了，也许本来女儿的水平还是够格的，但有这么一个说谎的妈妈，人品就要扣分了。

她申明说："我不是一个爱撒谎的人，我从来不会为了自己的利益撒谎，但为了我的孩子，我——可以撒谎，哪怕会因此下地狱。但你不要因此认为我女儿也撒谎——"

"我以为你们大陆来的人不相信地狱什么的呢。"

"有的相信，有的不相信。"

"那你信不信呢？"

"我——不信。"

"那你为什么说——下地狱？"

"我以为你相信，所以——才这么说。"

"投其所好啊？"

她更尴尬了："不是投其所好，而是——寻找共同语言。有了共同语言，才好——互相理解。"

他笑起来："呵呵，你很诚实，也很爱你的女儿，不会下地狱的。"

"那你愿意收我女儿做学生吗？"

"一般来讲，我是不会收的，因为考级的证书说明不了什么，几段录像也说明不了什么，我得亲眼看她演奏才能知道她到底有没有天分和激情。"

如果不是这个"一般来讲"，她肯定彻底失望了。但既然有个"一般来讲"，那就应该有个"但是"，不然就不符合汉语语法了。

但愿她从小学到高中的汉语没有白学，也但愿香港的汉语教学跟大陆同步。

她屏住呼吸，紧张地等着这个"但是"。

但是，他没说"但是"！

他说的是："你是一个——很特别的妈妈，我相信你的女儿一定——也很特别，所以——我愿意收她做我的学生。"

"真的？"

他抿嘴笑着点头。

她喜出望外，从椅子上跳起来，冲到他面前，握住他的手，一个劲地晃荡："谢谢！谢谢！"

他窘得脸都红了。

但没抽开手。

8

柏师聪好像终于想起自己还欠着戴明一个"但是"似的，她都已经准备告辞了，他突然说："但是——"

她愣了。

但是什么？

但是我刚才是骗你的，其实我不会做你女儿的钢琴私教？

为什么骗我？

以其人之道还治其人之身嘛，谁叫你先撒谎的呢

天哪，这可丢人丢大发了！

他一说愿意做小明的钢琴私教，她就相信了，完全没想到他会来这一手！

她还傻乎乎地跑上去握他的手，摇晃了又摇晃，感谢了又感谢。

难怪他表情那么不自然呢

现在怎么办？

逃跑？

或者莞尔一笑，说："我知道你是骗我的，我陪你玩呢！"

似乎都不是好办法。

她呆呆地站在那里，不知所措。

他的脸又红了，小声说："是这样的，我想请你女儿每次学完琴后——陪我儿子——玩一个小时——"

天哪，就这个？

你早说嘛！

差点把我吓出病来！

她舒了口气："哦，原来是这样，我还以为——"

"以为什么？以为我会问你要学费？"

"呵呵，学费哪能把我吓成那样？只要能为我女儿请到名师，花多少钱都没问题。"

"那你以为什么？"

她有点不好意思地一笑，把自己刚才的担心说了

他不解："为什么会那样以为？"

"因为是我——先骗人的嘛，我以为你会来个'以其人之道还治其人之身'呢。"

"但你并没骗我呀！"

"呃——那倒也是，你儿子他——多大了？"

"五岁了。"

"才五岁？"

"太小了？"他摸了摸脸颊，"那你觉得应该有多大？"

她急忙解释："不是这个意思，不是这个意思，你看上去也就五岁孩子的爸爸，不可能有更大的儿子了。我的意思是，你儿子才五岁，但我女儿已经十岁了，大他一倍，他们俩能——玩到一起？"

"肯定能！我儿子——比同龄的孩子成熟，他玩的都是——大孩子玩的东西——"

"哦，是这样。他叫什么名字？"

"Alex。"

"有中文名字吗？"

"没有正式的，但我们家的人都叫他小聪。"

她差点笑出声来，这起的什么名字啊？不怕人家拿他的名字恶作剧，叫他"小葱拌豆腐"？

不过她马上想起人家已经说了，只是家里的人叫叫，自家人谁会拿小孩子的名字恶作剧呢？

她来了这么半天，连他儿子的影子都没看到过，不禁好奇地问："他在家吗？"

"在。"他指指对面的一个房间，"在 play room（玩乐室）里。"

"真的？就在对面？怎么这么半天都没听见他的——声响？"

"他很安静——"

"那你可有福气了，不然老早就跳将出来，闹得你话都说不成了。"

"他不会的。"

"说明你教育有方！"

"我没教他这样。其实——我倒希望他能——跳将出来，闹得我们话都说不成呢。"

她一愣，这是什么意思？难道我就这么枯燥无聊，使你恨不得小孩子跳出来闹得你不用跟我说话？

她开玩笑说："你希望他出来捣乱还不容易？去叫他出来呗。"

他笑了笑，不置可否。

她提议说："我过去跟他说个'你好'吧，顺便看看他能不能跟我女儿玩到一起。"

"不用不用，他不喜欢被人打扰。"

哇，还这么多讲究？

一个五岁的孩子，还"不喜欢被人打扰"，搞得像个国王似的！

他指着墙上的一个镜框说："那就是 Alex。"

她从进到这个屋子里，就一直忙着讨好老师，推销女儿，然后就是紧张地等待宣判，完全没注意到墙上的那些镜框。现在经他提醒，她才举头望去，看见一个褐发小男孩的头像。

哇，帅得惊动——香港特首啊！

肯定是混血儿，五官的比例完美无缺，高鼻子，大眼睛，眼皮双得像做过埋线手术一样，睫毛又长又浓，头发看上去很柔软，翻着大波浪，皮肤比老爸还要白皙。

这么帅的小男孩，别说是让女儿陪他玩一个小时，就算柏老师一定要塞给她带回家去全天候供养，她都没意见啊！

她由衷地夸奖说："太可爱了！他妈妈肯定是美国人。"

"为什么肯定是美国人？"

"因为他看上去是个混血儿。"

"混血儿的妈就一定是美国人？"

"难道两个中国人还能生出混血儿？"

"我也没说她是中国人。"

"那还能是什么人？"

"奥地利人。"

哇，看我傻的！好像美国就只有中国人和美国人一样。

她记得奥地利的首都维也纳好像是号称"世界音乐之都"的，便吹捧说："奥地利人——都很懂音乐吧？"

他好像不知道怎么回答，想了一会儿才说："也不是人人都懂，有的懂，有的不懂。"

"你妻子——肯定是搞音乐的。"

他不置可否。

但肯定是的，搞音乐的人找的配偶肯定也是搞音乐的，那样才能夫唱妇随琴瑟共鸣。

她四处张望了一下，问："她——上班去了？"

他不太友好地说："干吗问这个？"

她暗骂自己：叫你八卦！叫你八卦！人家是音乐家，你怎么跟人家八这些卦呀？这不又把印象搞坏了吗？

她尴尬地说："不早了，我得回去了，家里还等着我做饭呢。"

"那 play mate（玩伴）的事？"

她刚来美国，英语还不灵光，但猜到他说的是陪他儿子玩的事，便说："我得先问问我女儿。你别看她年纪不大，可有自己的主意呢。"

他直愣愣地看着她，好像要看穿她是不是在推诿似的。

她赶紧毛遂自荐："要不我陪你儿子玩？"

"你陪他玩？"

"是啊，我女儿学琴的时候，我就陪他玩，反正我待这儿也没别的事可干。"

"但是——"

"你放心，我对孩子很耐心的。"

"我知道你对孩子很耐心，但是——我儿子不爱跟大人玩。"

"但你不是说他——很成熟吗？"

"再成熟也只是个五岁的孩子，不可能成熟到——"

她知道他的意思：不可能成熟到爱跟半老徐娘玩的地步。

她讪讪地说："我知道，我知道。"

他把她送到门边，说："你先跟你女儿商量一下，如果他能陪我儿子玩，我就免费教你女儿弹琴——"

如果不能陪呢？你就不教我女儿弹琴了？

她不明白为什么他单单看中了她的女儿，难道她脑门儿上写着"我女儿好欺负"？

她试探着问："那是不是——如果我女儿不同意做你儿子的玩伴，你就——不收我女儿为弟子呢？"

他半晌才说："我希望你女儿会同意。"

回到家后，她先把好消息告诉女儿："我给你请到 T 市最好的钢琴家教了！"

女儿听了她对柏师聪的介绍，非常兴奋："真的？他家有那么多钢琴？那放得下吗？"

"放得下，他家房子大得很！"

"他都没见过我，也没听过我弹琴，就收下我了？"

她想反正已经撒过谎了，现在再撒一次应该也不会从第十八层地狱降到第十九层去，便说："我把你那些证书奖状什么的都给他看了，还把你演出的录像给他看了，他觉得你——很有天分，所以愿意收下你！"

女儿兴奋得脸都红了："他也觉得我很有天分？那就有六个人说我很有天分了！"

"六个人？"

"是啊，我三岁时候的张老师，五岁时候的王老师，七岁时候的李老师，九岁时候的赵老师，还有我考八级时的那个评委阿姨，现在加上柏老师，不是六个了吗？"

"何止六个呀？爸爸妈妈不算人？"

"当然算人，但是你们是——爸爸妈妈呀！你们说的不算，而且爸爸——从来没说过我很有天分——"

季永康的确没说过，一个是他不通乐理，自然看不出谁有音乐天分，谁没音乐天分，更重要的是，音乐美术之类的玩意儿在他看来都只是高考加分的工具，如果学不到加分的地步，就干脆不要学；如果本身成绩就很好，就用不着学。

她怕女儿觉得爸爸不关心人，又撒谎说："他心里当然是认为你很有天分的，只是嘴上不好意思说而已，怕你骄傲自满。"

女儿一口吞下了她的谎言："那算上你和爸爸，就有八个人说我有天分了！"

"呃——还有一件事，我差点忘了告诉你。"

"什么事？"

她吞吞吐吐地说："柏老师——他有一个儿子，他想让你每次去他家学完琴后，跟他儿子——玩一会儿，不知道你同意不同意——"

"就怕爸爸不同意。"

"爸爸怎么会不同意？"

"他不怕影响我学习？"

她差点忘了这个，是啊，季永康连女儿学琴都觉得影响了学习，还说陪人家小孩子玩？那不是更加不务正业了吗？

她安慰说："但你现在是在美国，我听说这边的学校——没那么多家庭作业，也没那么多考试，所以你——会有大把的时间。"

"你跟爸爸说吧。"

"好的，我去跟他说。"

没想到，丈夫也很同意这个安排："抵学费？那很合算啊，干吗不答应？不就是跟个小屁孩玩一个小时嘛！"

"我还怕你觉得耽误时间呢。"

"这怎么是耽误时间呢？小明陪他玩又不是白玩，是要抵学费的，那不就等于在打工赚钱吗？"

"嗯，有道理。我就是怕他儿子——有问题——"

"有什么问题？"

"我也不知道，只是觉得奇怪。五岁的男孩子，给他找十岁的女孩子做伴，还不让我去那屋子看这儿子，可别是个——怪物。"

"呵呵呵呵，你不是看过他儿子的照片了吗？不是说挺帅的吗？"

"是挺帅的，但是——毕竟没看到真人。"

"没事的，一个五岁孩子，再怪又能怪到哪里去？你叫小明好好陪人家孩子玩，凡事让着点，别把人家得罪了。陪着玩一个小时就能抵了她学钢琴的学费，太值了！细算下来，比我的工资级别还高，我一个小时还赚不了这么多钱呢！"

9

星期六，戴明第一次送女儿去柏老师家上钢琴课。

女儿学琴这么多年，她就接送了这么多年。现在当然也不例外，还是她接送。但她刚来美国，还没买车，也不会开车，只好坐出租去柏老师家。

一路上，母女俩都很兴奋。

女儿除了兴奋，还是兴奋，而她在兴奋的同时，也很紧张，因为不知道柏老师的那个儿子是个什么情况。如果是个狂躁型精神病人，那就太委屈女儿了，可别打伤抓伤了女儿。

她记得《简·爱》里就有这样的情节，男主罗彻斯特先生的妻子是个疯子，被锁在一间屋子里，但有一次没锁好，女疯子半夜跑出来，差点把简·爱吓死。

最后，也是这个女疯子放火烧掉了庄园，罗彻斯特先生为了救她，受了重伤，双目失明。

她感觉中国好像很少有这种事，因为大家都住得近，楼上楼下的，家家户户只隔着几尺远，墙壁也不隔音，谁家有点什么事，很快就传开了。

但外国就不同了，像柏老师这样单家独户庭院深深地住着，邻居都隔着一定距离，如果屋子里藏一个疯小孩，可能没人会知道。

她决定无论如何也得先探明情况再让女儿进那个 play room，如果柏老师不高兴，那就让他不高兴好了；如果他一气之下不教女儿钢琴了，那就再找别的老师。

学钢琴和女儿的性命比较起来，当然是后者更重要。

何况 T 市肯定不只他一个钢琴老师。

她打定了主意，设定了行动方案，考虑到了最坏的结果，心里就镇定下来了。

到了柏老师家，宾主寒暄几句，女儿就跟柏老师去琴房上课，她一个人坐在客厅等候。

等琴房里叮叮咚咚响起来弹琴声之后，她就悄悄走到玩乐室门前，屏住呼吸听了一阵儿，好像有打电子游戏的声音。

她放心了一点，既然会打电子游戏，应该不是太疯。

她走回客厅里坐下，但还是不放心，坐立不安，眼前浮现出一幅奇怪的画面：一个脑袋奇大的小孩子，五官狰狞，表情怪异，正在装模作样地打电子游戏。画外音响起：哼，你还想探听我的虚实？没门儿！

她跳起来，几步跑到玩乐室跟前，坚决地敲了敲门。

没人搭理。

又敲。

还是没人搭理。

她不妥协，一直敲，一直敲。

终于有人来开门了。

就是镜框里那个漂亮的小男孩。

不会是小疯子刚变身了吧？

她有点紧张，教科书上的对话自动从嘴里蹦出来："How do you do？ Nice

to meet you！"

小男孩没吭声，只用一对大眼睛盯着她。

她不敢和小男孩拼视线，眼睛越过小男孩的头顶，望向屋子里。她不知道小男孩会不会说汉语，但她的英语又不够表达自己的意思，只好英汉混杂地说："My daughter is ——in that room.She's playing piano.I——I——我陪你玩好吗？"

小男孩没回答，怀疑地看了她一会儿，径直走回自己的位置，继续玩起电子游戏来，突如其来的响声把她吓了一跳。

她估计小男孩是答应她的要求了，因为他没把她关在门外，便大胆地进到房间里，关上了门。

她还是第一次看到这么高级的游戏设备，一个超大的平板电视机，足有六七十英寸，旁边还有一些音箱一样的东西，四边墙里肯定都装了喇叭，因为音响效果绝对是立体环绕，像置身于电影院一样。

隔音设施肯定也很高级，因为房间里面杀声震天，但门一关，外面就什么都听不到了。

她平时不让女儿玩电子游戏，所以对这个一窍不通，只看见屏幕上都是中国古代装扮的人，使的也是古代兵器，砍砍杀杀的，打得不亦乐乎。

小男孩专心致志地玩游戏，既不看她，也不搭理她，纯粹是自得其乐。

她看了一会儿，看不懂，又怕柏老师出来发现，就自动退了出来。

不过她比较放心了，看样子这孩子只是不善交际，但肯定不是狂躁型疯子。

柏老师家客厅里放着很多著名音乐家的传记，可能是专为学生家长准备的。她就坐那里看传记，边看边对照，想研究一下女儿究竟有没有成为钢琴名家的潜力。

上完课后，柏老师带着女儿来到客厅，几个人再次寒暄几句，柏老师就带女儿到玩乐室去了。

门一开，响亮的喊杀声便从玩乐室里倾泻出来。

等女儿进去之后，柏老师把门关上了，客厅顿时鸦雀无声。

柏老师在她对面的沙发上坐下，解释说："塞车了，她们要晚一会儿。"

"谁？下一个学生？"

"嗯。"

她趁此机会探听柏老师对女儿的看法："柏老师，你觉得我女儿——有没有天分？"

"有！"

她的心飞上了云霄："真的？"

"嗯，但不是音乐这一方面的天分。"

她的心落进了峡谷："那是——哪一方面的天分？"

"各方面的。她很聪明，悟性很高，不管做哪样，都可以做到top10%（前百分之十）里去——"

百分之十？

听上去是很不错的，但天知道这世界上该有多少人在学钢琴啊！

你能做到百分之十里去，也就是说你能高于那些平庸之辈，但你前面仍然有无数个大腕。

这不等于说女儿这辈子弹不出啥名堂来了吗？

他解释说："有些人天生就是弹钢琴的，他们除了钢琴，什么都学不会，什么都学不好，也什么都不愿意学。但你女儿不同，她天资聪颖，接受力强，也很有毅力，所以她学什么都会很成功。"

这样说好听多了！

她试探着问："那你觉得她对钢琴有没有——激情呢？"

"没有。"

"没有？不会吧？"她把丈夫如何反对女儿学琴，而女儿为了能学琴，许诺做到成绩学琴两不误而且真就做到了的光辉事迹讲给柏老师听了。

他思忖了一会儿，说："但是那不叫激情，叫——毅力。我已经说了，她是一个很有毅力的孩子，这样强的毅力，在她那个年纪的确很少见。但是她对钢琴——对音乐——其实并不是很热爱。"

"她很热爱钢琴啊！真的，如果我现在不让她学琴了，她肯定——会很难过——"

"是会很难过，但过段时间她会忘记钢琴的，因为她不是那种为钢琴而生，为钢琴而死，没钢琴就活不下去的人。"

"但是——"

"我问过她了，她说钢琴是你们为她选定的。"

"刚开始是我们为她选定的，但后来就是她自己——坚决要求弹下去的，不然的话——"

"但那不等于她热爱钢琴，我觉得她热爱的其实是弹钢琴带来的那些——挑战和荣誉，比如考级、比赛、拿证书、拿奖，等等。这样的挑战和荣誉，其他乐器和其他科目也能带来。"

她不得不承认他说得有道理，女儿练琴的目的就是通过一级一级考试，参加一场一场竞赛，如果不考级不竞赛，女儿恐怕真的懒得练琴了。

他安慰说："她就是人们常说的'通才'，高智商，高智力，但不是音乐方面的专才。"

"那你的意思是——她不用往下学了？"

"怎么不学呢？"

"但是你刚才说——"

"我不过是说个事实罢了，也想让你心里有底，如果她今后想以钢琴为终生职业，你可以——劝阻她。"

她还没想那么远，也没想让女儿以钢琴为终生职业，但听到女儿不是音乐方面专才的时候，还是很难受的。

他又说："通才很好啊，比专才更好。比如我，当生活所迫的时候，就能从钢琴专业改为电脑专业——"

"你也是——通才？"

"勉强算是吧。"

"你也不是音乐专才？"

"肯定不是。"

"你太谦虚了。"

"真不是谦虚。"

"当你知道自己不是音乐专才的时候，你——难过吗？"

"不难过，因为我从小就知道自己不是音乐专才，钢琴是我父亲为我选择的，他说海丰出了个'中国第一小提琴'马思聪，不可能再出一个'中国第一小提琴'了，所以我应该学钢琴，争取做'中国第一钢琴'。"

她会心地笑起来："呵呵，没办法，家长就是这么望子成龙。"

"但我知道我也做不了中国第一钢琴，因为优秀的前辈多着呢，后起之秀更多。"

"但他们不是海丰的呀！"

"我也不是海丰的，我是在香港出生的。"

刚说到这里，下一个学生到了，是个跟小明年纪相仿的女孩，也是妈妈送来的。母女俩都很漂亮，妈妈三十多岁，长得像年轻时的龚雪。

柏老师带着小女孩去了琴房，两个妈妈坐在客厅说话。

"你是新来的吧？"

"嗯，今天第一次上课。"

"我叫侯玉珊，你呢？"

"我叫戴明。我女儿叫季小明。"

"呵呵，真巧，我女儿叫匡小珊。看来我们起名的方式都一样，争不到姓了，至少也要争个名，总不能一个字也不带上咱们。"

"真是这样！"

侯玉珊很健谈："说起中间这个'小'字吧，还有段故事，差点让我和我们老匡闹得离婚。他家祖先很早以前就给他们家的子子孙孙定好了派别，到他那一代，是'守'，到我女儿这一代，就是'操'了——"

戴明忍不住笑起来，如果用了祖先定下的这个"操"，那成何体统？

侯玉珊知道她在笑什么，继续说："所以我坚决不同意！闹来闹去，闹得我都提出离婚了，他才让步。"

"那说明他还是很——爱你的——"她心说如果我用离婚来要挟丈夫，就会是另一种结果了，那个死不转弯的季永康，肯定宁可离婚也不会让步。

俩人闲聊了几句，侯玉珊问："你女儿呢？怎么没见到她？"

"在那边陪柏老师的儿子玩呢。"

"难怪你学完琴没直接回家。"

"他以前——有叫你女儿陪他儿子玩吗？"

"他有提过，但我没答应，因为我在 T 大修课，很忙，没时间坐这儿等。"

"他没——说什么？"

"没有啊。"

"那我也去跟他说我很忙——"

"你不愿意女儿陪他儿子玩？"

"呃——不是不愿意，就是觉得——有点——"

侯玉珊小声说："我对你说了，你可别告诉别人，也别去问柏老师。我听别人说，他儿子有那个——自闭症，但他不承认，还说他自己小时候就是这样的，也不爱跟别的小孩子玩，长大了就好了——"

"那可能是这样的吧，我看他现在一点也不——自闭。"

"但是他 wife 不这样认为，她说他们父子俩都是自闭症，还讳疾忌医，就丢下他们两个，自己跑掉了。"

难怪他不愿意谈妻子！

"跑哪里去了？"

"不知道，好像是跑回国去了吧。"

"那他就一个人带个孩子过？"

"不一个人带个孩子过还能怎么样？谁敢嫁他这样的人啊？再说他也不怎么跟人来往，也没谁帮他介绍撮合。"侯玉珊热情地说，"你初来乍到的，还没买车吧？我待会儿开车送你们回去。"

"哦，这个——我们还是去坐出租吧。"

"坐出租多贵呀！干吗花那个冤枉钱？我顺路带你们一程就行了！"

10

两个人谈得相当投机。

其实应该说是一个人谈得很投机，另一个人听得很投机，因为主要是侯玉珊在谈，而戴明主要是听，只不时地"啊？""真的？""太有意思了！"几声，鼓励对方继续往下谈。

侯玉珊虽然谈的是自己，但用的是一种"看戏不怕台高"的局外人口吻，专拣丢人现眼的事谈，戴明想不听得投机都办不到。

短短的一个小时，戴明已经知道了侯玉珊的全部恋爱史，至少是其中的雷人部分。

原来，侯玉珊因为长相甜美，从小就不乏追求者，上小学就经常有男生递字条，都被她如数交给班主任了。

上初中后，男生对她的追求攻势已经从递字条发展到马路求爱，班上的调皮大王拦在她上学的路上，要跟她"玩朋友"，不答应就不让过。

有调皮大王追求，是件很荣耀的事，也是一件很棘手的事。

荣耀的是，再没人敢欺负你了，各路小喽啰都来讨好你。

棘手的是，还是有一个人敢欺负你，那就是调皮大王。

不过这个欺负是有条件的：如果你不答应大王的追求，大王就会闹得你无法安生，把墨水涂在你后面的课桌上，再用课桌挤你，让你新买的衬衣染上长长的一道蓝印，洗都洗不掉。

大王还会等在你上学放学的必经之路上，用泥巴砸你，用弹弓弹你，用的是游击战术，躲在院墙后、树丛里，打一枪，换一个地方，你知道是他，但你抓不住他，也抓不住证据。

如果你向老师或家长告状，大王会变本加厉地报复你。

侯珊珊被荣耀所吸引，又被报复所威胁，只好做了大王的女朋友，虽然年纪太小，没有太多实质性的恋爱行为，但学习是毫不含糊地被影响了的。

进了高中之后，终于摆脱了大王的骚扰，因为大王没上高中，不知被老爹塞哪儿闯世界去了。

但高中也不是太平盛世，也有调皮大王。

于是，旧戏重演，她又被大王盯上了，又被迫做了大王的女朋友。

学习又受到影响。

学习受影响的直接后果，就是她只考进了本地一所大学的三年制护士班，拿了个最不伦不类的学历：大专。

拿着"大专"这么一个学历，就像掉进了黑洞一样。四年制本科毕业的人，根本不承认你是大学生；而中专毕业的，完全不知道大学里还有三年制的学位，以为你是在撒谎。

最搞笑的是，她年方二八就开始谈恋爱，一路谈上来，成绩谈垮了，把自己谈进了"大专"，却没落下一个男朋友。

那时，她爸爸在S市第一人民医院做院长，而匡守恒是那家医院的医生，她老爸对小匡十分赏识，说小匡工作刻苦，技术超群，年轻有为，前途不可限量。

然后，小匡就开始登门拜访老院长了。

再然后，小匡就和院长的千金认识了。

再再然后，两个人就谈起了恋爱。

最后，两个人顺理成章地结了婚。

说到这里，侯玉珊半开玩笑地说："没办法，颜不红，但命薄啊！该读书的时候，没好好读书，结果连个本科都没混上，搞到现在想读个会计专业，都得补好多的课——"

戴明一路听下来，仰慕之情油然而生，不是仰慕侯玉珊从小就做大王的女友，也不是仰慕侯玉珊进了大专，而是仰慕侯玉珊能这么气定神闲地对待这一切，还能大言不惭地讲给人家听。

戴明从小就视成绩如命，毕业学校没季永康的好，都让她感到低人一等，在他面前抬不起头来。如果她像侯玉珊这样，只读了个大专，肯定是想死的心都有了，即便勉强活下来，也会躲得远远的，绝不会自动告诉人家。

她突然发现了自己活得不够快乐的原因：太在乎人家对自己的看法了，太怕被人家笑话了。

其实像侯玉珊这样，自己笑话自己，别人反而不笑话你了。

她赞扬地说："你命不薄啊！有这么丰富的恋爱史，这是人生的一笔财富啊！而且你丈夫又这么出色，婚姻这么幸福，多少人羡慕呢！"

"羡慕个啥呀！驴子拉屎外面光，婚姻这玩意儿，幸福不幸福，只有自己清楚。"

戴明知道，作为对侯玉珊推心置腹的报答，或者作为对等，自己也应该谈谈自己的恋爱史和婚姻史，但她觉得自己那点事，谈出来就像一杯白开水，啥味都没有，就不拿出来催眠了。

刚好匡小珊也上完钢琴课了，跟柏老师一起来到客厅，柏老师到玩乐室把小明叫了出来，两个妈妈都站起身，向柏老师告辞，四个人一起离开了柏家。

侯玉珊执意要送戴明母女回家，戴明再三推辞，也没推掉，只好从了，心里盘算着一定要好好报答人家。

回家后，戴明找了个机会跟丈夫说了柏老师对女儿的评价，丈夫嗤之以鼻："他们香港人懂什么？殖民地长大的，就会拍洋人马屁——"

"他这怎么是拍洋人马屁呢？"

"我没说他这次是在拍洋人马屁，我说的是他们香港人的一般特征。算了，让小明别去学琴了吧，太花钱了！"

"柏老师没收咱们学费——"

"但是你来去要打的，不花钱？"

"今天是另一个学琴的家长送我们回来的。"

"人家能每次接你送你？"

每次送，她觉得还是可能的，因为顺路。但每次接，就不太可能了，虽然还是顺路，但那就意味着侯玉珊得提前一个小时出发，然后在柏老师家里多待一个小时，人家要是愿意多花这一个小时，就不会拒绝让女儿给柏老师的儿子做玩伴了，那可是能省学费的！

她提议说："咱们买车吧。"

"咱们刚来，还一次工资都没拿过，上哪儿找钱买车？"

"就用我们带过来的钱。"

"那有几个钱，能买到一辆车？"

"买一辆二手车应该够吧。我听玉珊说，他们刚来时就是买的二手车，才几千美元。"

"你把那些钱都拿来买了车，万一家里急着用钱呢？"

她知道他说的"家里"实际上是指他爸妈和兄弟姐妹，因为她父母都有退休工资，从来不需要他们接济，只有他家才隔三岔五地需要他们支援。

她从来没在这个问题上小气过，他说支援他家多少钱就支援他家多少钱，因为他家人的要求还是合理的，父母看病啊，妹妹上学啊，弟弟结婚啊，都是正当要求，还是应该支援一点的。而他在这个问题上也还比较懂道理，不会倾家荡产地支援家里人，让自己和妻儿喝西北风。

她试着说："这段时间家里暂时没什么急需用钱的地方，不如我们先买辆车，等工资发了，就存下来以备家里急用——"

"还不光是车的问题，咱家又没钢琴，小明学了不练，不是白学？"

这倒是个问题。

她思忖着说："那就先买钢琴，以后再买车。"

"咱们那点钱够买钢琴？干脆叫小明别学了，学了也不能靠这个混饭吃！"

她想起柏老师对小明天分的评论，让步说："等我先问问小明，看不学钢琴行不行。"

"你就是这样，什么事都要去问她，你自己不能做主？"

"是她学琴，又不是我学琴，我怎么能武断地决定她学还是不学呢？"

"那如果她说不想上学，你就让她不上学？"

"上学不同嘛——"

她去跟女儿商量，但不愿意把柏老师的评价说出来，转弯抹角的、先扯别的事："你今天跟小聪玩得好吗？"

"谁是小葱？"

"就是柏老师的儿子呀。"

"哦，你说 Alex 啊？ 他叫小葱？ 怎么叫这样的名字？"

"不是咱家吃的那个小葱，是聪明的聪。"

"他真的很聪明呢！"

"是吗？ 你怎么知道他很聪明？"

"他打游戏打得好好！ 他还会说好多种话！"

"他妈是奥地利人，他爸是中国人，他生在美国，至少会说三种语言。"

"他还会说香港话！"

"香港话不就是中国话吗？"

"不是中国话，好难懂的。" 女儿咕噜了一句，还没说完就笑开了，"哈哈哈哈，他教我的，太好玩了！"

她说得柏老师的儿子应该不是自闭症，这么聪明，而且跟小明玩得这么好。

女儿恳求说："妈妈，你给我生个弟弟吧，像 Alex 那样的！"

"我怎么生得出那样的弟弟？ 他是混血儿。"

"什么是混血儿？"

"就是——他爸爸是华人，但他妈妈是——外国人。"

"那如果妈妈是华人爸爸是外国人，算不算混血儿呢？"

"当然算。"

"那你不是就可以生了吗？"

"你爸爸又不是外国人。"

"你可以和别人生呀！"

"嘘——别瞎说了，让爸爸听见敲你的头！ 妈妈怎么可以跟别的人生孩子呢？"

"为什么不可以？"

"妈妈只能跟爸爸生孩子，这是——法律规定的。"

"那你和爸爸能生出什么样的弟弟？"

"跟你一样的，黄皮肤，黑头发——"

"可以啊，可以啊！黄皮肤黑头发我也喜欢的，只要是——小男孩我就喜欢！"

"你不喜欢小女孩？"

"也喜欢，但是——已经有我了啊，你不用再生一个小女孩了，就生个小男孩吧！"

她也有点心向往之："我也想那样啊！"

"那就快生吧！这就生！"

"呵呵，生孩子可不是说生就生的——"

"那要怎样才能生呢？"

"呃——等你长大了就知道了。"她转到学琴的事情上来，"如果——我说的是如果哈，如果你学一辈子琴，也不能弹到最好，总是有很多很多人比你弹得好，那怎么办？"

女儿很淡定地说："肯定有很多很多人比我弹得好，我只要比我认识的所有人弹得好就行了。"

这个应该能办到吧？

女儿又说："再就是能在比赛中拿名次就行了。"

她苦笑一下，还真的让柏老师说中了。女儿喜欢的是与钢琴有关的那些挑战和荣誉，并不一定是钢琴本身，如果让女儿去学别的乐器，女儿一样会专注于超过别人和拿奖拿名次。

她安慰自己说，这也不是坏事，一个人没有一点好胜心一点荣誉感，那就一事无成了。

11

第二个星期，才星期五，侯玉珊就给戴明打电话来了："说好了的哈，我明天下午上你家来接你和小明——"

戴明急忙推辞："不用，不用，别麻烦你了！"

"你买车了？"

"还没有，正在犹豫是先买车还是先买钢琴呢。"

"当然是先买钢琴。车可以 carpool（拼车），钢琴就没法 piano-pool（拼钢琴）了。"

"那倒也是。"

"别客气了，明天我来接你们吧，顺路的事——"

"但是——那样你就得早去一个小时了。"

"那怕什么？正好可以跟你聊聊，我们这个 town（小镇）里没多少中国人，谈得来的更少，我好不容易才认识你这么一个谈得来的人呢。"

"你在 T 大读书，忙着呢。"

侯玉珊呵呵笑起来："那是糊弄柏老师的，我哪有那么忙啊？星期六又不上课。"

"糊弄柏老师的？"

"因为我不想让我女儿陪他儿子玩。"

"为什么？"

"你没听说近朱者赤，近墨者黑？我女儿本来就比较内向，如果跟那孩子一起玩，只怕是越玩越内向，到最后把我女儿都搞成自闭症了。"

戴明虽然见过侯玉珊的女儿，但就是进琴房前和出琴房后那么一小会儿，看不出那孩子内向不内向，但感觉比较安静就是了。

她好奇地问："我觉得你一点也不内向，怎么你女儿会——内向呢？她爸内向吗？"

"他爸才不内向呢，比我还外向！"

"那你女儿怎么会——"

"呵呵，可能是因为我和她爸都太外向了吧，把女儿的一点外向都占光了。人家爹妈都是一个唱红脸，一个唱黑脸，一个骂，另一个就哄。而我们两个都是骂，没人哄，所以我女儿从小就胆子小，不怎么爱跟人交往——"

"那让她多跟我们小明一起玩。"

"我也是这么想的，所以我特想载你们一起去柏老师家，来去的路上，她们两个小家伙可以在车里交流交流——"

戴明知道侯玉珊是在想着法子说服她搭顺风车，心里十分感动，这真是比雷锋还雷锋啊！雷锋帮人还用不着照顾被帮助人的自尊心，用不着花这么大精力，用这么巧妙的方法说服被帮助人呢。

她爽快地答应了。

从那之后，侯玉珊每个星期六都来接戴明母女俩去柏老师家学琴，学完琴又载她们回家。两个小琴童坐在车里叽叽喳喳，两个妈妈都很高兴。

小明和小聪也玩得很好，唯一让人担心的就是两个人总是关在玩乐室里玩游戏机，不知道会不会把眼睛搞坏。

有一个星期六，两个妈妈正在柏老师家客厅里坐着聊天，就见小明带着小聪从玩乐室里跑出来了。

戴明吓了一跳，赶紧问："怎么回事？你们怎么跑出来了？"

"我们去找柏老师！"

小明嘴里回答着，脚下一步没停，直往琴房跑。

小聪紧跟在后面。

两个妈妈都慌了："喂，喂，别去琴房啊！那里在上课啊！"

两个小家伙置若罔闻。

戴明站起身，快步往琴房走去。

还没走到，就见柏老师跟着两个小家伙出来了，很兴奋地对两个妈妈说："他们要去后院玩 trampoline（蹦床）！"

戴明不知道这个 trampoline 是什么，但从柏老师的表情来看，一定是什么好东西，因为他脸上满是兴奋和惊喜。

她急忙问侯玉珊："他们要去后院玩什么？"

"就是那个蹦蹦床。"

哦，原来 trampoline 就是蹦蹦床！

又学了一个词儿！

她俩跟着那三个人来到后院，发现那儿像个小游乐场一样，有个很大的游泳池，还有蹦床、滑梯、跷跷板、小篮球架等。

把她羡慕得！

小明和小聪已经爬上了蹦床，小明开始使劲蹦跶，而小聪则坐在蹦床上，被小明蹦得一颠一簸的。

戴明大声说："小明，当心点，别踩着了弟弟！"

"不会的！"

三个大人站那里看了一会儿，侯玉珊提醒说："柏老师，小珊还在琴房吧？"

他好像恍然大悟一般："哦、哦、是的，她还在琴房，我这就回去。"

戴明提议说："要不让小珊也来这玩一会儿？"

"不了，不了，这是她的上课时间。"他从戴明身边走过的时候，很感激地说，"小明真——有办法！"

等他走了之后，侯玉珊说："看他这样子也挺可怜的，后院里为孩子装了这么多好玩的东西，就是没办法说动孩子上这儿来玩，成天关在游戏室里，也不怕把眼睛搞坏——"

"这不是出来了吗？"

"所以他说你家小明有办法嘤。"

"你说小聪这是不是自闭症？"

"谁知道？医生说是，那肯定是嘤。"

"是医生下了诊断的？"

"我也不知道，都是听人家说的。"侯玉珊叹口气，"唉，老外真是让人搞不懂，你说要是咱俩有这么一个病孩子，那还不得格外疼他？别说是自己把他生成这样的，就算不是自己的责任，也是自己的骨血啊！怎么可以扔下不管呢？"

戴明问："你是说小聪的妈妈？"

"是啊，真不敢相信世界上有这么狠心的妈妈！"。

"他妈是因为他的病才——走掉的吗？"

"怎么不是呢？人家是钢琴家，为钢琴而生，为钢琴而死，本来连孩子都不愿意要的，是柏老师好说歹说，人家才同意生孩子，哪知道生的是这么一个病孩子，人家搞音乐的，生就一颗玻璃心，说看着这孩子她就没法体会音乐的美感，艺术灵感就枯竭了，整个人就跟死了没理似的——"

"她就为这——走掉了？"

"可不就为这走掉了嘛。"

"那柏老师——就让她走？"

"让不让又有什么用。"

"他们离婚了吗？"

"不知道，离不离都一样，反正是大人没老婆，孩子没妈了。"

两个女人都红了眼圈。

侯玉珊说："你这算是救了他一命！"

"我？怎么救了他一命？"

"你女儿陪他儿子玩啊！"

"那值个什么？再说他还免了我们小明的学费。"

"学费对他来说才真是不值个什么，他最重要的是儿子，现在有你家小明——开导，他儿子慢慢地知道出来玩了，他不知道多高兴呢！"

戴明的心里也很高兴，能帮到人家，总是一件高兴的事，尤其自己也没损失什么。一举两得，何乐而不为？

她朝蹦床的方向喊："小聪，你也站起来蹦呀，像小明姐姐一样！"看看小聪还是呆坐在蹦床上不动，她又向小明喊，"小明，你带着他蹦啊，拉着他的手，带着他蹦。"

小明停下来，去拉小聪的手，但小聪不肯站起来。

侯玉珊说："走，我们也去蹦，说不定能带动那孩子——"

两个人走到蹦床跟前，侯玉珊一抬腿就上去了，戴明没好意思上去，怕人多了把蹦床压坏了，只站在下面呐喊助威。

小聪看到一个大人爬上了蹦床，就再也不肯坐在那里，一定要从蹦床上下来，吓得侯玉珊抢前一步，下了蹦床，自嘲地说："看把这孩子吓的！我们还是躲一边看看算了。"

两个女人回到门边，站在那里看蹦床上的两个小孩子玩耍。

戴明怕侯玉珊尴尬，找个话题出来说说："前几天我女儿还叫我给她生个小聪这样的弟弟呢。"

"弟弟可以生，但别生小聪这样的。"

"弟弟怎么可以生？已经有一个了，再生就超生了——"

"美国又不搞一胎化。"

"但我们还要回去的呀。"

"回去干什么？"

"我们只有两年的合同。"

"两年到了再找别的工作呗。"

戴明很感兴趣："像我们这样的，能找到别的工作吗？"

"怎么找不到？你们两个都是博士，还愁找不到工作？"

"但我们——没绿卡呀。"

"谁是一来就有绿卡的呢？都是慢慢办的嘛。你这两年就可以试着办绿卡，如果办到了，那就更好找工作了。"

"我们这样的——能办到绿卡吗？"

"怎么办不到呢？我们老匡连博士都不是，还办了杰出人才绿卡呢！你们两个博士放这里，还愁办不到绿卡？"

戴明的心被说得动起来了，回到家就把侯玉珊的话传达给丈夫。

季永康也很感兴趣："真的？她丈夫不是博士？"

"不是，是国内医学院毕业的。"

"那你怎么说她丈夫是博士后？"

"是博士后嘛。这里博士后就是个临时工作，又不是什么学位，有没有博士学位都能当博士后。"

"他博士都没读，还办到了绿卡，那咱们更能办到了。"

"玉珊就是这么说的。"

"那我们也再生一胎吧，生个儿子。"

"这是说什么就生什么的？"

季永康信心满满地说："没关系，反正美国不搞计划生育，你就一直生呗，我就不信生不出个儿子来！"

戴明在侯玉珊的撺掇下，不仅打起了生二胎的主意，还自作主张，用国内带来的钱给女儿买了个二手钢琴。

季永康还没来得及发牢骚，单位就开工资了，按照中美两国的优惠协定，大陆持 J 签证来的人头二年不用交税，所以两个人都拿得满满的，一个月的工资就买了辆二手车，还绰绰有余。

侯玉珊让丈夫匡守恒来教戴明两口子开车。

戴明一见匡守恒，心里就明白为什么侯玉珊这个院长千金大美女会看上农村小伙匡守恒了。

一表人才呗！

她心里甚至有点幸灾乐祸，因为人家一直觉得季永康长得出众，像濮存昕，算得上男人中的前茅，而她只能算女人中的平均水平，总爱说些"你肯定有什么我们没看出来的闪光之处，不然小季怎么会爱上你呢"之类的话，连季永康自己都经常半开玩笑地说："我也不知道我怎么会看上你的，人家都觉得我吃亏了！"

而这个匡守恒，肯定比季永康长得好。季永康不过就是五官排列还算整齐，看起来比较清秀，比较像读书人而已。

但人家匡守恒身材魁梧，浓眉大眼，满脸英气，五官无论是单看还是组合，都很出众。

整个就是一加强版的陈宝国！

濮存昕单看再怎么书卷气，往陈宝国跟前一站，也就贼眉鼠眼了。

不知道季永康自己是不是也认识到自己不如匡守恒长得好，反正他从一开始就对人家没好感，虽然匡守恒教车很耐心，从不指手画脚，说话也很风趣，但季永康对人家就没一个好评："这个人压根就不是搞科研的材料！"

戴明很好奇："你又没看过人家搞科研，怎么知道人家不是搞科研的材料？"

"满身的商人气！"

"商人气不好吗？现在不就是全民经商吗？"

"哼，说商人气是好听的，严格地说，这人就是一个投机奸商。他到美国就是来投机生二胎的，根本不是来搞科研。现在他是因为没有施展之地，等他回到中国，你看他还搞不搞科研，他肯定会去做官，而且是贪官！"

匡守恒对季永康的印象也不好："书呆子！这样的人走到哪里都不会发达。"

侯玉珊开玩笑地问："人家以后得诺贝尔奖，那算不算发达？"

"他能得诺贝尔奖？别做梦了！我看他那么狂妄孤傲，目中无人，今后肯定处处碰壁！别以为美国就不讲人际关系，一样要讲的！而他这样的人，自视甚高，今后跟谁都处不好的。"

当然，这些评价都是两个男人私下对自己老婆说的，而两个女人也还没蠢到把这种负面评价传给对方的地步。

至少在当时，还没到传那些话的火候。

03 很多女人天生就会"向下攀比"的手法

她是一个最怕被人讨厌被人恨的人，哪怕只是一个冷漠的眼神，都会让她如芒刺在背，所以她凡事都力求做到最好，总是察言观色，体会别人的好恶，宁可克制自己，也要奉迎别人，只为了不遭人讨厌不被人仇恨不看人冷眼。

12

虽然戴明很快就买了车，但她仍然跟侯玉珊 carpool。

主要是接送孩子上学放学，因为校车早上来得很早，下午回来得很晚，时间都花在了路上挨家挨户地接人送人，半小时不到的路程，校车可以走一个多小时。

两个妈妈心疼孩子，一商量，就决定自己接送，好节约点车上时间，让孩子早上多睡一会儿，下午放学后早点到家。

戴明早上反正是要早起上班的，就由她送两个孩子去上学；侯玉珊不坐班，时间上比较灵活，就由她接孩子放学，下午三点左右就接回家来了。两个孩子一起写作业一起玩，戴明下班后再到侯玉珊家接女儿回家。

两个孩子在一起玩得很开心，两个妈妈也处得很好，但两家的男人却比较生分，都尽力避免与对方见面，而且两个人私下对老婆说的理由几乎是一模一样的。

季永康的理由是："不是一路人，在一起别扭。"

匡守恒的理由是："没有共同语言，说不到一块去。"

当然，到了两个女人认为两家人必须聚一聚的时候，两个男人也还是会出席的，而且都礼貌周全。但如果不是逢年过节两边女人逼着催着，两个男人是能不碰面的话绝不碰面。

季永康特别反对戴明跟侯玉珊来往："那个女人精怪得很！你跟她来往肯定吃亏！"

"不会的，我觉得她待人挺好的。"

"那是你傻呗！你天生就是被别人卖了还帮忙数钱的主儿！"

"除了你，谁会卖我？"

"呵呵，我想卖你也卖不出去啊！想当初，你还算年轻的时候，我卖你都没人要，现在你都徐娘半老了，更卖不出去了！"

她知道他是开玩笑的，但听着也很刺耳，便打断他说："那你说说她怎么精怪了？"

"她还不精怪？那个柏老师起先不是叫她女儿陪他儿子玩的吗？她不是使了个金蝉脱壳之计拒绝了吗？就你傻，人家一提你就同意了，不知道想个计策推托掉！"

"干吗要推托掉？小明和小聪玩得挺好的，还免了学琴的费用。你当初不是竭力赞成小明跟小聪玩的吗？"

"你都答应了，我还能说什么？"

"但这事跟玉珊也没关系啊，她拒绝柏老师的时候，都还不认识我呢。"

"反正我很讨厌那个女人，太强势了，恨不得爬到男人头上去拉屎！你看她平时支使老匡的那个劲头，真恨不得上去甩她两耳光！"

"人家支使自己的丈夫，要发牢骚也该人家的丈夫来发牢骚，她又没爬到你头上去拉屎。"

"但是她把你带坏了啊！"

"她怎么把我带坏了？我爬到你头上去拉屎了吗？"

"你暂时还没爬到我头上来，但也没多远了，已经爬到肩膀上来了。"

"别瞎说了！"

季永康数落道："怎么是瞎说呢？你说你在国内的时候，什么时候支使过我做家务？现在跟她在一起混了一段时间，你动不动就叫我洗碗——"

这倒是个事实。

戴明现在都想不明白为什么在国内的时候能那么惯着丈夫，真的是从来没支使过他做家务事，包括坐月子期间都是这样，一切都靠他自觉。如果他想起来做一点，那就做一点，比如换个灯泡，修个自行车什么的，做了她会感动半天。如果他不自觉，那她就自己做算了，包括换个灯泡，修个自行车什么的，反正等他自觉的那工夫用来做他该做的事，已经是绰绰有余。

而他自觉的次数很少很少，结婚这么多年，应该不上两位数。

但擦亮她的眼睛，激起她的不满的，并不是侯玉珊，而是单位的几个华人女同事。大家在一起吃午饭，很容易就说到各自的丈夫上去了。

结果说来说去，就她的丈夫在家啥事都不干。

她并没直接说"我丈夫啥家务活都不干"，但别人都能数出一串丈夫做的家务出来，而她一件也数不出来，那就等于是说"我丈夫啥家务活都不干"了。大家都是搞科研的人，这么简单的推理难不倒人家。

那几个女同事就开始打抱不平了：

"你可不能这么惯着他！凭什么呀？大家都在工作，凭什么你下了班还要做家务，而他就什么也不做？"

"你没听说过吗？好女人是一所学校！丈夫勤快不勤快，都在女人调教。你可别对他放任自流，到时候把自己累死了，他娶个年轻的，用你的钱，开你的车，睡你的男人，还打你的孩子！"

"你等男人自觉？那得等到太阳从西边出了！你得给他分派任务，规定他在什么时候做完，不完成任务就惩罚他！"

戴明知道人家都是为她好，但她其实很怕这种好心。就像一个脸上糊了锅黑的人，如果没人告诉她脸上有锅黑，她在闹市走一天也不会有什么不适。

但一旦有人指出了这一点，她就无法顶着锅黑在闹市里待下去了，一定得想办法打盆水，拧个毛巾擦上肥皂，对着镜子把锅黑洗掉才行。

洗掉了还没完，还会为刚才顶着锅黑在闹市走了半天而尴尬好久。

是啊，我也是博士后，我也在搞科研，我也想出成果，凭什么你就可以甩着手搞科研，而我就得一日三餐做好了你吃，还得接送孩子打扫房间呢？

有朝一日我侍候你搞出了科研成果，得了诺奖，你要是有良心，可能还会在领奖大会上提一句，说我是你背后的女人，如果没良心的话，不知多么瞧不起我，说早就知道女人成不了气候呢。

她不想暴露出单位那几个女同事，便简单地对丈夫说："这不关人家玉珊什么事，只是最简单的夫妻相处之道，家务应该分摊，我用不着谁指点也能知道这一点。"

"我哪有时间做家务？"

"那我又到哪儿找时间做家务呢？你要搞科研，我不也要搞科研吗？"

"你搞不搞得出成果都无所谓，人家一句'女人嘛'，就把你原谅了。但我就不行了，搞不出成果就说不过去——"

她承认社会上是有这个偏见，她也决定以后再不逼他做家务了，只要他的时间的确是用在科研上就行。

但季永康对侯玉珊还有不满意的地方："你跟她拼车，早上跑去送孩子上学，搞得我只能坐公车上班。"

她许诺说："从明天起，你别去坐公车了，在家等我来送完孩子再载你去上班吧，反正你们也没规定非得几点到实验室不可。"

"但你下午还要绕到她家去接小明。"

"那你说怎么办呢？"

"你们干吗要放着现成的校车不坐，偏要接送呢？"

"校车早上六点就来了，路上接这个接那个，要绕到七点多才到学校，这一个多小时不是浪费了吗？下午两点多就放学了，但校车又要送这个送那个，等小明回到家，都三点多了，她年纪小，又不能一个人待在家里，玉珊把小明接到她家，免费帮咱们看几个小时，咱们感激都来不及，还说人家——精怪？"

季永康没话可说了。

匡守恒对戴明倒没什么反感，也不反对妻子跟戴明来往，他只是不喜欢季永康，总说季永康自视甚高，目中无人："读了个博士有什么了不起的？不还是跟我一样，做个博士后吗？等我们回到国内，就能比出个高低了！"

侯玉珊不明白："人家又没说你什么，你怎么总觉得人家瞧不起你呢？"

"这还用说？我眼睛毒得很，他尾巴一翘，我就知道他要拉什么屎！"

两个女人一般是不会把丈夫私下的评论说给对方听的，但有时候匡守恒让侯玉珊生气了，侯玉珊就会向戴明控诉丈夫的种种不是，顺便就把这些枕边话都说出来了。

而戴明受了人家的推心置腹之恩，也很想报答，同时也为了安慰侯玉珊，就会把自己家的烦心事也说出来。

这是一种"向下攀比"的手法，很多女人天生就会，其目的是让对方感到

"男人都不是好东西"，由此获得一种心理平衡。

据说这是最好的开解方法。

事实证明这的确是最好的开解方法。

每次都是侯玉珊闷闷不乐地数落丈夫的不是，然后戴明也开始数落丈夫的不是。

再然后，控诉大会就变成表彰大会了。

一个说："其实你们家老匡还是不错的，吃了饭至少还洗个碗吧？我们家那位吃了饭连碗都不洗，往水池一丢就完事。"

另一个说："但你们家老季他忙啊！人家是冲击诺贝尔奖的人，除了吃饭睡觉，别的时间都在搞科研搞学习。如果我们家老匡把时间花在科研和学习上，那他不做家务我也没意见呀。"

这么互相表彰一番之后，两个女人就觉得自家的男人还是不错的，虽然有缺点错误，但也不比全天下的男人更坏。

既然男人都有这样那样的缺点错误，那咱们的丈夫有这样那样的缺点错误也就不稀奇了。

不稀奇的东西就叫普遍。

普遍的东西就容易接受。

因为大家都能接受，你有什么不能接受的呢？

最可怕的不是你嫁了个坏丈夫，而是人家都嫁了好丈夫，唯独你一个人嫁了坏丈夫。如果大家嫁的都是坏丈夫，甚至是比你丈夫更糟糕的丈夫，那你就不会感到不幸了。

幸福是在比较中产生的！

有时，开着开着表彰大会，侯玉珊会开玩笑地说："你觉得老匡这么好，干脆我把老匡让给你好了。"

刚开始的时候，戴明很不习惯这种玩笑，更不敢反开回去，总是急赤白脸地加以申明："哎呀，你可别误会了，我这么说，只是——"

"呵呵呵呵，我知道，我跟你开玩笑呢！"

两个女人各自脑补了一下换夫后的情景，还是觉得自家的丈夫好。

不管怎么说，在一起生活了这么久，都处习惯了，要真的换个人，还真觉得别扭。一切都得重新开始，多麻烦啊！

侯玉珊说:"其实,我要是跟老匡离了的话,还真能找到人。"

"是吗?"

"我刚来美国的时候,待家里没事干,就去东方店打工,那里有个美国小伙子,学了几年汉语的,也在那里打工,不是为了赚钱,主要是为了操练汉语。他刚开始以为我还没结婚,追得可起劲呢!"

戴明绝对相信,因为侯玉珊本来就长得甜美,生了孩子也没发胖,穿衣打扮也比较新潮,看上去像个年轻小女孩。

她很感兴趣地问:"多大的小伙子啊?"

"呵呵,比我小十来岁呢。"

"那他不知道你的年龄吧?"

"知道啊,我从来不隐瞒自己的年龄。"

"那他还追你?"

"怎么不追?一直到我把老匡带到店里去晃了几圈,他才不追了。"

"哈哈哈哈,那老匡是不是打翻醋坛子了?"

"他才不打翻醋坛子呢,他自信得很,说'只要我一露面,管他什么妖魔鬼怪都得遁形'。呵呵,也不怪他自信,还真是这样,跟他谈恋爱之后,还有很多人追我,但拿来跟他一比,就都入不了我的法眼了,统统拒掉!"

想到自己跟季永康恋爱前都没几个人追,恋爱后那就更是没人追,戴明的心里无比失落。

13

跟侯玉珊和单位那几个华人女同事一比,戴明发现自己的爱情婚姻都很失败。简直就是一个恶性循环!

一开始就缺了追求的过程,是被人介绍撮合的。而她一经撮合就立马答应了,简直就是饥不择食。所以季永康一点都不珍惜她,从来都不迁就她,都是她忍气吞声迁就他,生怕闹矛盾,生怕离婚。

她越迁就,他就越放肆。

她越怕离婚,他就越不珍惜她。

而别的女人,都是良性循环。

比如侯玉珊，人生得漂亮甜美，追求者大把。匡守恒是千辛万苦才追到老婆的，所以就特别珍惜，虽然他像所有男人一样，也有发懒病的时候，但他爱老婆，所以就怕老婆，不管他有多么懒，只要侯玉珊使出杀手锏：不让上床，他就得乖乖投降。

如果这一招还不奏效，也没事，侯玉珊还有特级杀手锏：离婚！

匡守恒立马就软了，赶紧地来哄老婆。

说来说去，还是打铁要靠本身硬。侯玉珊敢提离婚，是因为她转身就能找到新的对象。

比匡守恒更年轻更英俊的对象。

但她戴明就没这个能耐了。

她从来没试过不让丈夫上床，倒是丈夫爱用睡沙发来惩罚她。

从性的意义上来讲，她并不怕他睡沙发，反正做爱对她来说也不是什么如醉如仙的事，就是一个义务和程序。但她很怕他睡沙发所具有的深刻含义，那就意味着他在生她的气，他不满意她，他讨厌她，他连碰都不想碰她。

她更怕他几天几夜不跟她说话，怕他绷着脸进进出出，怕他会离家出走，让全世界都看她的笑话。她最怕的是女儿会觉察到，会担心地问："妈妈，你和爸爸吵架了吗？为什么爸爸不理我们了？"

她也没提过离婚，不敢，知道自己如果提离婚，季永康不会转弯，不会来恳求她，不会改进自己，正好相反，他会真的跟她离婚，去找别的女人。

以他的条件，找个年轻漂亮的女人并不难。

而她，只能从此孤零零一个人。

她爸妈肯定会非常难过，因为自己的女儿成了家族里第一个离婚的女人。

还有她的女儿，不知道会判给谁。

不管判给谁，都是一个破碎的家庭。

女儿得两边跑，定期去见父亲。

还有父亲的新欢。

孩子很快就会喜欢上年轻漂亮会打扮跟孩子年龄更相近的新妈妈，而她这个亲妈就变成了一个孤独寂寞老态龙钟啰唆讨人厌的女人。

而这一切，都是因为什么呢？

就是一点小事：丈夫不做家务。

为这么一点事闹到离婚，值得吗？

肯定是不值得的。

还不如自己把家务做了算了。

也不会累死人。

其实这样的思考，她只做过几次。但这几次很管用，想清楚了，想通了，就变成了习惯。再后来就不用思考了，直接包揽家务了事。

她曾经向侯玉珊透露过自己的这番思考，但侯玉珊不以为然："你太胆小了，完全是自己吓自己。你们老季哪里有你说得那么勇敢？你就大起胆子提个离婚试试，我保证他跪下来求你！你这么完美的女人，他上哪儿去找啊？"

她知道自己不完美，从来没敢试过。

只在刚生了儿子后的那段时间，她提出过离婚。

是被逼无奈。

本来是很开心的事，真算得上要雨得雨，要风得风，已经有了个女儿，又怀上二胎，刚好就生了个儿子，再没有比这更称心如意的事了。

那时，侯玉珊这个专程到美国来生儿子的人，都还没怀上，羡慕得要命："你看你看，你还是我提醒了才想到要生儿子的，结果你一下就成功了，而我呢？努力了这么多年，都没怀上一个儿子！"

她安慰说："别着急，儿子会有的，肯定会有的！"

但生下儿子后的那几个月，差点要了她的命！

起因是公公婆婆都到美国来看孙子，所以她没让自己的爸妈来，四个老的一起来，家里住不下。

她早就知道季家的男人都是甩手掌柜，在家里是横草不拿，竖草不拈，都是饭来张口衣来伸手的主儿，所以她从来没指望过公公帮她做家务。

但婆婆是典型的中国农村妇女，勤劳勇敢，家务事包揽，所以她对婆婆寄予很高的期望，以为婆婆是来给她坐月子的，至少能减轻她一点负担，一个做饭，另一个就带孩子。

她唯一担心的，就是婆婆带孩子的方式可能和美国的方式不同，她准备尽可能按婆婆的方式带，反正只半年时间，等公婆走了，她再按美国方式带孩子就行了。

但到了做饭的时间，季永康发话了："戴明，你不能等我爸妈做饭的，他们是长辈，咱们是小辈，他们上咱们家来做客，理应咱们小辈侍候他们。"

她虽然失望，但仍然息事宁人地说："好的，我现在正在喂奶，要不你去——做下饭？"

"我哪会做饭啊？"

"学呗。"

"现在他们在这里，我怎么好学做饭？要学也得等他们走了再学。"

"为什么？"

"我们那里不兴男人下厨房的。"

她斗胆说："但是现在——不是在你们那里啊。"

他没再说什么，沉着脸出去了。

她以为他去厨房做饭了，想到他连煤气炉都不会用，生怕他搞出事来，便匆匆给孩子喂完奶，到厨房去帮忙。

结果连根人毛都没见着。

公公婆婆也不见了。

她搞蒙了，急忙去问女儿："你爸上哪儿去了？还有你爷爷奶奶？"

"他们出去吃饭了。"

"出去吃饭了？上哪儿去吃饭？"

"上餐馆。"

"上餐馆去吃饭？怎么——没吱个声？"

女儿很认真地说："吱了。"

"跟谁吱了？"

"跟我吱了。"

"是吗？他们——怎么跟你吱的？"

"爸爸说'你妈不做饭，我们上餐馆吃去了'。"

她简直不敢相信自己的耳朵，丈夫带着公婆出去吃饭，都没告诉她一声，还把罪过都推在她头上。她气得直发抖："那你——他们——没叫上你？"

"叫了。"

"你怎么没去？"

"我说我妈不去我就不去，我要帮妈妈看弟弟。"

她的鼻子一酸："我的宝贝女儿，只有你疼妈。妈这就去给你做饭，你帮忙看着弟弟。"

"不用了吧，他们吃了肯定会给我们带回来的。"

"他们这样说了？"

"他们没有这样说，但是——我们每次在外面吃饭，不是都给爸爸带回来了吗？"

的确如此。有时她的同事熟人请吃饭，季永康总爱找个理由不去，说自己忙，其实是不爱跟人交往，觉得她的同事朋友不上档次："一群老娘儿们，我才懒得去掺和！说起来都是在实验室工作的人，好歹也算个搞科研的，但那个思想境界跟街道妇女没什么两样，成天就知道张家长李家短，挑拨人家夫妻关系，都是爬到男人头上拉屎的主儿！"

他不肯去，她也没办法，只好去对人撒谎，说他多么多么忙，还得给他备饭，要么去之前就做好了放家里，要么从聚会上带些吃的回来，要么在外面买些食物带回来。

她安慰自己说：他的确不会做饭，可能也不好意思逼着她去做，那么他带着父母出去吃也算合理，只要他们记得给她们娘儿俩带饭菜回来，她就满足了。

为此，她都不好意思自己做饭吃，免得待会儿人家带了饭菜回来，却发现她们娘儿俩已经吃了，那多不给人面子！

尤其是她刚才没（来得及）给公婆做饭，现在却给自己和女儿做饭，肯定会让那三个人不高兴。

于是，她忍着饥饿，等丈夫和公婆带饭回来。

她给女儿支招说："你先吃点 cookie 什么的垫一垫。"

"我不吃 cookie，留着肚子吃餐馆里带回来的好东西！"

一直等到晚上八点多，那帮人总算回来了。

她抱着儿子从卧室出来迎接，女儿也喜滋滋地跑到客厅来，结果两个人都失望地发现：那三个人，六只手，全都是空空的！

女儿埋怨地问："爸爸，你没给我和妈妈带吃的回来？"

"你们又没说要带吃的回来！"

"我们每次都给你带吃的回来了！"

"我叫你去你怎么不去呢？"

女儿嘟着嘴，站在那里不说话。

她赶紧说："没事，我来给你做饭。"

那三个人都坐沙发上看电视去了，她把儿子放到丈夫腿上："你帮忙抱一会儿，我去做饭。"

丈夫手足无措地看着腿上的孩子："你把他放床上嘛，干吗从早到晚抱着？"

"不是从早到晚抱着，只是他醒着的时候抱一会儿，可以跟他 bonding（建立感情）——"

婆婆插嘴说："他一个男人家，哪里会抱孩子？我来吧。"

她把儿子从丈夫腿上抱起来，交给婆婆，然后到厨房去做饭。

婆婆抱着孙子跟过来："我说给你带个背儿带过来，你公公说不用，说美国东西多得很，还用你带个背儿带过去？你看这不让我说准了？美国就是没有背儿带卖。"

"什么背儿带？"

"背儿带你不知道？就是——背孩子的——"

"哦，可能有卖的吧。"

"那怎么不买一个？"

"呃——这里出门都是把孩子装在——提篮里，不兴背。"

"出门不用，你在家得上啊，做个饭洗个衣服什么的，把孩子背在背上多方便。"

"您以前——都是这么背着孩子做饭洗衣的？"

"是啊，我们那时候哪里能跟你们现在比？生了孩子就不用上班了，我们那时候生了孩子，下面的血水还没干，就下地了——"

她的眼泪唰唰地流下来，不知道是为自己，还是为婆婆，抑或是为天下的苦命女人。

想到丈夫就是在这样的环境里长大的，她也不好责怪他了。

但他还在责怪她！

夜晚，他一进卧室就背朝她躺在床上，一声不吭。

她知道他在生气，但她不知道他在生哪门子气，或者说，她想不出他有什么资格生气，该生气的是她，而不是他！

但她习惯性地去求和："生气了？"

他不回答。

　　她解释说："我也没说不做饭，我就是那时在喂奶，手不空，等我空出手来就会去做的——"

　　"要是我们坐那里等你空出手来，只怕都饿死掉了！"

　　"你们干吗要坐那里等我空出手来呢？你们不能——先做起来？煮个饭，洗个菜——也不是什么难事，咱妈肯定会——"

　　"现成的媳妇放这里不做饭，那我还娶媳妇干吗？让我妈这个老辈子来做饭，你好意思吗？"

　　"你也是小辈，你可以先做着嘛。"

　　"我爸妈在这里，你叫我去做饭，这不是成心气他们二老吗？"

　　"你们那里的规矩——也太——没道理了。"

　　"有道理没道理，都不是我制定的。他们在这里的时候，我们都得遵守。等他们走了，你放肆一点可以，但现在不行！"

　　她感叹说："早知是这样，还不如让我妈来帮我坐月子。"

　　他烦了："你就是这样，什么都是你妈好！你过门这么多年，根本没把我妈当成自己的妈！"

　　她想起自己这么多年来兢兢业业讨好公婆，还有那一大帮小姑子小叔子大伯子的，个个都是照顾周全，但无论她做得多么完美，也还是落得这个下场，不由得委屈地哭了。

　　他从床上坐起来，压低嗓音说："你号丧啊？我爸妈刚来，你就一哭二闹三上吊的，存心把他们气走？你要号滚外面去号，别在我家里号！"

14

　　这是戴明有生以来第一次被人喝令——滚！

　　真是奇耻大辱！

　　她是一个最怕被人讨厌被人恨的人，哪怕只是一个冷漠的眼神，都会让她如芒刺在背，所以她凡事都力求做到最好，总是察言观色，体会别人的好恶，宁可克制自己，也要奉迎别人，只为了不遭人讨厌不被人仇恨不看人冷眼。

　　一直以来，她也的确没有被人讨厌被人仇恨过，而现在她的丈夫——这个应该是她在这个世界上最亲密最亲爱的人——居然叫她滚！

　　她只觉全身的血都往脸上涌，脑子里像开了锅的水，一片蒸腾，两眼胀得像要爆炸一样，双手急剧哆嗦，攥紧了拳头都停不下来。

　　她惊恐地想，我这是不是要爆血管了？

　　千万不能爆！

　　千万不能爆！

　　我的儿女都还小，他们都需要我，有妈的孩子是个宝，没妈的孩子像根草，如果我倒下，他们就悲惨了。

　　她张开嘴，狠命地吸气，又闭上眼，用意念强迫自己平静下来。

　　等到脑子里那团沸水稍稍平静后，她做出决定：离开这个家！

　　没别的出路！

　　公婆要在这里住半年，那就意味着今后的 180 天，每天都会面临同样的问题：要么她做饭侍候那三个人，要么他们上餐馆去吃，还不给她和女儿带饭回来。她要是有意见？滚！

　　迟早的事，不如现在就走！

　　她打定了主意，心里平静多了，走到壁橱跟前，打开门，从搁架上拉出一个旅行箱来，开始往里面放儿子的衣服鞋帽。

　　季永康一言不发地看她收拾。

　　旅行箱很快就装满了，她本来还有几个大箱子，都是出国时带来的，但她不敢拿太多东西，因为车里还要放儿子的提篮座椅什么的，箱子多了放不下，只能先带些急用的走，其他的以后再说。

　　她拿起自己的手提包，检查了一下钱包、车钥匙都在里面，便把手提包斜背在肩上，拉着旅行箱，到床前来抱儿子。

　　季永康挡住儿子不让她抱："你要走你走，不许把我的儿子带走！"

　　"他也是我的儿子！"

　　"他姓季！是我们季家人！"

　　这是什么破道理？

　　生儿子之前，她曾提过建议，既然女儿叫季小明，那儿子就叫戴小康，这样两个孩子的名字里都带上了父母姓名的一个字。

　　但她的提议被当成了耳边风。

　　他从知道她怀的是儿子起，就开始给孩子起名，还向他们季家的老老小小征求名字，那帮人也纷纷给孩子起名——当然都是姓季的名字。

她半开玩笑地抗议了一下："女儿已经跟你姓了，儿子应该跟我姓了吧？"

他坚决不同意："怎么能跟你姓？那我不成了倒插门女婿了吗？"

"美国又没倒插门的禁忌。"

"但美国也不兴孩子跟妈姓啊！如果真要按美国风俗办，连你都应该跟着我姓季！"

她真心不明白美国这么先进这么平等的国家，为什么会有这么落后这么不平等的风俗，女人一结婚，连自己的姓都没了，要改成夫家的姓。

他见她哑口无言，扬扬得意地说："你就别争这个姓了！就算儿子姓戴，也不是跟你姓的，因为你的姓也是你爸的。所以说啊，女人不管姓什么，都是男人的姓，你就老老实实接受这个现实吧！"

她知道让儿子姓戴是没指望了，便婉转地说："孩子生在美国，就是美国公民，今后也主要是在美国生活，他的同学什么的，肯定都是用英文名字交往，我们还是给他起个英文名字吧。"

季永康还没顽固到连这个事实也看不见的地步，但他家那帮人都不同意孩子用英语名字，结果搞到最后也没定下一个名字来。一直到孩子出生了，医院要开出生证，没名字不行，才匆匆忙忙给孩子起了个名字叫"季小康"。

现在她见季永康拿孩子的姓氏说话，更是气不打一处来，你们霸道地让孩子姓季，现在却用这一点来证明孩子是你们家的，这不是强盗逻辑吗？

她冷冷地说："你放心，我会让他改姓的！"

"你敢！"

"如果孩子判给了我，我当然要给他改姓！"

"你试试看孩子会不会判给你！"

"我是他的妈妈，我也有抚养能力，为什么不判给我？难道还会判给你这个从来不照顾孩子的人？"

"谁说我从来不照顾孩子？"

"你照顾了吗？你抱过他给他换过尿布吗？"

"那只是你的一面之词，法官未必信。"

"我说的是事实，法官为什么不信？"

"你说的都是产后抑郁症患者的胡言乱语——"

她不跟他多说，直接去抱孩子。

他一把抓起孩子，扔到床的另一边。

力道太大，孩子被震醒了，大哭起来。

她急了，想绕到床的另一边去抱孩子，但季永康跳下床来挡住了她。

两人虎视眈眈地对峙着，儿子大声号哭。

睡在客厅的女儿跑过来敲门："妈妈，弟弟怎么了？怎么哭这么凶？"

季永康放开她，几步抢过去打开房门，把女儿拉进来，然后关上门，低声教训说："半夜三更的，喊这么大声干什么？不怕把爷爷奶奶吵醒？"

"我听见弟弟在哭——"

"弟弟哭哭是正常的，哪个小孩子不哭？"他扭头看了看，见戴明已经用奶头止住了儿子的哭声，便对女儿说，"没你的事，去睡觉吧。"

女儿不听他的，径直走到妈妈跟前，摸摸弟弟的脸："妈妈，弟弟刚才肯定是饿了，你看他吃得多带劲！"

她不敢开口，怕女儿听出她在哭泣。

细心的女儿还是发现了："妈妈，你在哭？怎么了？是不是弟弟太——闹了？"

"不是，是我——有点累。"

"我把弟弟抱到外面去跟我睡吧，让你可以 have a good sleep（睡个好觉）。"

"外面只有一个沙发床，怎么睡得下你们两个人？"

"可以的，我蜷着睡，只要一小半沙发床就够了，其他的都让给弟弟睡——"

多好的女儿！

从小就懂事，乖得令人心疼。

可惜从小就被爸爸吼。

饭吃慢了，吼！

饭吃少了，吼！

没考到 100 分，吼！

想买双新鞋，吼！

想吃个麦当劳，还是吼！

女儿小时候的愿望，就是长大了，有钱了，就去买个好爸爸，把这个坏爸爸扔垃圾箱去。

季永康对女儿说："你把弟弟抱外面去睡吧，你妈得产后抑郁症了，无缘无故地哭闹，把弟弟都搞哭了——"

戴明惊呆了！

这个人怎么可以这样空口说白话，而且是当着女儿的面？

她一向避免在女儿面前暴露父母之间的矛盾，哪怕再生气再烦恼，她也不会在女儿面前说爸爸的坏话，哪怕夫妻二人正吵着嘴，只要女儿回来了，她都会立即住嘴。

就是为了让女儿有个安宁的家，每次闹了矛盾她都是率先求和。

即便是刚才准备离家出走，她都在想着要编个借口，不让女儿知道真实原因，但季永康居然对女儿说这样的话！

她又气得发起抖来。

女儿担心地看着她："妈妈，爸爸说的——是真的？"

季永康抢着回答说："你爸爸什么时候骗过你？"

女儿大概还真想不出爸爸什么时候骗过自己，因为爸爸和女儿根本没什么交集，饭是妈妈做的，衣服是妈妈买的，上学放学是妈妈和侯阿姨接送，学习是妈妈辅导，学琴是妈妈送，家长会是妈妈去开，父女之间连话都很少说，上哪儿找骗她的机会？

戴明看见女儿惊惶的眼神，急忙说："妈妈没得产后抑郁症，你爸爸他——开玩笑呢。"

"那你怎么在哭？"

"就是——有点累，休息一会儿就好了。"

"那我把弟弟抱外面去吧。"

她想这样也行，儿子在客厅里，她走的时候更容易带走："好吧，我把弟弟的 crib（儿童床）拿到外面去，放在你床边，免得挤着你睡不好觉。"

她走过去拿 crib，季永康也上来帮忙，两个人把 crib 抬到客厅里，放在小明的沙发床边。

安顿好了一双儿女，她回到卧室，继续收拾东西。

但经过了这一番折腾，她脑子里不像刚才那么沸腾了。

看在儿女的分儿上，她并不想离家出走。

能走到哪儿去？

她把所有的朋友和同事熟人都拿出来想了一遍，觉得只有侯玉珊会收留她。

别的人，要么会觉得她小题大做，"不就是带爹妈上餐馆没给你带饭菜回来吗？那是多大个事呢？可能以为你刚生孩子，更愿意在家吃。你要是想让他们给你带饭回来，你直接说就行了，你自己不说，人家怎么猜得到？"要么会本着"宁拆一座桥，不拆一台轿"的原则，不问青红皂白劝她回家。

侯玉珊肯定能理解她，肯定会支持她，但侯家跟她家一样，也就两个卧室，如果她带着孩子去侯家，就意味着小珊要睡客厅，匡守恒要被婴儿吵闹，肯定也不欢迎。

当然，她可以带着孩子去住旅馆，但那也不是长远之计啊！

最重要的是，那样一来，家丑就搞成家喻户晓的八卦了，人家都知道他们夫妻闹矛盾了，她被丈夫赶出来了，细问起来，也没什么死人翻船的大矛盾，就是丈夫带着公婆出去吃饭没给她带吃的回来而已。

不到万不得已，她还是不愿意成为人家茶余饭后的谈资和同情对象的，更不愿成为人家责怪和嘲笑的对象。她也不愿意两个孩子跟着她到处奔波，过着有家不能归的恓惶生活。

如果现在季永康能上来劝她一句，挽留一下，哪怕不认错，她也愿意跟他和好，毕竟真的不是什么大事，就是个做饭的问题，考虑到他是在那样的环境里长大的，他也很要面子，她可以理解他，也可以原谅他。

但他没有来劝她，也没挽留。

她又想，哪怕他放几句狠话不许她走也行啊！

比如说这么一句："我不许你离开这个家！有什么事咱们就在这个屋子里解决，不许到外面去丢人！"

那她就留下来"解决"问题，虽然她知道所谓"解决"，也就是她做出让步的同义词。

为了家庭的安宁，为了两个儿女，她愿意让步。

但他也没放狠话，只冷冷地看着她。

她只好背上提包，拉起行李箱，往卧室外走。

他在身后冷冷地说："我再说一遍，你要走没问题，但不许带走小康！"

"他还在吃奶，我不带走他，你有奶给他吃？"

"我不会让他吃奶粉？"

"哼，你连奶粉长什么样都不知道，还喂他吃奶粉！"

"还有爷爷奶奶嘛。"

"爷爷奶奶也不知道美国的奶粉长什么样。"

"那有什么？我妈生了五六个，还不都养大了？你别太把自己当根葱，以为离了你地球就不转了。老实告诉你，你唯一的能耐，也就是能生孩子而已。我要是自己会生的话，连生都不用你来生！"

15

再没有比这更令戴明伤心的话了！

如果说季永康那个"滚"字主要是伤了她自尊的话，那么这番话就直接伤到了她的心，她的感情。

原来季永康从来就没爱过她！

只是把她当成一个生孩子的工具。

确切地说，是生儿子的工具。

因为孩子十多年前就生了，如果他只是想要个孩子，那时就该叫她滚了。但她那时生的是个女儿，所以他娶她的目的还没达到，还需要她，才会磕磕绊绊走过这些年。现在儿子已经生出来了，他的目的达到了，她的历史使命就算完成了，他要不要她都无所谓了，所以他这么绝情地叫她滚！

滚就滚！

但她绝不会把儿女交给他，他对孩子一点温情和耐心都没有，孩子跟着他能有个好？

就是不知道法官会不会把两个孩子都判给她，她和季永康的收入差不多，如果他坚持要儿子，法官会不会判一人一个孩子？

那她怎么办？

两个孩子都是她的心头肉，你叫她怎么选择？

看他那个样子，他一定会跟她抢儿子，一定会在法庭上血口喷人，说她患了产后抑郁症。如果法官相信了他的话，可能连一个孩子都不会判给她。

法官会相信他吗？

她没上过美国的法庭，没接触过美国的法官，只从影视里看到过一些，从网上读到过一些，从同事朋友那里听到过一些。

她记得曾经看过一部美国电影，叫《Changeling》(《换子疑云》)，是 Angelina Jolie（安吉丽娜·朱莉）饰演的女主角 Christine（克里斯丁）。

故事发生在上世纪 20 年代的洛杉矶，克里斯丁的孩子沃尔特被人拐走了，无能的警察没把孩子找回来，被一位牧师公之于众，并嘲笑批评了一通，于是警方恼羞成怒，想方设法挽回面子，不知道从哪儿弄来一个孩子，冒充沃尔特给克里斯丁送了回来。

但克里斯丁发现那不是自己的儿子，牙医和家庭医生也证实那孩子不是沃尔特。克里斯丁质疑了警方，结果被关进了精神病院。

虽然克里斯丁经过不屈不挠的斗争，在那位牧师的帮助下，终于被从精神病院放出来，并成功地把加害于她的特警队头头儿拉下了台，但她被诬陷为精神病被强制治疗的场景还是非常恐怖的。

所以，不能排除这样一种可能：法官相信了季永康的话，认为她有产后抑郁症，她越说自己没有产后抑郁症，法官越会认为她得了产后抑郁症，因为这类病症的第一个表现就是 denial（不承认）。

当然，季永康应该没本事买通法官，法官应该不会听季永康一说就判定她得了产后抑郁症，可能会派个专家来诊断。

但她不知道专家会怎么诊断，可能会弯七拐八地问她一些问题，像她这样英语听力口语都不是那么灵光的人，可能问着问着就把她问糊涂了，而她答着答着就把自己给绕进去了。

至少影视里的专家都是这么个搞法，无论你说什么做什么，他们都能证明你有病。

你说你没病，他们说你 denial（否认，不承认）；

你生气（被人诬陷有病，谁能不生气？），他们说你 irritable（暴躁，爱生气）；

你情绪不高（被人诬陷有病，谁的情绪高得起来？），他们说你 depressed（抑郁）；

你被迫表现得情绪高一点，他们说你 abnormal（不正常）；

你指责他们是欲加之罪何患无辞，他们说你 paranoid（受害妄想症）。

于是，他们终于证明了你有病，把你关进疯人院或者类似的机构，逼着你吃药，你要是不从，就把你捆在病床上用电击你。

那么个整法，没病也整出病来了。

而产后抑郁症就更好证明了。

你现在刚生完孩子，这就已经证明了前两个字——产后；

你跟丈夫闹矛盾——证明你 irritable（暴躁），症状之一；

你哭了——说明你 depressed（抑郁），又对上两个字。

就凭这几条，专家就可以得出结论：产后抑郁。

至于最后一个字，"症"，那就更简单了。

美国别的不说，"症"是绝对丰盛的，一抓一大把。中国人认为是思想问题态度问题人品问题的，在美国都是病理问题，都有现成的病名在等着你，"××综合征"，"××情结"，应有尽有。

你内向点，胆小点，那是"自闭症"；

你调皮点，捣蛋点，那是"多动症"；

你害羞点，爱哭点，那是"抑郁症"；

就连你作风不好，乱搞男女关系，都不是道德品质问题，而是一种病：性瘾症。

柏老师的那个儿子小聪，不就是这样吗？充其量也就是内向点，胆小点，怕生，见了人不爱打招呼，再就是特迷电子游戏。

如果碰上一个厉害点的中国大陆老爸，早就棍棒上前，一顿胖揍，把儿子打得外向了，胆大了，不怕生了，见了人知道打招呼了，也不玩电子游戏了。

但柏老师是个二十四孝爸爸，什么都由着儿子。儿子内向，就由着他内向；儿子胆小，就由着他胆小；儿子怕生，就由着他怕生；儿子见了人不打招呼，就由着他不打招呼；儿子只爱玩电子游戏，就由着他玩电子游戏，还给儿子买那么好的音像设备，专供儿子玩电子游戏。

用咱们中国的老话来说，柏老师这就是娇惯，而他儿子就是被惯坏了。

但到了美国，就不是这么回事了，就成了"自闭症"。

你要是不同意，说那孩子其实挺聪明的，电子游戏玩得忒好，美国人会告诉你：那还是自闭症，不过是自闭症里比较"高级"的一类，叫 Asperger's Syndrome（艾斯伯格综合征）。

总而言之，美国没有思想问题，只有病理问题。

如果是思想问题，教育教育就行了；但如果是病理问题，那就不是教育能奏效的了，你得治病。

　　比如她，如果法官认为是生孩子后比较累，心情不大好，那就只是个调养问题。但如果法官认为她是产后抑郁症，那就不是个调养问题了，她就成了一个不合格的母亲，她就没资格照顾她的孩子。即便她能证明丈夫是个不合格的父亲，法官也不会把孩子判给她，因为多事的美国政府会把孩子收走，由政府去抚养。

　　她知道这些都是 worst case scenario（最坏的可能），更可能的是遇上一个正常的法官，英明伟大地把两个孩子都判给了她，因为她是妈妈，两个孩子都是她在精心照顾，而孩子的归属判定原则是"尽量不要改变孩子们已经熟悉的现状和环境"。

　　但季永康绝不会就此罢休，不定会干出什么绝情的事来。

　　她别的都不怕，就怕他伤害孩子，不论是身体上的，还是感情上的。

　　她知道离家出走可能会在孩子的判决上对自己不利，因为孩子跟着她就会改变"孩子们已经熟悉的现状和环境"，但现在是箭在弦上，不得不发，她只好迈着沉重的步伐走出卧室，来到客厅。

　　她想叫女儿去收拾点东西跟她走，但她不知道该怎么开口。

　　而季永康已经追到客厅来了，压低了嗓音说："我最后一次警告你，如果你干干脆脆走出这个门，那咱们就好说话，如果你想把儿子带走，就别怪我不客气了！"

　　她不知道他要怎样不客气，但她心里是虚的，怕他把儿子怎么样了，不说掐死摔死什么的——谅他还没无人性到这个地步，就算他像刚才那样提起儿子的褟裤，然后扔在床上，也让她心惊肉跳啊！

　　女儿从沙发床上坐起来，惊慌地问："妈妈，你要到哪里去？"

　　她答不上来。

　　他指着卧室门对女儿说："小明，你把弟弟抱到屋子里去！"

　　"为什么？"

　　"这还不明白吗？你妈她疯了，这么晚往外跑，还要把你弟弟也带上！"

　　"妈妈，你——为什么要——往外跑？"

　　她见丈夫已经把矛盾公开了，也懒得再隐瞒："因为你爸爸赶我滚。"

　　女儿勇敢地质问爸爸："你为什么要赶我妈滚？"

　　"因为她得了产后抑郁症，无缘无故地哭闹，吵得一家人不得安生！"

"我妈妈没有抑郁症！她是累了！"女儿急切地说，"妈妈，我不是让弟弟跟我睡了吗？你不是可以 have a good sleep 了吗？你怎么还要走呢？"

她解释说："不是他说的那样——也不是你想的那样——"

"那你要到哪里去？"

"妈妈想带你们到——旅馆去住几天。"

女儿从沙发床上跳下来，一边把脚往拖鞋里钻一边说："妈妈，你等我一下，我去拿我的书包，还有我的衣服——"

女儿往爷爷奶奶住的房间走，但被爸爸叫住了："你跑那里去干什么？想吵醒你爷爷奶奶？"

"我的衣服都在那里的 closet（衣橱）里面——"

"你妈有本事带你走，还没本事给你买衣服？"

虽然几个人都压低着嗓音，但还是惊动了两位老人家，都从卧室里出来了，一看这阵势，都愣了。

爷爷本来话就不多，此刻更是木头人一般。

奶奶惊慌地问："咋的了？咋的了？"

季永康回答说："没咋的，就是您儿子不孝，驯不下个媳妇来，给您气受了。"

"这——这到底是咋的了？"

"她不肯给你们做饭，我说了她两句，她就要跑！"

奶奶听说起因是给自己做饭，更加慌了："不是下馆子了吗？咋还要她做饭呢？康儿还在吃奶，她要是跑了，谁来给康儿喂奶呀？"

"您放心，美国奶粉多得很，不愁养不活小康。"

"但是人家知道了——可怎么好？小戴啊——你能不能看在我这张老脸的份儿上——"

季永康打断奶奶："妈，您就别掺和了，今天这个事，我绝不能服软，不然的话，今后有一点事，她就往外跑，拿这个来要挟我，那我不成了她的下饭菜？您今天就别拦着她，让她跑，看她能跑到哪里去！"

奶奶出来劝架的时候，戴明还是有点感动的，也想借这个机会转个弯算了。但奶奶一席话说下来，她的心也冷了，说来说去，奶奶也是把她当奶牛看待的，如果不是因为孙子还需要她喂奶，奶奶才不会管她去哪里呢。

她对女儿说："小明，去拿书包，再拿几件换洗的衣服就行了，我们走！"

女儿边往爷爷奶奶的卧室走，边交代说："妈妈，你等着我啊，你一定等着我啊！我很快的！"

她转过身对丈夫说："小康我是肯定要带走的，你想要他，去向法院起诉。"

"你以为你是法律的化身？你以为法官真的会判给你？别做春秋大梦了，就凭你这个德行，绝对是产后抑郁症，法官一个孩子都不会判给你！"

"那咱们就走着瞧吧。"

"走着瞧就走着瞧，谁还怕你不成？"

她走上去抱儿子，被他拦住了："儿子必须放这里，这是他的家。你想要儿子，去向法院起诉！"

她知道靠抢是抢不过他的，更抢不过他家三口人。

但如果不能带上儿子，她也无法安心出走。

一家几口人就那么虎视眈眈地对峙在那里，像定了格的镜头一样。

正在这时，门铃响了。

几个人都吃了一惊，糟了，肯定是邻居打了911，把警察惊动了！

16

小明像小鹿一样弹跳起来，冲到门边，赶在几个大人发声之前打开了门。

来人不是警察，而是侯玉珊。

还有匡守恒。

然后匡小珊也从爸爸背后钻了出来。

三个人，三张脸，像三朵花一样，开放在门边。

屋子里的几个人如释重负。

又如梦初醒。

季永康眼疾手快地从戴明手里夺过旅行箱，把拉杆按下去，把旅行箱藏在儿子的crib（儿童床）后面，戴明也手忙脚乱地把肩上的手提包取下来，塞在小明的被子下。

夫妻二人心照不宣地结成统一战线，齐刷刷地换上迎宾的表情，好像刚才不是在闹架，而是在开家庭聚会似的。

侯玉珊转过头，仿佛在跟丈夫说话，但声音大得人人都能听见："老匡，怎么样，你赌输了吧？我说他们还没睡，你偏不信。看看，我没说错吧？"

匡守恒好脾气地笑着说："我输了，你赢了。其实你赌输赌赢有什么区别，还不都是我做饭我洗碗？"

"呵呵，虽然还是你做饭你洗碗，但意义不同了嘛，这是你赌输了的下场，而不是我逼着你干的，那就不兴有怨言了。"

"我什么时候有过怨言啊？"

那两口子在门边打情骂俏，戴明两口子则走上去迎接客人。

季永康问："老匡，这么晚了，怎么还——跑出来——兜风？"

"哪里是兜风啊，是专门给你们送猪蹄过来的。"

戴明好奇地问："猪蹄？哪买的？"

侯玉珊回答说："大华买的。"

大华是 T 市最大的华人超市，戴明几乎每星期都要上那儿去一趟，吃的东西除了面粉和鸡蛋、食油，基本都是在那里买的。

她又问："大华有猪蹄？我怎么从来没看见过？"

"因为从来都是还没等摆上货架，就让内部的人给分光了。"侯玉珊转向在场的各位同胞，解释说，"唉，我们这个 T 市啊，就是一个大农村，连个猪蹄都难得买到。我平时都是让大华的小费帮我盯着的，店里进了猪蹄，就给我留几磅。今天刚好进了新鲜猪蹄，小费帮我留了六磅，下班的时候亲自捎到我家来。我们家要不了那么多，刚好你们家有产妇，又来了客人，就给你们送些过来。"

戴明走上去接过猪蹄，连声感谢："太谢谢了！太谢谢了！正愁买不到猪蹄呢，我把猪蹄放冰箱里去，明天来做。"

季永康热情地招呼说："大家坐呀，站着干吗？老匡，昨天那场球赛看了没？"

"那还能不看？上着班看的。"

匡守恒走过去坐在季永康对面的沙发上，戴明和两个女孩坐在沙发床上，侯玉珊和两个老人坐在靠厨房的几把木椅子上。

两个男人聊开了球赛。

小珊像看世界第一大奇迹似的看着小康："小明，快看，他还会皱眉头呢！"

小明骄傲地说："皱眉头算什么呀？他还会放屁呢！把他放在盆子里洗澡的时候，他放了一个屁，水里就冒一串泡泡！"

"哈哈哈哈——"

那边，侯玉珊正在跟两位老人唠嗑："这是小康的爷爷奶奶吧？都这么年轻啊？真不敢相信是做爷爷奶奶的人了！"

两个老人可能是有生以来第一次听人当着面大张旗鼓地夸自己，窘得跟什么似的，但心里都挺高兴，笑得嘴都合不拢。

侯玉珊伶牙俐齿地说："您二老真是好福气啊！有了小明这么好的孙女，又得一个孙子，这是您二老前世修来的福啊！您看我，早几年专门为了生儿子才到美国来的，结果来了这么多年了，还没生出儿子来！我们家老匡那边还是两代单传呢，您说我公公婆婆该有多着急！"

两个老人被恭维得云天雾地，特别是有不幸的匡爷爷匡奶奶垫底，更加彰显出自己的幸运，都快不知道自己姓甚名谁了，连爷爷这么不爱说话的人都笑呵呵地说："不着急，不着急，命里有时自然有！"

"我就怕命里没有啊！"

两个老人齐声说："有的，有的！"

"有您二老这句吉言，我就放心了！我公公婆婆说了，只要我生了，他们就到美国来给我坐月子，我想吃什么就给我做什么，孙子他们包带，生一个，带一个，生两个，带一双。我只管生，别的他们一手包了！"

奶奶被激励了，不甘落后地说："我对小戴也是这么说的啊！你只管生，生了我来带！"

"您说带，就有得带啊！但是我——唉，我要是像您老人家的媳妇那么能干就好了！"

奶奶面有得意之色："小戴就是能干，以前那是不能生二胎，没办法。现在能生二胎了，一下就生出儿子来了！"

"就算二胎不是儿子也不要紧，您媳妇还年轻，还可以再生。"

"还可以生？"

"美国嘛，又没有计划生育政策，随便生，只要生得出来！"

"那永康他们——还能生？"

"当然能生啊！美国还鼓励多生呢，生了就发钱！"

"真的？那敢情好啊！就是不知道他们还愿意不愿意生。"

"怎么会不愿意呢？生了又不用他们做什么，都是您二老给包了，他们干吗不愿意生？咱们中国人都愿意生，只有美国人才不愿意生。"

"咋的不愿意生呢？"

"生了没人带啊！他们美国的老人，可不像我们中国的老人。美国老人都自私自利，只图自己生活舒服，才不愿意带孙子孙女呢！"

奶奶不解："咋会这样呢？"

"傻呗！您想想看，他们老的不管小的，那小的还会管老的？所以他们美国人老了可惨呢，孤苦伶仃的，儿女不养他们，也不去看他们，都是死了好多天，烂了臭了，都没人知道，可怜得很。"

"真是造孽呀！"

"还是我们中国人好！老的顾小的，小的养老的。如果我生了孩子，我爸妈和我公婆肯定抢着来带孩子，我都不知道该让谁来才好了，四个都来，我家里又住不下。"

爷爷插嘴说："当然是你公婆来啊！自家人嘛。外公外婆就隔着一层了——"

侯玉珊差点就要跳将起来，给爷爷上堂政治课了。但她转而一想，这个不是当务之急，可以留着以后慢慢进行，便顺水推舟地说："就是，就是！有老人就好啊！您看你们这一来，家里的事就包下了，小戴休息得好，奶水就足，孙子就养得白胖白胖的！抱出去给人看，真把人给羡慕死！"

奶奶是个诚实人，不好意思浪得虚名："我——是想把家里的事都包下的，但是——美国的这个灶啊——我没烧过，摸了半天，都没摸着灶门——"

"哎呀，我跟您一样！刚来的时候，也是不会用美国的灶，硬是打不着火，老匡上班去了，我在家就连口热的都吃不上，尽吃面包。后来我让老匡教我打火，打着了就简单了。那灶烧的是天然气，不用添柴加煤，想要火大火小，转转那个按钮就行了。不瞒您说，学会了用这里的灶，那就方便多了，炒个菜，熬个汤什么的，我自己就能行，再不用等老匡下班回来了——"

"好学不？"

"您说那个灶？好学，好学，太好学了。我现在就打给你看，包您一看就会。"

俩人来到厨房，侯玉珊示范打火："这是开关，四个都是，一个开关管一个炉子，您把开关往右面这么一转，听到'啪'的一声，火就燃了。按钮往您右手边转，火就越来越大，往您左手边转，火就越来越小。您用完火了，使劲往左边这么一转，'啪'一响，就关上了。"

侯玉珊边说边做，"啪"地打着了火，又"啪"地关上，再打着，再关上。

如此几番，再傻的人也看会了。

"奶奶，您来试试。"

奶奶走上前去，壮起胆子，"啪"地一扭，火真的点着了，蓝色的小火苗跳跃着，燃得可欢呢，不禁有点小得意："嗯，好学！"

"我们中国人聪明，点个火，做个饭什么的，都觉得不难。你别看美国人家里锅啊灶啊，装备挺齐全，其实他们挺傻的，学做饭学一辈子都学不会，只好去餐馆吃，但是餐馆里的东西，怎么比得上自家做的好吃又放心呢？"

"嗯，是不好吃，红腥腥的，酸唧唧的。"

"所以我们中国人都不爱去餐馆吃饭，又贵又不好吃。一碗面条吧，自己做顶多几毛钱，但餐馆卖出来就要十几块，一家人去吃一顿，没个几十百八的，下不来地！"

"是这个理儿。我听永康说今天就吃了五十多块。"

"他说的那个五十多，还是美元呢，要是折合成人民币，得几百块！"

奶奶惊呆了："一顿就吃了几百块？真是造孽哦！"

"贵就不说了，您儿子媳妇都在挣钱，请您下几次馆子还是请得起的。最重要的是脏啊！餐馆哪兴洗菜淘米？都是拿来就往锅里放。那些炒菜的，还有擤了鼻涕往锅里放的——"

"咋能把鼻涕往锅里放呢？"

"嘿嘿，好玩呗，他们天天猫在厨房里炒菜，又累又无聊，只好自己玩些花样，找乐子。"

"找乐子？"

"还有的是报复！你把他们得罪了，他们就往你的菜里擤鼻涕吐口水。我以前刚来美国时，就在餐馆打工，亲眼看见他们这样干——"

奶奶听得都要吐出来了："我们——没得罪他们吧？"

"您这么和气的老人，肯定不会得罪他们的。不过他们除了搞报复，还欺生，看您不是美国人，又刚到美国来，就会欺负您——"

奶奶懊恼之极："我是说不去饭馆吃，永康不听——"

"吃一次还是没什么的，鼻涕口水也就是恶心点，吃下去也不会生病，俗话说眼不见心不烦嘛——"

"那也不能吃人家的鼻涕口水啊！"

"就是！我就不到餐馆去吃饭，都是在家做。您家厨房条件这么好，自己在家做着吃，又便宜又干净。我听戴明说，您老的面食做得特好，我呢，特爱吃面食，就是自己不会做。我就厚着脸皮对您提个请求了，您以后做了饺子包子拉面馅儿饼什么的，一定给我留一份，我拿汤水跟您换。我做面食不行，但我煲汤可是一流——"

奶奶的革命热情被极大地调动起来了，当即就要做馅儿饼："今天做了，明天当早饭。"

侯玉珊连忙翻箱倒柜，找出面粉青菜粉条之类，满足奶奶的革命要求。

17

侯玉珊把奶奶辅佐上路了，便说："奶奶，您在这儿忙着，我去抱抱您老人家的孙子，沾点仙气，兴许也能生个儿子出来——"

"去吧，去吧！"

侯玉珊来到客厅，对戴明说："哎呀，你一个产妇，还在月子里，怎么能老坐着呢？还是去卧室躺着吧，免得以后腰疼腿疼！"

戴明站起身，手扶在儿子的 crib 栏杆上，拿不定主意是把孩子抱出来好，还是连床都拿到卧室去。

侯玉珊按住她："你别动，我让老匡来！"说着，便对坐在沙发上聊大天的丈夫说，"老匡，还不快来帮忙把婴儿床拿到卧室里去？做什么都没个起眉动眼，总是要人吩咐——"

匡守恒急忙站起身，走过来搬床。

季永康也跟了过来，两人把婴儿床连同里面睡着的婴儿一起抬进了卧室，放在大床边。

侯玉珊搀着戴明走进卧室，安置她在床上躺下。

两个女孩也跟进卧室里来看小弟弟。

侯玉珊等两个男人回到客厅了，就把卧室门关上，走到床前坐下。

戴明问："你怎么半夜三更跑来了？"

"哪里半夜三更啊？到你家的时候还 11 点不到。"

"那也不早了，小珊明天还要起早上学——"

侯玉珊指指小明：“是你的宝贝女儿给我发 message 了——”

小明赶紧申诉：“我看见你在哭——”

“我没怪你。你怎么想到给侯阿姨发 message？”

“因为我——”

侯玉珊把手机掏出来，找到小明的短信，递给戴明看。

她接过来一看，小明写的是：“SOS！ My parents are fighting! My mom is crying! My brother is crying!”（紧急求助！我爸妈在吵架！我妈妈在哭！弟弟也在哭！）

侯玉珊的回信：“For what？”（为啥吵架？）

“I don't know. My dad took my grand-parents out for dinner and came back empty-handed. My mom had to cook dinner for me and her. She's very tired! Then I heard my brother crying like crazy. I went in and saw my mom crying.”（我也不知道。我爸带我爷爷奶奶出去吃饭，回来时两手空空，我妈只好给我和她自己做饭，她很累很累。后来我听到我弟发了疯似的哭，我进去一看，我妈也在哭。）

她鼻子一酸，对侯玉珊说：“这孩子——我还以为都瞒着她呢。”

“这么聪明的孩子，你瞒得住？这是我出发前收到的，走在路上又收到几条——”

“My mom is leaving home！”（我妈要离家出走！）

侯玉珊回复：“Don't let her go!”（千万别让她走！）

“I'm trying！”（我是在努力啊！）

“Did your mom say why she's leaving home？”（你妈说没说她为什么要离家出走？）

“Because my dad asked her to roll out. He said my mom has after-birth-one-fish sickness.”（因为我爸叫她从家里滚出去。他还说我妈有产后抑郁症。）

“Try holding her a little bit longer. I'm almost there！”（再拖她一会儿。我马上就到！）

戴明又心酸又好笑：“可怜我的女儿连产后抑郁症是什么都还不懂，就被卷进爸妈的矛盾里了。玉珊，今天幸好你来了，不然还不知道怎么收场。”

“你该感谢小明，不是她给我发 message，我哪里会想到你们闹成这样？到底是怎么回事呀？"

戴明把来龙去脉讲了一下，越讲越觉得没什么大事，就是小明短信里说的那些，她生怕侯玉珊怪她小题大做。

侯玉珊说："你也真是的，干吗那么听话呀？他叫你滚你就滚？这又不是他一个人的家！凭什么该你出去流浪？要走，也该他走！"

"他会走吗？"

"那你也不走！"

"我就是——咽不下这口气。"

"咽不下这口气就叫他滚！"侯玉珊安慰说，"你放心，他们吃了这一吓，会悄悄改变自己的，现在是犟在这个节骨眼儿上了，谁也不肯认输，但他们心里还是怕你离家出走的，这么好的老婆，走了上哪儿去找啊？"

"他才没觉得我多么好呢，就是把我当成一个生孩子的工具！"

"哪能呢？他是气头上那么说说而已。你才貌双全，又能挣钱，还这么贤惠，他又不是傻子，会不知道你的价值？"

戴明当然是希望如此。

侯玉珊分析说："你放心，他是个明白人，肯定知道真要离婚的话，孩子都会判给你，他的工资付了你和孩子的抚养费，能养活自己就不错了，还想再讨老婆？"

"也许他懂这个道理，但我公公婆婆——"

"这个你也放心，你婆婆还是愿意做家务的，是老李爱面子，不让他妈做。现在为做饭闹了这么一大出，他也知道厉害了，会让他妈做饭的。现在他妈正在厨房做饭呢，也没见他去阻拦嘛。"

"那是因为你们在这里。"

"我们不在这里他也不会阻拦了。他已经尝到苦头了，难道他真的愿意因为老妈做不做饭的问题搞得妻离子散？我知道他们这些孝子，再孝顺，也还是把自己的利益摆在第一位的。"

"但愿如此。"

"肯定如此！万一他还是不让他妈做饭，也没关系，我给你请个 help（帮工）来。我认识几个 T 大的学生，他们的妈妈过来探亲，闲着没事干，都想找点活儿干呢。"

"但我这家里哪里住得下 help？"

"住这里干吗？她们就做个钟点工，到时候来帮你家做个饭炒个菜，然后就回自己家去了，饭都不用管。"

"能请到这样的 help 吗？"

"包在我身上，做一顿饭给个二三十块，保证有人来做。"

"那好啊！"

"先看看你婆婆能不能胜任吧，如果能胜任，就不用请人了。一顿饭二三十块，就算一天做一顿，一个月下来也上千了。"

"我也不会让我婆婆一个人做的，我只要空得出手，都会自己做，今天是正在喂奶——"

"喊，你干吗要自己做？你在坐月子，就该安安心心享几天福，等出了月子，你再做不迟！"

事实证明，侯玉珊的预测不错，季永康没再逼着戴明做饭，也没再带着自己的爹妈下饭馆。他每天早出晚归地上班，好像忙得没时间过问谁做饭似的。

戴明的婆婆基本能胜任做饭的任务，也就是说，饭菜都能做熟，面食还能做得花样翻新，今天面条，明天烙饼，早上包子馒头花卷换着吃，但菜式单调，除了白菜萝卜，就是水煮大肥肉，不合戴明的胃口，也不合小明的胃口，连季永康都吃不来。

侯玉珊信守诺言，隔三岔五地送一罐汤水来。那汤肯定是很有营养的，因为里面放了很多戴明从来没吃过的山珍海味，还有药材，但就是没盐味，奇淡。

光吃面食喝淡汤，还是不行啊。戴明只好再次出山，隔三岔五地下厨炒几个菜。

她已经很满足了。

婆婆动手做饭了，丈夫让婆婆做饭了，对她来说，这就够了，因为她要的并不是自己在家做大爷，啥也不干，而是对方的一个姿态。

侯玉珊几乎每天都会上戴明家来，早上来接小明上学，下午送小明回家，然后进来坐一会儿，抱抱小康，说要沾点仙气好生儿子。

侯玉珊抱着小康跟奶奶聊天，恭维和表扬大把抛撒，把奶奶哄得开心大笑，感动不已，认下了这个干闺女，还每天在家求神拜佛，保佑干闺女早生贵子。

戴明私下开玩笑说："玉珊啊，你这张嘴真是死的都说得活！在家肯定把你婆婆哄得团团转！"

"哪里呀，我这个人家懒外勤，别人的公婆，我哄哄没事。我自己的公婆，我才懒得哄呢。我嫁给他们家儿子，就是多大个人情了，还要我哄他们？喊，该他们哄着我了！"

"你们老匡肯定比我们家这个——懂道理，根本不会发生我家这种事。"

"他懂不懂道理我不知道，反正我尽量不跟他爹妈一起过，我们来美国这么久了，从来没把他们办到这里来过。"

"他也没提？"

"他也没提。你以为他多喜欢跟自己的爹妈一起生活？才不是呢！他只不过是怕人家说他不孝，才勉强做个孝顺样。"

"那你生孩子了也不让你公公婆婆到美国来给你坐月子？"

"谁知道生不生得出来啊！"

"肯定生得出来。"

"生出来我也不要他们来给我坐月子，免得处不好。"

"让你自己的爸妈来给你坐月子？"

"我自己的爸妈才不会给我坐月子呢！他们都年纪大了，身体又不大好，来了别病倒在这里，我还得照顾他们！再说我爸妈连我小时候都没怎么带过，还带孙子？"

"那你是谁带大的？"

"基本是我姐把我带大的。我姐比我大十多岁，我妈生完我姐之后，好多年都没再怀孕，以为今生再不会怀孕了，结果我妈都快更年期了，突然一下怀了孕，他们以为老天开眼，把他们想了一辈子的儿子给送来了，哪知道生下来是个女的——"

"所以他们就不愿意——照顾你？"

"也没那么严重，只是那时候的人，都一心扑在工作上，小孩子不过是个意外事故，处理完了就又忙自己的工作去了——"

"你姐现在在哪里？"

"在 R 市。她嫁得很好，丈夫做通讯的，很有钱。别人都说我比我姐长得好，但我只嫁了个穷大夫。"

"大夫还穷啊？光是红包就要拿不少吧？"

"那是最近几年，以前哪有什么红包拿？"

戴明本来想说"那你也比我嫁得好"，但转念一想，自己这长相怎么能跟侯玉珊姐妹相提并论？

根本就没有可比性嘛！

还是别拿糖鸡屎来比酱了。

不知道是不是小康的"仙气"起了作用，或者是干妈求神拜佛起了作用，反正侯玉珊很快也怀上了儿子。B超"超"出孩子的性别后，匡守恒在家大摆筵席，特意把戴明一家都请过去吃饭，表示感谢。

儿子出生后，匡家没让老人来美国照顾孩子，也没请月嫂，就是夫妻俩自己搞定。

匡守恒对妻子和儿子都照顾得很好，让戴明羡慕不已。

同样是女人，同样是生二胎，同样是生儿子，但人家怎么就那么好的福气，能得到丈夫精心照料呢？她自己虽然能照顾好孩子，也有婆婆帮忙，但没有丈夫的关爱和照料，还是一大遗憾。

没想到的是，侯玉珊生完儿子还不到一年，匡守恒和儿子就不见了！

她接到侯玉珊的求救电话，心急如焚，决定赶过去帮忙："永康，玉珊刚打电话来，说老匡和儿子都不见了，她急得要命，我现在得过去帮帮忙，你看着小康，别让他磕着碰着。"

季永康为难地说："他成天到处乱窜乱爬，我怎么看得住他？"

"你跟着他呗。"

"我还有两篇 paper（论文）要看呢！"

"他9点多就睡了，等他睡了你再看。"

季永康只好应承下来，但幸灾乐祸地说："呵呵，你总觉得我这不好那不好，而人家的丈夫这也好那也好，怎么样？现在看出道道来了吧？"

18

戴明看季永康那个表情，好像知道内情似的，不由得问："什么道道？"

"很简单嘛，老匡平时对老婆好，都是有目的的！"

"什么目的？"

"稳住老婆呗！等他一切都准备好了，老婆也麻痹大意了，他就一拍屁股走人了！"

"别乱说了，现在都还不知道是怎么回事呢！"

"这还有什么不知道的？肯定是带着儿子回国了呗！"

她探听道："你这么肯定，是不是他以前对你透过口风？"

"我还需要他给我透口风？一眼就能看出他的鬼心思！"

"什么鬼心思？"

"他到美国来，就是来生儿子的，而他生儿子，就是为了孝顺他爹妈。现在儿子已经生出来了，不拿回去给爹妈还等什么？"

她觉得他的分析有一定道理："嗯，有可能。那他应该很快就会回来。"

"他回来干什么？"

"你不是说他就是把儿子拿回去给他爹妈看看吗？"

"我有说他就是拿回去给他爹妈看看吗？如果他只是想让他爹妈看看孙子，干吗不把爹妈办到这里来看？"

"那他能把儿子拿回去干什么？"

"交给他爹妈养呗！"

她觉得这也有可能，因为很多中国夫妇，特别是学生夫妇，因为学业忙，生了孩子都是送回国去让爹妈帮忙照顾一段时间，等孩子大点了再带回来。

但匡守恒又不是学生，哪有那么忙？侯玉珊虽然是学生，但也不是full time（全职）学生，生了孩子后只修一门课，两个人连坐月子都对付得了，还会等到孩子大点了反而送回国去？

她反驳说："干吗交给他父母养？他们俩又不是养不了，前段时间不是养得好好的吗？"

"他们两个人是养得了，但如果老匡回国了，那就不是两个人了嘛，一边都只一个人，还怎么养得了？当然是交给他爹妈去养。"

"老匡不回美国来了？"

"肯定不会回美国来了。"

"为什么？"

"他恨死了做博士后。以前是为了生儿子才忍气吞声待在美国，现在你打死他他都不会回美国来了！"

"那他连老婆都不要了？"

"那有什么？国内年轻漂亮的女人不要太多，老匡还愁找不到个老婆？"

她听得直打寒战，看来这就是男人对女人的真实想法！娶老婆就是为了传宗接代生儿子，一旦生了，就不需要老婆了，可以去娶更年轻的。什么糟糠之妻不下堂之类的古训，他们是一点都没放在眼里啊！

她没办法相信也不愿意相信（男）人性就是这么绝情而险恶："我觉得他们夫妻感情很好，老匡肯定不会——有外心——"

"有没有外心，就看他老婆如何表现了。"

"什么意思？"

"如果他老婆乖乖地跟回去，兴许还能保住婚姻。如果她赖在这里不走，那就不怪老匡休她了！"

"现在还兴什么休不休的——"

"休不休，只是个说法问题，换成现在的说法，就是离婚。我可以跟你打个包票，如果你那个好朋友不赶紧跟回中国去，老匡肯定不要她了！那种女人，换了我早就不要她了！你看她平时那个泼劲！什么事都占强，对老公吆三喝四，呼来唤去，只差爬到男人头上去拉屎了。呵呵，现在可好，她男人承认怕她，脚底板涂油一走了之，看她孤家寡人的还对谁吆三喝四！"

她很讨厌他那个态度，感觉他是在借题发挥警告她，但她现在没工夫为这事跟他发生矛盾，只简单地说："老匡肯定不会是自己跑了，肯定有什么——不可抗拒的外在力量——"

"喊，能有什么不可抗拒的外在力量？难道还被外星人掳走了不成？"

"不是外星人，但——坏人还是有的。"

"坏人掳走一个人，总要有利可图吧？他匡守恒一没钱二没地位，手里又没有掌握国家机密，谁会打他的主意？他自己掏钱请人掳走他，都没人愿意！"

"也可能不是掳走他，而是——掳走——我的意思是——kidnap（拐带）他的儿子？"

"他儿子又不是王子，人家 kidnap 他儿子干什么？"

"有些自己生不出孩子的人，不是就——拐别人的孩子吗？"

"那都是电视剧里的东西，你也相信？"

她的确只在影视里看到过拐带孩子的情节，但那些影视很多都是根据真实事件改编的，那不就说明美国还是有这样的事情吗？

"反正我觉得——老匡不会丢下玉珊和小珊，自己带着儿子跑回国去。他那么爱玉珊——"

季永康已经不耐烦了："所以说你没脑子呢，你以为他对老婆千依百顺，就是爱老婆？哎，男人对女人好，都是有所图的！像他这种平时对老婆俯首帖耳的男人，一看就知道他心里有鬼！还是我这样坦率真实的男人好，对女人是什么样，就是什么样，不虚伪，不使花招——"

她觉得他这话的意思相当于"我不爱你，就不装作爱你"，也烦起来，说了句"我去玉珊家了"，就往门外走。

但她还没走到门边，儿子就追上来，嘴里大叫着："妈妈，妈妈，街街，街街！"

她转过身，看见丈夫正在得意地笑，知道是他唆使的，便说："永康，快来把他抱过去呀！"

"他要去，你就把他带去嘛，你不是最迁就孩子的吗？"

"但是今天——情况这么特殊，我怎么能带他去呢？"

"有什么特殊的？不就是过去八卦一通嘛，怎么不能带他去？"

"谁说就是八卦一通了？玉珊让我开车带她到处去找人的——"

"那就把小康放车里呗，他最喜欢坐车了。"

不知道为什么，一说到找人，她脑子里全都是高速公路上飙车追逐的镜头，前面的车玩了命地冲，后面的车不怕死地追。然后，不是前面的车撞了大树或者岩石，就是后面的车撞了前面的车。两辆车都在空中翻滚，"哐当""哐当"两声，车都摔到地上，"砰""砰"两声爆炸了。

她可不敢带着儿子去冒这个险："不行的！谁知道要跑到什么时候才能回来？再说，还不知道——会不会有危险。"

季永康鄙夷地摇着头说："我说了你不相信，还以为真是去跟抢匪决一死战似的。这么说吧，匡家父子俩真要是被抢匪劫持了，你们两个女人也救不回来。"

她也知道两个女人斗不过抢匪，但好朋友有难，她能见死不救吗？

季永康见她没有改变主意的样子，便对着女儿的卧室大声说："小明，来把你弟弟带去玩，你妈要出门——"

小明应声从卧室里出来，好奇地问："妈妈你现在要到哪里去？"

"你匡伯伯和小恒弟弟都不见了，你玉珊阿姨急得要命，我过去帮帮她。"

"我也去！"

"你去干什么？"

"我去——帮帮小珊。"

"呃——算了，你明天还要起早上学。再说弟弟也在家，你帮妈妈看着弟弟吧。"

"好吧。"小明走上前来，抱起弟弟，"小康，你不是要玩我的电脑吗？来，我给你玩！"

弟弟高兴地嚷起来："打雀雀！打雀雀！"

"好，姐姐带你上电脑打雀雀！"

她感激地看着女儿的背影，交代说："九点钟喂他喝奶，然后哄他睡觉。"

"我知道。你早点回来！"

"我会的。"

她以交通法规所允许的最快速度开车来到侯玉珊家，见自己的好朋友像变了一个人似的，满面愁容，两眼红肿，失魂落魄，她心疼得要命："玉珊，你别急，老匡肯定是带着孩子回国去了。"

"不会的。"

"怎么不会呢？连我们家老季都这么说呢。"她把丈夫的分析说了一遍，但没敢如实汇报那些刻薄的说法。

侯玉珊摇摇头："我儿子既没护照，也没签证，他怎么能把孩子带回国去？"

"你们小恒没护照签证啊？"

"这么小的小孩，又没准备出国旅游，谁给他办那个？"

"但老匡会不会偷偷给孩子办了护照和签证呢？"

"那个——不是没可能，但是美国有规定，如果没有母亲的许可，父亲是不能把孩子带出国去的！"

"他们怎么知道母亲许可不许可？"

"出境的时候，他们会查的，如果没有孩子母亲签字的许可证明，他们不会放行。"

她大为感动，美国政府也太懂得关心女人了！有了这一条，做妈妈的就安全多了，不然的话，谁知道哪天季永康会不会发了神经，把小康带回国去？

但她想到一种可能："不就是签个字吗？老匡他会不会——模仿你的笔迹签一个？反正海关的人也不知道你的签名是什么样的——"

"那个——我相信他做得出来，但是他自己的护照没带走啊！还有手机、信用卡、电脑、衣服鞋袜什么的，全都没带走，孩子的配方奶、尿布什么的，一样都没带走，怎么会是回国了呢？"

她听说匡守恒的护照都没带走，就知道回国的可能完全不存在了。其他生活用品什么的，倒不是个问题，回去可以再买。

侯玉珊说："我就怕他们是出了车祸，或者遇上抢劫，或者——被人贩子盯上了——或者就是运气不好，被错当成谁的仇人了——"

这也是她所能想到的可能，但她咬着牙否认："不会的！快别想这些可怕的事了——"

"不是我要想，而是确有这种可能！我们现在到各处去找找吧！"

"好的，我们这就去找。小珊呢？"

"她在卧室里。这孩子，一点忙也帮不上！"

"她还小呢，又不能开车，你要她帮什么忙？她一个人留在家里——不放心吧？"

"把她送你家去吧。"

"好的。"

两个人先把小珊送到季家，然后开始满城找人。

但找遍了T市的角角落落，也没找到匡守恒和匡小恒的影子。

侯玉珊说："你先回去吧，还有三个孩子要照看呢，明天我没车了，只好拜托你接送孩子了。"

"你也早点休息。"

侯玉珊点点头，泪水却流了下来。

戴明安慰说："别急、别哭，我觉得到处都没找到他们，反而是件好事，那不就说明他们——没出啥事吗？要真出了事，肯定被送到我们找过的某个地方去了——"

"但是他们——到——哪里去了呢？"

"你们有什么亲戚朋友在外地吗？"

"没有亲戚在外地，朋友嘛——也就是一般朋友，他怎么会带着儿子跑别人那儿去？"

"谁知道？说不定谁结婚谁出嫁，请喝喜酒呢？"

"喝喜酒不带我们一起去？"

"呃——事到如今，也就是——把一切该排除的因素都排除一下呗。"

侯玉珊掏出电话，一家一家打过去，先道歉把人家从梦中惊醒，然后打听丈夫儿子在不在那里。

但每家的回答都一样："没有，他们没来我们这儿。"

19

匡守恒就像知道侯玉珊已经报了警，48 小时一过，警方就会开始搜寻他似的，卡在 48 小时之内给老婆打来了电话："玉珊，我到家了！"

她简直不敢相信自己的耳朵，这谁呀，敢在这种时候跟她开这种玩笑？

她厉声问："你谁呀？"

"我守恒啊。"

"你守什么恒？"

"我匡守恒啊，你连我的声音都听不出来了？"

她翻来覆去地盘问对方，直到从声音里确认对方的确是自己的丈夫匡守恒。她的心怦怦乱跳，声音都发颤了："你——你跑——跑哪里去了？"

"我回来了呀。"

她一喜："你回 T 市来了？"

"哪里呀，我回家了。"

"你家不是在 T 市吗？"

"不是美国 T 市那个家，是——国内的家。"

"国内哪个家？"

"还有哪个家？当然是我们自己的家喽。"

"你回 S 市了？"

"嗯。"

原来他真跑回国去了！

她胆战心惊地问："那小恒呢？"

“也回来了。”

她舒了口气，至少还健在！

但她很快又在心中郁结出一个硬块来：“你把小恒带回国去了？”

“是啊。”

他承认得这么坦率，她反而不信了：“你别骗我了！小恒护照签证都没有，你怎么可能把他带回国？”

“小恒怎么会没有护照签证呢？”

“你给他办了？”

“是啊。”

“你怎么没告诉我？”

“我怎么没告诉你呢？我给他照相的时候，还是你抱着他的。你忘了？刚开始照的时候，不是他头低下去了，就是你的脸从他身后露出来了，重照了好几次才成功的呢。”

她想起确曾抱着孩子照过相，他也确曾说过要给孩子照几张单人相，以后办护照签证什么的用得上。但他并没说是哪个“以后”，他也没说“我明天就去给小恒办护照签证”，那怎么能算告诉过她呢？

“但是你没得到我的许可，怎么能把小恒带出美国？海关没问你要孩子母亲的许可信？”

“没有啊。”

“你瞎说！肯定是你伪造了我的许可信。”

“真的没有！谁说海关会要孩子母亲的许可信？”

“网上都是这么说的！”

“那就是网上说错了，因为我的亲身经历说明海关不要许可信。”

她知道这也有可能，也许海关只是抽查，而不是每个人都检查。再说海关的人看你一个黄皮肤男人带着一个黄皮肤儿童出关，才懒得管呢，巴不得你们把美国境内的外族裔儿童都带走，免得分享了老美的福利。

她按捺住心中的火气，接着问：“但你自己的护照都没带，回国怎么入得了关？”

“我带了护照啊，怎么会不带护照呢？”

“你带什么护照了？你的护照还在抽屉里呢！”

"哦，那个是旧护照。"

"你换新护照了？"

"嗯。"

"你旧护照还没过期，怎么能换到新护照呢？"

"换新护照也不用等到旧护照完全过期之后再换呀，可以提前换的嘛。"

"但是你换新护照怎么不告诉我一声呢？"

"告诉你了呀，你可能没注意听吧，反正我的话对你来说就是耳边风，一个耳朵进，另一个耳朵出——"

"你别忙着指责我！这么大的事，我肯定不会一个耳朵进，一个耳朵出，肯定是你根本没告诉我！"

"我真的告诉过你的！我说护照快过期了，要换新护照——"

她想起他是说过这样的话，但他并没说"我现在就去换个新的"，也没见他张罗填表照相什么的，那怎么能算通报给她了呢？

她愤怒地说："别瞎扯了，你只说了该换新护照，但你根本没说你什么时候去换新护照，你去的时候也没叫上我和小珊！"

"我没叫上你们，是因为你们的护照还没到期。你们在我后出国，我的护照都还有好几个月才到期，你们的那就差得更远了，提前换护照也就提前个半年，不是你想什么时候换就什么时候换的。"

"那你去换的时候，至少要告诉我一声呀！你说声'我今天去换新护照'会死人啊？"

"这又不是什么大事——"

"这还不是大事？"

他咕噜说："你说是大事就是大事啰。"

"这说明你早就有预谋！"

"想回国，当然是要预先准备的啰，但你也别把话说那么难听，什么'预谋'，好像我在搞阴谋诡计一样！"

她终于爆发了："难道你不是在搞阴谋诡计吗？连人家老季都说你肯定是蓄谋已久的，所以才装出俯首帖耳的样子糊弄我，麻痹我，等我彻底放下警惕性了，你就脚底板涂油——开溜！"

他有点不高兴地问："你把这事告诉季永康了？"

她本来想说："我没告诉季永康，我只告诉了戴明，但人家是夫妻俩，难道还不许人家传个话？"但她马上意识到现在匡守恒才是被告，她干吗要替自己辩护？

她强硬地说："嘁，何止季永康，我连警都报了！"

"你报警干什么？弄得满城风雨的，不怕人笑话？"

"我丈夫儿子都失踪了，我还怕报警惹人笑话？我是太相信你了，没想到你会瞒着我跑回国去，不然的话，我连美国海关那儿都会去报告，让他们截住你！"

"我是中国人，我要回自己的国家，美国海关凭什么截住我？"

"就凭你拐带美国公民！"

他自知理亏，打圆场说："好了，好了，我不想为这事跟你吵架——"

"谁在跟你吵架了？我是在跟你说事实！"

"那你就慢慢说吧。"

她知道现在扯住这件事往下说也没什么用，把他逼急了，把电话一挂，再不理她，那就惨了。现在他回了中国，那么大的地儿，他带着儿子随便往哪儿一躲，她都是两眼一抹黑，就别想找到他们爷儿俩了

她恨只恨自己脑子一根筋，只想到儿子没护照签证，丈夫没带护照，就想当然地以为他们不可能是回国去了，没想到他暗中早就做好了安排，还设下了陷阱，就等她瞎着眼睛往下跳呢！

如果她听从戴明的说法，当时就打电话给美国海关，告他拐带孩子，那时他还没出境，正在美国什么地方转机，海关肯定能把他截住。

现在说这些是太晚了，还是针对眼下的情况想办法吧。

她缓和了语气，嗔怪说："你要回国，怎么不给我打个招呼呢？就这么偷偷摸摸地跑了，知不知道人家有多急？我让戴明开着车，带着我满城找——"

"找什么呀？一个大活人，还能被风刮阴沟里去了？"

"如果就是你一个大活人，我才不管你被风刮到阴沟里还是阳沟里呢！但是你把我儿子带走了！你——"

"小恒不也是我的儿子吗？"

"是你的儿子，但也是我的儿子，你怎么可以不打个招呼就把他带回国去？"

他嬉皮笑脸地说："怎么没跟你打招呼呢？好早我就跟你商量了，但你不同意我回国，我有什么办法？"

"既然我不同意你回国，你怎么还要回国呢？"

"我是个男人，怎么可能一辈子窝在美国那个破地方做博士后呢？一辈子受人家支使，还只拿那么一点钱，岂不是浪费生命？"

"做博士后怎么了？只要我不嫌弃你就行。你不是说不管天涯海角，都跟着我一辈子的吗？"

"问题是就算我愿意做一辈子博士后，人家也不让啊！博士后只是一个临时性的工作——"

"那你不会转成别的职位？"

"转什么职位？我不是没试过，像我这样做临床出身的，根本就不是做科研的料，T市医疗研究所让我做博士后，是因为他们跟我们S市第一人民医院是友好单位，不然的话，谁稀罕我去美国搞科研？我对他们来说，就是一个廉价劳动力，你还想他们给我转别的职位？"

她知道他说的至少有一半是事实，虽然博士后不是唯一的出路，科研也不是唯一的出路，但还有别的路嘛："那你还可以考板（board test），争取当医生啊！"

"那我吃饱了撑的？我在国内本来就是医生，心血管外科的主刀，我干了这么些年了，又跑去美国考板？考不考得过就不说了，就算我考得过，我也得重新做住院医，一步一步熬上来，等我熬死熬活熬出来，头发都熬白了！"

如果从他的角度来看，她也会认为他应该回去发展，但他不是一个人，而是一个家啊！怎么能只顾自己呢？

就算要回国，也不该在这个节骨眼儿上回啊！如果他再等几年，她拿到会计学位了，再一起海归，也不是不行啊！

她郁闷地说："你要回国发展，也行，但你干吗把小恒也带回去？"

"我这不是为了你好吗？你正在读学位，哪里有时间照顾小恒？"

"那你带回去就有时间照顾了？"

"我可以让我爹妈照顾嘛，他们又不上班，闲着也是闲着。"

她心说这才是真正的理由，就是为了你爹妈！那什么为我好之类的，都是幌子！

她压住火气说："既然是爷爷奶奶带孙子，干吗不把爷爷奶奶办到美国来带孙子呢？"

"他们年纪大了，语言又不通，待在美国闷得慌。"

"那你明天就把儿子带去给他们看一下，看完马上给我送回来！"

匡守恒耐心地说："你这不是在说气话吗？我刚回来，气都还没喘匀呢，又往美国跑？"

"那你先休息几天，把气喘匀了，然后马上带儿子回来！"

"我不是说了嘛，你现在读会计专业，忙得很，哪里有时间照顾儿子？我让爷爷奶奶给你看着，这不是为你好吗？"

她烦了："你这是为我好？你把儿子带走了，我哪还有心思读书？"

"这就是你不对了。你几十岁的人了，怎么还这么孩子气呢？遇事要从长远考虑，不能只顾眼前。你现在先忍忍，抓紧把会计学位读完，然后找个工作，到那时，儿子也大点好带了，我再把儿子送到美国来。"

"你会把儿子送到美国来？"

"怎么不会呢？他是美国人，美国的条件又那么好，我干吗要让他待在国内读书读成近视累成驼背，然后再考 G 考 T 出国求学？"

她知道他现在是不会把儿子送回来的了，只好孤注一掷："那我也回国吧。"

匡守恒叫起来："喂，喂，你回国干吗？你在国内就一个小护士，现在又中年半截的了，你回国还能有什么发展？人家收不收你都成问题，再说小珊在美国待了这么多年，回国还跟得上？还有国内的计划生育政策，我们带着两个孩子海归，不是找罚款吗？你给我老老实实待在美国，至少要待到两个孩子念完大学自立了为止！"

"那你呢？"

"我？我先在国内闯闯，闯得出来，我就在国内挣几年钱，挣够了再回美国。闯不出来的话，我马上就回美国！"

"那我们就这么——两地分居着？"

"那有什么呀？为了今后的美好生活，现在先吃点苦也是值得的嘛。"

他接着就详细地向她描绘起奋斗的蓝图来，怎么怎么升官，怎么怎么赚钱，怎么怎么把钱存在美国，怎么怎么在美国养老。

她觉得他说的那些不是没可能，但都太遥远了，她现在只考虑一件事：我要儿子！

04 她总是拿着高帽子，苦心寻找机会给他戴上

她那时只觉得两个人的名字很巧合，愿意了解了解他。但随着了解的加深，他的形象越来越高大了，因为他才气过人，知识渊博，中国历代文人的名著名句，他都能横流倒背，而且写得一手能与字帖媲美的好字，随便写个便条，都值得裱糊起来，挂在墙上。

20

戴明听到匡家父子回国的消息，松了一大口气：平安就好！平安就好！

现在她回想那天晚上的情景，就觉得自己像喜剧里热心快肠但毫无头脑的傻大姐一样，用车载着侯玉珊，疯了似的跑急诊室，跑停尸房，跑火葬场！

明摆着匡守恒是带着儿子回国了嘛，还往那些地方跑什么？难道人都进了停尸房，警察还不来报丧？媒体又是干什么吃的？

为此，她对季永康的佩服油然而生：这家伙，平时对他说点张家长李家短的，他总是一副清高无比爱听不听的样子，哪知道他还是听进耳朵里去了，关键时刻分析起人家的家务事来，还挺准的呢！

她是个不吝表扬丈夫的人，经常是用放大镜在寻找丈夫的优点，只要找到一丁点，她都会不遗余力地表扬，因为季永康是个不吃批评的人，只能顺着毛摸，你越批评他，他越跟你对着干，宁可闹得家破人亡，也不愿意认个错，转个弯。但他多少还吃点表扬，虽然达不到一表扬就再接再厉的地步，但至少情绪上会比较高涨，对她和孩子的态度会比较温和。

所以她总是拿着高帽子，寻找机会给他戴上。

可惜的是，这种机会不多，她手里的高帽子经常滞销。

现在他这么神机妙算，连侯玉珊都说了好几遍"要是听了你们家老季的话

就好了"，她还能错过这样一个给丈夫戴高帽子的机会？

于是，她把匡家父子回国的消息播报给丈夫，然后说："你真是神机妙算！玉珊要是听了你的话，当时就报告给海关，老匡就走不成了，至少是不能把孩子带出国去。"

季永康得意地笑着说："呵呵，这就叫神机妙算？那你是没见识过真正的神机妙算。这种家长里短的事，凭直觉就能看个一清二白，哪里用得着神机妙算！"

"凭直觉就能看个一清二白？但我和玉珊怎么就没想到呢？"

"呵呵，智商是硬道理啊！"

她见他提到智商的高度，心里就有点不痛快了，说你胖，你还喘上了！这跟智商有什么关系？你是男人，当然比我们女人更知道男人的思维方式。你和匡守恒又都来自于农村，爹妈都很重男轻女，你当然熟悉匡守恒心里的小九九。

她没把这话说出来，连脸上都没露出不快的神色。但她心里却在感谢他在这件事上所做的分析，因为他这等于是在剖析他自己的内心，如果他处在匡守恒的位置，他就会这样做。

这相当于给她敲响了警钟，以后孩子的护照签证什么的，都得看紧点，免得重蹈侯玉珊的覆辙。

她以虚心求教的口吻问："那你说现在玉珊该怎么办？"

"还能怎么办？赶快卷铺盖回国呗。"

"但是她书还没读完，学位还没拿到呢。"

"她要那个学位干什么？中年半截的女人了，还读个什么书啊！难道还指望凭她那个会计学位赚大钱？"

"真要是想赚钱，她就不会去读会计专业了，就捡回她的护士专业，也比当会计更赚钱。她主要想拿个学位，因为她以前上中学时被那些混混儿纠缠，没好好读书，连四年制大学都没考上，本科学历都没有。这是她最大的遗憾，所以总想能拿个学位——"

季永康轻蔑地一笑："说什么被混混儿纠缠，那都是些借口，肯定是她自己智商太低了，没考上大学，又怕丢脸，就怪人家混混儿——"

她不想跟他辩论谁才是侯玉珊没考上大学的罪魁祸首，只抓住主题问："你觉得老匡是不是真像他说的那样，只是回去赚钱的，等钱赚够了，就回美国来安享晚年——"

"钱是赚得够的吗？你听说过谁赚钱赚够了的？赚得越多越想赚！只有我们这种献身科学的人，才会把钱看成身外之物——"

"那他为什么要对玉珊这么说呢？"

他有点不耐烦地说："那我怎么知道？我又不是他肚子里的蛔虫。"

"我是看你对他回国的事分析得那么准——"

"分析得准不准是一回事，我愿意不愿意花这个时间去分析，那是另一回事。我早就说了，这个女人是自作自受，既然这么怕老公跑掉，平时干吗那么盛气凌人呢？她肯定不知道这样一句名言：'哪里有压迫，哪里就有反抗。'她总是压迫老匡，老匡总是隐忍，结果就像坐在火山上一样，不爆发就没事，一旦爆发的话，首先烧死她这个压迫者——"

她心说那你在我们家也算是个压迫者呢，怎么你就一点也不怕我这个火山爆发呢？

是不是你吃准了我不会爆发？

或者你吃准了我不是火山？

她努力想象自己爆发的样子，但没想出来。

她能怎样爆发？像老匡一样，偷偷带着儿女回中国？

那能吓唬住季永康吗？

肯定吓唬不住，他没了老婆儿女的羁绊，可以更加一心一意地泡在实验室不回家了。如果他想要儿子，他可以再娶个老婆，再生个儿子。

算了，生来就不是火山，就别想什么爆发的事了。

下午，她去学校接了小明和小珊，又到 day care（幼儿园）去接了儿子，然后到侯玉珊家去接她过来吃饭。

侯玉珊一副出门的打扮："去你家吃饭？那太好了，这两天忙得焦头烂额，都没心思做饭了。不过，我现在要去机场取车，你先带孩子们回家，我取了车从机场直接去你家。"

"老匡把车放在机场了？"

"嗯。"

"那你现在怎么到机场去？"

"打的过去。"

"干吗打的啊？要几十块钱呢，还是我送你过去吧。"

"那怎么好？你这几天已经忙坏了，又要照顾自己的两个孩子，还要帮我照顾小珊——"

"没事呀，这不都是平时的几件事吗？你家小珊又没给我添麻烦，还帮我照顾小康呢。"

"那——就麻烦你载我去机场了。这几个小家伙怎么办？先把他们送到你家去？"

两个女孩都嚷起来："我们也要去机场！"

连小康都跟着嚷嚷："机枪！机枪！"

"那我们带上他们一起去吧。"

开车去机场的路上，戴明问："你有什么打算？"

"我想回国一趟。"

"去看儿子？"

"去把儿子带回美国来！他还没断奶，怎么能离开妈妈呢？"

"但是——老匡会让你把小恒带回来吗？"

"他肯定不会让，我只能——偷偷带回来。"

"那个——应该不容易吧？"

侯玉珊心烦意乱地说："肯定不容易，他肯定会有防备的，但是——我也不能束手就擒坐以待毙啊！"

"既然老匡主动给你打电话报告回国的消息，又把停车的地方告诉你，让你去取车，说明他还是——没把你当外人，也许他是真心想减轻你的负担，把孩子带回去让爷爷奶奶养，你好集中精力学习——"

"不管他是真为我考虑还是假为我考虑，我都不能让他爹妈来照顾我儿子。他们乡下人养孩子的方式跟养猪差不多，既不管卫生不卫生，也不管营养不营养，更别说智力开发什么的了。我儿子在那样的环境里长大，还不废了？"

戴明设身处地想一想，很能理解侯玉珊的心情，因为那就好比把小康交给季永康的爹妈带一样，虽然不至于饿死冻死，但生活条件方面，肯定比不上美国，更别说教育培养了。

她没看过公婆怎么养育季永康几个兄妹，但她看过公婆怎么养育季永康的侄儿侄女们，那真的是像养猪一样，大铁锅煮一锅饭，就是一日三餐，孩子们爱吃不爱吃，吃饱吃不饱，甚至吃还是不吃，他们都是不管的。

幸好那些孩子都皮实，苍蝇叮了的饭菜，吃下也不得痢疾，馊了的饭菜，吃下去也不拉稀。冬天不穿袜子，光穿一双前露脚趾后露脚跟的鞋，脚趾冻伤了，脚跟冻裂了，也没人管。

她刚开始还特意给那些孩子买了冬天穿的厚袜子寄过去，但很快就知道没用的，因为等她去那里的时候，看见那些孩子还是光着脚，露着脚趾和脚跟。问公婆收到她寄的袜子没有，都说收到了收到了，但问袜子到哪里去了，谁也答不上来。

她估计侯玉珊公婆家也八九不离十，都是一个搞法。有时并不是因为经济条件做不到让孩子生活得更舒适，而是一种习惯，一种风俗，一种天经地义，祖祖辈辈都是这么养孩子的，也没见养死多少个，凭什么你的孩子就要换一种养法？

她赞同说："把孩子交给公婆带，肯定是不放心的。我就是怕你只身一人回国——斗不过匡家一大群人，就算你不要命地抢，也抢不过他们一大家子啊！"

"我不会跟他们硬抢的，硬抢当然抢不过，还怕把孩子抢伤了。我会跟他们玩计谋，难道就兴老匡骗我，不兴我骗他一回？"

"怎么玩计谋？"

"现在还没想好，但我肯定不会跟他来硬的。他这次打电话来，我就没跟他闹翻，而是跟他好说好商量——"

"那是对的。你在这方面比我厉害，如果是我，早就慌了神，只知道哭天抢地，发脾气骂人，怪他不该偷偷给孩子办护照办签证。你在那种时刻还知道稳住他，真不简单！"

侯玉珊也挺自豪："我这个人还是很能控制情绪的。现在他占了上风，把孩子弄回国去了，这就像绑匪弄到了肉票一样，如果我跟他闹翻，他连电话都不给我打了，我上哪儿找他们去？"

"那你现在跑回国去，他会不会起疑心，认为你是去——抢孩子的？"

"应该不会，我已经对他说了，我是给孩子送奶粉回去的，因为国内的奶粉我不放心。他也知道国内的奶粉问题多，搞不好会中招。我还对他说，他这个安排很好，能让我全力以赴读学位。我以前理智上也知道把小恒送回国给爷爷奶奶养是最好的安排，但我感情上受不了。他这次不跟我商量就把小恒带回国去，等于是帮我下了一个决心，做了一个选择，我挺感谢他的。"

戴明发自内心地佩服侯玉珊，在经历了这几天不死也能脱几层皮的煎熬和折磨之后，居然能对那个造成自己痛苦的人说出这么动听的感谢话来！有这么高超的控制情绪的本事，又有这么逼真的表演技巧，不去好莱坞做个一线演员，真是暴殄天物！

"你真是太——能控制自己了！我得向你学习。"

侯玉珊谦虚地说："学什么呀！我这也是被逼无奈，你对你们家老季那么温柔体贴，肯定不会弄到我这个地步。"

"那谁说得准？哪天老季不想在美国待了，保不准也会来这么一手。你看他分析老匡的时候，就像在分析他自己一样——"

21

又是加班！

而且是无偿的！

谢远音已经无话可说了，这破公司就这么个德行，总要把那几粒老鼠屎安放在项目里，活儿没干多少，闹出的乱子却堆成山，几百行的代码，可以埋下好几个定时炸弹，compile（汇编）的时候啥事没有，但一run（运行）起来，问题就出来了。

你说他们不会写代码吧，他们又能写出只影响别人代码不影响自己代码的bug（电脑代码中的错误）来；你说他们是故意的吧，他们又都是公司高层的亲戚朋友，总不至于自己拆自己的台吧？

就那么几个bug，每次都搞得全组人马上阵加班，还美其名曰：team work（团队工作）！

这不，连周末都还得来公司team work！

他们这个team里的老鼠屎就是那个富二代齐伟建，被他老子送到澳洲留学了好些年，也没拿到一个洋学位，还差点染上毒瘾。他的富老子急死了，赶快把他从澳洲连根拔起，种回祖国的大地上，总算救了他一条命。

其实齐伟建可以被他老子塞进S市的任何一家公司，甚至任何一个政府部门，因为S市上上下下都没少得他老子的好处。但他本人偏偏选择做码工，说是为了专业对口，学以致用。

不幸的是，他进了她工作的这家公司，被分到了她这个组！

从此，她就遭殃了！

不分他一点任务吧，他说大家在歧视他。

留学歧视！

因为他是澳洲留学的海归，而她是美国没留学的海归，其他人是中国没留学没海归的"陆龟"。

分他一点任务吧，他干是干得挺欢的，像喝了药一样兴奋，动辄加班，一夜工作到天明。

据清洁阿姨说，他那格子间的台灯，就像抗战时期毛泽东窑洞前的油灯一样，彻夜通明。

他那勤奋工作的背影，每次都把清洁阿姨感动得鼻涕眼泪一大把。

清晨，当东边的天空刚出现一丝鱼肚白，清洁阿姨来到公司打扫卫生，辛勤工作了一夜的澳洲海归会掏出一张"老同志"，让清洁阿姨帮他去星巴克买杯咖啡，余下的钱就是清洁阿姨的小费。

他每次都略带窘态地说："没办法，习惯了。"

不知道是说喝咖啡习惯了，还是给小费习惯了。

反正清洁阿姨对他这两个习惯都没意见，衷心希望他发扬光大。

澳洲海归虽然披星戴月地工作，但每次都是最后一个完稿。

等大家把所有 code 一合龙，进行 test run（测试运行）的时候，问题就出来了。

每次都是稀奇古怪的问题。

程序运行得像动车一样通行无阻，风驰电掣，想放慢了看下沿途风景都不行，眨个眼睛就到站了。但所到之站离目的地却相差十万八千里，好像中途有人扳错了道岔，让列车蹿到别的轨道上去了一样。

于是，大家唉声叹气地开始 debug（找代码错误）。

每次 debug 最终都会 de 到澳洲海归头上。

而他每次都是诚心诚意地认错："My bad！My bad！Sorry，让大家受累了！今儿个干完一起去吃饭，我请客！"

组里除她之外，全都是小男生，没有家庭拖累，所以乐得有人请吃饭。

隔段时间没 bug 了，还会觉得怪想念的：

"喂，哥们儿，是不是你们哪个帮伟哥写 code（代码）了？怎么他好久都没出 bug 了？"

"伟哥啊，我求求你了，你就弄几个 bug 出来吧！"

他也不发恼，笑嘻嘻地说："你们以为 make bug（弄出代码错误来）容易啊？那都是我夜以继日辛勤劳动的成果！这几天我忙着泡姐呢，哪有时间为你们 make bug？"

她有时真的怀疑他那些 bug 都是他故意弄出来的，不然怎么 compiler（汇编器）都发现不了呢？

组里就她讨厌加班，因为她家有个十来岁的儿子，还有个比儿子大几十岁但生活能力比儿子还不如的丈夫，她得按时回家给丈夫儿子做饭。她还要辅导儿子学习，因为她那个在中文系教书的丈夫，数学成绩比儿子还差，从分数开始，就辅导不了儿子了，所以她特不愿意把时间花在替同事擦屁股上。

今天是周末，才下午一点多，暂时不用回家做饭，但她要替朋友办点事，所以加完班就准备离开公司。

但组里几个小年轻的把她叫住了："谢大姐，别走啊！今天伟哥请客呢！"

她刚来的时候，特讨厌人家叫她"谢大姐"，简直就像是在叫她"傻大姐"一样！

她宁可他们叫她"姨"，也比叫"姐"好听。叫"姨"的话，她就只是一个"小姨"，因为她比他们的老妈还是年轻不少的，有个毛孩子的小姨就是她那个年纪，其他的毛孩子，只是因为没姨，如果有的话，估计也不比她小多少。但如果叫她"姐"，她就成了一个老掉牙的"大姐"，还赖在毛孩子行列里，多不知羞！

她想让那些毛孩子叫她"小谢"或者"远音"，但又觉得不伦不类，同辈或者上辈这样叫，还显得挺随意挺亲切，但如果让那些比她小十来岁的小毛孩也这样叫，那就显得矫情，甚至有点暧昧了。

她最希望人家叫她的英文名，Shirley（雪莉），又简单又好听，还分不出辈分和年纪。但只有澳洲海归叫她"Shirley"，其他人都不跟趟，还说澳洲海归矫情，崇洋媚外，搞得她也不好意思叫澳洲海归的英文名 David 了，但又不能叫他"伟哥"，叫他"齐伟建"又很生分，所以她尽量避免叫他。

没办法，他们要叫她"姐"，那就叫吧，谁叫她一把年纪了，还混迹在这帮毛孩子里打工呢？

她干的这一行，出了名的对女性不友好，尤其是中老年女性。已经入了行的，都很难挣扎着干下去；还没入行的，基本不用想什么入行的事。

她当初是大学一毕业就入行的，所以还算顺利。但她干到中间，跟着丈夫跑出国一趟，等她回国的时候，就得再次入行，那就不容易了。

她是仗着名校毕业，又在国外同类公司工作过，自己也一直在学习新技术，从来没掉队，才能挤进这家公司，但也只能从 entry level（入门阶层）干起，跟这帮小年轻的在一个组里混。公司里其他的女码工，要么改行做行政或者营销去了，要么就从公司销声匿迹了。

她跟那些小毛孩在一起干活儿的时候，从来不觉得自己老，他们懂的她都懂，他们不懂的她也懂。新技术当前，即便她学的不比他们快多少，但也绝对不比他们慢，所以工作起来她和他们没代沟。

但下了电脑，出了公司，她就被打回原形了，去的地方，说的话题，跟那些小毛孩都属于两代人。

那几个毛孩子都挺尊重她的，有她在场的时候，"我操"什么的，都会尽量少说；"打炮"之类的，说完都要吐一下舌头。

但这种尊重更让她感觉到代沟的存在，她宁愿他们别戴这么一张礼貌的面具，想说什么就说什么，她不是圣母玛利亚，也不是他们的班主任。

澳洲海归很热情地邀请说："Shirley，跟我们一起去吧！吃完我开车送你回家。"

上餐馆吃饭她不稀罕，因为她怕长胖。人不胖的时候，穿着打扮往小女生那边靠靠，还能让人暂时忘却她的年龄。但人一胖，就无法掩饰年龄了，所以她非常注意节食与锻炼，公司里不知道的人都以为她刚大学毕业，至少看背影是如此。

澳洲海归说开车送她回家倒有点让她动心，因为挤公车得花上一个多小时，而且她今天还要到近郊去办事，得打的才行。

她自己有车，但上班一般不开，因为家里就一辆车，丈夫接送儿子上学放学需要，还要跑出版社编辑部什么的，坐公车不方便，而她上下班就那一条线，有时还能坐同事的顺风车，所以家里的车一般都是丈夫在开。

　　说实话，她也不好意思把自己那辆丰田花冠开到公司来，因为公司里那帮大佬，开的都是奔驰宝马之类的车，号称"低调实惠不张扬"。而那帮小年轻的，要么就比她还穷，没车开，要么就开路虎之类高大威猛的 SUV。

　　她第一次开车去上班，就被组里那帮小年轻的调笑了一通："谢大姐，你太不爱国了！"

　　"我怎么不爱国？"

　　"你开的是日本的车啊！"

　　"这个——"她买车的时候，真的没想过这个问题，仅仅是因为她在美国开过丰田花冠，知道这车质量好，又很好开，才买了这个车。

　　她在美国开的那辆是二手车，买来时七成新，开了七万多英里了，但原车主保养得好，还跟新的一样。

　　原车主是大陆去美国的留学生，当时已经毕业了，在华尔街找到了工作，马上就要去赚大钱，急着脱手旧车，便以五千美元的价格把车卖给了她，比网上列出的价格足足便宜了几千块。

　　那辆车她开了近两年，啥问题都没出过，就是定期换机油花点钱，再就是油钱，回国卖车时都赚回来了。

　　回国之后，她已经没法忍受无车的生活了，虽然家里没什么积蓄，就是她从美国带回来的几万美元，她也毫不犹豫地买了一辆车，和她在美国开的车同一个牌子：丰田花冠。

　　她不想对那些小毛孩解释这些，估计解释了也没用，所以只简单地说："你谢大姐没钱啊，开不起你们那么豪的车。"

　　"你从美国回来，还会没钱？不是说美国遍地是黄金吗？"

　　"是遍地黄金，但还要看人愿意不愿意弯腰嘛。"

　　那些人七嘴八舌地嚷起来：

　　"谢大姐，你怎么这么懒啊？连腰都不愿意弯！"

　　"谢大姐不是懒，是裙子太短了，不敢弯腰呢！"

　　"谢大姐你怎么不早说呢？早说了我去美国帮你弯腰啊！"

　　"我擦，你在美国还敢弯腰？那可是基佬的天下！"

　　"哈哈哈哈，难怪美国遍地黄金都没人捡呢！"

　　后来，几个小年轻都拿这个调笑齐伟建：

"伟哥，干吗不让你爹把你送美国去捡钱啊？送到澳洲那么偏远的地方，是发配你去那里捡羊屎吧？"

"咱们伟哥还用得着老爹送去美国捡钱？就跟他爹屁股后头捡就行了！"

"伟哥，你爹出行的时候告我一声哈，我也跟你爹屁股后头去捡钱！"

伟哥一本正经地说："我爹出门都坐车，你跟车屁股后头捡钱？"

"哈哈哈哈——"

几个小毛孩很热心地给她提建议："谢大姐，你没钱可以买奇瑞啊，比你的丰田花冠还便宜，又支持了国货。"

她没开过奇瑞，不知道奇瑞质量如何，但从网上查到的信息来看，肯定是不如丰田花冠的。

她半开玩笑地反驳说："你们怎么不支持国货呢？"

"但是我们也没支持日本啊！你看我们这几个人的车，有谁的是日本的？"

她看了看那帮人的车，还真没有日本车。

小毛孩们说："谢大姐，我们是关心你啊，怕哪天又发生爱国潮，人家把你的车给砸了。"

"爱国潮就兴砸车？"

"是啊，你没听说？我一个朋友他爸的日本车就是这样报废的。"

"那砸了就砸了，不赔的？"

"谁知道啊？反正他爸后悔死了，说再也不买日本车了。"

她被他们说得担起心来，生怕哪天又发生爱国潮，把自己的车给砸了。

22

谢远音推辞说："今天就不跟你们一起上餐馆吃饭了，我要到康庄那边去一趟。"

小毛孩们都嚷起来：

"康庄？那可是有钱人住的地方啊！"

"谢大姐你去康庄干吗呀？"

"这么急着过去，还能是干吗？当然是去会情人！"

她呵斥说："别瞎扯了，我上哪儿找情人呀？"

"上康庄找啊！老干部都住康庄。"

"老干部都住康庄，不等于康庄住的都是老干部嘛。"

"那你是要去小干部家？"

"也不是什么小干部。"

"那就是富豪。"

"富什么豪啊，人家就是一个医生。"

小毛孩们又咋呼开了：

"医生还不富？那天下就没富人了！"

"谢大姐，你的情人是哪个医院的？"

"最好是妇产科的，如果我哪天搞出人命来，就去找谢大姐。"

"喂，你搞出人命怎么找谢大姐？"

"谢大姐的情人是医生啊！"

"别闹了！"她声明说，"是我美国的一个朋友，打电话来托我去她家一趟。"

"哇，美国朋友啊？肯定是有钱的白老头儿！"

"又在瞎说，什么白老头儿，人家是女的！"

说是女的也没用，那几个小毛孩还是有话说。

"哇，女的？谢大姐你是蕾丝（女同性恋者）啊？"

"谢大姐才不是蕾丝呢！人家有丈夫的！"

"有丈夫也可以是蕾丝啊！你不知道咱中国封闭吗？人家蕾丝都要找个丈夫掩人耳目——"

她真想拉下脸来训他们几句。

但她知道现在的小毛孩就是这个样子，说话爱带点荤，尤其是在全组只她一个女性的情况下，又尤其她比他们年长。如果她和他们是同一代人，他们肯定会收敛一些，因为想讨好小女生，发展成女朋友。但既然她已经超出了他们追求的范围，那他们对她就只剩下对长者的尊重和对女性的调笑了。

对长者的尊重抵不过对女性的调笑，因为她这个女性长者是过来人，丈夫孩子摆在那里，别说荤话了，连荤事都做了，比他们那还不是有过之而无不及？

她知道对付这帮毛孩子的绝招就是比他们更荤，你比他们更黄更暴力，他们就开始害羞了。

　　不过她还没练出这份功夫来，还处在一听荤话就尴尬的地步。

　　照例是澳洲海归出来救场："康庄挺远的，打车又贵又不方便，还是我送你过去吧。"他对那帮小毛孩挥挥手，"今天就算了，我送 Shirley 去康庄，改日再请你们吃饭。"

　　那帮小毛孩挤眉弄眼地说：

　　"哇，伟哥他要改——日——了。"

　　"哈哈哈哈，见色忘友啊！"

　　"我知道了，伟哥的爱巢在康庄！"

　　她早就发现组里那些小毛孩爱拿她和澳洲海归开玩笑，可能是因为组里就澳洲海归跟她年龄离得近点，而澳洲海归好脾气，人家开什么玩笑都不发恼，也不反驳，只嘻嘻地笑，有时还煽阴风点鬼火，说几句暧昧不清的话，越发火上加油。

　　她呢，本来是想发脾气的，但人家没明说，都是转弯抹角含沙射影，矛头都是对准澳洲海归的，她就不好自己拉到自己头上，然后再板起脸来训人家一通了，所以一般都是装聋作哑。

　　古人不是说了吗，人正不怕影子歪，流言止于智者。

　　此刻，她见澳洲海归要取消聚餐，很过意不去，让步说："这样吧，我跟你们一起去吃饭，吃完饭再让——他——送我去康庄——"

　　那伙人又闹起来了："他？谁呀？你们快告诉我，他是谁呀？"

　　澳洲海归推推几个小毛孩："走吧，走吧，去吃饭吧，再不走我改——主意了！"

　　一行人吆吆喝喝地来到山野人家，以饿虎下山的速度吃了一顿午餐。

　　吃完饭，澳洲海归实践自己的诺言，开车送她去康庄。

　　坐在他的路虎上，还真有点傲视群雄的感觉，身边那些小轿车就像矮人国的交通工具一样，看着怪可笑的，特别是遇到上坡的时候，路虎嗖地就上去了，那些小轿车瞬间被秒杀，不知甩到哪里去了。

　　他好奇地问："你美国的朋友——为什么让你去康庄？是帮她管理出租房吗？"

　　"不是。"

　　"那是让你去干什么？"

"她不让我告诉别人。"

"Why？"

她在国外待过两年，又是在美国公司工作，同事都是老美，但下了班接触的都是中国人，所以养成了一个坏习惯，就是见人说人话，见鬼说鬼话。人家对她说英语，她就唰啦啦地奔英语去了；人家对她说汉语，她就唰啦啦地奔汉语去了。

现在他一问"why"，她条件反射地回答说："Because——"

但她马上醒悟过来，这里是中国，两个人都是中国人，说个什么英语啊？

她开玩笑说："你有没有听人讲过海归的笑话？"

"海归的笑话多了去了，看你说的哪一个。"

"就是那个——说话洋气，穿衣土气，用钱小气——"

"那个呀？老笑话，出国前就听过了。"

她笑了笑，没作声，看他自己悟不悟得出来。

他很自信地说："那个笑话肯定不是说我的，因为我虽然说话洋气，但我用钱不小气，穿衣不土气。"

这倒是个事实。

她问："你说话动不动带点英语，不怕公司里的人笑你？"

"怕什么？这个世界，你要是怕人笑话，那就活不出来了！"

她真心佩服他脸皮厚。如果换作是她，哪怕只有一次因为自己代码里的bug影响了全组，她都没脸再在那个组里待下去了；哪怕只有一个人嘲笑她说话"洋气"，她就会特别注意别对国人说英语。

人，要有点脸，对不？

他显然还是要脸的，因为他改用汉语提问了："她为什么不让你告诉别人？"

"我怎么知道？"

"你和她是中学同学？"

"不是，我们是在美国认识的。"

"怎么她留在了美国，你却跑回来了呢？"

她突然被他问到这个问题，有点答不上来，想了一会儿，才说："我丈夫是公派的，只有两年时间，两年到了，自然就回来了。"

"你丈夫是公派的，你又不是公派的，干吗要回来？"

"我——也算是公派的，因为我是配偶签证。"

"公派的也不一定要回来呀，我就知道好多公派的都没回来。"

"是有很多公派的没回来，但是——我丈夫学中文的，留在那里也找不到工作。"

"但你不是学中文的呀！你不是在那里找到工作了吗？"

"是找到工作了。"

"我挺佩服你这点呢。"

她谦虚说："佩服我干什么？我是 J2 签证，本来就允许在美国工作。"

"允许工作不等于能找到工作，我澳洲很多学这个的同学都没找到工作，最后都海归了。美国的也一样，欧洲的更不用说了，大多数都找不到工作，都海归了。"

"也许我运气好吧。"

"肯定不只是运气好，而是你——有本事！"

她没说什么，但觉得他还不是全傻，在这个问题上还看得挺清楚的。

他问："你在美国找到了工作，干吗还要海归呢？"

"不海归还能怎样？难道一家人——分居两个国家？"

"干吗分居两个国家？叫你丈夫也留在美国不就行了？"

"他一个男人，难道就待家里——靠老婆养着？"

"为什么不能？外国很多男人都待在家里做——就是那个——家庭妇男。"

她见他憋着不说英语，不由得同情起他来："算了，你想说英语就说英语吧，我也不是听不懂，主要是怕别人听了刺耳。现在反正没别的人，就我们两个——"

她突然觉得这话没说好，怕他往暧昧的方面想。

但他好像一点没听到，还在关心她回国的事："两个国家分居着也没什么呀！那个请你帮忙的美国朋友不就是夫妻分居在两个国家吗？"

"她哪里是分居在两个国家？"她差点就把真相说出来了，幸好警惕性高，及时打住，"反正我是不会跟我丈夫分居在两个国家的，不值得，不能为了赚钱连家都不要了。"

"怕什么？美国那么多白帅哥，你还愁找不到一个接盘的？"

这个她答不上来，从来没考虑过这个问题，连替别人考虑都没试过。在她的观念里，爱情是天长地久的事，不天长地久就算不上爱情。为了爱情，每个人都应该做出牺牲，如果不愿意做出牺牲，那就说明不是真爱。她和丈夫的爱情是很真很深的，所以她坚定不移地跟着丈夫回到了国内。

但她知道他这种混混儿肯定不懂这些，只淡淡地说："爱情不是你想的那么简单，说要就要，说不要就不要。"

"那你是为了爱情才跑回来的？"

"还能是为了什么？"

"你和你丈夫——很相爱？"

她点点头，有点骄傲地说："我们是天作之合，从名字就能看出来！"

"从名字能看出天作之合？　How？"

"因为他叫郁飞鸿！"

他努力咂摸了一会儿，恍然大悟："哦——我知道了！是因为你的花名！"

"什么花名？"

"My bad（我说错了）！不是花名，是——乳名——嗯——I mean——小名！"

"我小名怎么了？"

"你的小名是十三姨！"

"谁说我的小名是十三姨？"

"不是十三姨，怎么能跟黄飞鸿是天作之和呢？"

"什么黄飞鸿？"

"你丈夫不是叫黄飞鸿吗？"

"谁说我丈夫叫黄飞鸿？他叫郁飞鸿！"

"哦，对了，是俞飞鸿！那你的小名叫——华仔？"

她莫名其妙："我一个女生，怎么会叫华仔？"

他摸摸头，不解地说："可是——俞飞鸿不是就华仔一个——真爱吗？我记得她到现在都没——结婚的——"

她恨不得敲他一记："你瞎扯什么啊？我丈夫的姓是郁郁葱葱的郁，明白吗？"

"哦，是郁郁葱葱的郁——那我就不知道为什么是天作之合了——"

"你没听说过谢灵运的《登池上楼》？"

"谢灵运——听说过，听说过，是那个——什么队的主唱吧？但是《等吃，上楼》——怎么像是 rap（说唱歌曲，饶舌歌曲）呢？"

"见你的鬼了！谢灵运是南北朝的人，怎么扯到 rap 上去了？"

他咕噜一句："只知道有个乐队叫'唐朝'，什么时候又冒出一个'南北朝'来了？肯定是我出国之后的事——"

她哭笑不得！

天哪，世界上怎么有这么不学无术孤陋寡闻的人啊？

无奈，她只好像教小学生一样说："谢灵运是我国南北朝时期的一个诗人，他可能没有李白杜甫那么家喻户晓，但他是我们中国山水诗的开山鼻祖。（天哪，他不会搞成鼻屎吧？）《登池上楼》是他最有名的一首诗，里面有这么一句'飞鸿响远音'——"

他醍醐灌顶："原来是这样！这次我是真的明白了！"

"明白什么了？"

"明白飞鸿想远音的意思了。"

"飞鸿响远音是什么意思？"

"这还不好懂吗？他叫郁飞鸿，你叫谢远音，飞鸿想远音，那不就是他想你吗？"

23

谢远音再也忍不住了，毫不客气地哈哈大笑起来："哈哈哈哈——从来没见过你这么不学无术孤陋寡闻的人！连谢灵运的《登池上楼》都不知道，还把南北朝搞成了乐队！"

澳洲海归不发恼，也不尴尬，十分霸气地嚷道："来人，把何宏章给我拖出去斩了！"

这下轮到她孤陋寡闻了："何宏章是谁？"

"我的小学语文老师。"

"你斩人家干吗？"

"教不严，师之惰。我语文这么差，不斩他斩谁？"

"那也不该斩小学语文老师，我记得谢灵运的诗是中学才学的。"

"那就把周文藻也推出去斩了！"

"哈哈哈哈——"她笑过之后，一针见血地说，"你这是人笨怪刀钝！是你自己没学好，怪老师干什么！老师一个班教几十个人，总不会个个都像你一样不学无术吧？"

"刚好就是个个都像我一样不学无术！"

"瞎说！哪个学校会这么糟糕？"

"成才学校。"

"成才学校？我怎么没听说过？我只知道 S 市有个英才学校。"

"英才学校的前身就是成才学校。"

"那你更瞎说了，英才学校是 S 市的顶尖学校，私立的，费用高得吓人，一般人家根本承担不起，不然我就把儿子送那儿去住读了。"

"快别把你儿子送那儿去了，除非你想让他成为第二代齐伟建。"

"为什么？"

"因为那个学校培养出来的全都是我这样不学无术孤陋寡闻的学生。"

"不会吧？如果那个学校像你说得那么糟糕，还会有那么多人把孩子往那里送？"

"怎么不会呢？这世界上像我爸那样对教育一无所知但手里有几个钱又望子成龙的人多着呢！一听说那是贵族学校，就千方百计把孩子往那儿送，以为去了那儿孩子就能成为英才，所以我读小学二年级时就被我爸从公立学校拔出来，送到成才学校去住读，一年好几万的学费，还不算赞助费、膳宿费、零食费、置装费，等等。"

她责备说："你爸花这么多钱，你怎么不好好学习呢？"

"不是我不好好学习，而是那里的人都不好好学习，成天调皮捣蛋，打架闹事，逃课泡妞，我一个人想学也没用啊！"

"那老师不管的？"

"管啊，但管不住嘛。谁敢管我们，我们就威胁他：我让我爸把你给撤了！"

"你爸能把老师给撤了？那校长是干吗的？"

"校长也得听家长的。"

"为什么？"

"不听就不给赞助了，让他关门，他敢不听？"

她觉得不合逻辑："但是如果老师不管你们，你们的家长知道了，不更要撤他们的职？"

"他们怎么会让我们的家长知道呢？每学期成绩都给得高高的，操行评语都写得好好的，家长怎么会知道？"

"那考试呢？初考中考高考，怎么混得过？"

"没初考也没中考，那里是一条龙，从小学一直读到高中。全国高考还是要参加的，但全都考不过，有本事的就送到海外去读大学，没本事的就留在国内读大学——"

"国内的大学不看高考成绩？"

"看啊，但可以交赞助费嘛。如果你爸给大学赞助一栋教学楼，还愁你进不了大学？"

她不得不承认这是一个事实，一个让她义愤填膺的事实。想到自己的儿子今后就要跟这些人竞争，真是越想越觉得不公平："成才学校毕业的学生都通不过高考，进大学要靠歪门邪道，难道你们的家长还不醒悟？"

"醒悟了啊，不是把校长什么的都撤了，把老师都换了，连校名都改了吗？我不知道英才学校是不是比我们那时办得好了一些，反正我们最初那几届的学生肯定是成了试验品加废品。"

"唉，你也算是——有钱反被金钱误！"

"是啊，我爸吃了一堑，但没长一智，接着又把我送到澳洲去留学。那边又是一大帮像我这样的人，也没几个人认真学习的，都在那里游手好闲，飙车啊，泡妞啊，吸毒啊，嫖妓啊，什么都干。"

她摇着头说："你也不能全赖环境，我就不信澳洲没有认真学习的人，至少我就知道好几个去澳洲留学的，人家可不像你这样——"

"我也没说澳洲没有认真学习的人啊，但是他们都是普通人家的子弟，跟我们不是一个圈子的，彼此互不来往。再说他们那帮人认真学了也没用，毕业后还是找不到工作，还得回国——"

"回国怎么了？回国也要靠知识靠学历！"

"对他们那帮人来说是这样的，但对我们这帮人来说，知识学历都没用，就是靠老子。"

她突然明白了什么叫作"阶级仇恨"了。

阶级仇恨，就是一个阶级对另一个阶级的仇恨，不是因为个人的原因，而是因为阶级的原因，是阶级之间的不平等造成的。

你爸是富翁，你爸赚大钱，你爸能把你送进贵族学校学习，不管成绩好坏，都能把你塞进大学，然后，又不管你成绩好坏，都能把你塞进公司，最后还能成为 CEO（总裁）。你一生都不用努力，就能活得优哉游哉，所有的人都对你毕恭毕敬，你的子女接着过你这样的生活。

而我爸不是富翁，只是一个中文系教授，我就得靠自己努力，拼死奋斗。但不管我成绩多么优秀，工作多么出色，我都只能找个 entry level（进门阶层）的工作，拿着比你还少的工资，因此我没钱送我的孩子进贵族学校，我也没钱送我的孩子自费出国留学，即便我的孩子成绩优秀，也有可能被你这样的蠢才挤出大学，重复我的生命轨迹，甚至比我的更糟。

难怪当年穷苦百姓要起来革命，推翻地主资本家，有道理，太有道理了！

我现在就想起来革命，把你们这些有钱人统统关进牢房里去，把你们的财产拿出来平分，规定每个人都必须通过考试才能进大学，写代码总出 bug（程序错误）的就开除！

她在心里闹着阶级斗争，再没跟他说话。

快到康庄的时候，他说："你不把你那个美国朋友叫你去她家的原因告诉我，我还真不敢让你去她家呢，万一出个什么事，岂不成了我亲手把你送进火坑了吗？"

"放心，肯定不是火坑。"

"康庄住的是你美国那个朋友的什么人？"

"是她丈夫。"

"那你还说不是火坑？她在美国，家里就一个丈夫，她却叫你只身一人去她家，这是什么意思？我不能载你去！"

"都到跟前了。"

"那我得跟你进去！"

"你进去干吗？"

"保护你呀。"

"这有什么要保护的？"

"她丈夫在家——谁知道他安没安好心？"

他说着就把车停在了路边。

　　她本来答应过侯玉珊，这事对谁都不说的，所以她连丈夫都没告诉，只说去公司加班，要晚点回家。但现在受了澳洲海归的恩，吃了人家的饭，坐了人家的车，还受到人家的关心（威胁？），不说就好像有点过不去一样。

　　再说，澳洲海归跟侯玉珊夫妻之间肯定没有交集，有话也传不到对方的圈子里去，说说应该没关系，便回答说："别瞎扯了，是她丈夫突然带着她儿子跑回国来了，她让我去她家看看她丈夫是不是真回了这个家。如果没回这里，她就到别处去找，免得浪费时间。"

　　"她丈夫突然带着儿子跑回国来？ You mean——没经过她同意？"

　　"是啊，偷偷跑回来的。"

　　"Why？"

　　"我也不知道，可能是想回国来创业吧。他在那边做博士后，觉得没前途。"

　　"那干吗把儿子也带回来？自己一个人回来创业不是更爽吗？"

　　"可能是他爸妈想看孙子吧。"

　　"你那个朋友不肯跟她丈夫一起回来？"

　　"她都拿绿卡了，又在那边读学位，干吗要回来？"

　　"你不是就回来了吗？"

　　"各人情况不同嘛。"她想了想，说，"其实我当初回国的时候，她还真的劝过我别回国，说我回了国肯定找不到比美国更好的工作，还说国内现在风气不好，男人都在外面找小三，不如留在美国安全——"

　　"她说得对呀。"

　　"对什么呀！国内风气是不好，但那不更加说明我应该跟着丈夫回国吗？如果我留在美国，我丈夫回到国内，那不更容易出轨了吗？"

　　"哈哈，你是跟回国来监视你丈夫了？"

　　"也不是什么监视，防患于未然嘛。没机会，就根本不会出轨，也就不存在监视不监视的问题了。"

　　他很感兴趣地问："那你丈夫出轨了没有呢？"

　　"没有。"

　　"今后会不会出轨呢？"

　　"不会。"

　　"这么肯定？"

"当然啦。出轨也不是随随便便就能出的，必须是内在和外在两方面条件都成熟的情况下才会发生。也许男人都有出轨的想法，但并不是每个男人都具备出轨的条件。"

"出轨还要条件？"

"当然要啊。现在的女孩，眼里只有钱和权，你手里没钱没权，人家会跟你出轨？"

"你丈夫没钱没权？"

"他有什么钱什么权？中文系老师一个，全校最穷的系，除了工资，什么外快都没有。他又是个最最清高的人，绝对不会去当家教，也不会去成教班之类的上课，他一心一意钻他的故纸堆，做他的学问——"

"那你们家全靠你撑着？"

"经济上是这样。"

"你也够累的。"

"我不觉得累。我宁愿这样，也好过老公有钱，但总在外面花天酒地包二奶养小三。"

他赞同说："你说得也是，像我老爸吧，钱是紧着我妈花，但他成天不着家，外面不知道养着多少二奶小三——"

"你爸发财之前，跟你妈感情应该还是很好的。"

"那还用说？不好也不会结婚了。"

"唉，所谓糟糠之妻不下堂，只能是一句古训了。"

"要说下堂呢，我妈也没下堂，还是堂堂正正的齐夫人，但是——"

她高傲地说："如果我是你妈的话，肯定早就离开你爸了！"

"那不合算啊！我妈如果跟我爸离婚，是可以分一笔家产，但那就拿断了，以后我爸赚再多，也没她的份儿了。还不如就这么耗着，我爸赚的每分钱都有她的份儿。"

"但她就不能寻找新的爱情了。"

"谁说不能？"

她吃了一惊："你妈她——"

"她和我爸各玩各的，互不干涉。"

"这个——我真不能接受。"

"所以你宁愿自己赚钱养家，也不愿意老公发财？"

"也无所谓愿意不愿意，是他自己发不了财。"

他想了想，说："也就是说，你老公没包二奶养小三，是因为他没钱，一旦他有钱了，一样会包二奶养小三。"

"但他这辈子都不会有钱的。"

"哈哈，还没见过这么咒自己老公穷的！"

"不是咒他穷，而是说个事实。"

24

到了匡守恒住的楼房前，谢远音让澳洲海归停了车，她拿起为侯玉珊儿子买的礼物，打开自己那边的车门，边下车边嘱咐说："你就在车里坐着，如果有人来赶你，不让你在这里停车，你就赶快把车开走，在外面转几圈再回来接我。"

"真不让我跟进去？"

"跟进去干吗？"

"保护你呀。"

"算了吧，你这么凶神恶煞的一个家伙跟着我，人家连门都不会给我开了。"

他笑了笑，说："那你自己去吧，快点出来，别关手机。"

"我知道。"

她下了车，走进侯玉珊家的单元，上到三楼，敲了敲门。

开门的是个白发老人，很生硬地问："你找谁呀？"

她有点意外，以为自己走错了门，但定睛一看，发现白发老人俨然一个老年版匡守恒，心里就明白了，很热情地问："您是匡爷爷吧？"

"你是——"

"我是玉珊的朋友，叫谢远音。"

"呃——玉珊不在家。"

"我知道她不在家，在美国。我听说您儿子和孙子都从美国回来了，特意过来看看的。"她拿出包装精美的礼物，两手奉上，"买了几套婴儿服，送给您孙子穿。"

匡爷爷有点手足无措，看着她手里的礼物，不伸手来接，只大声对屋里喊："金秀，你快来一下，玉珊的朋友来了！"

一位白发老奶奶应声走了出来，接过礼物，连声感谢："哎呀，你太客气了！谢谢，谢谢，怎么好让你破费呀？"

"不破费，不破费！我和玉珊是好朋友，在美国餐馆打工时认识的，她那时帮过我很多忙，我一直都没机会报答她——"

"那你认识我们家守恒吗？"

"认识认识！我丈夫跟他是好朋友，我们两家在美国时经常走动——"

"快进来坐，快进来坐！"

她跟随两位老人走进屋子，匡奶奶去倒茶，匡爷爷陪她坐在客厅。

她四处张望了一下，没看到匡守恒，也没看到匡小恒，不由得问："匡大夫他——不在家？"

"不在。"

"上班去了？"

"呃——不是。他出去——有事去了。"

"周末也不休息？"

"呃——他没休息。"

"他上哪儿办事去了？"

"他没说呢。"

匡奶奶端上茶来，她双手接过，捧在手里，问："奶奶，您家孙子呢？"

"在里屋玩呢。"

"是吗？好乖啊，一点声响都没有！"

刚说完，就听到孩子"啊啊"几声大叫，像有人在掐他一样。她急忙放下茶杯站起身："在哪间屋啊？我进去抱抱他，好久没抱过小小孩了——"

一提到孙子，两位老人满脸是笑，喜颠颠地带着她来到一间卧室里，像献宝一样把孙子指给她看："喏，在那儿，皮得很，到处爬呢。"

房间很大，可能是侯玉珊夫妻俩以前的卧室，房中央摆着一张大床，有一边靠着墙，其他三面既不靠墙，也没栏杆。床上有个大胖小子，正撅着占了身体一半体积的肥屁屁，在床上艰难地爬行，刚爬两下，头就栽到床上去了，嘴里发出愤怒的咆哮："啊——啊——"

她看得又好笑又心疼，跑过去把孩子抱起来。

匡奶奶跟过来，两手伸着，像怕她失手把孩子掉地上似的：“很沉吧？抱不抱得动？”

“抱得动，抱得动。”她很熟练地抱着孩子，夸奖说，“您这孙子养得真好，看这腿胖得，像青蛙腿一样！”

“是啊，沉得很，我跟他爷爷都抱不动了。”

孩子刚开始长牙，上面两个门牙已经能看见一道白线，口涎不停地往外淌，把嘴唇弄得亮晶晶的，抓着什么啃什么，刚抱一下，就把她肩头啃湿了。

她用孩子胸前的涎兜给孩子擦嘴，咿咿呀呀地逗孩子玩。

那孩子大概平时没人抱，现在被人抱起来真是心花怒放，一逗就笑个不停，把她的心都笑得融化了。

她正跟两位老人聊孩子的日常起居饮食，突然听到手机响，拿起一看，是澳洲海归打来的：“事办完了吗？”

她估计是门前不让停车，有人在赶他，急忙回答说：“办完了，我马上下来！”

她把孩子放回床上，用手机给孩子拍照片，边拍边夸赞：“太可爱了！太可爱了！您二老有这么可爱的孙子，肯定是做梦都笑醒了吧？”

两个老人很憨厚地笑着，都是一副喜晕了头不知道自己姓甚名谁的表情。

她小心翼翼地提醒说：“现在这孩子会爬了，不能让他一个人待在床上，免得他摔地上去。地上虽然有地毯，但这床挺高的，从上面掉下来可不得了——”

“哦，是的，是的。我们抱不动，他爸又说地上不干净，只好放在床上——”

“放床上没问题的，就是一定要有一个人守在床边看着点。”

“是看着的，是看着的。”

她没指出刚才至少有七八分钟没人在床边看着孩子，她知道那是因为她来了，两位老人才离开岗位去迎接她老人家的，如果不是她登门拜访，两个老人应该不会全都跑掉。

但她不能担保今后就没别人上门来，要是两位老人又擅离职守，孩子从床上掉下来怎么办？

她略一思索，便有了一条妙计：“过两天我给您拿些儿童地毯来，像海绵那样的，垫在地上，又干净又好看，那就可以让孩子在地上玩了。”

"哎呀，怎么好又让你破费？"

"不破费，不破费。"她撒谎说，"现成的，是我家孩子用过的，我放那里也没用，拿来给您家孙子用正好。"

"那敢情好！"

她告辞说："我叫的车还在下面等我，我得下去了，改天再来看你们。"

两位老人都不怎么会社交，客人说要走，他们是既不挽留，也不相送，只憨憨地笑着。

她下楼来到外面，看见澳洲海归的路虎就停在楼前，立即打开车门坐进去，问："是不是有人在赶你走？"

"没有啊。"

"那你干吗催我下来？"

"你不是说看看就走的吗？怎么去了这么久？是不是跟人家丈夫倾谈上了？"

"瞎说！她丈夫都没在家，我跟他倾谈什么？"

"没在家？"

"嗯。可能刚回来，有很多应酬吧。"

"那孩子呢？"

"孩子在家，爷爷奶奶给看着。"

"你怎么不把孩子抱下来呢？"

她不解："抱下来干什么？"

"你朋友不是想把孩子抢回来吗？"

"别说得这么恐怖，什么抢不抢的，她不过是想把孩子——带到自己身边而已。"

"但她丈夫肯定不会同意，那不就得抢吗？"

"她是个文明人，不同意也不会抢，肯定会使用别的方法。"她掏出手机，"其实我觉得这边条件还不错，不像她担心的那样——跟养猪似的，孩子就放这里也可以。我来向她汇报一下，让她放心——"

他提醒说："现在那边正是半夜三更吧？"

"那有什么，她肯定没睡。"

"这么晚还不睡？"

"喊，你没当过妈，不理解当妈的心情，她儿子还没断奶就被丈夫带走了，她的心都急肿了，茶饭不思，坐立不安，哪里还睡得着？"

他看了看她，问："那你能理解她的心情？"

"我当然能理解呀，我也是当妈的人嘛。"

"为什么我妈就一点都不挂念我呢？"

"你妈怎么会不挂念你呢？"

"她要是挂念的话，怎么会在我那么小的时候就把我扔学校里住读？"

"那不是为了让你好好学习，同时也锻炼你的自理能力吗？"

"哇，你这么理解我妈，真该介绍你跟她认识——"

她没理他，全神贯注地给侯玉珊发短信，还把刚拍的照片也发了过去。

侯玉珊果然没睡觉，在等她的消息，接到信就回复说："太感谢你了，给我带来这么好的消息！我马上订票回国接孩子。"

"订了票告诉我一声，我去机场接你。"

"不用接机，你要上班，我从机场打的直接去旅馆。"

"你不回家住？"

"不回家住，我想趁他不在家时把孩子带走，住在家里怕引起他的警惕。"

"那你住我家吧。"

"不了，你家就两个卧室，我就不去搅扰你们了。"

"那我们找个时间聚聚？"

"这次可能没机会，太匆忙了，以后吧。"

"那你自己当心。"

"我知道，谢谢。"

她发完短信，有点担心地说："她想不声不响地跑回国来把孩子带走，不知道会不会——闹出事来。"

"你不是说她丈夫不在家吗？"

"还有她公婆呢！"

"公婆还不好对付？就撒个谎，说带孩子出去玩。"

"但如果匡大夫交代过父母，不让玉珊带孩子出去玩呢？"

他灵机一动："那就这样，我和你来帮她抢孩子。我们把车开到她家楼下停着，你在车里等，她上去抢孩子，我负责对付她公婆，两个老家伙，我一手一个就把他们按在墙上动弹不了啦，她可以顺利进屋抱孩子。等她把孩子抱下楼，坐进车里，你就给我打个嗯哨，我就跑下楼来跟你们会合，你可以先把车慢慢地开着，我追得上的——"

他说得绘声绘色，她几乎都能看见那一幕了，特别是最后，他沿着楼梯冲下来，紧追着已经开动的路虎，纵身一跃，两手抓住了车门，两脚离地，身体悬空，龇牙咧嘴地想钻进车里。

她忍俊不禁："你怎么说得像演电影一样？"

"呵呵，可能是美剧看多了吧。"

她开玩笑说："哇，你陷太深了！"

"陷什么太深了？"

"陷入情网啊！"

他扭过头看着她，好一会儿才问："我——我陷入什么情网？"

"陷入玉珊的情网呗。"

"为什么这么说？"

"不陷入情网，怎么会这么主动地要帮人家抢孩子呢？"

他很委屈地说："什么呀，我这是看你的面子！"

"又不是我的孩子，怎么是看我的面子呢？"

"当然是看你的面子啊，不是因为你，我知道她是谁呀？"

她有点小感动："你不怕人家丈夫突然回来，碰上你正在抢人家孩子，上来就赏你一顿老拳？"

"我怕他？谁赏谁老拳还说不定呢，我可是练过散打的，绝对把他揍趴下！"

"你不怕伤人犯法？"

"怕什么？我犯的法多了去了。"

"哦，对了，你有富豪老爸，犯多大的法也不怕，反正你爹有钱把你弄出来。"

他好像察觉到了她的阶级仇恨，不吭声了。

她心里的确燃烧着阶级仇恨的怒火，也不吭声了。

好一会儿，他才说："你这个人——跟别的女生太不同了。"

"当然不同喽，别人是女生，我是——女熟。"

"不是这个意思。"

"那有什么不同的？"

"别的女生都——爱富，只有你，是——仇富。"

"我有仇富吗？"

"你还不仇富？每次看见我都是一副——极为厌恶的表情——"

"那也不能叫仇富，只能叫厌富。"

"嗯，就是厌富。"

"其实我也不厌富，我只是很厌恶那些——不学无术的富家子弟——靠着老子的力量——挤走那些有才华的人，占据人家的位置——"

她说完这话就有点后悔，太不掩饰了，太具体了，他肯定知道是在说他，至少包括他。可别把他激怒了，使出散打的功夫，把她拍成肉泥，反正他不怕犯法。

25

澳洲海归肯定是生气了，因为他好一阵儿都没吭声。

谢远音自知话没说好，很想挽回一下，但又觉得无法挽回，除非说假话。

最后，还是澳洲海归率先打破沉默："我知道你厌恶我这样的人，我也不想做这样的人，但是——我从小就没好好读书，如果靠我自己的能力和知识，可能什么公司都进不了，只能去麦当劳——打工——"

他说得那么诚恳，她一下就忘了自己刚才的担心和内疚，又放肆地说："那你就去麦当劳打工呀，干吗跑我们公司来害人？"

"我——怎么害人了？"

"你还没害人？动辄搞出一些 bug 来，害得我们老加班——"

"加班不好吗？"

"好什么？又没加班费。"

"但是有免费餐吃呀！"

"谁稀罕那个免费餐啊？我自家的饭都还克制着少吃呢。"

"干吗克制着少吃？"

"这都不懂？减肥呗。"

他转过头看看她："你这么苗条，还用得着减肥？"

"我苗条吗？"

"当然啦，全公司还找得出第二个像你这么苗条的人吗？"

她一点没被表扬冲昏头脑，高标准严要求地说："也许我的体重是不比那些小女生重，但年龄不饶人——而且是结了婚生过孩子的人了，不该胖的地方——都胖起来了——"

他又转过头看了她几眼："哪里是不该胖的地方？"

她不好意思说那么具体，只挥挥手："算了，说了你也不懂。"

他回忆说："记得刚进公司的时候，我还以为自己一准是 team 里的老大哥呢。"

"嘁，有我这个老前辈在组里，你还想当老大哥？"

"我真没看出你是老前辈，以为你跟 team 里那帮小兄弟差不多大。"

她心里暗自高兴，但嘴里呵斥说："又在瞎说！"

"不是瞎说，是真这么以为，不信你去问 team 里那帮小兄弟。"

"问他们什么？"

"问他们我是不是以为你跟他们差不多大呀。"

"你对他们说过了？"

"是啊。"

"你说那些干什么？"

他犹豫了一下，坦白说："我问他们有没有谁在泡你。"

"你问他们这些干什么？"

"因为我是很讲哥们儿义气的嘛，朋友妻，不可欺，如果他们有人在泡你，我当然就不能下手了。"

他说她看上去年轻，她还是很高兴的，他差点把她当小女生来追，她也是很高兴的，但他说什么"泡"啊，"下手"啊，就让她很不舒服。

什么意思？把我当什么人了？

他没看出她的不快，接着说："结果他们都笑我，说我最少迟到了十年，因为你儿子都上小学了——"

他不是第一个犯这种错误的人，以前也有人以为她是小女生，想来追她。但一旦知道了她的实际年龄，马上把她打入大妈系列，而且是不够资格做国民岳母的大妈，理都懒得理她了。

她不稀罕这种人追！

她是见过世面的人，想当初，郁飞鸿追她的时候，可比这帮家伙浪漫多了，情书情诗雪花般地飞来，这帮家伙可能连那上面的字都认不全，根本不是一个重量级的！

她淡淡地说："那说明你不是一般的——笨！"

"你怎么总是这么——瞧不起我呢？一会儿说我笨，一会儿说我不学无术。"

"你不笨吗？不笨会连我的年纪都看不出来？你要不是不学无术，会搞出那么多 bug 来？"

"看不出你的年纪，是因为你——保养得好嘛。至于搞出 bug——也不全是因为我不学无术——开始是的——但后来——就不完全是了。"

"什么意思？"

"有些 bug 是我故意安下的。"

"别死要面子了！就你那个水平，你还故意安个 bug？"

"嘿嘿，我不是安了吗？你们那么多人 debug，都要 de 好几个小时，说明我的 bug 安插得还是很高明的——"

她死都不相信他是故意的："别吹了，你故意安 bug 干啥？"

"就可以加班呀。"

"你喜欢加班？"

"组里那帮小子都喜欢加班嘛。"

她嚷起来："喂，你这样可不地道！他们喜欢加班，你就故意做几个 bug 出来让他们加班，你有没有替我想想？"

"有啊。"

"你要是替我想了，干吗还搞得我加班？你不知道我家还有一大一小两个男人等着我做饭？"

"知道啊。我就是看你辛苦，才让你来公司加班，免得做饭的嘛。"

"这能免得了我做饭吗？我每次都得预先做好了再来加班！"

他咕噜说："那是你自己爱做，你老公就不能做一次饭？"

"他不会做。"

"都是你惯的！"

"我愿意惯他，你有意见？"

"我哪敢有意见啊？"

她警告说："以后别再故意搞 bug 出来了，不然我去老板那里告你！"

她也就是这么说说而已，知道去老板那里告他也没用，因为老板和他爹是老交情，如果她跟他闹僵，走人的不是他，而是她自己。

但他似乎被吓住了，缩了缩脖子，说："骗你的，我哪里有本事故意安插 bug？是怕你笑话我，才这么说的。"

她觉得这个解释倒还比较合情合理："我早就说你是死要面子了！"

他没再申辩。

从一家超市附近经过的时候，她突然有了一个主意："我就在这里下车吧。"

"要 shopping 啊？"

"嗯。"

他在超市停车场找了个地方停下，她打开车门，说："谢谢你送我去康庄，下星期见！"

她下了车，他也跟了下来。

她挥挥手："你回去吧，已经耽误你半天时间了——"

"我跟你去 shopping。"

"不用，不用。真的，你早点回去吧。"

"我不能去 shopping 吗？"

"你也要 shopping？那就一起去吧。"

她推了个车，他一下就抓了过去，她去夺车，说："你自己推一辆吧，我要买的东西挺多的——"

"没问题，装得下。"

她没办法，只好跟他一起走。

转了好些地方，购物车还是空的。

他问："你到底要买什么呀？"

"我答应买些儿童地毯给玉珊家送过去的，她公婆年纪大了，抱不动孩子，总把孩子放床上爬，我怕会掉下来，想给他们买些儿童地毯铺上，让孩子在地上爬，比较安全。我本来想过几天，等孩子的事扯清楚了再决定要不要买地毯，但又怕这几天她家来人，她公婆都忙着去应酬客人，把孩子一个人放在床上摔下来——"

"那我们是不是应该去卖地毯的地方看？"

"可能在儿童用品柜吧。"

两个人找了一会儿，还真找到了，各种颜色，各种式样，看得人眼花缭乱。她估算了一下玉珊家房间的大小，买了那种一尺见方、边缘像锯齿的儿童地毯，可以拼出各种图案，又方便搬动和清洗。

买好了地毯，她拉过购物车，对他说："你慢慢逛哈，我抓紧时间把地毯送过去——"

"你以为你买的是飞毯？"

"我买什么飞毯？"

"如果不是飞毯，你准备怎么把地毯送过去呢？"

她觉得受了侮辱，硬气地说："你以为就你有车？我不会打的过去？"

"疯了？有现成的车不用，跑去打的？"

"但是——我不想耽误你太多时间。"

"站在这里说话才是耽误时间。"

他说着就推着车往外走，她只好跟上："那真是——太谢谢你了！"

"空口说谢没用，还是请我吃顿饭吧。"

她不愿意跟他两个人单独去餐馆吃饭，推托说："但是——中午刚在餐馆吃过了，下午又上餐馆？而且我家还有两张嘴等着我做饭呢。"

"那就请我去你家吃呗。"

"呃——"

"是不是你家领导不欢迎我？"

"那倒不是。我家领导认都不认识你，哪里就能确定欢迎不欢迎了？只是——他不是个很好客的人，不是他那一伙的，他都懒得出来应酬。"

"是吗？他那伙的都是些什么人？"

"还不就是他的同事同学之类——"她想了想，问，"你会喝酒吗？"

"喝酒谁不会？怎么了，你家领导爱喝酒？"

"呵呵，不是一般的爱喝，算得上无酒不欢。"

他有点不相信："不会吧，堂堂的大学教授，还——喝酒？"

"大学教授就不喝酒了？再说他也不是教授，只是副教授——"

"那就堂堂的副教授，还是中文系的，居然爱喝酒——嗯——我真想不出来——"

"这你又孤陋寡闻了，中文系的才最爱喝酒！"

"是吗？中文系不是应该——文质彬彬的吗？"

"文质彬彬跟喝酒又不矛盾，你没听说过烟文酒诗？"

"研——文——究——诗？你是说研究——文和诗？"

她笑起来："哈哈哈哈，我发现你特别会瞎扯！我说'飞鸿响远音'，响亮的响，你偏说是'飞鸿想远音'，想念的想。现在我说烟文酒诗，你又扯到研究上去了！"

"不是研究吗？那是什么？"

"是抽烟的烟，喝酒的酒！"

"烟文酒诗？什么意思？"

"你从字面上就能理解嘛！"

"是不是——写文章时要抽烟，写诗歌时要喝酒？"

"嗯，差不多，确切地说，是抽烟出文章，饮酒出诗歌。"

"哈哈哈哈！这是他编出来哄你让他抽烟喝酒的吧？"

"不是他编出来的，是真的有这么个说法。你想想鲁迅那些文人，是不是人手一支烟？才思都是在烟雾缭绕中升腾起来的。还有李白杜甫那些大诗人，谁不喝酒？他们有的是酒仙，有的是酒圣，有的是酒——坛子，反正都离不开酒。"

"呵呵呵呵，还真是这么回事！"

"所以他们中文系的都爱抽烟喝酒，我爸也不例外。"

"你爸也是中文系的？"

"嗯。"

"也抽烟喝酒？"

"烟被我妈逼着戒了，酒照喝。"

他很感兴趣地问："那你丈夫和你老爸是不是经常对着喝？"

"那还用说？只要聚在一起了，必然要对饮三盅。"

"那你爸肯定很喜欢这个女婿。"

她有点得意地说："那还用说？他是我爸的得意门生，我爸招研究生的时候，一看他的名字，就对了眼缘——"

"因为'飞鸿响远音'？"

"是啊，你说这是不是天作之合？我爸姓谢，最推崇谢灵运，所以给我起名'远音'。平时别说对上号的了，连知道这个名字来源的都不多，这下突然冒出一个中文系高才生，名字居然叫'飞鸿'！我爸当时就对我妈说了：'这孩子，就是上天给我们送来的女婿！'"

"原来你的婚姻是父母包办的？"

"瞎说！怎么是父母包办的呢？我爸只不过让我们俩认识了而已，后面的过程全是我们自己的事——"

"他追你，还是你追他？"

她骄傲地说："当然是他追我！"

"他是想讨好导师吧？"

"才不是呢！他干吗要讨好导师？"

"呃——方便毕业呗。"

"你以为他是你？毕个业还要靠讨好导师？他学习成绩好得很，根本不用讨好导师！"

他不甘心地说："那就是为了留校或者留在S市——"

"才不是呢！他又不是在S市读的博士，他是R大毕业的。"

"哇，那你是名校教授的女儿呀？怎么跑S市当码婆来了？"

她没回答，觉得答案是明摆着的。

他猜测说："是跟他来的吧？"

"嗯。"

"哇，你为了他，真是——愿意牺牲一切啊！"

她纠正说："不是为了他，而是为了爱情！"

26

澳洲海归由衷地赞叹说："你们的爱情真叫人羡慕！"

谢远音也不客气："羡慕吧？虽然你有钱有车有这有那，但你可能永远也找不到这样的爱情。"

他懊恼地说："现在的女生不知是怎么回事，都那么爱钱，而且是赤果果

（赤裸裸）地爱钱，掩饰都不掩饰一下。她们喜欢你，不喜欢你，都是因为钱。你开辆好车，马上有一帮女生来找你；你开辆破车，她们马上就跑掉了。"

她忍不住又要敲打他几句："那也不能全怪女生，你自己穷得只剩下钱了，还想人家女生怎么样？"

"我穷得只剩下钱了吗？"

"那你说你还剩下什么？"

"她们看上我的——长相不行吗？难道我长得很难看？"

凭良心说，他长得不难看，刚来公司的时候，她甚至觉得他很帅，还暗自高兴来着，办公室的帅哥，那可是一道亮丽的风景啊！写代码写累了的时候，看看帅哥，有利于身心健康。

但人的外表是靠内在来支撑的，试想，一个五官端正的痴呆儿，或者一个身材健硕的小偷，怎么能让人产生美感呢？

他虽然不是痴呆儿，也不是小偷，但他也好不到哪儿去，因为她很快就听说了他的来历，又见他那么不学无术，写起程序来漏洞百出，平时说话也是油嘴滑舌，插科打诨，他在她心目中就成了绣花枕头一包草，红漆马桶外面光，虽然外表还没到难看的地步，但也毫无美感。

她在公司很少正眼看他。

谁爱看红漆马桶啊？

看一眼都会觉得臭烘烘的！

但今天他这么热情地帮她的忙，又讲了他求学的经历，她对他的感觉转变了不少。

他可能真是有钱反被金钱误，如果他爸不把他送到那个贵族学校去蹉跎，兴许会考上很好的大学，成为一个很有知识的人。

那样的话，她可能就会觉得他相当帅了。

记得她初见丈夫的时候，也没觉得他有多帅，五官很平常，身材很瘦小，顶多一米七，戴着很老式的眼镜，穿得也很土。

她那时只觉得两个人的名字很巧合，愿意了解了解他。但随着了解的加深，他的形象越来越高大了，因为他才气过人，知识渊博，中国历代文人的名著名句，他都能横流倒背，而且写得一手能与字帖媲美的好字，随便写个便条，都值得裱糊起来，挂在墙上。

也许这就是腹有诗书气自华！

她自己虽然是中文系教授的女儿，但对中文却不甚精通，因为从小就被她妈逼迫着远离了中文。

她妈也是中文系毕业，跟老爸是同学，当初因为仰慕老爸的才华，才不顾爹妈反对，义无反顾地和老爸结了婚，结果成了一对贫贱夫妻，落到连同学聚会都不敢参加的地步。

她妈为了生计，中途改教"通俗文学"去了，还利用业余时间当家教，写通俗文学作品，好歹能赚点外快贴补家用。而她那个老爹，坚持清高文人"不为五斗米折腰"的原则，与谢灵运们结成生死之交，在古典文学一条道上走到黑，很早就落到课都开不出，研究生也招不到的地步，提前进入了退休状态。

她妈的口头禅就是："我这辈子没办法，选错了专业，嫁错了人，只能穷一辈子了，但我不能让我的女儿走我的老路！"

不让女儿走老路的第一个举措就是坚决不让女儿进文科班，也不让女儿花太多时间在文科科目上，只要不拉高考成绩就行了，时间精力都用来学习数理化和外语。进大学选专业，也坚决不让她选文科专业，当然也不让选数学之类找不到工作的专业，所以她进了计科系学电脑。

她和郁飞鸿的婚姻，老爸是大力支持的，但老妈从一开始就不同意，最后，是因为爱女的坚持，渣婿的努力，特别是社会风气的警示，老妈才松了口："算了，只要你们自己愿意，我也没话可说了。现在这个世界，有钱的男人都不老实，还不如找飞鸿这样的。"

她这些年对爱情和婚姻的坚持，有很大一部分是为了向妈妈证明自己当初的选择是正确的。还要感谢丈夫，这些年对她忠心耿耿，让她在老妈面前能抬得起头来。

澳洲海归追问道："按照你的审美观，我是不是长得很难看？"

"我没说你长得很难看。"

"那你为什么说我除了钱之外，一无是处呢？"

"我也没说你除了钱之外一无是处，我是听你说女生看中的只是你的钱，才这么分析一下她们的想法而已。"

他舒了口气："原来你是在分析别人的想法，我还以为是你的想法呢。"

她心说你也太好哄了，我说是别人的想法就是别人的想法？我是在保护你那小小的自尊心嘛，这都看不出来？

他又问："如果你还是个小女生，你会不会因为钱以外的原因——看上我？"

她突然有点不高兴，什么叫"如果你还是个小女生"？你不是以为我是小女生的吗？这么快就把我打入大妈行列了？

虽然她的确是大妈，但还是不喜欢别人认为她是大妈，误会一下会死人啊？

她硬邦邦地反问道："你除钱以外还有别的东西吗？"

"至少我对你——还是很关心的嘛，难道你们女生一点也不看重——感情了？"

"谁说女生不看重感情？问题是人家对你有没有感情！如果根本就没感情，人家看重个什么？"

"我不是说——人家对我的感情，而是说我对人家的感情，难道人家一点也不感动，一点也不看重？"

"人家对你没感情，那么你对人家有没有感情，对人家来说，又有什么区别？"

他夸张地叹了口气，说："看来我这一辈子要打光棍了！"

"你不会打光棍，只是没人爱而已。"

"我觉得我会打一辈子光棍的。"

"那要看你怎么定义'光棍'了。"

"还能怎么定义？没老婆，没女朋友，就是光棍。"

"你一个星期换一个女人，还没女朋友？"

他叫起来："谁说我一个星期换一个女人了？"

"谁都是这么说的。"

"冤枉啊！谢大人，你可得为奴才做主！"

她笑了笑，没理他。

他继续申辩："真的没有！我是经常跟女人相亲，但基本都是见个面，吃顿饭，然后就——结束了，那也能算——女朋友？"

"为什么只见个面吃顿饭就结束了呢？"

"都是我妈在张罗，她老说我不小了，该结婚了，所以总让人给我介绍女朋友，我也不好拂了老妈的面子，只好去见个面。但是——不是人家看不上我，就是我看不上人家，就都结束了。"

她笑起来："哈哈，你还承认有人看不上你？"

"当然有人看不上我。"

"那不就说明并不是所有女生都只看钱吗？"

"为什么不说明呢？看不上我的，都是因为我装穷——"

"你装穷有什么用？介绍人不知道你穷不穷？"

"我妈给介绍人交代过，叫她们别说我家的经济状况。"

这个她还真没想到："既然你妈这么急着让你结婚，为什么又要叫介绍人别说你家经济状况呢？"

"因为她怕我娶个贪图我家钱财的媳妇，搞不好我连性命都丢了，家产也被人刮走了。"

说着，他就讲了几个相亲经历，都是对方打探他有没有房，有没有车，有没有存款，而他一概装穷，等人家回绝之后，他再告诉人家真相，最后，人家回心转意了，他却铁了心不回头了。

她一点也不同情那些女生，纯粹是自作自受。但她也不同意他的做法，觉得他矫情，便责备说："你这人太不地道了，喜欢就喜欢，不喜欢就不喜欢，干吗装穷考验人家？"

"面都没见过，哪有什么喜欢不喜欢？考验一下，通过了就喜欢，通不过就不喜欢。"

"我就不相信你活了几十年，就没遇到过一个不贪财的女生。"

"遇到过。"

"怎么没成呢？"

"说不清，太多原因。"

"那就要怪你自己了。"

"为什么怪我自己？"

"你遇到了，却搞不定人家，不怪你自己还能怪谁？"

"嗯，看来是得怪我自己。"他感叹说，"唉，还是你们那个年代好，爱情至上，其他都是浮云。那样找到的才是真正的爱情，才知道对方爱的是你这个人，而不是你的钱或者你的——老爹。"

他一说"你们那个年代"，她又有点不舒服了，心说你装什么嫩啊？虽然我是 70 后，你是 80 后，但真算起来，你也只比我小五六岁，你还真以为自己是另一代人？

她懒懒地说："不管哪个年代都不会是个个都讲爱情至上的，贪图钱财的人哪个年代都有。关键还是看你自己，你自己没什么值得人家爱的地方，那你不管生活在哪个年代，都找不到真正的爱！"

这几句话一出，他就像被人点了死穴一样，马上哑巴了。

两个人来到玉珊家，还是匡爷爷来开的门，匡守恒还没回来。

老人看见是她，身边还有个男人，地上放着个大纸箱，非常惊讶："你这是——"

她说明来意，老人终于敞开大门。

她和澳洲海归把地毯搬进里屋，当场拆箱，拿出一块块地毯，拼接好了，铺在地上，用厨房纸巾仔细擦了一遍，才把那大胖小子抱到地毯上。

小人儿一下就被花花绿绿的地毯迷住了，趴在上面，爬也不爬了，盯着那些花儿鸟儿看，还把涎滴滴的小嘴凑上去唁。

她苦笑着说："真是防不胜防！解决了摔伤的问题，又冒出来唁地毯的问题！"

爷爷奶奶都笑眯了眼，连声说："谢谢，谢谢，这下我们就放心了，不怕他从床上摔下来了。"

她急忙交代说："还是不能大意哦！他头大，脖子还不够硬，趴在那里很容易把头栽下去，虽然铺了两层地毯，但下面的水泥地还是很硬的，当心他碰坏了头——"

"会当心的，会当心的！"

"还有，别让他唁地毯，这些都是化学产品，唁到嘴里去怕有毒——"

"好的，好的。"

两个人安排停当，告辞出来，开车上路。

她见时间不早了，怕家里那两个饿坏了，便提议说："我们先去超市买点熟菜，到家就可以开饭。"

"好的，正好我也想去那里买点东西。"

到了超市，她在熟菜部买了些熟菜，他则不声不响地跑到烟酒专柜，提了一瓶剑南春回来："大哥喝这酒吗？不喝的话，我去换一瓶。"

　　她嗔怪说："吃个便饭，你还买这么贵的酒，快拿去退了！"

　　"大哥不喝这酒？"

　　"喝，他什么酒不喝？"

　　"那干吗让我拿去退？"

　　"我请你吃饭，还要你自己掏钱买酒？我家常年都备着酒的。"

　　"但我就爱喝这酒。"

　　她没话可说了，因为家里没有剑南春。

　　上车之后，他声明说："今天主要是事先没准备，不然我把家里的酒提一瓶过来就行了。"

　　"你家可能堆满了人家进贡的酒吧？"

　　"也不算是进贡，都是些熟人朋友，逢年过节你送我，我送你，反正就那几瓶酒，转来转去地送人——"

　　"你爸不喝酒？"

　　"以前喝，都喝成酒精肝了，现在不敢喝了。"

　　"不是说不喝酒做不成生意吗？"

　　"是啊，但是他现在用不着亲自喝了嘛，可以叫手下的代喝。"

　　"那就是说他还是不爱喝酒，要是爱喝的话，才不管什么酒精肝不酒精肝呢，怎么都舍不得让人代喝的。"

　　"那你丈夫是真爱喝酒？"

　　"肯定是真爱。"

　　"你不怕他喝成酒精肝？"

　　她叹了口气："怕也没用。他的人生就这么点享受，如果全都剥夺了，他活再久又有什么意思？"

　　"哇，你真是个好——老婆，太体贴他了，不光是身体上的需求，还有——心理上的需求，全都考虑到了。他真是好福气，能找到你这么好的老婆！"

27

　　谢远音住在 S 大校园内，是学校以前为教职工修的住房，他们以优惠价格买下的。

房子是一幢四层楼里的一个顶层单元，很旧，很小，两房一厅，五十多平米，厕所还是蹲坑式的，厨房也很小，大概只有两平米左右。

她从美国回来后，很是犹豫了一下，到底是买车，还是换个大点的房子。在美国挣的那点钱，在 S 市买个大房子肯定是不够的，但可以付个首付，然后每个月还贷，会比较吃紧。如果买车的话，那就绰绰有余。

最后，两个人还是决定买车。房子嘛，又不能背在身上，走到哪儿都给人看，小点就小点，够住就行了。但车就不同了，每天接送儿子，就像标语牌一样，要亮给人看的，虽然丰田花冠不是顶级豪车，但比起那些骑自行车或者电驴子的人来说，还是强多了。

所以她很少请人上家里来玩，房子太小，太促狭了，家里三个人都觉得转不开身，哪里容得下再来客人？如果实在要请客，她宁可到饭店去请，免得人家知道她住得这么寒酸。

她倒不是怕人家笑她，要笑也是背后偷偷地笑，管它呢，听不见，心不烦。她怕的是人家会热心快肠地给她提建议，想办法，让她丈夫出去赚钱。

丈夫心里只有学术和创作，终生理想就是著书立说，留名文史，那赚钱什么的，想都懒得想。

这对很多人来说，是不可理喻的。

那就干脆别给人家试图理喻的机会。

但她不怕让澳洲海归看见她家的居住窘境，因为她在他面前有一种居高临下的优越感，他说得越多，她这种优越感越强。从他今天的谈吐中，她感觉他其实是很渴求她这样的生活的，也就是说，他很渴求真正的爱情，很羡慕爱情至上的活法，很憧憬不为钱财只为爱情而结成的婚姻。

而他没有这份才情，更没得到过她和郁飞鸿这样的爱情，所以她让他来家做客，一点也不担心自家寒酸让他瞧不起，反而有种秀恩爱的自豪感。

回到家，还没开门，她就听见屋子里电视机传出很响的儿童节目声。

她有点光火。

不是光儿子的火，儿子才十岁，哪来那么强的自控能力？当然是有机会就想玩了。

为了保护儿子的视力，她已经下狠心禁了儿子的电玩手机等等小屏幕的玩意儿，电视也只允许平时每天看半个小时，周末每天看一个小时，一分钟都不许超过。跟其他孩子比起来，儿子已经够可怜的了。

她光的是丈夫的火。她临出门前，还交代过他，叫他盯着点，别让儿子老看电视。中午打电话回家告假的时候，就听见儿子在看电视，现在又在看，肯定不止一个小时了。而丈夫肯定是整天都钻在卧室里忙自己的，根本没管儿子。

她差点就要发牢骚，但立即记起自己是来向澳洲海归秀恩爱的，自然不能一进门就发火，便克制住自己，推开门，大声对儿子说："鸿远，鸿远，妈妈回来了！"

儿子像偷吃的老鼠见了猫一样，倏地从沙发上跳起来，红着脸站在那里，不敢吭声。

她和颜悦色地对儿子说："这是齐叔叔，快叫人啊！"

儿子还没从惊恐中恢复过来，但还是很乖地叫了一声："奇叔叔！"

澳洲海归自来熟地说："鸿远，我早就认识你哦！"

她问儿子："作业做完了？"

"早做完了。"

"我给你布置的那些呢？"

"也做完了。"

"练书法了吗？"

儿子不吭声了。

她强压下的火气又升腾起来了，好你个郁飞鸿！由着儿子看电视就不说了，怎么连儿子的书法也没辅导呢？

儿子的所有学科，都是她督促她辅导，连语文都是。丈夫虽然是中文系副教授，但对小学的语文教学却是一窍不通，总拿大学的标准去对待小学语文作业，用作家的标准要求儿子的作文。

上次儿子写一篇《我的爸爸》，硬是被他逼着重写了几十遍，最后被他修改加代笔搞成了一篇朱自清《背影》的翻版。儿子把作文交上去后，被老师当成抄袭范本念给全班人听，引起哄堂大笑，还给了儿子一个零分。

所以儿子的所有学科都是她辅导，除了书法之外。书法她辅导不了，因为她从小没练过书法，连钢笔字都不肯好好写，以至于现在写一手鸡扒字，非常后悔，决心不让儿子重蹈覆辙。

丈夫的毛笔字和硬笔书法都写得非常好，这是当初打动她的因素之一。那时，不管她跟他闹多大的矛盾，只要他修书一封，她都会被他的才情打动，看着那如书法艺术一般的情书，她对他的怨艾就烟消云散。

但他对儿子的书法却一点都不关心，总是忘记辅导儿子练书法。

她忍住火气，交代儿子说："那你待会儿吃完饭再练书法吧。"

她到厨房去准备饭菜，澳洲海归也跟过去要帮忙，被她挡在门外："别别别，我家厨房小，一个人都转不开——"

他看了看厨房，发现的确挤不下两个人，只好回到客厅，跟她儿子玩。

过了一会儿，她端着两盘切好的卤菜来到客厅，放在饭桌上，听见儿子在问澳洲海归："奇叔叔，为什么你是奇叔叔，不是怪叔叔呢？"

"哇，快别让你妈听见，不然她要说是我教你的！"

"教我什么？"

"嘿嘿嘿嘿，教你——瞎扯！"

她忍不住笑起来，边往厨房走边对儿子说："你奇叔叔还有个弟弟，叫怪叔叔。"

儿子更吃惊了，逮住澳洲海归，使劲打听怪叔叔的事。

他信口开河地编造，把儿子逗得哈哈大笑。

她把饭菜都出齐了，叫客厅那两个上桌吃饭，自己则到卧室去叫丈夫。

丈夫正伏在书桌上，专心致志地爬格子。

估计"爬格子"这个词已经快从字典里消失了，因为现在谁还用这么古老的方式写作？都是用电脑，有的更先进，直接对着电脑讲，软件会自动转换成文字储存起来。

但郁飞鸿坚决不肯用电脑写作，说电脑屏幕像个幽灵，绷着一张没有五官的黑脸，虎视眈眈地看着他，让他顿觉魂飞魄散，构思好了的情节全都不翼而飞，脑袋里空空如也。

他只能用传统的方式写作，就是用笔在格子纸上一个字一个字地写，俗称"爬格子"。

但现在的出版单位已经不爱接受爬格子爬出来的稿件了，哪怕他爬出的格子全都是书法艺术，他们也不喜欢。他们更爱电子版本，好读好认好改，出版也容易。如果是电子出版单位，人家更是坚决不接受格子稿件。

她劝了他很多次，都没能奏效，勉强让他用电脑写作，他就整天写不出一个字来，她只好放弃，自荐做他的秘书兼打字员，他爬格子爬出来的文章，她就用电脑给他打出来，然后再向杂志社出版社之类投稿。

但爬格子多慢啊！又不易修改，有时写了满满一张，突然发现有一个地方得修改，于是把整张稿纸都撕掉，揉成团，扔进字纸篓。

这还是局限于一张纸的小修改，如果是关系到好几张纸，甚至好几个章节的修改，那就惨了，全部得重爬一遍。

所以他除了上班，其他时间都在爬格子，但"爬"出的产品却很少，出版了的，就更少。

她曾经热切地期待他的大作问世，期待他著作等身，期待他荣获各种奖项。但这么些年过去了，她知道才气早已不是出版的唯一标准，甚至不是一个标准。能不能热卖，能不能赚钱，才是能否出版能否得奖的唯一标准。

在这样一个唯利是图的世界里，做一个有才气有原则的文学家，那不是悲剧还能是什么？

但是悲剧不等于渺小。

正好相反，很多悲剧都是伟大的，恢宏的，振聋发聩流芳千古的。

那就让他做一个悲剧人物吧，也比做为钱写作的小丑强。

她静静地站在丈夫身后，怕打扰了他的文思。

过了一会儿，他自己放下笔，端起了茶杯，显然是文思告一段落了，她才轻声说："飞鸿，家里来客人了。"

丈夫头也不回地说："就说我不在家。"

"那你不出去吃饭？"

"等客人走了我再出去吃，要不你给我端一碗进来。"

她悠悠地说："那只好让他一个人去喝那瓶剑南春了。"

"剑南春"三字，就像一声春雷，刹那间就把丈夫从隐士状态中劈醒："剑南春？哪年的？几十度？"

"我不知道，你自己出去看吧。"

丈夫搓着双手，跟在她后面走出卧室，来到客厅。

她给两个男人做了介绍，让他们俩坐在相邻的两边，便于敬酒奉菜，她自己和儿子坐在饭桌的另外两边，四个人开始吃饭。

两个男人有了酒这个媒人，那可真是一见如故啊！

郁飞鸿直接从沉默寡言的文学隐士变成了高谈阔论的"百家讲坛"大拿，从《诗经》侃到谢灵运，从唐宋八大家侃到纳兰性德，又从李白杜甫侃到莎士比亚，再侃到雪莱拜伦济慈，华兹华斯，柯勒律治，等等，直把澳洲海归侃得服服帖帖，敬佩之情溢于言表。

她和儿子都吃完了，下了桌子，出去散了会儿步回来，看到那两个男人还在喝，还在侃。

最后，她和儿子都洗洗睡了，那两个人还没下酒桌。

快半夜了，她才被丈夫叫醒："伟建要回去了，说要跟你告个辞。"

她愣了一会儿，清醒过来，边穿外衣边问："你们喝了多少？"

"没多少。"

"一瓶剑南春全喝完了？"

"嗯。"

"那他还能开车回家？"

"又没喝醉，怎么不能。"

她知道爱喝酒的人都没醉过，至少没承认醉过。

她来到客厅里，看见澳洲海归歪在沙发上，已经睡着了，脸儿红得像关公。

她指挥丈夫说："你把他鞋脱了，把他的脚搬到沙发上去，我去拿床被子来。他这个样子，肯定不能开车回去了。"

丈夫弯腰去搬脚，搬了两下没搬动，还差点把自己搬到地上去。

她拉起丈夫，搀扶着往卧室走："你也醉得不行了，快进屋去睡吧。"

"谁说我醉了？我一点都没醉，呵呵，他是真醉了。我就说他喝不过我嘛，他还不信！"

她把丈夫扶到床上躺下，用被子盖好。然后从衣柜顶上拿下一床被子来，走到客厅，给澳洲海归盖上。

05 你放我一马，我就放你一马

她只能从自己做起，为人处世小心谨慎，能忍就忍，能让就让，不让自己落到需要保护神出手相救的地步。她也教育儿子小心谨慎，能忍就忍，能让就让，不能忍不能让就报告老师，所以基本还没闹到需要保护神出手的地步。

28

侯玉珊接到谢远音的线报，提了几天的心总算放下了一半。

儿子在S市，而不是送回了乡下，那就好多了。她和丈夫出国前在康庄买的那套三居室住宅，虽然不是豪宅，但卫生条件什么的比乡下好了若干倍。

估计爷爷奶奶一时半会儿改变不了养孩子的方式，还是会像养猪一样养她的儿子，但城市里养猪也比乡下文明啊，一家一户关在自己家里养，危险就小多了，不会在泥巴地里乱滚乱爬，染上寄生虫病，也不会掉进井里河里粪坑里淹死。

最令她振奋的，是丈夫白天不在家！

既然他连周末都忙着在外面跑，那平时就更是不着家了。

公婆那里，应该也没接到严防死守的警告，不然就不会让她的朋友进屋看孩子。

太好了！

她可以趁丈夫不在家的时候去康庄那个家，对公婆说是回来探亲的，把他们支到客厅看电视，自己从卧室保险柜里拿出护照，然后撒个谎，说带孩子出去兜风散步。出得门来，钻进事先就等在那里的出租车，一口气开到机场，溜之乎也。

这真是上天有眼，合该她把孩子带回美国来！

这几天，她一直在为自己的这次行动做铺垫。

首先是麻痹丈夫，所以她跟丈夫通电话时一点口风都没露，而是非常感恩戴德："你把小祖宗带走了，可省了我的心，不用起夜喂奶，总算把这几个月缺的觉给补回来了！"

丈夫很得意："呵呵，我那时说把小恒带回来，你还不同意。"

"我那不是怕我会想他想得茶饭不思嘛！"

"有没有茶饭不思呢？"

"呵呵，开始是有点不习惯，特别是涨奶的时候，就想让儿子吮上几口。这两天奶已经涨回去了，人也习惯了。"

"那还不赶快感谢我？"

"是在感谢你啊！如果不是你下个狠心把小恒带回国去，我这学期肯定会挂科。嗯，我准备下学期多修几门课，尽快把学位拿到手，回国和你们团聚。"

"你还真回国啊？"

"你回去了，我留在这里干什么？"

"你留在那里做我的大后方啊！我这边还不知道能不能打开局面呢，如果混不好，我还是要回美国的。"

"哦，是这样啊？"她附和说，"那我先看看在这边好不好找工作，不好找的话再回国。"

"不好找也不要回国！就在那边陪孩子读书。"

"喝着西北风陪孩子读书？"

"我怎么会让你们喝西北风呢？"

"你养着我们？"

"当然是我养着你们。"

"你哪来的钱养我们？"

"我挣啊！"

"你在国内挣的钱够我们在美国花？"

"喊，如果我在国内挣的钱还不够你们在美国花，那我回国有什么用？"

"你上哪儿去挣那么多钱？"

"我这不是在想办法吗？万一挣不到那么多钱，我还可以回美国，哪怕当个博士后也能养活你们娘儿几个，这些年我不都是这么养着你们的吗？"

她不知道他这么说是为了稳住她，还是真心这么想。不过他说的做博士后养着她和孩子，倒是没撒谎，因为这几年在美国的确是他在养她们娘儿俩，她虽然也在餐馆和中国超市打工，但也就是刚来时干过一段时间，自从到 T 大去读书，就没怎么打工了。

不得不说，他在经济上还是很顾家的，工资都是直接打进他俩的共同账号，他除了买菜买米花点钱之外，其他花销基本没有，也很少给父母寄钱。她用多少钱，他也从来不干涉。

这次他回国，没动他们在美国银行里的钱，也没用信用卡买机票。她问他哪来的钱买机票，他说是用存的 mileage（里程数）买的。

也就是说，他没带走一分钱。

这一点，还是挺让她感动的，也相信他回国只是因为不甘心在美国做博士后，而不是要抛弃她。唯一让她不满的，就是他把孩子带走了，如果不是这件事，她一点意见都没有。他回去发展，赚了钱寄到美国给她用，赚不到钱就回美国来，那谁会有意见？

但他把儿子带走，就做得太不地道了！难道没听说过"儿是娘的心头肉"？你把我的心头肉剜走了，却指望用几个钱封住我的伤口，那能行吗？

她不知道如果她偷偷把孩子带回美国来，他会不会跟她闹翻，但她觉得即便是闹翻也不能怪她，谁叫他招呼都不打，就偷偷摸摸把孩子带回中国的呢？

是你开了这个坏头，就别怪我学样！

难道你做得初一，我做不得十五？

她主意已定：哪怕他会跟她闹翻，她也要把孩子带回美国来。

估计他一怒之下会断了他们娘儿几个的生计，不给他们寄钱了，她一个人要养活两个孩子，还要读学位，会比较难。

如果真弄到那个地步，那他就是不想继续做夫妻了，那就拉倒！了不起不读这个学位了，重新捡回护士行当，也能养活一家三口。

她把前前后后都想清楚了，立即在网上订票，发现机票这玩意儿，只要你不计较价格，不计较转多少次飞机，不计较什么时候起飞，什么时候到站，要买票还是不难的，她一下就订到了票，立即收拾东西，开车到机场，把车存在 Economy Parking（经济停车场）里，然后检票进站。

坐在候机室里了，她才给戴明打电话，因为那时已经是早上七点多，估摸着戴明应该起床了。

戴明听了她的报告，担心地问："国内有没有人可以帮你的忙？"

"我不准备惊动别人。"

"你爸妈他们——"

"他们年纪大了，身体也不好，我没告诉他们，告诉了也帮不上忙，还得把他们急出病来。"

"那你姐姐什么的——"

"我姐不在S市，在也没用。她是个胆小怕事的人，遇事都讲'退一步海阔天空'，'忍字头上一把刀'，我姐夫在外面拈花惹草，她屁都不敢放一个，我要替她出头，还把她吓个半死，坚决不让我过问她的事。如果我把这事告诉她的话，她肯定要劝我放弃这个计划，搞不好还去搬我爸妈做救兵，让他们来劝说我，那就露馅儿了。而且她是出了名的好心糊涂虫，说不定会去告诉老匡，以为那样是在挽救我们的婚姻——"

戴明遗憾地说："唉，我是走不开，如果走得开的话，可以跟你一起去。我完全能理解你的心情，坚决支持你！如果有谁把我的孩子带走一个，我肯定也会跟你一样，追到天涯海角也要把孩子弄回来！"

"你这样想，就是对我最大的支持了，因为我现在需要的，也就是道义上的支持。再说你还帮我照顾小珊，已经帮我太多了！"

"我就是担心你一个人单枪匹马——抢不过那边三个人——"

"我这次是智取，不是强攻，因为孩子的护照什么的都在他手里，我不可能跟他硬抢，只能是——像他一样——玩心计——"

"一定要把你和孩子的安全放第一，不要急于求成，这次不行，还有下次——"

"我也是这样想。"侯玉珊嘱咐说，"这事就别告诉你们家老季了，免得走漏了风声。"

"他跟你们家老匡——关系还没好到那个地步。"

"没好到那个地步也别告诉他！男人总是向着男人的，你别看他们彼此之间平时也有矛盾，但到了对付女人的时候，他们可沆瀣一气呢。我们家老匡和我姐夫就是这样，平时两个人背地里都看不起对方，但逢年过节到了我爸妈家，他们两个就结成了统一战线，总觉得我们侯家人在欺负他们两个外人——"

戴明没兄弟姐妹，所以对这个体会不深，只保证说："我肯定不会告诉永康的。"

"我怕我这几天都不去接小珊，他会起疑心追问你。"

"我就说你心情不好，在家睡大觉呢。"

"那他会问你怎么不带孩子来看我。"

"那我就说接孩子放学的时候已经去看过了。"

"嗯，也说得过去。估计也就是几天的事，等我把儿子弄到手了，他知道不知道就无所谓了。"

侯玉珊在美国转了两次机，又在韩国转了一次，才回到中国。到达 S 市的时候，已经是当地时间下午两点多了。

她先从机场往康庄家里打了个电话，是公公接的，她憋着嗓子说："请叫匡大夫接电话。"

公公回答说："他不在家。"

"您知道他什么时候回来吗？"

"呃——不知道，没个准稿子的。"

她一听，立即结束通话："那等他回来我再打电话吧。"

放下电话，她就叫了辆出租车，直奔康庄。

到了自家楼下，她让司机打表等着："我上去拿点东西就下来，你在这儿等我，我按时间付你钱。"

司机不太情愿："我怎么知道你会不会下来？如果你上去之后不下来了，我不白等了？"

她掏出一百美元："这个押你这儿——"

司机还是不相信："谁知道这是真钱还是假钱？"

她把身上仅有的一点人民币全掏出来了："都放你这儿，放心了吧？"

"行，你快点哈。"

她匆匆上楼，来到自家门前，还没开门，就听到里面电视剧的声音。她掏出钥匙，伸进锁孔，打开了门。

两个老人都沉浸在电视剧剧情里，她走到跟前他们才发现。

公公惊讶地问："你——你找谁？"

她亲热地叫道："爸，您不认识我了？我是玉珊啊！"

两个老人上下打量她一阵儿，惊喜地说："真是玉珊勒！玉珊回来了！"

她问："小恒呢？"

"在里屋睡觉。"

她急忙跑到主卧，看见地上铺着花花绿绿的儿童地毯，儿子正在上面睡觉。

她心疼极了，一步抢过去，抱起儿子，放到床上，咕噜说："地上多凉啊，怎么能放地上睡呢？"

婆婆声辩说："放床上怕他摔下来——"

她想说"你们放一个人在这里陪着他会死人啊？八百年没看过电视还是怎么的？"但她忍住了，反正马上就把孩子带走了，你们看电视把眼睛看瞎都不干我事！

她支使那两个人说："你们去看电视吧，这儿有我呢。"

婆婆还在客气："你吃饭了吗？"

"吃了，吃了，在飞机上吃的。"

那两个人还想说什么，被她脸上"别问了，我这儿烦着呢"的表情给吓退了。

等那两个人一离开卧室，她立马把门关了，反锁上，到保险柜里去找儿子的护照。

还好，保险柜密码没换，她一下就打开了。

但护照不在里面。

她又到各个抽屉去找，到各个鞋盒子去翻，到各件衣服口袋里去掏。

什么角落都找了，就是没找到儿子的护照。

她溜到别的房间去找，还是没找到。

29

侯玉珊气急败坏！

好你个匡守恒！看你傻呵呵地笑啊说啊，还以为你真的被我哄住了呢，原来你早有防备啊！

哼，魔高一尺，道高一丈！

我倒要看看是你防得紧，还是我搜得凶！

她又到各处去搜了一遍，还是没搜到，只好给丈夫打电话，娇滴滴地说："守恒，我玉珊啊！你在哪儿泡女人呢？"

丈夫一如既往地喊冤："我哪有时间泡女人？我都快忙死了！"

如果是平常，她肯定要揪他辫子："啥？你是因为忙才没泡女人的？那你闲起来就要泡女人了？"

但今天她没那么多闲心跟他调情，直接问："你忙啥呀？"

"找工作呗。"

"第一人民医院不要你了？"

"要啊，但我想找个更好的嘛。"

"还有什么工作比在第一人民医院做'第一刀'更好？"

"做'第一刀'有什么好的？动起手术来，一站一天，尿都没时间拉，拿的都是血汗钱。"

"血汗钱拿起来安心嘛。"

"安什么心啊！养不活老婆孩子，我能安心吗？"

她不知道他是真的为了老婆孩子在想挣钱，还是打着这么个幌子想改行："那你想做什么工作？"

"我想做官。"

"做官干什么？是是非非太多了，指不定哪天就被搞下台去，还不如做个医生简单。"

"人生一世，不能只图个简单嘛。如果我愿意做医生，就不用跑回国来了，在美国就可以做医生。"

"就是啊，如果你在美国做医生，哪怕是做家庭医生，年薪也有十几万，养活一家人绰绰有余了。"

"那还是血汗钱！"

"那你还想什么钱？不劳而获？"

"这个世界上，凡是靠血汗换来的钱，都是小钱；只有'不劳而获'的钱，才是大钱！"

"也不是整个世界都这样，顶多就是在中国——"

"所以我才要回中国喽。"

"中国也不会永远都这样。"

"我也没准备永远待在中国，等我的钱赚够了，我还是会回美国去的。"

她对他当不当官发不发财没兴趣，只想把话题往自己关心的方面扯："我不相信你是在外面找工作，肯定是在外面泡妞。"

"我早就对你说了，我是个志向远大的人，不会成天围着女人转。要是我对女色有兴趣的话，肯定会回第一人民医院，那里的小妞还少？"

"那里小妞是不少，但外面小妞更多啊！"

"我连个工作都没有，泡谁呀？"

"你可以说你在美国有工作啊，现在国内的小妞不就喜欢老外吗？你有绿卡，也算半个老外了。"

"有绿卡也没用。"

"不会吧？肯定是你把绿卡放在家里，没带在身上，所以人家没看见吧？"

"刚好就带在身上。"

她娇嗔道："看，被我说中了吧？你成天带着绿卡在外面跑，不是为了泡妞还能是为什么？"

"哪是什么泡妞啊，绿卡一直都放在我公文包里，忘了拿出来。"

她控制着心跳，装作很随意地问："绿卡都忘了拿出来？那你护照什么的不会也放在公文包里忘了拿出来吧？"

"护照也在公文包里忘了拿出来。"

"哎呀，这都是些重要文件，在国内又用不着，怎么不拿出来放保险柜里呢？带在身上搞丢了怎么办？国内小偷多得很——"

"不是说了吗，是忙忘记了，又不是故意的。"

"今天回家一定记得拿出来放保险柜里。"

"知道。"

她又换上娇滴滴的口气："你知道我为什么现在给你打电话吗？"

"还能是为什么？肯定是查岗呗。我都对你说过多少次了，你真的不用查我的岗，我既没那个心思，也没那个时间，我匡守恒不是那种见了女人就走不动的色鬼，也不是要美人不要江山的傻瓜——"

"好啊，你这是在说我不是美人，要么就是说你宁可要江山，也不要我！"

"呵呵，你又瞎扯！你是我的老婆，我的家人。我说的美人，是你说的——

外面那些妞！"

"我今天可不是在查你的岗。"

"不查岗你半夜三更不睡觉给我打电话干吗？"

"什么半夜三更啊，这不是下午吗？"

"下午？你是说我这边的时间吧？"

"也是我这边的时间。"

丈夫搞糊涂了："你那边的时间怎么会——"

"傻瓜！我回国了！"

"什么，你回国了？我不是叫你——"

"我知道你叫我别回国，但我不是海归那个回国，是回来看看你们的。"她以连自己都肉麻的口吻说，"人家想你了，不行吗？"

"哦，是这样。你不是说近期不回来了吗？"

"是准备不回来，但是刚好碰到一张便宜票，才六百块呀！可能是别人临时退的。你说，这么便宜的票，我怎么能不买下呢？"

丈夫笑起来："你真是搞 deal（买折价品）有瘾！用得着用不着的，只要人家标了 off（折价，降价）的，你就要搞回家来，堆那里不用都觉得赚了人家一大坨。"

她见丈夫没起疑心，很高兴："还不都是你惯的！"

"你这么说就很伤我的自尊心了，我惯老婆，老婆还这么爱搞 deal，那不是在说我没能耐，挣不到钱吗？"

"哪是这个意思啊！我爱搞 deal，是为了证明我能用低价买到人家高价才能买到的东西，说明我智商高，头脑灵，怎么是在说你没能耐呢？"

"呵呵，只要你不嫌我没能耐就好。你刚才说只有一张便宜票，那小珊呢？"

"我没把她带回来，她要上学。"

"那谁看着她？"

"戴明帮我看着呢。"

丈夫对戴明还是很信任的，马上放下女儿的话题，跟老婆打情骂俏起来了："哈哈，我这几天正大旱呢，像个苦行僧。现在好了，老婆回来了，我该涝儿天了。小宝贝，我马上就回来哈，你洗白白的等着我——"

她跟丈夫打完电话，开始盘算着怎么才能放倒丈夫，拿到护照，又怎么才能不声不响地把儿子带走。

楼下有人在按喇叭，她猛然想起出租车还在下面等着呢，赶紧把奶奶叫来看着孩子，自己跑下楼去。

司机见她下来，松了口气："你终于下来了，我还以为你出什么事了呢——"

"对不起，我今天走不了，不能用你的车了。"

司机想抱怨，她立即说："那些钱都是你的了，再给你这些，够你放空车跑一趟了吧？"

司机没再说什么，把车发动了。

她凑过去说："把你的电话号码给我，因为我今天半夜会要用车——"

"半夜谁出车到这儿来啊？"

"我加倍付你钱。"

"加倍付我钱也不行，谁不知道你们这块以前是乱坟岗啊？我大半夜敢到这里来，要钱不要命了？"

她烦了："你不来就不来，还说这些——不吉利的话干吗？"

"大姐，不是我说话不吉利，而是这里以前的确是——乱坟岗啊！我坐车里等你的时候，都觉得脊背发凉——"

她懒得理司机了，转身走进门洞。

回到楼上，进了家门，她就动手做饭，准备好好款待老公，灌他喝点小酒，再在床上折腾他两三遍，不愁他不睡得像头死猪。

但冰箱里没什么东西，她只好又给丈夫打电话："家里没什么菜了，你待会儿带些菜回来。"

"干脆去餐馆吃吧。"

她觉得在餐馆吃饭不好灌他酒，灌少了不起作用；灌多了，在餐馆就把他给放倒了，怎么弄回家？就算把他扛回了家，他的酒也该醒了，再灌就没借口了。

于是她说："干吗上餐馆啊？就在家里吃点喝点，多温馨多私密啊！"

"好嘞！"

她抓紧时间给谢远音打电话，因为怕公婆听见，全程都用的英语，先把今天出师不利的经过说了一下，又简单说了自己半夜出逃的计划，然后问："Can you give me a ride to the airport tonight（你今晚可以用车载我去机场吗）？"

"No problem（没问题）."

　　谢远音刚接完电话，背上还在为半夜去康庄发寒，澳洲海归就从隔壁的格子间跑到她这边来了，压低嗓门儿问："是不是你那美国朋友打来的？"

　　她一惊："你怎么——这么说？"

　　"我听你在说英语——"

　　"哇，你也太——精了！"

　　"呵呵，我就是学习上笨一点，别的事我还是很精的。"他凑到跟前来，耳语一般问道，"要不要我去帮忙抢？"

　　她拿不定主意。

　　自从他去她家喝过酒之后，两个人之间的关系就发生了变化。以前他在她心目中是一粒老鼠屎，一个绣花枕头，一个红漆马桶，一个阶级敌人，她都懒得用正眼瞧他。而他呢，对她总是毕恭毕敬，畏畏缩缩。两个人在单位很少说话，要说也是工作上的事。

　　但一瓶剑南春彻底改变了他对她的态度，也部分改变了她对他的看法。现在中午在公司食堂吃饭的时候，他会端着盘子直接走到她那个桌子边坐下，好像两个人约好了似的。

　　最搞笑的是，他连在食堂吃饭都带着从她家借来的诗词方面的书，边吃饭边翻阅边提问。

　　她鸡皮疙瘩掉了一地，讥讽地问："你爸是牙科医生吧？"

　　"不是呀，我不是告诉过你我爸是——"

　　"你爸不是牙科医生，你干吗总在帮你爸捞生意？"

　　"我帮我爸捞生意？"

　　"你不帮你爸捞生意，干吗拿本《格律诗的鉴赏与写作》到食堂来看？这不存心是想把人的大牙笑掉吗？"

　　他好一会儿才悟出亮点来，不禁哈哈大笑："哈哈哈哈——你好会骂人啊！"

　　他的笑声肆无忌惮，把几个毛孩子都吸引过来了：

　　"伟哥，讲什么笑话啊，这么好笑？是不是十八加的啊？"

　　"肯定是十八加的！"

　　"伟哥，再讲一个！笑一笑，十年少哦。"

　　他也不客气："好，再讲一个。从前呐，有个不学无术的人。嗯，为了讲故事方便，我就叫他伟建吧。话说这个伟建呢，非常附庸风雅，想学写诗，就找了一本教写诗的书来看。

"书上说写诗要讲究平仄。平仄懂不懂？就是声调。

"我们汉语里每个字都是有声调的，有的是平声，比如远音的'音'字，就是平声。有的是仄声，比如远音的'远'字就是仄声。一句诗里不能所有的字都是平声，也不能所有的字都是仄声，要花插着用，才好听。比如'远音'两个字，一个仄声，一个平声，合起来就很好听。而我这个'伟建'呢，两个字都是仄声，念起来就不好听，因为我老爸不懂平仄，没给我把名字起好。

"嗯，扯远了，书归正传哈。话说这个伟建不是想写诗吗，所以他成天在家背诵诗词的平仄规律。不过他太不学无术了，连那个'仄'字都不认识，看着像是个'灰'，他就读成'灰'，于是，他摇头晃脑地念道：'平平灰灰——平平灰，平灰平灰——平平灰！'"

30

想到半夜三更一个人开车去康庄帮忙抢孩子，谢远音还真有点发怵。

她早就听说过康庄那块以前是乱坟岗，专埋乱臣、叛将、死囚、孤老之类的，但她从来没在意过，一是因为她不在那里住，二是因为乱坟岗已经是若干年前的事了。

从清朝年间起康庄就已经不再是乱坟岗，而是农田和民居。前些年更是在那里建了一批别墅，优惠卖给退休老干部。又在那里建了一批高层住宅，就地消化当地移民，吸引市内的有车人士。能住在康庄，曾经是有钱有地位有运气的象征，像她这样的穷人，想都不用想。

后来，连续有好几个老干部去世，也许只是寿终正寝，但好事者就把若干年前的乱坟岗历史翻将出来，到处传播，说那里阴气盛，鬼魂多，搞得那块的住户纷纷搬离，房价直线下降。

不管那里的房价降到何种地步，她都是买不起的，所以她很少关心康庄以及有关康庄的传说。

这次是因为侯玉珊提到出租车司机不肯半夜出车到康庄，才让她想起那些鬼魂传说，尤其是那个无头鬼半夜三更对着过往车辆大声吆喝"还吾头来"的故事，更把她吓得汗毛倒竖。

令她发怵的另一个原因，是此次行动的目的：抢孩子！

在她的概念里，凡是涉及"抢"的，都不是什么好事。如果是名正言顺属于自己的东西，怎么不好好去拿，一定要抢呢？

她本人是愿意为朋友两肋插刀的，但她上有老，下有小，中间还有个丈夫，万一自己成了抢案的从犯被抓进监狱关起来，家里的两个男人靠谁养活靠谁照顾？爹妈不是颜面尽失？

令她特别不安的，是被抢者匡守恒。以前在美国的时候，匡守恒经常帮她家的忙。她学会开车，就是匡守恒教的；她儿子体质不好，生了病也都是先找匡守恒，一般的小病小痛，他给点药就治好了，不用上医院看医生。她爸心脏不好，也都是找匡守恒咨询。

现在要帮着侯玉珊去匡守恒手里抢孩子，她真的觉得很愧对他。

但澳洲海归就没她这么多顾虑了，满脸都是唯恐天下不乱的兴奋："是抢孩子的事吧？我要去！我要去！我肯定能帮她把孩子抢到手！"

她警惕地环视一下四周，小声说："这么大声干吗？等会儿再说！"

他缩了缩脖子，小声说："好的。"

下班之后，他在公司门外截住她："你不是说等会儿再说吗？现在可以说了吧？"

她站住，看着身边不停走过的同事，还是不肯说。

他提议说："Let's speak English（我们用英语说）！"

"你以为人家都不懂英语？"

"那就到我车里去说。"

她犹豫了一下，终于同意了。

进了他的车，她才把侯玉珊的出逃计划说了一下，然后担心地问："你说这样干会不会犯法？"

"犯什么法？自己的孩子，自己不能带走？"

"那她丈夫不也能这么说吗？自己的孩子，自己不能带走？"

"他是能带走啊，他不是带走了吗？他老婆不是没告他吗？现在他老婆要把孩子带走，他也不能告他老婆，对不对？呵呵，有部电影叫《骗中骗》，我看你朋友这个可以叫作《抢后抢》！全看谁的手段更高明了！"

她听他说得这么轻飘，也受了一些感染："嗯，抢孩子应该不犯法，但是——我们作为外人，掺和到这事里去，是不是就——犯法了呢？"

"犯什么法？不过就是送朋友去机场而已。送机也犯法？那叫政府把机场关闭算了！"

"要像你这么说，那些用车载着银行抢劫犯逃跑的也都没罪了，不就是开车载一下朋友吗？"

"那怎么相同呢？抢银行是犯法，抢孩子不犯法嘛。"他安慰说，"我上次就说了，你就坐车里，就算抢孩子犯法，也轮不到你，因为抢孩子的不是你，开车的也不是你，你不过是在车里坐了一下而已，万一警方还是不相信，你就说我给你吃了迷魂药，把你迷晕了塞进车里的。如果他们问我为什么要把你迷晕，我就说我想劫色——"

她打断他的胡说八道："你的意思是——你真的要跟着去？"

"当然啦，难道我能让你一个人半夜三更开车去康庄？"

她很感动："那你现在——就去我家吧。"

"当然是去你家，这可是争分夺秒的事，如果我们各回各的家，到时我还得先去你家接你，然后再去康庄，那样肯定会误事。"

两个人统一了计划，马上开车出发，先到菜市场去买菜，然后去她家。

这一次，郁飞鸿就不用人三请四催了，一听儿子在外面叫"奇叔叔，怪叔叔"，就像当兵的听到冲锋号一样，立马就从卧室出来了："伟建，你来了？太好了，好久没人陪我喝几盅了！"

她咕噜说："才几天啊，就'好久'？你也太夸张了！"

"一日不见如隔三秋嘛，对不对，伟建？"

"呵呵呵呵，我也觉得好久了呢。"

"那我们今天一定要喝几盅！"

澳洲海归推辞说："但是，今天我不能喝。"

"为什么？"

澳洲海归看着她，好像在问："这位是不是自己人？能不能向他透露抢人计划？"

她想了想，觉得瞒着丈夫不大好，便把助人行抢的计划简单说了一下，然后解释说："伟建今晚得开车，不能喝酒。"

郁飞鸿有办法："没问题，他喝了酒，你开车呗，反正你又不喝酒。"

　　丈夫没有主动请战跟她去，她有点失望，但也不算太出乎意料。两个人在一起生活了这么多年，她基本也能估计到他不会要求跟去保护她的，不知道是太相信她自保的能力，还是怕麻烦，或者根本就没想到那上面去。

　　她从来都没指望过丈夫会成为她和儿子的保护神，一个文弱书生，没练过功，也不爱体育运动，手无缚鸡之力，讲打，打不过别人，讲骂，也骂不过别人，还碍着一个文人的面子，不敢在大庭广众之下与人发生冲突，怎么做得了保护神？

　　她只能从自己做起，为人处世小心谨慎，能忍就忍，能让就让，不让自己落到需要保护神出手相救的地步。她也教育儿子小心谨慎，能忍就忍，能让就让，不能忍不能让就报告老师，所以基本还没闹到需要保护神出手的地步。

　　但这次不同，不是她要惹祸，而是朋友求到头上来了，她只能硬着头皮去帮忙。如果丈夫能主动提出跟她一起去行抢，她会感动得涕泪横流。

　　但他没有。

　　她只好自己安慰自己：算了，他一介文弱书生，车还没她开得好，去了也没用。再说儿子在家，也得有个人照顾，不能夫妻俩都跑去。

　　郁飞鸿见她愣在那里不答话，继续游说："远音，就让伟建陪我喝几盅吧！如果你不会开他那个车，就让玉珊叫出租得了。"

　　"我不是告诉过你，出租车司机不肯半夜去那块吗？"

　　"S市就那一个司机？我就不信偌大一个S市，就找不出一个半夜敢去康庄的司机来！"

　　"她哪能打那么多电话挨个问人家愿意不愿意去康庄？不怕她公婆听见了？"

　　郁飞鸿还想说什么，被澳洲海归抢了先："这样吧，我陪大哥喝一点，不喝多，绝对不会误事。"

　　她想到行动时间是半夜，中间还有几个小时，现在喝一点，到时酒也该醒了。再说侯玉珊也不会真的去抢，肯定会想法灌倒丈夫，然后偷偷把孩子抱出来，所以他们作为从犯也就是开车送去机场而已，就算他喝醉了也没事，她能开车，只要去的时候车上有个人壮胆就行。

　　她同意了："那就少喝点吧。"

　　两个男人都开心了，居然各出一只手，来了一个high five（击掌庆贺）。

　　她无奈地摇摇头，到厨房去做饭。

澳洲海归跟了过来："我来帮你。"

郁飞鸿叫道："伟建，你别去，远音做饭最不喜欢别人打扰了。"

她咕噜说："不是什么不喜欢别人打扰，而是——厨房太小了。你弄个大点的厨房试试，看我不天天把你抓进厨房来打扰！"

"呵呵，所以我就不给你弄大点的厨房！"

她心说，什么你不给我弄大点的厨房？就这个小得转不过身的厨房，都不是你给我弄来的，而是我自己的钱买下的。凭你那点工资，还不够你每个月买书，哪有余钱买房？

郁飞鸿招呼说："伟建，你别去那边掺和了，过来，来参观一下我的书房，上次你走得匆忙，都没来得及参观。"

她也支持："去吧，去吧，去参观他的书房，好久没人参观了——"

澳洲海归屁颠屁颠地跟着郁飞鸿去了书房。

她家这个书房，是用一个卧室改的。里面不是像一般人的书房那样，只靠墙摆一圈书架，而是像图书馆那样，一排一排地放着书架。书架之间的距离，则比图书馆小了许多，刚好容纳一个人挤进去。

郁飞鸿有买书的癖好，从谈恋爱开始，生日节日纪念日送给她的礼物就是书。

刚开始，她是很喜欢他送书的，觉得比送花送首饰浪漫，尤其是每本赠书的扉页上，都有他那书法艺术般刚劲挺拔的题词，有时是摘抄的名诗名句，有时是他自己的杰作。

他赠给她的那些书，她都精心收藏着，准备留着以后给儿女看，或者等丈夫成为著名作家之后，拍成照片，放进两个人的传记里，流芳千古。

但这么多年过去了，也没见他成为著名作家，她自己倒被柴米油盐熏成了一个庸庸碌碌的家庭主妇，宁可他送点别的给她，比如首饰啊、鲜花啊、蛋糕啊之类。

他不仅爱赠书，还爱藏书，他的收入基本都用来买书了。

她对他爱买书已经越来越有怨言，倒不是嫌他没把钱用来给她买首饰，而是现在网络这么发达，电子技术这么发达，完全可以买电子版的，储存和携带都方便，干吗买一堆一堆的纸质书放在家里占地方呢？儿子一天比一天大了，总不能永远跟他们夫妻住一间房吧？

以他们现在这个挣钱速度和房价的增长速度，想在 S 市买套大点的房子，基本是不可能的。她爸妈都退休了，不退休也没几个钱，能自保就不错了，没余钱支援他们。他爹妈都过世了，不过世也是农村的，根本没收入，还得靠他养。

这年头，没有父母的倒贴，自己又不会赚钱，那就别想买房子了。他们住的这个房子，还是买的学校的优惠房，不然连这样的房子都没得住。

她家这个书房，早就没人光顾，更没人仰慕了。哪怕是丈夫中文系的同事同学来串门，也就是聚在客厅喝喝酒，发发牢骚，谁还有兴趣来翻这些故纸堆啊？

澳洲海归是她这些年见过的唯一一个还在问人借书、还有兴趣参观人家书房的人！

31

侯玉珊给丈夫打完电话，就抓紧时间陪儿子。

才分开这么几天，儿子已经不认识她了，一觉醒来，睁眼看到妈妈的脸，居然小嘴一瘪，哭了起来！

她的心都要碎了！

这才几天啊？儿子就不认识妈了！如果真放在国内跟爷爷奶奶生活几年，两母子岂不是要变成路人？

变路人还不是最可怕的，还可以变成仇人！

这不是杞人忧天，而是她亲眼见过这样的事例。

她上小学的时候，有个小伙伴叫丽华，就住在她家隔壁。丽华的上面有个姐姐，下面有个弟弟，丽华跟姐姐之间相差不到一岁。丽华生下来不久，爸妈因为工作忙，就把丽华送到外省的爷爷奶奶家，长到八九岁才接回来。

她还清楚地记得丽华刚回 S 市的情形。

丽华的爸妈带着个小女孩来她家，对她说：“这是我们家丽华，刚从爷爷奶奶家回来，明天就去上学，跟你在一个班，她不熟悉学校，你平时带着她一点。”

丽华扎着两条小辫，穿着她梦寐以求的红色连衣裙和红皮鞋，把她羡慕的！

两个人一下就成了好朋友。

但丽华跟爸妈就是亲不起来，总怀疑自己不是爸妈亲生的。

丽华的爸妈解释说：“你和你姐隔太近了，我们工作忙，带不了两个小孩，才把你送爷爷奶奶家去的——”

"那怎么不把姐姐送去呢？"

"你姐那时大一点，好带一点。"

"那我弟呢？他不是比我还小吗？怎么不把他送爷爷奶奶家去？"

"那时你弟还没出生嘛。等到生你弟的时候，你姐大了，不用人照顾，我们可以照顾你弟了嘛。"

"那我也大了，也不用人照顾了！"

"我们是要接你回来，但你爷爷奶奶舍不得你走啊！"

"那你们就舍得我走？"

"你爷爷奶奶又不是对你不好，你吃的穿的比你姐姐弟弟还好，你怎么还这么——不满意呢？"

丽华总是咬着不放："我爷爷奶奶那里条件好，那你们怎么不把我姐我弟送去享福？"

"那不正好说明我们——更爱你吗？"

"你们要是更爱我，还舍得把我送走？"

这种圈圈架，丽华几乎每个星期都要跟父母绕来绕去地吵几回，从来没吵出个结果来。而丽华的性格越来越反叛，不仅在家反叛父母，还在学校反叛老师，不好好读书，扯皮拉筋地闹矛盾，总是被请家长。

家长在老师那里挨了训，自然是一肚子的火，回到家自然要批评丽华，这下就更糟糕，丽华就更觉得自己不是亲生的了，动不动就逃跑，要去找自己的亲爹亲妈，搞得街坊邻居都不得安生，经常被丽华的爸妈求着帮忙找孩子。

她那时是真的不懂丽华到底在闹哪样，跟着爷爷奶奶不好吗？干吗要跟着爸爸妈妈？是嫌爸妈的嘴不够唠叨还是咋的？

她虽然一直都跟着自己的爸妈，但她并没觉得有什么好的，因为爸妈忙得没时间管她，她的生活起居都是大她十多岁的姐姐照顾。姐姐出嫁之后，就是她自己照顾自己。在她印象中，爸妈的职责只包括一件事，就是被老师告状后负责训她。

而她的几个老师又特爱告状，屁大一点事都要告家长。

成绩不好，告家长！

跟同学闹矛盾，告家长！

不听老师话，告家长！

早恋，更要告家长！

而告家长的结果，就是爸妈轮番着训她，耳朵都听起茧来了。

有好几次，她都想跟着丽华出逃，但丽华说她亲爸妈就在身边，用不着到处去找，坚决不要她跟着。

最终，丽华实现了自己的宏伟计划，胜利大逃亡了。丽华爸妈登广告，求警察，还上了S市电视台，但一直都没找到丽华，成了一个解不开的心结，逢人就诉苦，被大家称为"祥林哥""祥林嫂"。

她那时是真心羡慕丽华，跟爷爷奶奶在一起度过了幸福的八年人生，还终于逃离了爸妈的唠叨。

一直到她自己结了婚、做了母亲，才惊觉丽华等一干人马都是上天送来的直观教具，专门教育她如何养育孩子的。

所以她就不像丽华的父母那样，为了工作把孩子送给爷爷奶奶去养。工作算个甚？至于披星戴月起早贪黑地干，干得连孩子都顾不上吗？工作对她来说，就是防止爸妈唠叨的摆设，要不然的话，她会辞了职待家里带孩子，反正她家也不缺她那几颗颗工资。

她也不会像自己的父母那样，只管生，不管养，只管骂，不管教，平时不帮孩子解决学习上的困难，也不帮孩子对付那帮混混儿，总是到了铸成大错之后才跳出来打板子。

那有什么用？就算你把板子打断，也解决不了问题。

她对孩子从来都是关怀备至，生活上学习上，样样照顾到，把困难隐患什么的，消灭在萌芽状态，根本就不让孩子成绩下滑，也不让坏男生骚扰女儿，哪里用得着事后打板子？

扪心自问，她觉得自己这些年还是做得不错的，孩子永远是第一位。

她出国，是为了孩子。

她想留在美国，也是为了孩子。

就连转专业，学会计，都是为了孩子，因为做护士累啊，三班倒起来，经常没时间跟孩子交流，也没时间照顾孩子的起居。但如果做会计，就不存在三班倒的问题，可以跟孩子们同时起居，便于照顾孩子。

万万没想到的是，一向百依百顺的丈夫会突然反叛起来，把儿子偷偷地带回国内，这叫她怎么能坐视不顾呢？

这才几天呀，儿子就不认识她了，如果让儿子再在国内待下去，肯定变成第二个丽华！

她一面在心里痛骂匡守恒，一面和颜悦色地抱起儿子，千般哄，万般爱，终于让小人儿接受了她。

匡守恒出现在门边的一刹那，她的眼神像两道探照灯，直射他手里提的公文包，恨不得跳将起来，从他手里夺过公文包，拿出里面的护照，带着儿子逃之夭夭。

但她知道靠抢是抢不过匡家三口人的，只好按捺着，跟他寒暄："回来了？买菜了吗？"

"买了，放在餐桌上。"他把公文包随手往地上一扔，几步走到她身边，搂住她就啃。

她挣扎着："干吗呀干吗呀？孩子在这儿呢！"

"他个小屁孩，怕什么？"

"爷爷奶奶在隔壁——"

他停住手，站起身，走过去关上门，又回到她身边，搂住她。

如果是以前，她会很高兴地配合他，这是她一向引以为傲的地方，虽然是半老徐娘了，但在丈夫面前仍然很有魅力，总能让他急不可耐，不像有些夫妻，丈夫早就对妻子失去了性趣，握着妻子的手，就像左手握右手。

实话实说，匡守恒在床上的表现还是很不错的，不仅有能力，也有耐心，每次都会花很多时间取悦她，绝大多数之间都能让她高潮。

有时她听别的女人抱怨自己的丈夫床上表现差，自私自利，她都从内心感到骄傲和自豪：我的丈夫就不是这样的！作为女人，我这一生没有白活！

但今天，她的心思完全不在这上头，或者说，她的计划不是这样设定的，所以她温和而坚定地推托说："先吃饭吧。"

"我想先吃你！"

"我饿了！"

"我也饿了！你自己算算，我旱了多少天了——"

"我真的饿了，还是在飞机上吃了一顿，根本没吃饱，现在已经饿得前心贴后心了。我们先吃饭吧，等我吃饱了，陪你玩个够！"

"你这次回来能待几天？"

她撒谎说："要待个把星期呢，你慌个什么？有你求饶的时候！"

"呵呵呵呵，我求饶？还没听说过呢！"

她挣脱他的拥抱，指挥说："你看着小恒，我去张罗开饭。"

丈夫还在恳求："先来个开胃餐嘛——"

她不为所动，走到了门边，又装作顺便想起的样子说："你那些文件呢？还不拿出来放进保险柜里？别到时候又忘记了——"

匡守恒很不情愿地站起身，拉上裤子拉链，拿起地上的公文包，从里面掏出一个土黄色大信封，放进保险柜里。

她问："都放进去了？"

"都放进去了。"

"就那么一点？"

"就两本护照几张卡，能有多少？"

她听到"两本护照"几个字，心就狂跳起来，使劲按捺着跳过去开保险柜的冲动，来到饭厅，看见餐桌上放着两个大塑料袋，里面是一个个装满了菜的餐盒。她把盒子从袋子里拿出来，也懒得找盘子来装菜，只揭开盖子，就算上桌了。

她到酒柜里拿出一瓶酒，找出三个酒杯，洗干净了摆在餐桌上，然后去叫全家人来吃饭。

席间，她极尽所能，猛劝丈夫喝酒，还把公婆也发动起来，让那三个人对灌。

匡守恒几杯酒下肚，话匣子就打开了："如果不是为了生儿子，我早就海归了！如果我早几年回来，S市药监局局长的职务稳稳当当是我的，哪里会搞到今天这个局面？"

她问："今天什么局面？"

"今天谁都知道药监局是肥缺了，你想挤进去，就得到处托人找关系。"

"你还怕托人找关系？"

"我是不怕呀，你去问问S市那些头头脑脑，在位的也好，退休的也好，有几个没从我刀下走过？命都是我给的，到现在还捏在我手里，敢不帮我的忙？"

"那你怎么还成天在外面跑？"

"不是对你说了吗，回来晚了点，药监局局长刚上任，不能马上换人嘛。"

"那他们让你干吗？"

"他们叫我先回医院干着——"

"那你就先回医院干着呗。"

"嗨，他们那点私心杂念，还瞒得过我？无非就是想让我继续捏着手术刀，在那里听命，如果他们哪天需要手术了，我可以随叫随到。"

"那也不是坏事呀。"

"我才不想做一辈子奴才呢！把我搞烦了，我不在S市干了，看他们去找谁！"

她听他这样说，越发感到时间紧迫，万一他真不在S市干了，岂不把孩子也带走了？她上哪儿找他们去？

看来成败就在今晚一举了，不成功，便成仁！

她味同嚼蜡地吃了些饭菜，填饱了肚子，就抱着孩子回到卧室。

匡守恒陪二老喝完酒吃完饭，也来到卧室，二话不说就脱衣解带。

她不再推辞，让他尽了个兴。

按照她的计划，是要在床上多折腾他几次，但他酒喝多了点，折腾了一次就呼呼大睡，摇都摇不醒。

她估摸着他睡熟了，便悄悄起床，打开保险柜，从里面拿出他刚放进去的那个土黄色大信封，轻轻打开，伸手进去，把内容都掏了出来。

他没撒谎，护照绿卡都在里面。

两本护照。

她翻开来看了看，没错，一本是丈夫的，一本是儿子的。

32

侯玉珊简直不敢相信事情会这么一帆风顺，生怕自己是在做梦，狠狠在大腿上掐了两把。

痛！很痛！

不是在做梦！

是真的！

上天有眼啊！

她又激动又紧张，浑身都在发抖，深吸了几口气，才勉强镇定下来。

她拿出儿子的护照，放进自己的手提包，把其他文件都装进那个土黄色大信封，放回保险柜里。

然后，她溜到客厅给谢远音打了个电话："我都搞好了，你开车过来吧。真不好意思，半夜三更麻烦你——"

"没事，我们马上过来。"

"我们？你们家飞鸿也来？"

"不是他，是我的一个——同事。我视力不好，晚上开车怕不保险。"

"他——可靠吗？"

"可靠，不会走漏风声的。"

"好的。你们过来大概要多长时间？"

"现在路况应该还好吧，顶多四十分钟。"

"太好了！你们来了就在楼下等我，我看到你们的车了就下来。"

"好的。"

"你们开的什么车？问清楚了免得搞错。"

"是辆路虎。"

侯玉珊听说是路虎，有点吃惊，路虎可不便宜，她认识的人里，只有一个富二代小留开的是路虎，其他人想都不敢想，不知道谢远音从哪儿搞到这么个富豪来帮忙，不会是匡守恒的熟人吧？

她本想多问几句，但怕惊动了丈夫，赶紧说个谢谢，收了线，潜回卧室。

匡守恒还在熟睡，轻微的鼾声，很有规律地响着。

她稍稍安了点心，躺上床。

刚躺下，又觉得不安：刚才拿出来的是不是儿子的护照？会不会拿错了，拿成了丈夫的护照？两本护照从外观上看都一样，不翻开看名字，根本不知道拿的是谁的。

她急忙溜下床，从手提包里拿出护照，翻开看了看名字，的确是儿子的，才算放了心。

但她刚溜回床上躺下，心里又觉得不踏实了，"匡守恒""匡小恒"，仅一字之差，她会不会看走了眼，把"守"看成"小"了？

她一边暗骂自己像得了强迫症似的，一边溜下床，从手提包里拿出护照来检查。

没错，的确是"匡小恒"！

她知道自己一躺回床上，又会疑神疑鬼，干脆一不做二不休，从保险柜里把另一本护照也拿出来，放进手提包。

两本护照都拿上，肯定不会错了！

还能防止匡守恒追到美国抢孩子。

哼，他没护照了，还出个屁国！

当然，他可以补办护照，这个对他来说不是难事，因为他凭着手里的一把刀，结交了Ｓ市不少头头脑脑，别说合理合法地补办一个护照了，就算是违法乱纪地生个护照出来，他都办得到。

干脆，把他的绿卡也捎带拿走！

他没绿卡，还去个屁美国！

当然，他可以申请签证，但美国大使馆就不是Ｓ市公安局了，不是你说签证就给你签证的。

当然，他还可以补办绿卡！

有了绿卡，不用签证都可以进美国。

她不知道补办绿卡是个什么手续，但匡守恒已经拿过绿卡，美国那边肯定有记录，只要他能证实他就是匡守恒，应该能补办到绿卡。

怎么办？

那就只有撕破脸皮，向美国方面报告他拐带小恒的罪行了。美国最重视小孩了，你拐带美国的小孩子，美国政府还不惩罚你？肯定会吊销他的绿卡，也永远不给他签证。他没了绿卡没了签证，看他还怎么追到美国去抢孩子！

告发亲夫，好像是狠了点，但她也是被逼无奈啊。如果他不追去美国抢孩子，她就不告发他。

你放我一马，我就放你一马。

你在我心上戳一刀，我就只好在你心上戳一刀了。

以恩报恩，以怨报怨，这是她做人的风格。

问心无愧！

她把两本护照和他的绿卡都放进手提包的暗格里，拉上拉链，再把手提包放在自己的枕头下，终于安心躺下了，看着表，等待谢远音到来。

躺着躺着，她又担心起来。谢远音要四十分钟才能到，如果路上塞个车什么的，四十分钟都不止。到那时，匡守恒也睡了个把小时了，如果起来撒泡尿，酒就醒了，她还怎么脱得了身？

也许干脆等到明天再说？等他出去办事了，她再消消停停带着孩子跑掉，岂不是更好？

但如果他明天不出去办事呢？

反正他又没工作，用不着朝九晚五地去上班，找工作也犯不着每天出去找，更不用从早到晚地找。今天他不就提前跑回来了吗？如果他明天要留在家里陪她，不出去找工作，那不就惨了？

而且还怕他突发神经，打开保险柜，检查一下那个土黄色大信封，那他就会发现她把护照绿卡都拿走了，肯定知道她在打什么主意，于是严加防范，那她不就前功尽弃了？

夜长梦多！

古人的话不是白说的！

还是抓紧今天这个机会，逃之夭夭吧！

她有点后悔，应该叫谢远音和同事上楼来的，那样的话，万一惊醒了匡守恒，还可以三人联手，把孩子抢走。

她又溜到客厅，想打个电话让谢远音和同事上楼来等。但拿起电话，又开始犹豫。现在还不是太晚，有些邻居还没睡，如果上楼下楼的时候看见一对陌生男女站在她门前，说不定会把他们当成盗贼，闹将起来，或者当成来访者，一片好心帮忙敲她的门，那样反而把匡守恒惊醒了。

还是让他们在楼下等吧，希望匡守恒到时还在酣睡。万一惊动了他，她就大声吆喝，让谢远音和同事上来救命。

她再次躺回床上，看着手表，度秒如年。

每过几分钟，她就起床到窗口去看看，但一直没看到路虎，只好在想象中预演即将开幕的好戏：再过十多分钟，路虎终于来了，她从窗口看见路虎，就背上手提包，抱起儿子，悄悄下楼，钻进路虎，一溜烟地开到机场。

就算匡守恒发现了，他也追不上，因为她坐的是路虎，而他开的是一个朋友的"大众"。

但进站可能要花不少时间，因为她上次回美国时，光是安检就花了一个多小时。S市机场很变态，中国人一个进口，外国人一个进口，结果中国人那条队长得不得了，而外国人几乎不用排队，一到就进去了。

她那时真羡慕老外，走到哪儿都优先！在自己国家是优先，到了人家的国家还是优先。

而她这个中国人，在别的国家不优先，回到自己国家还是不优先。

她记得那次有几个黄脸黑头发的人，一看就是华人，但因为是美国公民，手里拿的是黑护照，所以也站在外国人那条队里，趾高气扬，扬扬得意，她恨不得上去给他们几嘴巴！

这次应该有点不同了，她虽然不是美国公民，但她是美国公民的妈！她儿子是美国公民，应该可以从外国人那个门进，就是不知道她这个当妈的能不能沾儿子的光，也跟着走那个门。

她想到一个主意：到时她站在外国人那个队里，把两本护照摞在一起，把儿子的护照朝着守门的那边一晃，守门的看见是黑护照，说不定就放他们过去了。

想到这里，她突然脊背一凉：儿子的护照不是黑的啊！

是红色的！深红色，跟她家地板一个颜色！

怎么回事怎么回事？儿子的护照怎么不是黑色的？难道美国儿童的护照是红色的，成年人才是黑色的？或者美国护照像路易·威登帆布包的配皮，用的是未经鞣制的生皮，时间长了才会变色？

她从床上跳下来，颤抖着从手提包里摸出两本护照。

借着窗口透进来的月光看，真的是红色的！

两本都是！

她抖得更厉害了，摸到客厅里，打开大灯仔细看。

的确是红色的！

她再看护照封面，几个烫金大字赫然映入眼帘：中华人民共和国护照！

难道两本都是匡守恒这个中国人的护照，而不是儿子这个美国人的护照？

她打开护照，翻到第一页，儿子的中文名字赫然在目：匡——小——恒！

她完全失了阵脚，疯了一般跑回卧室，在匡守恒胸上乱擂："醒来！醒来！这是怎么回事？到底是怎么回事？"

匡守恒努力睁开眼，木呆呆地看着她。

她又在他脸上拍了几巴掌。

他用力张开粘在一起的嘴唇，嘶哑地问："什么——怎么回事？"

她摇晃着手里的护照："你给儿子办的中国护照？"

"怎么了？"

"你怎么可以给儿子办中国护照？"

"怎么——不可以？"

"他出生在美国，是美国人！你应该给他办美国护照！"

"他现在不是回中国来了吗？"

"但他不会在中国待一辈子啊！你给他办中国护照干吗？"

"呃——我这不是为了给他在中国上户口方便吗？"

"你给他在这里上户口了？"

"正在上。"

"你给他在这里上户口干吗？"

"读书方便呗，不然要交高费。"

"你还准备让他在这里读书的？"

"读幼儿园也要户口的。"他的酒已经醒得差不多了，看着她手里的护照问，"你半夜三更把护照拿手里干吗？"

"不干吗，就是看看。"

"快来睡觉吧，护照有什么好看的。"

她脑子里飞快地转着：拿着这个中国护照是肯定没法把孩子带到美国去的，没签证，怎么进美国？只能给儿子补办美国护照，但补办护照要出生证，她忘了把儿子的出生证带来，当时只想着如何才能从匡守恒那里拿到护照，没想到要补办美国护照，所以没带那些文件。现在只能先拿到出生证、补办护照，然后才能把儿子带回美国。

她嗔怪地说："好不容易生了个美国公民，你却给他办了中国户口，那你不是当不成美国人的爹了？"

匡守恒见她担心的是这个，松了口气，解释说："你操什么瞎心啊？美国是承认双重国籍的，小恒的美国国籍永远都在那里，除非他长到十八岁，自己宣布放弃美国国籍。"

"是这样啊？那办个中国护照应该没什么哈？"

"本来就没什么嘛，就你在大惊小怪。"

她把护照扔在床头柜上，躺到他怀里。

33

谢远音是个心里放不得事的人，尤其是别人托付的事，不答应就不答应，一旦答应了，就时刻牵挂着，生怕完不成任务，辜负了人家的信任。

所以她虽然人在餐桌上，但心却完全不在饭菜上，只警惕地等着侯玉珊的电话，随时准备出发。

但澳洲海归就没这么忠人之事了，好像完全不记得自己有任务在身，而是专程来喝酒的，虽然许诺只喝一点，但一上酒桌，就可着劲地跟郁飞鸿飙起酒来。

酒桌上的规矩，没谁给自己斟酒的，都是你给我斟，我给你斟。

而斟酒，是酒桌艺术中不可分割的一部分，甚至可以说是最重要的一部分。从某种意义上来说，酒桌艺术就是斟酒艺术，每个人都在想着如何才能给对方多斟，让对方多喝，把对方灌醉，而真正的饮酒部分，反而成了斟酒失败的惩罚。

两个男人在那里斗智斗勇斗酒量斗嗓门儿，她看得急死了，伸出手去抓丈夫手里的酒瓶："刚才不是跟你说过了吗？他今天还要开车的！不能喝这么多酒！你总给他斟，还斟这么满！"

郁飞鸿久经沙场，时刻提防着有人来抢酒瓶，又才喝了三成醉，身手矫捷得很，只一闪，就让她扑了个空。

他把酒瓶伸到她够不着的地方，晃来晃去地躲，还能保持滴酒不撒，笑嘻嘻地说："伟建难得来一趟，来了不喝好，那像什么话？"

"什么叫难得来一趟？他这不已经是来第二趟了吗？"

"但他是无事不登三宝殿，要来都是因为跟你有事——"

澳洲海归抢着说："郁老师，只要您不嫌弃，愿意让我陪着您喝酒，我保证随叫随到！"

"此话当真？"

"当真，绝对当真。您手机号多少？说了我这就给您发个短信，您就有我的手机号码了，以后缺人喝酒的时候，您就叫我一声——"

"好嘞！"

两个酒友交换了号码，像初恋情人拿到了对方的联系方式似的，既兴奋又期待。

她无奈地摇摇头，在心里感叹男人的世界真是简单，只要几杯酒下肚，无论是老是小，是穷是富，是沉默寡言还是饶舌多话，全都变成了一个样！

澳洲海归吹嘘说："郁老师，我家酒多得很，这么大个酒柜，全装满了，但没人喝，摆在那里占地方——"

"那太可惜了！以后家里有喝不完的酒，尽管提来咱俩喝，我除了上课和接送孩子，基本都在家，你随时来，咱俩随时喝！"

"哈哈，郁老师，您可别跟我讲客气，我是个听实话的人，您说了我可以随时来，我就会真的随时跑来的！"

"当然是真的跑来！难道大哥的话你还信不过？"

"信得过！信得过！"

郁飞鸿仍然在跟澳洲海归称兄道弟，但澳洲海归自从参观了书房之后，就完全被震惊了，口口声声叫郁飞鸿"郁老师"。

她替丈夫谦虚了几次："快别叫什么老师了，多别扭啊！"

"不别扭，不别扭。本来就是老师嘛，这么有学问，不叫老师才真的别扭！"

她劝不过他，丈夫好像也很受用，她就懒得再帮他推托了。

两个男人越喝越带劲，她左劝右劝都不顶用，又想到今天喝的是自家的酒，如果劝太狠了，说不定澳洲海归会认为她小气：上次喝他的剑南春，她就让丈夫放开了喝；今天喝她家的酒，她就死活不让两个人多喝，这不是小气是什么？

她想，算了，劝酒鬼不喝酒，就像劝妓女不卖身一样，不起作用，还让自己做了恶人，何必呢？大不了就是待会儿我开车，我也不是不能开大车，就让他们去喝吧。

她放开了政策，那两个男人喝得更欢了。

澳洲海归念念不忘她家的书房，夸赞了又夸赞，然后说："郁老师，您肯定还有个秘密书房，专门存放您自己的作品的，什么时候也让我参观参观——"

"哪来的秘密书房？就这么一个书房，还是用儿子的卧室改装的，搞到现在儿子还跟我们睡一个屋，远音抱怨好久了——"

"那郁老师把自己的作品放哪里？"

郁飞鸿满脸都是"说不得，说多了都是泪"的表情。

她代替丈夫回答说："飞鸿也不是写不出作品来，他虽然博士期间的研究方向是古代文论，但他从小就爱写作，很早就在报纸上发表过文章。上次出国访学，也主要是研究中外名家的作品。回国之后，系里还专门让他开了一门写作课——"

她经常对人解释这些，都解释成精了，想都不用想，这一套套的就从嘴边溜了出来。

平时人家一听说她丈夫是学中文的，就想当然地认为是作家，总要打听哪些书是她丈夫写的。刚开始，她总是对人家解释，说中文系不是培养作家，而是培养文学评论家和大学老师的，但人家不相信，后来她就懒得往那个方向解释了，干脆顺着人家的意思，往作家那边解释，还简单一些。

但她从没好意思说丈夫教的这门写作课不是本系学生的课，而是为外界开的，目的是为了赚钱，授课内容包括"博客写作秘籍""微博写作概要""热门段子创作"等乌七八糟让丈夫觉得非常丢品在同行面前抬不起头来的东西。

如果不是想着能赚几个钱给儿子交提琴课学费，她也不会劝说他接这种课。

而丈夫如果不是因为在美国答应过她，说回国后要帮着她赚钱养家，则绝对不会教这种课。

在文学和钱的问题上，丈夫是百分之九十五清高，绝不会为了钱出卖文学，除非老婆大人发话。而她只百分之九十清高，虽然支持丈夫不为钱出卖文学，但为了儿子的利益，用文学换点钱还是可以容忍的。

巴尔扎克为了还账，还拼了命地写通俗小说呢！

她很骄傲地告诉澳洲海归："我们飞鸿老早就把我们自己的爱情故事写成了小说，如果你看了，肯定会感动得要死！"

郁飞鸿纠正说："不是把我们自己的爱情故事写成小说，而是以我们的爱情故事为基础进行的创作，前者叫纪实文学，后者才叫小说，这两者还是有很大区别的。"

"我知道，我的意思就是——根据我们的爱情故事为基础创作的小说——"

澳洲海归雀跃地嚷道："你们自己的爱情故事啊？在哪里在哪里？可不可以让我看看？"

"还没发表过呢。"

"那就给我一个电子版的，让我先睹为快！"

郁飞鸿矜持地说："良工不示人以璞。璞，从美，本指包在玉石外面的石皮，也指未经雕琢的玉。就是说，一个好的文人，是不会把未完成的作品给人看的。"

"那 Shirley 怎么看过了？"

她代为解释说："因为我是他的秘书兼打字员。他从来不用电脑写作的，都是爬格子，就是手写，写在格子纸上。他写出的东西，都是我帮他输进电脑，不然他也不会让我看到。"

"真的啊？那郁老师您写完了没有呢？"

"早就写完了。"

"那怎么还能叫'璞'呢？不是已经成了玉吗？"

她脱口夸奖说："呵呵，你还挺会钻空子呢！"

"不是钻空子，是太想看你们的爱情故事了——I mean——太想看郁老师的作品了！"

郁飞鸿自有解释："对于我们搞写作的人来说，只要作品尚未发表，没印成铅字，就不能叫完工，因为总有修改的可能。一个好的作家，作品都是经过了无数次修改的，直到付印，没办法改了，才会收手。但再版之前，还会修改——"

"您怎么不拿去付印呢？您不是说早就写完了吗？"

"出书很难的，不是你想出就能出的。"

"那是以前吧？现在出书好像很容易啊！我看那什么韩寒啊郭敬明之类的，都一本接一本地出，拿的稿费成千上万，都上胡润富豪榜了！"

郁飞鸿不屑地说："韩寒郭敬明写的东西，也能叫文学？"

"呃——我也不知道他们写的东西叫不叫文学，因为我——压根没看过他们写的东西。"

"那你怎么知道他们一本接一本地出书？"

"听出版界的朋友说的。"

她很感兴趣："你出版界有朋友？"

"嗯，有几个。"

"是路金波吗？就是出韩寒的书的那个？"

"不是，我知道他，但跟他不熟。"他自告奋勇地说，"郁老师，我认识几个出版界的人，等我跟他们说说，看他们能不能出您的书"

郁飞鸿骄傲地说："我不搞这一套的。如果我愿意找熟人走后门，老早就著作等身了——"

"我知道，我不是说帮你找熟人走后门发表作品，而是给我那几个出版界的朋友一个机会，让他们见识见识您的大作。现在出版界风气不好，尽出那些色情的穿越的武侠的破东西，但这也不能全怪出版界人士，只怪好作家太少了，而出版界和好作家之间又缺少联系和沟通。出版界拿不到高质量的作品，又要完成每年的出书任务，您说他们不出那些乱七八糟的东西，还能出什么？"

"嗯，你这样说也有一定的道理。"

"所以我想做个媒人，介绍您跟出版界认识，这是给他们一个接触高质量作品的机会，完全不是什么开后门，说得好像是作家求出版界似的。"

她感觉澳洲海归说得太肉麻了，但也不是完全没道理。现在互联网这么发达，几乎人人都在写东西，如果你不下功夫推销自己，谁知道你文字功夫如何？谁又能发现你这匹千里马？

再说那是她的爱情故事，是她有生以来第一次被写进小说，如果就让她的故事躺在抽屉里，存在电脑里，永远没有第三个人知道，那多可惜啊！

她问："你说的这个出版界人士，他——有没有拍板权？"

"当然有！他是华文精品的副总裁呢。平时总听他抱怨找不到好作品来做，我从来没往心里去过，就当他是酒后发牢骚的。今天一听郁老师说有写好的作品放在家里，我就想起他来了。等我跟他打个电话，约个时间，让他和郁老师见个面——"

郁飞鸿问："他喝酒吗？"

"喝！"

"哈哈，那太好了！"

澳洲海归正要给出版界朋友打电话，她的手机先响了，她看了一眼，说："你今天打不成电话了，我们得马上出发！"

34

侯玉珊本来是想跟丈夫温存一番，把他整疲乏整睡着了，就给戴明打电话，让戴明去她家保险柜把儿子的出生证找到寄过来，她好去美国驻中国大使馆给儿子办护照，然后把儿子带回美国的，但她刚躺下，就想起谢远音还不知道情况有变，可能正在楼下待命，得赶紧通知人家一下。

她从丈夫怀里往外钻。

他抓住她，问："到哪儿去？"

"去找点水喝，我口好干。"

他放开她："去吧，给我也带点来。"

"好的。"她怕他跟出来，赶紧使个定身法，"你看着儿子，别让他从床上掉下来。"

"我把他抱爷爷奶奶那边去吧，平时都是跟爷爷奶奶睡的。"

"别别别！爷爷奶奶年纪大了，又辛苦了一天，晚上还不让人家睡个好觉？"

匡守恒脱得精赤条条的，也懒得起来穿衣，顺水推舟地说："好吧，今晚就让他跟我们睡算了，明天一定让他跟爷爷奶奶睡。"

她为了显得很有让儿子长住中国的决心，提议说："我明天去给儿子买个小床，让他单独睡。"

"慌什么？还不知道会在这里待多久呢——"

她一惊，以为丈夫已经看穿了她的诡计，强作镇定地说："总要待好几年吧？"

"那谁说得定？"

"什么意思？"

"我这不工作都还没找定吗？如果在这里找不到如意的工作，我待在这里干吗？肯定会到别处去。你现在赶着买那么多东西，到时候要走多麻烦！卖又卖不掉，搬又难得搬。"

"你准备去哪里？"

"去 R 市投奔大哥。"

丈夫说的这个 R 市的大哥，其实是她姐夫。匡守恒嘴甜，两个人刚开始谈恋爱，还没最后敲定呢，他就管她爹妈叫"爸爸妈妈"，管她姐姐姐夫叫"姐姐哥哥"，连她这个亲妹妹，都一直叫姐夫"老于"，从来没叫过一声"哥"。

她好奇地问："我姐夫又不是 R 市的市长书记，你跑 R 市去，他能让你当上 R 市药监局局长？"

"到 R 市就不是去药监局谋事了——"

"那你去那里干吗？"

"大哥说过，如果我在 S 市混得不顺，可以去他那里干。"

她没心思详细探讨他的雄心壮志，随口说声"那也挺不错的"，就溜到客厅，给谢远音打电话："你们到哪儿了？"

"在你家楼下。"

"已经到了？真对不起，我今晚走不了啦，护照没搞好，他给小恒办的是中国护照——"

"办中国护照怎么了？"

"上面没有美国签证，我怎么能把他带进美国呢？"

"哦，还真是呢！那怎么办？"

"我得先想办法给儿子办美国护照，办好了才能带他走。今晚太麻烦你们了，现在你们——回去休息吧——"

"好的。你确定今天不走了？"

"确定。麻烦你们了！"

"那我们走了。"

"好的，谢谢！"

她打完电话，溜到卧室门口看了看，丈夫已经睡着了，轻微的鼾声，均匀地响着。

她又溜回客厅，给戴明打电话："不好意思，又得请你帮忙。"

"没事，说吧。"

"我想请你到我家去，从我卧室 closet（挂衣间）那个保险柜里把我儿子的出生证拿出来，先传一个扫描件到我 Email（电邮）里，然后用最快的快件寄到我 S 市的朋友家。"

"好的，我这就去办。怎么突然想起要出生证？"

"因为需要给我儿子办美国护照。"

"你没找到他的美国护照？"

"不是没找到，而是他爸根本没给他办美国护照！"

"没办护照？那他是怎么把孩子带进中国的？"

"他给孩子办的是中国护照。"

"办的中国护照？干吗要办中国护照？"

"唉，一言难尽。我现在不能多说，老匡在里屋睡觉呢，怕他听见。"

"好的，我现在就去你家。"

“你没上班？”

“在上啊，不过没关系，趁我现在实验还没做上，先去你家再说。”

“真是太麻烦你了！”

“别客气，你自己小心。”

“我会的。”

她把保险柜的密码和谢远音的地址都告诉了戴明，就挂了电话，正准备去冰箱拿水，一回头，发现丈夫就站在她身后。

她感觉尿都快吓出来了，心儿狂跳了一阵儿，才回过神来，嗔怪说：“怎么一声不响地站人身后，吓死个人的！”

“等你拿水等了半天都不来——”

她差点说出“你不是睡着了吗”，话到嘴边硬是被她吞了回去。

他问：“给谁打电话呢？”

她不知道他听到了多少，但肯定没听到她跟谢远音的谈话内容，便避重就轻地说：“给戴明打个电话，问下小珊的情况。”

“小珊怎么样？”

“挺好的。”

“住在戴明家？”

“嗯。”

“我怎么听到你在说寄出生证什么的？”

她暗叫糟糕，被他听见了！但她还想负隅顽抗，撒谎说：“哦，是这样的，你不是说要给小恒在中国办户口吗？我怕办户口需要出生证，所以让戴明帮我把出生证寄过来。”

“你想得挺周到呢。”

她不知道他是不是在讽刺她，如果是在讽刺，又是在讽刺什么。她干脆给他一个不吭声，等他自己揭秘。

他又问：“但她上哪儿去找小恒的出生证？”

“呃——我把家里的保险柜号告诉她了——不过你别担心，她是个正派人——”

“我担什么心？就算她不是正派人，我们那保险柜里也没什么值得偷的。”

“嗯，也是。”

"我是怕她白跑一趟！你赶快给她打个电话，叫她不用去咱家拿出生证了。"

"为什么？"

"我已经带回来了。"

她差点跳起来："什么？你把小恒的出生证也拿走了？"

"我不拿他的出生证，怎么办户口？"

"国内办户口还要美国的出生证？"

"你刚才不还说办户口要出生证，所以你叫戴明给你寄过来吗？"

"但是——"

"别但是了，想也想得到嘛。办户口总得有个出生证明才行，不然人家怎么知道他爹妈是谁，户口应该落哪儿？"

"那——那我怎么没在保险柜里看见他的出生证？"

"你没在保险柜里看见出生证，还叫戴明去帮你拿？"

"我不是说家里——美国那个家里的保险柜，我的意思是——这边的保险柜——你放到保险柜里的那个——大信封——里面没出生证啊！"

"我又没把出生证放那个信封里，怎么会在那里面？"

她恨得牙痒痒："那你放在了哪里？"

他笑嘻嘻地说："你问这么清楚干什么？"

"这都是重要文件，丢了很麻烦的。"

"怎么会丢呢？"

"你到处乱放，怎么不会丢呢？"

"谁说我到处乱放？"

"那你放在了哪里？肯定不在这个屋子里，是不是在外面还有套房子？"

"我上哪儿去还有套房子？出国这么多年，如果不是这套房子没人要卖不出去，我们连这套房子都没有了，现在回来还得去住旅馆——"

"那就是放在你的小三家啦？"

"我没小三。我老早就说了，我的情人老婆女朋友意中人，等等等等，全都是你！你身兼数职！"

要搁在平时，听到他这么肉麻的表白，她至少要奖励他一个香吻，但今天她是越听越烦："别啰唆了！你到底把小恒的出生证藏哪里了？"

"藏什么呀？是交上去办户口，还没还回来。"

"为什么不还回来？"

"还在办嘛，等办好了，人家自然会还回来。你急什么，怕人家把出生证吃了还是怎么的？"

"不是怕吃了，但是——"

"但是怕坏了你的大事？"

"我的什么大事？"

"呵呵，别跟我玩藏猫猫了！跟你在一起过了这么些年，你那小脑袋里转什么筋，我还不知道？！"

她硬着嘴说："我不知道你在说什么。"

"你不知道我在说什么？那我给你翻译翻译：我说的是，我知道你这次回来是来抢孩子的！"

她被他揭了老底，知道瞒也瞒不住，恼羞成怒，索性撕破脸皮干上了："谁抢孩子啊？我自己的儿子，我不该带在身边？你还好意思说抢！我都不知道是谁先偷走了我的孩子呢！"

他抓住她的手腕，把她拉进卧室，关上门："要说我们在这里说，别让我爸妈听见。"

她也不想他爸妈听见，免得三个人结成统一阵线对付她一个人。

她指着他问："你为什么要偷偷摸摸把小恒带回国来？"

"我不是对你说了吗，一是想减轻你的负担，二是圆我爹妈一个梦——"

"我要你减轻我的负担了吗？"

"你没有，但我主动要减轻你的负担不行吗？"

"你别给自己脸上贴金了，谁知道你在打什么主意！"

匡守恒诚恳地说："我没打什么主意，只是想着——如果儿子跟着我，你就不会跟我离婚，去嫁老外。"

"我什么时候说过要嫁老外了？"

"你没说过，但你有大把的机会。那个 Jeremy（杰瑞米），不是一直在追你吗？"

"他追我有什么用？我不是把你带到店里，而他看到你就打消念头了吗？你那时不是挺自信，说只要你一露面，无论什么妖魔鬼怪都会遁形吗？"

"我现在还是挺自信，只要我一露面，无论什么妖魔鬼怪都会遁形。问题是我现在不在美国啊！我回了中国，你在那边，妖魔鬼怪还不都肆意猖狂？"

"他们猖狂他们的，我有自己的主心骨！"

"人怎么经得起天长日久的追求呢？况且还是你最心仪的老外，你不是一直想要生个混血儿吗？"

"那不都是开玩笑吗？"

"玩笑都有三分真的。具体到这件事，那就不只是三分真，最少有七分真了！"

"但是你——把儿子带走就能阻止老外追求我了？"

"追求肯定是阻止不了的，你要跟他们上床，我也阻止不了，但至少你看在儿子的分儿上，不会跟我离婚——"

她叫起来："你这也太——自私自利了吧？为了我不跟你离婚，就把儿子抢走，让他这么小小年纪，就离开自己的妈妈。有你这么自私自利的人，我倒贴也要找个老外！"

"我已经说了，我没法阻止你找老外。"

"我不光要找老外，还要跟你离婚。"

"那我也没办法，但我至少还有儿子。"他平静地说，"我知道你这次回来是来抢儿子的，我劝你死了这条心，他没有美国护照，你是没法把他带进美国的。你也不用想着补办出生证什么的，因为我肯定不会在他的护照申请上签字，更不会陪着你去使馆给他办护照。你没有我的同意，想给他办美国护照也办不成。至于中国这边，我都打过招呼了，你要是带着儿子闯关，他们不会放你出境，还会把你逮起来关牢里去！"

她咬牙切齿地说："匡守恒，你太——狠——了！你要为此付出代价的！"

匡守恒委屈地说："我这么做，还不都是因为太爱你了？如果你要我付出代价，那也是爱你的代价，我愿意付！"

35

侯玉珊失声痛哭起来。

匡守恒搂住她："玉珊，玉珊，别这样，别把孩子吵醒了。"

她使劲压抑着不哭出声，但身体却控制不住地抖动。

他搂得更紧一点，说："别这么孩子气嘛，几十岁的人了，想问题不能只顾眼前——"

她厌恶地推他："别碰我！我从此跟你势不两立！"

"你这都是气话。你干吗要跟我势不两立？我这么做，都是为了你好，也是为了咱们这个家好——"

"你别给自己脸上抹金了，你都是为了你自己！"

"也许在你看来，我这样做是为了我自己。但你没有看到，我自己的利益与我们这个家的利益是一致的嘛。你想想看，如果你跟我分手，去找那个穷得光屁股，只能在中国店打工的 Jeremy（杰瑞米），你会得到幸福？我看他是既没有结婚的愿望，也没有结婚的能力，就是想不花钱玩玩你——"

"你扯他干什么？我跟他什么事都没有。"

"我这不过是举个例子罢了，道理都是一样的。像你这样的中年女人，结过婚，有小孩的，要找也只能找到穷光蛋老外，文科毕业的啊，不务正业的啊，好逸恶劳的啊，这之类的吧。人家要是有钱有本事，也不会找你们亚洲离婚女了。我的意思是，你只有跟着我，才会有幸福。你看看你以前跟的那些男人，有哪个给过你幸福？"

"那能叫跟？都是小孩子不懂事——"

"就是啊，你前前后后数数看，你这一生中，还有谁比我条件更好、比我更爱你的。"

她不得不承认，他的确比那些混混儿强，也比那些混混儿更爱她，但一个人总不能因为自己条件好且做过一些好事，就有权做一件天大的坏事了吧？

他接着说："虽说你也一把年纪，孩子都有两个了，但你考虑问题还是那么不周到，只顾眼前。连你爸妈都知道这一点，所以叫你平时多听我的——"

她爸妈的确是这么说过，不止一次这么说过，她都当成是在赞扬她会选女婿呢，总是笑嘻嘻地回答"遵命"，因为她知道一旦回到她那个小天地，他还是得听她的。

现在听他提起这一点，她心里只有气："你这次没去我爸妈那里讨赏吧？"

"讨什么赏啊，说得我像是不懂事的孩子似的。"

"你去我爸妈家了？"

"回国了，怎么能不去拜望两位老人呢？"

她气得转过身，指着他的鼻子说："你是存心气死我爸妈是不是？"

他抓住她的手，放到自己的胸前："我说你不懂事吧？两位老人看到小恒，高兴都来不及呢，怎么会生气？"

"那你肯定是撒谎了。"

"我撒什么谎？"

"你肯定没说你是——偷偷把小恒带回来的。"

"我当然说了！我怎么会在他们面前撒谎？"

"你说了是偷偷带回来的，他们还不生气？"

"生什么气啊？你爸妈是最懂道理的人，我经常觉得不可思议，这么两位懂道理的人，怎么会生下你这么——不懂道理的孩子——"

她转过身去："你就得你的意吧！反正我只给你把话说在这里：如果我爸妈因为这事有个三长两短，我跟你——没完！"

"怎么会有三长两短呢？我把这事的来龙去脉都给他们讲了，他们都很赞成呢！都说我考虑问题就是比你周到，眼光就是比你长远，他们叫你安心读书，说如果爷爷奶奶没工夫照顾小恒，还有姥姥姥爷呢。"

她估计她爸妈的确是这么说了，因为他在这些事情上还是不敢撒谎的。

如果放在小时候，她肯定又要认为自己不是爸妈亲生的了，怎么向着外人不向着自己的闺女呢？但现在她自己一把年纪，又做了母亲，当然不会这么想，或者说，已经没有小时候那么关心自己是不是爸妈亲生的了。

亲生的也好，领养的也好，在一起生活了这么些年，有什么区别？

关键是：她已经不那么重视父母怎么想了。

她只关心父母是否健康平安，至于他们怎么想，那是他们的事。

匡守恒见她不吭声，越说越来劲："这些年，你被我捧在手心里，像女王一样供奉，已经被惯坏了，人在福中不知福，动不动就拿离婚说事，如果不是我坚持，这个家早就被你拆散了，你也早该后悔死了！"

"别把自己说得像是多大一坨糖似的！"

"不是我把自己说得像是一大坨糖，而是我本来就是一大坨糖。凭我这个条件，就算跟你离了婚，孩子也给了你，也没什么大不了的，我上哪儿找不到个黄花闺女？再婚再生，易如反掌——"

"那你去找啊去生啊！干吗死拖着我？"

"我这不是——爱你吗？再说我当初也答应过你爸妈要跟你白头到老的。"

"有谁稀罕你信守诺言吗？"

"你可能是不稀罕，但你爸妈还是稀罕的，我自己也稀罕。当初我一个农村出来的孩子，是他们一路提携我，帮助我，照顾我，还把自己的女儿嫁给我，我怎么能做对不起他们的事呢？"

她气得七窍冒烟："听你这口气，你还成了天下第一知恩图报信守诺言的正人君子了？"

"难道我不是知恩图报信守诺言的正人君子吗？"

"你真要做君子，真要爱我，就应该按照我的意愿行事，而不应该按照你的意愿行事！"

"我是按照你的意愿行事啊！你自己说说，结婚这么多年了，我哪点不是按照你的意愿行事？"

"但你把小恒抢跑了——"

"我怎么是把小恒抢跑了呢？我这只是暂时带回国来过一段时间，好让你顺顺利利完成学业，这怎么成了——抢跑呢？"

"我不要你把他带回国！"

匡守恒耐心地说："这就是你不对了。我知道你舍不得他，但如果你把他带在身边，哪里有时间读书？到时候你孩子没照顾好，书也没读出来，又该怪我没把他带回国了。"

"你胡说八道！我怎么会怪你把他带回国？"

"你这人别的都好，就是凡事都爱争个赢。你现在呛在这个气头上，总觉得孩子跟着你才好，但你有没有想过，就凭你这个身体这个精力，你哪有工夫既照顾两个孩子，又学会计专业？说实话，你那个学习能力，我也不是不知道，就一个孩子而且还有我照顾的时候，你都学得很吃力，成天问这个抄作业，问那个要答案，如果你一个人带着两个孩子，肯定门门学科挂红灯！"

她不得不承认他说的是个事实，但她是宁可门门挂红灯，也不愿意与儿子分离："既然你知道我一个人带不了两个孩子，你干吗不留在美国帮我呢？"

"我也有自己的事业啊！如果我不趁现在还不算太老，赶紧回国干一番事业，等过几年回国都没人要的时候，你又要责怪我没志向，满足于当个博士后了。"

她是责怪过他没志向，但那是因为他不肯在美国考医生，她可从来没鼓动他回国啊！

她感觉现在跟他说什么都是鸡同鸭讲，真正的公说公有理，婆说婆有理。

她无计可施，只有哭。根据她的经验，他是很怕她哭的，虽然她很少需要用哭来制伏他，但只要她哭了，他都会被制伏。

他抚摸着她的背，安慰说："这样好不好？你先回美国去，安心读书，照顾好小珊。我接着在这边找工作，如果找不到合意的工作，我马上带小恒回美国。"

"如果你在这里找到合意的工作了呢？"

"如果找到了，当然就干下去喽。"

"那小恒呢？"

"小恒我先带着，我爸妈这个身体，也带不了几年孙子了。过几年，你读完会计，找到了工作，我就把小恒送到美国去。"

"你当真？"

"当然当真。你以为我多喜欢带孩子？"

"既然你不喜欢带孩子，怎么不让我现在就带他回美国呢？"

"我不是说了吗，你带着他会搞得头头糟的。孩子孩子没照顾好，会计会计没读出来，那是何苦呢？"

她恨不得说："你就放手让我过自己的生活吧，我倒要看看我的世界离了你是不是就不转了！"

但她当然不会把这话说出来，而是诚恳地说："我承认我在这件事上是比较——任性，但你也要考虑到我的心情——"

"我是考虑到你的心情了啊！我知道你舍不得小恒，所以我才偷偷把他带走。"

她杀了他的心都有了，但她装作幡然悔悟的样子说："反正你这个做法是太——狠了点，不怪我一时接受不了。"

"我知道你是个明白人，多给你解释解释，你就会明白的。"

他一边爱抚她，一边问："你返程机票是什么时候的？"

"是明天的，但我可以延——"

"延什么呀？延期不花钱的？明天的机票就明天走吧，免得把小珊一个人放在那边我不放心。"

她还存着一线希望，希望他没带走儿子的出生证，等戴明拿到了给她寄来，她就可以去使馆给儿子办护照，他不签字也没什么，她可以把事情的来龙去脉全都告诉使馆工作人员，相信使馆工作人员会理解她，支持她。

她娇嗔道："刚才还说爱我爱我，怎么一下就在赶我走了？"

"不是赶你走，而是理智地考虑问题，小珊需要你照顾，你自己还要上课，本来就学得吃力，丢时间长了更赶不上来了。"

"你怎么老说我学得吃力学得吃力？你就这么看不起你老婆的智力？"

"不是看不起你的智力，我知道你很聪明，但架不住以前从来没学过会计啊，连数学都没学多少，当然会吃力嘛。"

"我先待几天，跟儿子亲热亲热——"

"那好吧。"

她按捺着焦急的心情，想等他第二天出门找工作之后再查电邮。但到了第二天，他一点出门的意思都没有，一觉睡到大天亮，还没起床。

她问："你今天不去找工作了？"

"老婆回来了，我不好好陪陪老婆，还出去找工作？"

她气昏了，拿起自己的手提电脑，跑到客厅去查电邮。打开电脑，才发现上不了网，只好跑去问他："我们家有 wifi（无线上网）吗？"

"没有。"

"那怎么上网？"

"手机上呗。"

"我手机在国内用不了。"

"用我的。"

她接过他的手机，用自己的生日做密码，果然就进去了。她赶快上网，进到自己的电邮账号，看到有戴明的来信，但没有附件标志。

她心里已经明白了一大半，点开戴明的来信，果然是坏消息："去你家找过了，保险柜里没有小恒的出生证，我又让小珊帮着我到处都找了，也没找到。怎么办？"

06　不到最后那一刻，谁都不知道真相

奇怪的是，一旦她不再指望了，反而觉得丈夫说的也没那么刺耳了，很多都是正确的，尤其是关于文学和文人方面的，更是字字珠玑，铿锵有力。难道文学不该用来净化人类的灵魂？难道文人不该有点文人的清高气节？

36

澳洲海归说话算话，真的把华文精品的副总裁褚卫星给说动了："Shirley，我上次说的那个华文精品的老褚，他说要亲自登门拜访S大中文系郁教授呢！"

谢远音一听"登门拜访"几个字就慌了，她那个破屋子，一张小饭桌只够摆四个盘子，坐四个人，哪里招待得起堂堂的副总裁？

她支吾说："他——他要上我们家？"

"是啊，他听说郁大哥是R大中文系才子，很仰慕啊，准备三顾茅庐呢。"

"可我家——太寒酸了吧？"

"不寒酸！山不在高，有仙则名。水不在深，有龙则灵。斯是陋室，惟吾德馨——"

"你得了吧！又不是上考场，至于开口闭口都是名言名篇吗？"

"呵呵，不卖弄一下，你怎么知道我学了一点东西呢？"

"你学东西就是为了让我知道？"

"当然啦。"

她有点不自在。

但他解释说："只有你才说我不学无术嘛，我当然要在你面前显得好学有术。"

　　她现在没工夫探讨他有术还是无术，只想找个既拿得出手又承受得起的地方接待副总裁。自家那个陋室是肯定不行的，《陋室铭》的年代已经过去了，现在是笑贫不笑娼：你有钱，你的德就馨；你穷，你的德就不馨了。

　　她恳求说："你能不能跟他说说，改在哪个饭店见面？"

　　"去饭店？肯定没问题。你想去哪家饭店？"

　　"你那位副总裁是哪里人？"

　　"不知道，怎么了？"

　　"知道他是哪里人，才知道选哪个菜系的餐馆嘛。"

　　"哇，你太细心了，我平时都是乱搞的，管它什么菜系，只要好吃就去吃，不好吃就换一家。"

　　"你这么有钱，我能跟你比？"

　　"呵呵，不是那个意思。嗯——我真不知道老褚是哪里人，他从来没提过，估计是个小乡村，不好意思提。但我知道他是 Q 大毕业的，本硕博都是在 Q 大念的，成天吹嘘'北 R 南 Q'呢，如果你拿他当 Q 市人，他肯定没意见。"

　　"Q 市人？那就是江浙菜系了。你知道不知道哪家餐馆的江浙菜做得比较好，而价钱又——不是太贵，我们承受得起的？"

　　"包在我身上了！"

　　她不知道他这个"包在我身上了"是什么意思，是说选择餐馆的事包在他身上，还是说"既然你没钱，那本次消费就包在我身上了"，赶紧交代说："我只是问你哪家餐馆比较合适，不是叫你——掏腰包——"

　　"我知道你的意思。等我安排好了再通知你。"他刚想离开，又回头问，"你也去吧？我问清楚了好知道订几个座位。"

　　她本来天经地义地认为自己应该去，被他这么一问，反而没把握了："我？你说呢？"

　　"你当然要去！把鸿远也带上。"

　　"你去吗？"

　　"我是中间人，当然要去。"

　　她不知道为什么突然加了一句："把你女朋友也带上吧，就说我请她。"

　　"好嘞。"

　　第二天，他告诉她："安排好了，本周六晚上七点，在新兴大道的钱江潮，非常经济实惠的江浙菜系餐馆——"

她为了这次聚会，特意给丈夫买了套西服，花掉她半个月的工资。

丈夫很是过意不去："买这么贵的西服干吗？版税还没着落，就先用掉了？"

"投资嘛，当然要走在收获之前。不投资，哪来收获？"

"谁知道这个姓褚的看不看得上我的作品？"

她也不知道，但她给丈夫打气说："肯定看得上！你写得那么好，他凭什么看不上？好歹他也是 Q 大中文系毕业的，这点眼光还是有的。"

丈夫不屑地说："Q 大跟 R 大比，根本不在一个层次上。"

"你待会儿可别这么说。人家可是把 Q 大当很大回事的，说'北 R 南 Q'呢。"

"说'北 R 南 Q'也是因为南方没有更好的中文系了，并不是说南 Q 就能跟北 R 并驾齐驱——"

她真是急死了！

遇到这么个顶真迂腐的秀才先生，还不把人家给得罪了？她恨不得让他就待在家里，自己替他出面交际算了。但这事比不得相亲，老爹老妈可以代劳，先看上一眼，把个关。现在是谈作品谈出版，作家自己不出马是不行的。

她交代了又交代，总算让丈夫答应到时不跟褚总裁比母校。

星期六晚上，一家三口早早地就开始打扮。

真是人靠衣装马靠鞍！

郁飞鸿平时穿得不修边幅，也就一不起眼的中年男人，今天穿上一套做工考究的西服，气质瞬间升华，很有中文系教授兼作家的味道了。

她自己也下了一番功夫打扮，不能辱没了"教授兼作家夫人"的职称，也不能比澳洲海归的女朋友差太远。

她打扮的宗旨是"精心装扮出的漫不经心"。

脸上是裸妆，如果不跟妆前对比，绝对看不出她是抹了脂粉的，感觉就是长得这么白里透红；唇彩是比她自己的唇色稍稍红艳一点的肉粉色，像没抹口红一样，感觉就是这么饱满红润；平时戴的眼镜取了，换上一副有美瞳功能的 contact（隐形眼镜）；穿了一条刚到膝盖的黑底素花无袖连衣裙，带了件黑色小西服，冷可穿，热可脱，穿上是职场俏佳人，脱了是性感小女人。

她这身打扮首先把澳洲海归给震撼了，从餐桌边站起身，却忘了给两边人马做介绍，只是傻愣愣地站在那里。

还是她率先打开场面："这位就是大名鼎鼎的褚总裁吧？"

褚总裁也不谦个虚说自己只是副总裁，连站都没站起来，就坐在那里，对他们扬了扬手，算是打过了招呼。

褚总裁貌不惊人，穿得也很随便，一副"腹有诗书气自华，我穿破布有人夸"的自信，相比之下，郁飞鸿就显得过于讲究，过于拘谨，一副初出茅庐的书生进京找工作的局促相。

澳洲海归也是平常打扮，还是一件 T 恤打底，下面是带破洞的牛仔裤，椅背上搭着一件平时上班穿的夹克。

但她知道他浑身上下都是名牌，一件 T 恤就比她全身行头还贵，他的不修边幅，是金钱堆出来的。

这两个男人，一个才大，一个气粗，都是自信满满，只有他们夫妻俩，像初入大观园的刘姥姥，浑身的不自在。

围着餐桌坐定后，他们几个人都捧着个菜单，装模作样地研究来研究去，但褚总裁就不客气了，老马识途地唰唰唰点了几个，然后把菜单往桌上一扔："我有这几个就够了，余下的你们点吧。"

他们几个人一人点了一个。

喝着餐前茶，几个人就聊开了。

褚总裁当仁不让做主讲："搞我们这行的啊，在作者眼里是风光得很，但在读者那里，我们都是龟孙子。人家做生意的，也就是把顾客当成上帝就行了，但上帝多好侍候啊，每天念几个空咒哄哄就行了。而我们做图书的，得把读者当老爷子供着，你得揣摩他老人家爱看什么，你得哄着他买你的书——"

澳洲海归捧场说："老褚很厉害的！当年也是知名的网络写手，曾经红遍一方啊，身后追着一大群女文青，他选了个最漂亮的做老婆。结果一结婚，老婆就不许他再在网上码字了，怕他被别的女文青抢走。没办法，老褚才做起书商来——"

她看看其貌不扬的褚总裁，完全想象不出身后会追着一群女文青。

老褚则是一副"好汉不提当年勇"的架势："别提什么网络写手了！那是我写作史上不堪回首的一页！"

"是吗？"

"呵呵，我们学中文的，很忌讳被人称为'网络写手'的。我这么说，你们可能不懂，但老郁肯定懂，对不对？"

郁飞鸿深有同感地点点头："所以我从来不写网络小说——"

澳洲海归果真不懂："为什么忌讳被人称为'网络写手'呢？"

"首先这个'写手'二字，就是很不敬的称呼。同样是表人的，'家'就是敬称，比如'专家'、'作家'、'歌唱家'；而'手'呢，则是俗称，是指那些出卖体力的工匠的，比如'打手'、'写手'、'歌手'。再在'写手'前面加上'网络'二字，更是点明了你的流传范围，非正规出版的，没书号的，随便在哪个网站开个账号，就可以写起来——"

郁飞鸿又深有同感地点点头："远音总是劝我上网写小说，我一直没答应——"

褚总裁接着说："哎，我们当年读书的时候，谁不是雄心壮志，今生就一个目标：诺贝尔奖！那什么茅盾啊巴金啊鲁迅啊之类的文学奖，睬都不睬。"

澳洲海归插嘴说："但诺贝尔奖也不是那么好得的哦——"

"就是啊，我们的审查制度这么苛刻，什么都不让你写，你还想冲诺奖？没门儿！"褚总裁转向郁飞鸿，"老郁，我听说你从美国回来的，这个我就不懂了，我是出不去，没办法，既然你都已经出去了，怎么还往回跑呢？待在美国不是想写什么就写什么吗？"

她当年也是这么劝丈夫来着，但丈夫不听："我一个中国人，待在美国能写出什么作品来？"

"那人家哈金不也是中国人吗？人家待在美国不是写得很好吗？"

"他写的都什么玩意儿啊，纯粹是政治口号，毫无文学性可言！"

"不会吧？人家可是在美国得了很多奖的。"

"你也没看看他都得的什么奖！"

"我当然看了，海明威文学奖，福克纳文学奖——"

"这都是一些基金会设的奖。"

"基金会设的奖就不是奖了？"

"奖当然是奖，但不能说明什么问题，你让他得个普利策得个诺贝尔奖看。"

"说不定以后就得到了呢？"

"现在都没得到，以后就更得不到了！他写的都是'文革'的东西，越往后就越没东西可写了。他那种专揭中国疮疤的东西，美国当然欢迎。我又没出生在那个年代，有什么疮疤可揭？"

"现在这个年代就没疮疤可揭了？"

"疮疤肯定有，但我不会写这种——政治小说。我只搞纯文学，与政治不沾边的——"

她也不知道哈金的作品是不是政治小说，从来没那个耐心看下去。但她知道写作这玩意儿，只有自己有那个冲动，才写得出东西来，靠人家劝说人家逼，是没用的。

现在褚总裁问起，郁飞鸿又把那套理论搬出来了："我是中国人，学的是中文，我的根在中国，创作源泉在中国——"

但褚总裁不以为然："你还真把创作当回事啊？难怪你发不了作品！你也不看看当今是什么年代，有谁还在搞纯文学？既没人写，也没人看！"

郁飞鸿坚持说："我不管有没有人看，我只搞纯文学。文人要有文人的气节——"

37

一顿饭还没吃完，谢远音就知道出书的事没希望了，因为郁飞鸿除了在"北 R 南 Q"上忍着没反驳褚总裁之外，其他任何话题，无论是文学方面的，还是时政方面的，甚至是体育方面的，郁飞鸿都要跟褚总裁针锋相对，一辩到底，拦都拦不住，使眼色更不管用，差点把她急死。

澳洲海归也帮不上忙，因为他既不站在褚总裁的立场上，也不站在郁飞鸿的立场上，而是东一榔头西一棒子，一会儿支持褚总裁，一会儿赞成郁飞鸿，等于是火上浇油，把个场面搅得越发乱糟糟。

她暗中急了一阵儿，等发现自己没办法扭转局势时，就干脆放弃了。

只当世界上没有华文精品的！

只当丈夫没写那么本书的！

奇怪的是，一旦她不再指望了，反而觉得丈夫说的也没那么刺耳了，很多都是正确的，尤其是关于文学和文人方面的，更是字字珠玑，铿锵有力。难道文学不该用来净化人类的灵魂？难道文人不该有点文人的清高气节？

　　只能说褚总裁自己在商海翻滚了几年，已经完全没有了文人的气节，满身商人味，而且是急功近利的小商小贩味，满脑子想的都是盈利和赚钱，只要能盈利赚钱，你叫他写本书把爹娘骂一通，他都不会反对。

　　真是白读了那么多年的书！

　　如果郁飞鸿的作品被褚老总这样的人看上，那肯定是俗不可耐的文字，即便出版了，也不能流芳千古，转个眼就会被遗忘，搞不好还会被人唾骂。

　　那还不如不出书！

　　剩下的半顿饭，她就不再关心北R和南Q的两位才子在争论些什么了，她也不关心"澳龟"到底是在煽风点火还是在息事宁人，她只一心一意照顾儿子吃饭，不时地给儿子夹菜，带儿子上洗手间，陪儿子去一边玩，再就是趁人不注意的时候观察同桌的另一位女性——澳洲海归的女朋友。

　　那女孩叫薛文，长得人如其名，文静，文雅，文学，文质彬彬。一头黑发，清汤挂面似的盖过肩胛骨，一边拢在耳后，另一边则放任自流。俯仰之间，左边的黑发静如处子，右边的黑发则动如脱兔，时而盖过脸面，时而飘向耳边，非常可爱。

　　薛文的衣着打扮走的是森女系路线，突出"天然"和"清纯"，纯棉的上衣，纯棉的裙子，上衣是肩际线垮到肘弯的宽松式，裙子是长到脚踝的扫地式，衣领垮垮的，露出深深的锁骨窝，脖子上挂了一串深色的木头珠子，一直垂到胸前，腰间松松地拴了根粗线编织的腰带，脚下是平跟软皮皮鞋，走起路来悄无声息，像仙女在飘。

　　能把这一身穿出道骨仙风来的人，一定得是薛文这种身材瘦削，没胸没屁股的骨感美人。如果她也这么穿，那就是灾难，因为她骨架小，身形圆，撑不起这种宽松式衣裙，而要靠西服之类的版型来定义自己的肩膀，突出自己的曲线。

　　在化妆方面，薛文比她还彻底，连裸妆都没化，完全是素面朝天，但人家脸白啊！虽然白得近乎病态，像是贫血，但人家年轻，皮肤非常光洁，没有雀斑晒斑蝴蝶斑，也没有青春美丽疙瘩豆。白洁的脸，配上细细弯弯的黑眉，和同样细长的黑眼睛，就像古代工笔画里的仕女，有种慵懒的美。

　　这样的一个女孩，不用"冰清玉洁"来形容那就是辱没现代汉语了！如果不是正坐在饭桌边，以中等匀速吃着饭菜，简直就够得上"不食人间烟火"

的级别！

她越看越自惭形秽，原以为自己打扮得还算小清新，但跟薛文一比，自己就是俗物一个，就像街头妇女和天上仙女相比一样。

她突然悟出刚进门时澳洲海归那一愣的原因来了，不是因为她脱下了平时在公司穿的衬衣牛仔裤，换上了具有女人味的小花裙，而是因为她丑人多作怪，老黄瓜刷绿漆——装嫩！

女人在长相和衣着打扮上被另一个女人压倒，那种失落感和悲怆是绝不亚于男人在职场上被人打败的。

她只好用一个拙劣的理由安慰自己：我应该比薛文大十几岁吧？我跟她比个什么？等她到我这个年纪的时候，说不定还不如我呢！

当然，她也知道，自己即便是在薛文这个年纪，也从来没这么骨感过。生来就是小个子，圆体型，易胖系，不仅跟森女系无缘，还不能像薛文这么放开了吃喝，不然会像吹气球一样胖起来。

她现在很明白澳洲海归为什么喜欢薛文了，这样冰清玉洁的女孩，肯定能通过他的"贫穷测试"，无论他怎么装穷，仙女都不会嫌弃，因为仙女根本就不在乎房子车子票子这些俗物！

他终于找到了他梦寐以求的女孩！

难怪他这段时间拼命地啃那些古诗古词，开口闭口都是之乎者也呢！

原来是为了讨好薛仙女！

爱情的力量真是强大啊！

是不是只有男人才会为了心爱的女人改变自己？反正她那会儿，是没有为了郁飞鸿而啃古诗古词的，刚好相反，她是故意显得自己不学无术，什么都不懂，赚得郁飞鸿一点一滴讲给她听。

那样做，一是为了更多地了解郁飞鸿，二是为了考验考验他，看他会不会嫌弃她古文知识不如他。

咦，怎么像是那个年代的"贫穷测试"呢？

不是金钱上的贫穷，而是知识上的贫穷，确切地说，是古文知识上的贫穷，若论到电脑知识，她肯定比郁飞鸿富有。

郁飞鸿当然通过了她的"贫穷测试"，不然她也不会嫁给他了。

薛仙女肯定也通过了澳洲海归的"贫穷测试"，不然他就不会让她做他的女朋友了。

但她还是有一点不太明白，薛文怎么会看上澳洲海归呢？

她不知道薛文是哪个大学毕业的，估计不是什么名校，因为澳洲海归介绍时没说学校，只说是华文精品的小编，而薛文本人也没提起过自己的毕业学校，按照澳洲海归的理论，不提家乡是因为家乡太小，那么不提毕业学校肯定是因为学校太破了。

但不管怎么说，薛文也是搞文字工作的，能在华文精品做个小编，肯定毕业于中文系，自己肯定是很有文采的，接触的也都是作家类人物，怎么会看上澳洲海归这个不学无术的"程序猿"呢？

唯一的解释：薛文是外貌协会的。

她自己也是外貌协会的，不过入会时间比较晚。当她爱上郁飞鸿的时候，她还不是外貌协会的会员，因为那时外貌协会还没成立呢，至少在她那个圈子里没有外貌协会的分支机构，所以她虽然有加入外貌协会的潜在愿望，但没会可入，也没人宣传外貌协会，她当然不可能能充分意识到自己的资质。

最近几年，外貌协会的势力越来越发展壮大，她终于敢公开加入外貌协会了。但她已经结婚多年，孩子都有了，加入了外貌协会也没多大用处，只能看看不相干的帅哥，过把眼瘾。

她偷偷问自己，如果她像薛文一样还没结婚的话，她会不会因为外貌看上澳洲海归？

好像很难说。

如果澳洲海归被爱情驱动，说不定能学一肚子古诗古词；但郁飞鸿无论怎样被爱情驱动，都不可能长高长帅。

所以还是薛文聪明，选择了澳洲海归。

这不，澳洲海归正在以百米冲刺的速度，向"好学有术"靠近呢。

然后，就郎才貌，女才貌了。

等到一顿饭吃完，她更加肯定出书的事是黄掉了，因为褚总裁根本没提出书的事，好像就是专程代表南 Q 来跟北 R 辩论似的。

薛仙女也没提出书的事，基本没说什么话，只静静地坐在一边吃饭，听别人说话，温顺得像只小猫。

澳洲海归也没提出书的事，搞得她开始怀疑他只是找这么个借口把女朋友秀给她看，虽然她想不出他为什么要这么煞费苦心，就在单位里告诉她不就行了？

她怕待会儿账单送来的时候，自己抢不过澳洲海归，特意借上洗手间的机会跑到前台去结账。

但人家告诉她："已经付过了。"

"付过了？我都没看见你们送账单过去啊！"

"齐先生定位的时候就付了。"

"怎么可能？定位的时候——连菜都没点呢！"

"没关系啊，多退少补嘛。"

"那怎么行？今天是我请客，我来付账，你把他预付的钱退回给他。"

"不行的，他交代过了，谁的钱都不收。你要付，就自己付给他吧。"

她又感动又不安，回到座位上，总想找个机会把钱付给澳洲海归，但又觉得当那么多人面做这事不好，还是等下星期上班时再说。

回家的路上，郁飞鸿意犹未尽，还在继续批驳褚总裁："出版人对整个社会是负有责任的，出版人素质的好坏，眼光的高低，直接影响国民的阅读和欣赏能力，怎么能被读者牵着鼻子走呢？"

"他们也是没办法，现在出书都是自负盈亏，如果他们出的书没人买，他们就赚不到钱，拿什么开工资？"

"那也不能闭着眼睛瞎出书！"

她没吭声，心说要是你当国家出版局局长就好了。

郁飞鸿接着说："民众总是有读书需求的，如果全体出版人联合起来，都不出庸俗作品，只出高质量的纯文学，民众当然会买来看，那样不就既能提高民众的阅读欣赏能力，又能解决出版人的工资问题吗？"

"但是谁能把全体出版人联合起来呢？"

"作为每个出版人个人，都应该做到这一点，那样的话，不用谁来联合全体出版人——"

她做了这些年的"程序猿"，已经不相信"应该"的神话了。程序语言里没有"应该"这个词，你认为什么事应该发生，你得有本事写出让那个事情发生的程序，否则不管你认为那事有多么"应该"发生，事实上也不会发生。

但她知道跟文科毕业生郁飞鸿说这些没用，不说他都已经觉得她太实用主义了，说了肯定把她当成一个市侩。

她安慰丈夫说："没事，东方不亮西方亮，伟建在出版界也不是只认识老褚一个，他有好几个熟人呢，我下星期上班的时候让他找找另一家——"

郁飞鸿完全没有意识到自己已经得罪了褚卫星，还在一厢情愿地做着出版梦："这事应该有个先来后到吧？华文精品先联系的，我只能把作品给他们做，怎么能又找第二家？"

"问题是他们——会不会做你的书呢？"

"应该会吧？不然今天怎么会在一起吃饭呢？"

"吃饭是——认识一下，交际一下，但你——但是人家今天不是压根没提出书的事吗？"

郁飞鸿有点慌了："我以为——那个——不是早就讲好了吗？"

"谁说早就讲好了？你跟人家签出书合同了？"

"没有啊。"

"就是啊，出书合同都没签，怎么能叫讲好了呢？"

这下，两个人都没声了，一个默默地开车，一个默默地坐车。

只有儿子兴致很高："妈妈，妈妈，我造个句你听哈：爸爸去的时候是扬扬得意，回来的时候是垂头丧气。你看，我一下就用了两个成语！"

38

周末，戴明带着小明小珊和小康，浩浩荡荡地到柏老师家去上钢琴课。

她家这个二小子啊，虽然还没开始学钢琴，也不像是个学钢琴的料，但自从满月起，就跟着她去柏老师家，已经是轻车熟路，比谁都积极。

她坐月子的时候，是侯玉珊送两个女孩去柏老师家学琴。

本来家里闲着个季永康，完全不应该麻烦侯玉珊的，但她知道丈夫从来都不赞成女儿学钢琴，没阻挠她送女儿学琴就算天大的人情了，如果叫他开车送女儿去学琴，他肯定会叫女儿干脆别学琴算了，所以她只好请侯玉珊代劳。

后来，她月子坐完了，就不好意思再麻烦侯玉珊了，都是自己开车送小明去学琴。

但丈夫也不愿照顾小康："你把他带去吧，反正你坐那里等小明上课，也没别的事可干。"

"是没别的事可干，但那是人家柏老师的家，我把一个吃奶的孩子带去，像什么话呀？"

"有什么不像话的？"

"小孩子吵啊！"

"他弹钢琴不吵？"

"但那是乐音，咱们这是噪音嘛。"

"谁说是噪音？咱们儿子的声音，比他那钢琴不好听十倍百倍？"

她见他这么爱儿子，还是很开心的，有点不好意思地说："就算人家不嫌吵，但我——上哪儿给孩子喂奶？"

"那你把他放家里，我拿什么给他喂奶？"

"我已经把奶泵出来了，放在奶瓶里——"

"那你在柏老师那里不是一样可以用奶瓶喂他吗？"

她无话可说，只好把小康带上，准备一旦柏老师有意见，她就跟小康坐在自己的车里等，喂奶也可以在车里喂。

但柏老师一点也不嫌小孩吵，还把自己的儿子叫出来看小 baby。

小聪来了，一声不响地站在她旁边，看着小康，半天不眨眼，也不动窝。

她看着那孩子湛蓝湛蓝的眼睛，感觉像两个深不见底的湖泊一样，不知道下面藏着什么机关，心里有点发毛，这孩子的眼睛怎么这么大啊？大得像能勾魂摄魄似的，老这样定定地看着小康，会不会对小康不好啊？

她趁没人的时候小声问："小聪，你看什么呢？"

"看 baby。"

一句话说得她哑口无言！

可不就是在看 baby 吗？

她换个方式问："你看 baby 什么呢？"

"看他睡觉。"

又让她哑口无言！

可不就是在看 baby 睡觉吗？

这孩子，到底是不会听话，还是太会答话？

真让人没辙！

　　她劝说道："你去自己屋子里玩吧——"

　　"不去。"

　　"为什么？"

　　"我想看 baby。"

　　她没办法，只好让他看。

　　看了一会儿，小康醒了，吭吭叽叽地要吃奶，她站起身，对小聪说："我要带小 baby 去外面一下，你去自己房间玩吧。"

　　"我去外面看 baby。"

　　"但是——小 baby 要——吃饭了——"

　　"我看他吃饭。"

　　她正在为难，柏老师和小明一起来到客厅，对儿子说："小聪，小明上完课了，你们去玩吧。"

　　小聪立即忘了小 baby，带着小明到自己房间打游戏去了。

　　柏老师见她抱着孩子，一副即将出发的样子，好奇地问："你——要去哪里？"

　　"我——这孩子——他饿了——"

　　他指着自己的卧室说："你可以用那间房。"

　　她吓一跳，这是什么意思？

　　他解释说："你不是说孩子饿了吗？你可以去那里，比较——有 privacy（隐私）。"

　　"Privacy？"

　　"你不是要给他——喂奶吗？"

　　"呃——"

　　"你可以在那个房间里喂。"

　　"哦，是这样，太谢谢你了！我还是——去车里喂吧——"

　　"车里多不方便！就用那个房间吧，没人会去那里打扰的。"

　　她在他的带领下，抱着小康去了他的卧室，他没进去，只从外面替她关上门，就离开了。

　　她坐在卧室里的沙发上，给儿子喂奶，顺便也打量一下柏老师的"闺房"，发现一点也不像单身男人的房间，因为一点都不杂乱，而是收拾得整整齐齐的，但也不像已婚男人的房间，因为墙上没有结婚照，床头柜上没有任何女性用品。

后来，小康长大一点，会爬了，小聪就跟在小康后面爬，两个人从一间屋爬到另一间屋，爬得不亦乐乎。

小康会走路之后，成了一个专职破坏分子，只要他能够得着的东西，他都要抓起往地上砸，听到摔碎的声音，特别是听到大人惊慌惋惜的叫声，他会得意地咯咯笑。

她有点不敢把小康带去上钢琴课了，怕一时疏忽，被孩子钻了空子，把柏老师家的贵重摆设抓一个砸碎，那可是赔都赔不起的！

有一次，她不顾丈夫反对，也不顾儿子哭喊，硬把小康放在了家里。

柏老师好奇地问："今天怎么没带儿子来？病了吗？"

"没有，今天放在家里让他爸看着。"

"干吗不带这儿来呢？"

她不好意思地说："呃——他——挺吵的——"

"吵点热闹啊。"

"而且他——挺爱搞破坏，怕把你家里的东西摔坏了——"

"没事啊，我放高一点，让他够不着——"

"柏老师，你对小康——真是太好了！"

"我这也是出于私心，因为我儿子挺喜欢跟小康玩。"

说来真是有缘，小聪跟谁都玩不到一起，就跟她家的两个孩子能玩到一起，只要是跟她家的姐弟俩在一起玩，就一点也不自闭，跟正常孩子没有两样。

但柏老师对儿子的娇惯不仅没改正，还变本加厉了。儿子不肯去上学，他就让儿子不去上学。

本来她不知道柏老师的这些安排，因为她就是周末才来柏老师家，小聪平时上学没上学，她完全看不出来。而且她是个很自觉的人，不会多事打听柏老师的私事，所以一直以为小聪像其他孩子一样，也在上学呢。

但柏老师自己透露出来了："不知道你能不能帮我一个忙。"

她豪爽地说："什么忙，尽管说，只要我有那个能力，肯定会帮。"

"你肯定有那个能力。"

"是吗？你这么看好我？"

"嗯，我知道你是大陆名校毕业的，绝对没错。"

"到底是什么忙？"

"是这样的，我虽然半路出家改了电脑，但我是搞音乐出身，数理化基础很差，教不了小聪，所以想请你来教——"

她不知道他说的这个"数理化"是不是国内通常说的那个"数理化"，应该不是，因为小聪还这么小，按理说还没到学数理化的年龄。但也许美国或者香港的说法不同，所谓"数理化"，说不定就是算数和常识之类。

她问："他的老师不教数理化吗？"

"他的老师就是我。"

"是你？"

"嗯，我在家教他。"

"他不去学校的？"

"不去，他是 home schooling（上家庭学堂）。"

"还可以这样？"

"当然可以，很多人都这样的。"

"那这样——好吗？"

"怎么不好？统计数据显示 home schooling 的孩子成绩更好，学业负担更轻。"

"真的？那你说的这个数理化——是指数学物理化学吗？"

"是啊。"

"小聪学数理化还——早吧？"

"不早了，我让 school board（教育局）给他评审过了，他数理化已经达到七年级水平——"

她自认教个初中数理化还是绰绰有余的，便一口应承下来："行啊，没问题！"

柏老师显然很高兴，她则有点担心地问："我们自己在家里教他，能不能保证质量？"

"当然能。他要参加统一考试的，pass（通过）了才能升级和毕业。要说教育质量，home schooling 的质量更好，因为都是自己的家长在教，当然会尽心尽力，而学生可以按自己的 pace（进度）学习，不必跟其他孩子捆在一起，被那个最慢的拖住，人家走多慢，他也得走多慢。"

这点她还是相信的，但学校也不仅仅是教点书本知识啊！

她问："那他——不出去跟人接触，会不会——越来越——封闭呢？"

"你觉得他封闭吗？"

她心说这还用问？明摆着的嘛，不封闭也不会不肯去学校了。但她不好意思说出来，只解释说："我这个'越来越'没用好——"

他分辩说："我知道你跟很多人一样，认为小聪是自闭症，但他不是的！真的不是！我可能忘了告诉你，我小时候也是——这样的，我的意思是——跟小聪现在一样，不爱跟人接触，只愿意待在自己的小世界里，做自己想做的事——"

"那你——是不是觉得很孤独？"

他没直接回答这个问题："这个世界上有两种人，一种是带着自己的小世界出生的，他们从生下来就生活在自己的小世界里，不需要外界的接纳和认可。另一种人是为了外面的这个大世界而生的，他们只有被外界接纳和认可，才有归属感和安全感——"

"那你和小聪肯定是第一种人。"

他点点头。

"我和小明——应该是第二种人了吧？"

他又点点头。

她有点不高兴，这话怎么说的呢？你转这么大个弯，不就是为了说明你和你儿子很独立，很自主，不依靠别人就能活得很好。而我和我女儿就没有独立性，不自主，需要挤进别人的世界才活得好吗？那你干吗还要我女儿陪你儿子玩呢？就让他从精神上自给自足不就行了？

他好像觉察到她的不满，解释说："我不是说第一种人比第二种人好，而是说——世界上就有那么一些人，他们不能轻易走出自己的世界，也不能轻易接纳外人进入自己的世界。在外人眼里，他们是很怪的一类人，但对他们自己来说，则很正常，外界才是怪异的。随着时间的推移，他们中的一些人会逐渐改变自己，向外部世界靠拢。但在那一天到来之前，我们不应该强迫他们走出自己的世界，也不能强迫他们接纳外人进入他们的世界，因为那对他们来说，是很痛苦的，是违背他们的天性的。我很羡慕你和小明，能这么轻松地敞开自己的世界，能这么友好地进入哪怕是最封闭的世界，给禁锢在那个世界的灵魂带来——慰藉——”

他这么一说，她马上就忘了方才的不快，感动得热泪盈眶，不知道自己姓甚名谁了："我哪有你说的那么好？要有那么好的话，也不至于连自己丈夫的世界都不能进入——"

他审视地问："你觉得不能进入他的世界？"

她赶快止损："没有，没有，我瞎说呢。"

39

虽然谢远音安慰丈夫，说下星期上班时会让澳洲海归再找别的出版商，而且她当时也的确是那么打算的，但还没到下星期，她就改变了主意。

她虽然不算文人，但她毕竟是文人的女儿，也是文人的妻子，耳濡目染，潜移默化，也是很有文人气节的，绝不吃嗟来之食，绝不为五斗米折腰。

用大白话来说，就是不愿意开口求人。

她可以很骄傲地说，这一生从来没为自己的事走过后门，拉过关系。如果是她自己出书，她肯定连这次都不会让澳洲海归找熟人走路子，能出就出，不能出拉倒。靠求爹爹告奶奶来出书，多丢人啊！就算最后把书出出来了，也会脸上无光。

她这次之所以肯让澳洲海归帮忙，是因为不是她出书，所以她觉得自己不是在求人，而是在帮人，虽然帮的是自己的丈夫，但那还是帮人，对不？

但在外人眼里，包括澳洲海归眼里，究竟是她出书，还是她丈夫出书，有什么两样？作者是你丈夫，故事是你和丈夫的故事，这不等于还是在求人出你自己的作品吗？

这样一想，她就一点也不后悔丈夫在宴席上跟褚老总针锋相对，把出书的事搞黄了。

对，就是要针锋相对！才能让褚老总知道咱是有原则的人，是什么观点，就说什么观点，不会为了出书就昧着良心，隐瞒自己的观点，顺着对方的话说，那不成溜须拍马了吗？

文人是宁可死也不会溜须拍马的。

别说出书也不是什么性命攸关的事，就算是，文人也不会用溜须拍马的方式来保全性命。

人生自古谁无死，留取丹心照汗青！

慢着，"汗青"就是史书啊，如果不出书，又怎么能让自己的丹心照汗青呢？除非是做出一番惊天动地的事业来，让别人（比如历史学家）把你的名字载入汗青。

郁飞鸿也不像是个能干出惊天动地事业来的人，那就只好"人生自古谁无死，默默无闻过一生"了。

但是文人啊文人，最难的就是默默无闻过一生了！穷，没什么，苦，没什么，只要自己的文字能流传就行。如果又穷又苦又没有文字流传，那就真是要了文人的命！

难道还要再去求澳洲海归帮忙？

她太纠结了！

连续两夜都没睡好。

星期一上班的时候，她简直不敢见澳洲海归的面，但他却像一下升级为她老朋友似的，过来过去都要对她眨眨眼，点点头。眨眼是只眨一只眼，点头也只点半边头，仿佛在对世人宣告："瞧，这事只有天知地知她知我知哈，你们都蒙在鼓里！"

她只好装着极为繁忙的样子不理他，免得人家真的以为他们之间有什么秘密。

吃午饭的时候，她还是像往常一样，去公司食堂找个位子坐下，吃自己带去的饭菜。她倒不是小气，舍不得花钱吃食堂吃餐馆，而是嫌食堂和餐馆的饭菜油水大，不干净，不利于健康和减肥。

公司很多人在食堂吃饭，有的是直接在食堂打的饭菜，有的是叫的外卖，东一桌，西一桌，桌桌都讲得热火朝天，因为这是一天当中唯一一个合理合法聚在一起讲废话的时间段。

但她一般都是独自一人吃午饭，因为公司里像她这个年纪的女员工不多，即便有，也不是干她这一行的，搭不上班。

她那个组里的小男生都爱去外面吃，因为一出公司就是一溜的小饭馆，各种菜系，各种规格，正宗的，山寨的，干净的，肮脏的，应有尽有。

组里那帮毛孩子像征收保护费的黑社会一样，谁都不放过，一家一家地吃过去，今天你请客，明天他请客，把各家餐馆都吃到了，再从头开始，换几种菜式，展开新的一轮吃喝大赛。

刚开始，组里人会来叫她一起去饭馆吃饭，但叫了几次她都不去，他们也就不再讨那个麻烦了，只在加了班澳洲海归请客的时候，才会叫上她。

在一个闹哄哄的食堂里，自己一个人坐着吃饭，还是比较难堪的，好像在告诉大家自己没朋友似的，所以她一般都是速战速决，三下五除二就把午饭吃完了，明知道这样不利于减肥，但也没别的办法。

今天她刚坐下，澳洲海归就端着个食堂的盘子走了过来。

她装着忙于看手机的样子，低着头，躲避他。

他在她对面坐下，问："他们出的条件还可以吧？"

她一愣："谁出的条件？"

"华文精品啊。"

"华文精品？"

"呵呵，真是贵人多忘事啊！上周末还一起吃过饭的——"

她开玩笑说："你要是不提上周吃饭，我正准备混过去呢。"

"混什么？"

"就不用向你赔礼道歉啊！"

"赔什么礼，道什么歉？"

"你辛辛苦苦说动了人家，使得人家愿意屈尊俯就来跟我老公吃顿饭，但我家那个书呆子，太不会说话了，句句跟人家针锋相对，把你的好朋友得罪了——"

"我的好朋友？你是说褚卫星？"

"是啊。"

"那有什么得罪的呀？他不也跟郁老师针锋相对吗？要说得罪，我还怪他把我们郁老师得罪了呢！再说他也不算我的好朋友。"

她有点吃惊："不算？那你怎么——"

"呵呵，他是个酒鬼，就爱喝几盅，我一说给他找了个酒友，还是R大中文系毕业的，他就忙不迭地跑来了。那天回去的路上，他还问你家的地址呢，说哪天有空了，自己摸到你家去喝酒。"

"哦，是这样？我以为出书的事是他——主事呢——"

"是他主事，但也用不着跑酒桌上来主事嘛。他只负责在合同上签字盖章，但那要等到郁老师看过合同，同意了才行。"

她简直不敢相信自己的耳朵："那你的意思是——飞鸿的书——他们答应出了？"

"当然是答应出了，不然谁请他们吃饭啊？！"

说起吃饭，她又想到饭钱上去了："我的钱放在抽屉里，待会回格子间了就给你。"

"什么钱？"

"饭钱啊。"

"给我干吗？"

"你帮忙垫付的，不给你给谁？"

"哪里是我垫付的啊？是华文精品付的！"

"是吗？那怎么饭店的人说是你订位的时候就付了？"

"是我订位的时候付的，但我是用华文精品的账号付的嘛。"

她还是不相信："不会吧？我们求人家出书，人家还出钱请我们吃饭？"

"怎么是你们求人家出书呢？我不是已经说了吗，郁老师这么有名的大师，写出的是这么精彩的大作，他们上哪儿找去？郁老师肯把自己的作品给他们出，就是对他们最大的赏脸了，他们请顿饭还不该？"

她咕噜说："我不相信——"

"不相信你可以去问老褚，或者问文子。"

她知道"文子"肯定就是那个薛文了，叫得真亲切啊！

她很感兴趣地问："文子是你女朋友吧？"

他有点不好意思地一笑："怎么样，还可以吧？"

"岂止是'还可以'？根本就是——太出色了，配你真是绰绰有余！"

他像喝醉了酒一样，傻傻地笑。

她又问："这下你爸妈开心了吧？"

"那还用说。"

"是老褚介绍你们认识的？"

"哪里啊，刚好相反，我是因为文子才认识老褚的。"

"哦，那我们飞鸿这次是通过你的裙带关系才——出书的？"

他急了："怎么你老是这么糟践我们郁老师呢？我已经说了，郁老师就是一块金子，迟早都是要发光的，先前是埋在地下，没碰到识货的人。"

"那就多谢你这个伯乐了。"

"我也没说我是伯乐，我这么一个不学无术的人，哪里有能力鉴赏千里马？我不过是喝醉了从那里经过，绊在郁老师这块金子上，摔了个大马趴，正哭鼻子呢，结果金光一闪，一位高人显身了，她对我说：别哭了！你是绊在一块金子上了呢！"

她被他的比喻逗笑了："哈哈，那谁是那个高人呢？"

"你呀！"

"我有那么厚脸皮，说自己的丈夫是金子？"

"本来就是金子嘛。"

她把碗筷放进午餐袋里，站起身。

他也跟着站起身。

两个人一起往格子间方向走。

他提醒说："Shirley，你叫郁老师抓紧时间看看合同，有什么需要修改的，直接在上面改，有什么条件，也直接在上面提，然后把修改后的版本尽快传回，公司好走流程。"

"什么合同？"

"出书的合同啊！"

"出书的合同？在哪儿？"

"不是传到郁老师信箱里了吗？"

"电邮信箱？"

"是啊，他没看见？"

她有点着急起来："他是个老土，写作都还在爬格子呢，哪里会天天查邮箱？可别让系统扔进垃圾箱里，自动清除掉了！"

他见她着急，又反过来安慰她："没事，万一被系统清除掉了，我让他们再发一次。你先让郁老师查查，看还在不在。"

"好的。"

她正准备给丈夫打电话，让他查电邮，突然想起自己也能进丈夫的信箱，因为是她帮他开的，密码用的是儿子的姓名和生日。

　　她立即打开手机查电邮，果然能进去。邮箱里堆满了未读的邮件，绝大多数是广告。她迅速浏览了一下，只拣最近几天带有附件标志的看，一下就看见了一封来自"wen xue"的邮件，她点开来，跳过正文，直接打开附件来看。

　　果然是一份出版合同，她匆匆看了一下，确定作者是"郁飞鸿"，出版方是"华文精品"，就放心地关上了。

　　澳洲海归很自觉地站在看不见手机内容的地方等她，见她关机，才笑眯眯地问："郁老师这么信任你，邮箱密码都告诉你啊？"

　　"这个邮箱我给他开的，有什么信任不信任的？"

　　"你给他开的，他也可以改密码嘛。"

　　"呵呵，他是个电脑盲，不知道怎么改。"

40

　　澳洲海归好像突然想起了什么，机密地说："差点忘了，合同上要填地址的，通讯地址你可以填郁老师学校或者我们公司都行，但是家庭地址你要填个国外地址。"

　　谢远音莫名其妙："为什么家庭地址要填国外的？"

　　"因为我给郁老师报的是'美籍华人'。"

　　"他哪是什么美籍华人？"

　　"不是也没关系，这么报是为了出书。"

　　"美籍华人才能出书？"

　　"也不是美籍华人才能出书，但是营销的时候打着美籍华人的名号比较吸引眼球。"

　　"但我们回都回国了，哪里还有国外地址？"

　　"用你以前的地址就行。"

　　"但那是个公寓，我们搬走了，肯定有别人搬进去了——"

　　"没事，华文精品不会往那里寄东西的，他们会寄到'通讯地址'。"

　　她勉强答应了，但心里还是不太舒坦："我和飞鸿都是——实诚人，如果出本书要搞这么多——歪门邪道，那还不如不出。"

　　"这不是歪门邪道，如果出版界绝对是按照书的质量来决定出版不出版，那我们找关系走路子就是——歪门邪道。但现在出版界根本就不看书的质量，你写得再好，如果没人知道，也就没人给你出版。就算出版了，如果卖不出去，那就等于没出。所以我们做这些，只是相当于去包青天衙门外喊一声冤而已，不是为了沽名钓誉，而是为了让出版界和读者知道郁老师写了这么一本好书——"

她想了想，觉得是这么个理儿："那就用玉珊的地址吧，万一华文精品有东西寄到国外，也收得到。"

"对，就这么办！"

回到自己的格子间，她也没心思干活儿，马上发短信给丈夫，把这个好消息告诉了他。

但他好一会儿都没回信。

她知道他发个短信手像脚，不知道是指头粗了，还是完全没感觉，敲键盘总是敲在四面不相干的键上，很少第一次就点对字母的，所以半天打不出几个字来。

她就不为难他了，跑到洗手间给他打电话。

他正在电脑上手忙脚乱地折腾："怎么进不去啊？老说我用户名或者密码不对！"

"可能把密码输错了吧？"她把密码说了一遍，"再试试。"

他又试了一遍："还是不行！"

"那就是用户名输错了。"她把用户名说了一遍，"你再试试。"

他再试试，又再试试，再再试试，终于进去了："合同在哪里？"

"在那封'wen xue'的邮件里。"

"哪里？哪里？没看到'文学'啊！"

"你当汉字了吧？不是，是拼音，w——e——n——x——u——e。"

"哦，看到了。再怎么样呢？"

"点开。"

"点开了。"

"看到附件没有？合同在附件里。"

折腾了一阵儿，他终于打开了附件里的合同，得意地说："你还说我把老褚得罪了，看看，一点没得罪吧？"

"看你美的！人家肯定是看伟建的面子。"

"怎么是看伟建的面子呢？你不是把我的作品传给他看过了吗？"

"看过又怎么样？我以前不是也把你的作品传给好些出版社看过吗？"

他被人点到痛处，咕噜说："你把你丈夫说得这么没本事？"

"我哪是那个意思啊？我这不是在说那些编辑有眼无珠吗？"

"真是有眼无珠！总有一天，他们要后悔的，因为放过了那么好的出名机会！他们本来可以因为出版了一本世界名著而走红的，哪知道——有眼无珠！有眼无珠啊！"

"别老说人家有眼无珠了，你先看看合同，咱们可别有眼无珠，被人骗了。"

"怎么会骗我们呢？这可是出版社自己送来的。"

她也知道不会骗人，只是想过把审合同的瘾。

他说："我这就签了吧，免得夜长梦多。"

"签什么呀！伟建说了，发过来是让你修改的，然后再传回去让他们走流程。"

她特别喜欢"走流程"这几个字，觉得特专业特正规特庄严，一说"走流程"，就跟开后门找关系求爷爷告奶奶绝缘了，这是正儿八经地签合同出书，而不是歪门邪道。

但他不明白："什么柳城？是签约地点吗？"

"是流程！不是柳城！应该是他们公司的审批过程。反正你先别慌着签，等我下班回来，咱们两个人一起仔细研读一下，免得掉进套子里去。"

"什么套子？"

"那谁知道？合同这玩意儿，一旦签了，就具有法律效力了，得慎重点！"

"好吧，我等你回来再说。"

她回到格子间，还是没心思干活儿，又登录到丈夫电邮信箱里去，把"wen xue"电邮的正文也仔细看了一遍，但看不出小姑娘的文字功底来，因为全是套话：

郁老师：

您好！很高兴能有机会与您合作！现将我公司出版合同发给您过目，请您提出修改意见，并将修改好的合同以附件形式传回，我公司将尽快开始走流程。

谢谢！

责编：薛文

她看完电邮正文，又来看合同。哇，真是不看不知道，一看吓一跳，这么复杂啊？连党和国家都搬出来了，还放在最开始的地方，镇楼？

合同使用的句子都称得上佶屈聱牙，专挑那些字数多又不好懂的说法，使她恨不得吆喝一句："说人话！"

奇怪的是，那些佶屈聱牙的句子很有效果，越不好懂，越像法律文件。如果真用人话来写，肯定就没这份深奥和庄严了。

她索性打印了两份出来，带回去逐条研究。

回到家，她连饭都顾不上做，马上把丈夫拉到饭桌边坐下，递给他一份合同："我打印出来了，你仔细看看！"

两个人都埋头看将起来。

她率先找出一条来商榷："署名是用你真名吧？"

"不用真名还用什么名？"

"作家不是都兴弄个笔名什么的吗？像鲁迅——"

"鲁迅那是什么年代？白色恐怖，怕说了真话遭迫害，才今天用这个名，明天用那个名。咱们现在这个年代，是愁怕不能出名！尤其是我们高校的，评职称提工资，都要发表作品才行。我好不容易出一本书，结果用个假名，那怎么证明是我写的？别到时候提职称不算数，那就糟糕了。"

"嗯，那就用真名吧。"她指着那段镇楼的条款，"这几条党的政策——应该没问题吧，你写的是爱情小说，又没色情部分，绝对不违反政策。"

郁飞鸿傲娇地说："你也不能说我写的只是爱情小说。我是写了爱情，但我的主题并不局限于爱情，而是深入探讨新时期中国的社会发展和变迁对普通老百姓的影响——"

他的作品是她一字一句敲进电脑里的，她当然知道他写的是什么，但她不想跟他争辩，还是推敲合同要紧："他们说首印两万，这个可不可以？"

在她看来，两万已经很不错了。两万啊！那就是说，两万个人都会读到他们的故事，两万个人会认识"郁飞鸿"这个作家！

可不就是一夜成名了吗？

但丈夫很不满足："两万有点少吧？韩寒郭敬明写的那些破玩意儿，还动辄就发行几百万呢——"

"首印数不是发行量吧？首印首印，顾名思义，应该是第一次印刷，发行肯定是指总共卖了多少。"

"我说的就是首印。"

"他们首印就几百万？不太可能了吧？我也没见多少人买他们的书呀！肯定是出版商为了营销吹出来的。"说起出版商，她也设身处地替老褚他们想了想，"华文精品是第一次做你的书，心里也没个底，不知道能不能大卖，当然不能一下印太多。再说像你写的这种纯文学，在中国现在这样的市场也未必能得到多少人欣赏，所以首印两万已经不错了。"

"唉，真是生不逢时！现在已经到了畅销和质量背道而驰的年代！叫好的不叫座，叫座的不叫好。如果我生在海明威那样的年代，作品肯定也是既叫座又叫好——"

她不理他的牢骚，继续推敲合同："这里说本书出版后，作者应提供照片等等作宣传之用，你觉得行不行？"

"这有什么不行的？"

"我就怕他们也要你提供我的照片——因为你这本书是写我俩的故事的——"

"要你的照片怕啥？"

"我以前的照片——都照得不行，那时候太胖了——"

"那就用现在的呗！"

"现在的又太老了——唉，先别想那么多，到时候再说，大不了 PS 一下。"

两个人继续研究，她又找出一条："看这一条，他们说要允许他们修改你的作品。"

"是吗是吗？在哪儿写着？"

"就这儿——"

郁飞鸿顺着她手指的地方看了看，勃然大怒："他们凭什么修改我的作品？老褚还真以为 Q 大跟 R 大旗鼓相当了？"

"恐怕还不是老褚修改呢，而是那个薛文来修改你的文字。"

"凭什么？"

"就凭她是你这本书的责编！"

"她是哪里毕业的？"

"肯定不是什么好学校，不然她肯定在第一时间就亮出来了。"

"不行，我绝对不允许他们修改我的文字！"

她用笔把那条画掉了，又有点担心："就怕他们看了不高兴，说你不让编辑修改，那就不给你出书了。"

郁飞鸿愣了，好半天才说："不出就不出！我绝不能容忍他们改动我的文字！"

"好，有骨气！"

两个人把合同过了一遍，确信没什么问题了，才由她在软件里修改了刚才那条，然后用电邮附件传回给 wen xue（薛文）。

接下来的几天，夫妻俩简直比当年赶考还紧张，因为赶考主要是靠自己，而出书则主要是靠别人。考试就像种庄稼，一分汗水，就有一分收获。但出书则像买彩票，说起来人人都有中奖的机会，但最终落到谁的头上，不到最后那一刻，谁都不知道。

她又是好几天不敢见澳洲海归的面，怕他愁眉苦脸地告诉她："对不起，华文精品看了郁老师修改过的合同，觉得不能接受，只好不出郁老师的书了。"

奇怪的是，他那几天吃午饭时也没跑过来找她说话，而是跟那帮小男生一起到外面去吃世界。

她越看越觉得这事是黄了，不然他怎么要故意回避她呢？

07　最爱的人辜负了她的爱

她昨晚刚看过姐姐写的情书，所以不得不承认遗书是姐姐亲笔写的，但她分析说：
"即便遗书是你妈亲笔写的，也只能证明你妈曾经有那么一刻，想过——告别这个世
界，但她还可以改变主意。有人做过统计，百分之八十以上写过遗书的人，最后都改
变了主意。"

41

侯玉珊在国内待了多少天，匡守恒就寸步不离地陪了她多少天。

她回娘家，他就陪她回娘家，还把爹妈都带去跟亲家叙旧，搞得热之闹之，
哄得两边爹妈都很开心。

她去血拼，他就陪她去血拼，还察言观色，见她喜欢什么，就拍板买下，
搞得她很诧异："你哪来的钱啊？"

"挣的呀。"

"你挣的钱都留在我们美国户头上没动——"

"那是留给你和小珊用的。"

对这一点，她还是很感动的："你一分钱都没带回来，拿什么生活啊？"

"我有办法。"

"什么办法？不会是抢银行吧？"

"怎么会抢银行呢？如果我有那个心思和能力，还找什么工作？直接去抢儿
个银行得了。"

"那你哪来的钱？"

"以前国内挣的钱。"

"以前国内挣的钱不是都换成美元带到美国去了吗？"

"这是另一个账号上的钱。"

她立即生气了："原来你以前还偷偷地存私房钱？"

"哪是偷偷地存私房钱啊？是我们平时孝敬爹妈的钱，他们都没舍得用——"

"那——能有多少？"

"是没多少，但可以抵挡一阵儿。"

"那你还给我买这件衣服？你那点钱，能不能撑到你找到工作都难说——"

"没关系，实在不行我回医院先干着。"

她抓住时机："那何必呢？干脆跟我一起回美国吧！你不是说如果找不到升官发财的机会，就回美国的吗？"

"是啊，但现在还没到找不到工作的地步嘛。"

她恨不得 S 市所有的单位都不接受她丈夫，连 R 市的姐夫也不接受他，那样他就只好一心一意回美国了。

其实在 S 市待了一个星期之后，她就知道此行是彻底失败了，肯定是没办法把儿子带回美国的，只能先回美国补办儿子的出生证，然后给儿子办美国护照，再伺机把儿子带回美国。但她实在舍不得儿子，所以留在国内，待了一天又一天。

有时她带儿子到外面去散步，什么都没带，明显不是要逃跑，但匡守恒也寸步不离地跟着她。

她无奈地说："你不用盯着我了，我早就想通了，不会把儿子带回美国的——"

他真是比窦娥还冤："你看你在说些什么呀！我这是在盯着你吗？我是在陪你嘛！真是狗咬吕洞宾，不识好人心！"

"散个步有什么好陪的呢？"

"怎么没什么好陪的呢？一家人，在小区里散散步，不是你最喜欢的消遣方式吗？"

的确是她最喜欢的消遣方式，但那是以前，现在经过了抢子风波，一切都变了！

她说："但是你——从早到晚在家——陪着我，都陪了一个多星期了——"

"一个多星期哪够啊？你这一走，就是好久不能回来——"

"我会经常回来的。"

"但那时我也该上班了，哪能从早到晚在家陪着你？"

她真不知道是该感动还是该生气："那你不找工作了？"

"找啊，怎么不找呢？"

"你待在家里怎么找？"

"待在家里不是一样找吗？有手机就能找遍天下。"

"那你前段时间怎么总在外面跑？"

"那是刚回来嘛，总要出去走亲访友——"

她知道说再多也没用，就算她逼着他承认是在家盯着她，也不能就此给他判个刑，更不可能让他不再盯着她。干脆不说了。

但她在心里说：算你狠！这次就算你赢了！但那不等于你有多了不起，而是我自己大意了，只怪我太相信你，没想到我亲爱的丈夫一直都在算计我！但你也不要太得意，我也不是一个轻易认输的人，在这件事上，我绝对跟你死磕！等我回美国给儿子办到护照，我们再开盘较量，我就不信你能一年三百六十五天都守在家里！

她提议说："这个周末我们请远音吃顿饭吧。"

"好啊，好啊！我刚还在奇怪，怎么你走亲访友去了这么多家，偏偏把她给忘了——"

"哪里是忘了啊？上个星期就请了她的，但她另有饭局，所以没请成。"

"那我们这个周末请她吧！"

"嗯，就这个周末。"

"把老郁也叫上，我们好好喝几盅。"

"老郁还能落下？要请肯定是请全家了。"她想起谢远音那个男同事，人家跟着跑了那么远的路，还在黑地里猫了个把小时，也应该感谢一下，"对了，她还有个同事，也帮过我的忙，也应该叫上。"

"同事？男的女的？"

"男的。"

匡守恒一听说是男的，就有点警惕："远音的男同事？你跟他是怎么认识的？"

她撒谎说："是我让远音去机场接我，但她的车让她老公开去了，所以她临时请她同事帮忙去接的。"

"哦，是这样，那把他也叫上吧。"

她赶紧发电邮给谢远音，定攻守同盟，串口供，免得到时露馅儿了。

谢远音接到侯玉珊的电邮，跑去通知澳洲海归："玉珊请我们吃饭。"

"请我们？也请了我？"

"当然请了你，不然我干吗通知你？"

他很兴奋："哪天？在哪里？"

她把时间地点都告诉他了，然后小声说："最重要的不是这些，而是我们得统一口径，免得到时露馅儿。"

"怎么统一？"

她把侯玉珊的说辞告诉了他，交代说："你在人家丈夫面前可别乱说。"

"我知道。"

"你现在是知道，但等你灌下几杯黄汤，就什么都不知道了！"

"那我就不喝酒。"

"不喝酒是不可能的，他们知道你会喝酒，还会让你不喝？"

"那我就少喝点。"他体己地说，"我倒没什么，喝醉了也不会乱说，就怕郁老师——"

"我会交代他的。"

其实她心里也没底，郁飞鸿没喝酒的时候，她还能控制住他那张嘴，一旦喝了点酒，他那张嘴就成了老和尚打伞——无法无天，谁也控制不住了。

她试探地说："要不把文子也叫上，让她盯着你，我盯着飞鸿？"

"叫她干什么？玉珊又没请她。"

"玉珊没请她，是因为不知道她，知道肯定请。"

"那就下次再带她吧。"

"你还准备人家请你几次呀？"

"人家不请我几次，我还可以回请他们嘛。"

她急忙劝阻："算了算了，聚一次都搞得我提心吊胆的，你还想聚好几次！"

他笑嘻嘻地说："你真的不用担心，哪怕郁老师说漏嘴了，我都有办法把它给圆回来。"

"如果是我自己的事，说漏嘴就说漏嘴。但这是玉珊的秘密——"

"你放心，肯定不会暴露她的秘密！"

聚会那天，三方人马都到大都会饭店会合，侯玉珊和谢远音两家是早就认识的，所以互相介绍的重点全都在澳洲海归身上。

匡守恒一见澳洲海归，又听说他姓齐，叫齐伟建，马上问道："你爸是不是政协的齐跃进齐先生？"

澳洲海归谦虚地说："那是上头硬拉上去的，其实他不懂政治——"

匡守恒立即握住澳洲海归的手："原来你是齐公子啊？久仰久仰！"

谢远音的鸡皮疙瘩掉了一地，人家小你一大截，你还"久仰久仰"？别把脖子仰断了！

她看了看侯玉珊，仿佛能看到侯玉珊的鸡皮疙瘩也在飞。

匡守恒握着澳洲海归的手，作态地责备妻子："玉珊，你怎么不早说呢？说了也好把齐先生一道请来呀！"

侯玉珊第一次发现丈夫这么趋炎附势，很可能以前他就是这个样子，因为社会风气也不是今年才变成这样的，大家都这么干，他就不显得突出。但她已经在美国宅了这些年，很久没复习这种场面，完全忘了丈夫在国内是什么做派了，现在猛一看，真心觉得刺眼！

她冷冷地说："我哪里知道你对人家老爸这么感兴趣啊！"

"这是礼数问题，礼数问题。"

整个宴会，匡守恒都盯住澳洲海归亲切交谈，只当其他人全都是空气。

聚会完毕回到家，匡守恒还在念叨："早知道你认识齐家的人，真该把齐老先生也一起请来吃顿饭的。"

"人家会来吗？"

"会的，会的，他儿子来了，他会不来？"

"人家就一个政协的，又不是 S 市的市长书记，你巴结他有什么用？"

"这你就有所不知了。齐老头子虽然不是 S 市的市长书记，但 S 市的市长书记都受过他的好处的，所以他在市长书记面前说得上话。"

"那你就巴结他？"

"不是巴结谁，而是广交朋友，多个朋友多条路嘛。你以为这是在美国，干什么都硬碰？在中国你要想干成几件事，就得靠朋友，靠关系。"

她在心里恶狠狠地想：哼，你想巴结姓齐的？我就让你巴结不成！

她抓个空子就给谢远音发电邮，叫她叮嘱齐伟建，绝对不能让他爸给匡守恒找工作，找到了他就不会回美国去了。如果可能的话，请齐伟建通过他爸，把匡守恒想找的每一个工作都搅黄！

谢远音是个受人之托忠人之事的人，既然答应了玉珊把话转给澳洲海归，就真的转给了他。

他笑了笑，说："我爸哪里有他们想的那么手眼通天？他自己想办个事，都还要托人情找路子，请客送礼呢。"

"反正我把话带到了，你爸是帮玉珊还是帮她老公，那就不关我的事了。"

他连忙许诺："玉珊是你的朋友，如果我爸真的有那个能力，当然是帮玉珊喽，怎么会帮她老公呢？"

她忍不住问："你这段时间没跟你女朋友见面？"

"见了呀。"

"那她——说没说我们家飞鸿——出书的事？"

"不是在走流程吗？"

"要走这么久？"

"我也不知道。不过你放心，流程走完了，公司肯定会通知郁老师去签约的。"

"就怕公司改了主意，不出他的书了。"

"怎么会不出呢？"

她支支吾吾地说："因为我们——我们把合同改动了一下。"

"改动没问题啊，他们把合同传给你们，就是让你们修改的嘛。"

"但我们改动的地方——比较关键。"

"什么地方？要求提高版税？"

"不是，我们根本不知道6%的版税算低还是算高，再说我们也不在乎版税多少。"

"那你们改动了什么关键地方？"

"我们——不想让编辑修改飞鸿的文字——"

他貌似也不懂，有点抓瞎："那个——应该——没什么吧？"

"我就怕编辑会不高兴，说你们以为自己是谁呀？还不让我们改动文字，那我们还编个什么辑啊？"

"不会吧？文子不是这么——自视甚高的人，她可崇拜郁老师呢，应该不会胆大包天，想到去改郁老师的文字吧？"

"这事是文子——拍板？"

"也不是她拍板，但她是责编，能不能动作者的文字，她应该——说得上话吧？"

她有点狐疑地问："她这些天都没对你提起过这事？"

"呃——她说这些干吗？约会时间，莫谈公事！"

42

要不怎么说有熟人才好办事呢，谢远音两口子急得要死，都没急出个结果来，而澳洲海归随口一问，就问出结果来了："流程走完了，马上就签约！"

她还是不敢相信："真的？"

"当然是真的！"

"什么时候签约？"

"具体时间和地点，文子会发信告诉郁教授。"

她开心极了，但为了保险起见，还是忍着没打电话告诉丈夫，自己先查电邮，等看到薛文的来信，并确定是签约通知之后，才把这一喜讯告诉丈夫。

她恨不得跟着丈夫去签字，但她要上班，也不好意思像个跟屁虫一样，丈夫走到哪里，她就跟到哪里，毕竟这是作者与出版商签合同，不是郁总统出国访问。

但她真不放心丈夫那个书呆子，生怕他口无遮拦，得罪了谁，被人现场取消合同，又怕他看也没看清楚就签字，只好千叮咛万嘱咐："签名之前一定要看清楚，可别掉进陷阱里了！"

"就是出一本书，能有什么陷阱啊？"

她开玩笑说："怎么没陷阱呢？搞不好他们给换成了卖身契让你签——"

"哈哈哈哈，卖谁呀？"

"当然是卖你喽。"

"卖我谁买啊？"

"出版社买。"

"出版社买我有什么用？我又不会像老褚那样拉生意。"

"他们可以让你写那些——乱七八糟的东西啊！"

"嗛，笔在我手里，他们要我写我就写？"

"所以说不能乱签字喽，一旦你签了合同，那就具有了法律效力，笔就不在你手里了，你不写就可以罚你款，判你刑！"

两个人都被逗笑了，都知道这只是天方夜谭。

签约那天，她特地起了个大早，把他待会儿要穿的衣服裤子什么的，都拿出来挂好，还给他准备了一支漂亮的金笔，一个真皮的文件夹，又留了个便条，让他签完合同后立即打电话给她。

郁飞鸿很听话，一签完合同，就给她打电话来了："签了，简单得很。"

"你签之前仔细看合同了吗？"

"看了，看了，老婆大人嘱咐了那么多遍，耳朵都听起茧子了，还能不仔细看？"

"那——合同上没让你写乱七八糟的东西吧？"

"怎么会呢。"

"我们画掉的那条——他们没偷偷加上去吧？"

"没有，我专门看了的。"郁飞鸿开心地说，"人家还把版税提到了10%，就是因为这一点，才走了这么久的流程，不然老早就走完了。"

"版税提高了？是不是你——对他们抱怨版税太低了？"

"没有啊，我怎么会说那些？我出书又不是为了赚钱——"

"那他们怎么突然想起提版税呢？"

"是这样的，他们以前定6%，是因为编辑要花很大气力修改，所以要提成4%。但我的责编说我水平高，她的水平不够修改我的文字，所以她不好意思提这个成，应该全给作者——"

她被感动了："这孩子，看着年纪轻轻的，没想到还这么——懂事。"

"就是啊，你先前还担心她乱改我的文字。"

"我那时不了解她嘛，后来才听伟建说她很崇拜你呢。"

"是吗？我有什么好崇拜的？"

"怎么没什么好崇拜的呢？R大中文系的才子，又这么有文采，人家小姑娘当然崇拜啦。她是没看见你的书法，如果看见了，会更加崇拜！"

"那我今天签字也算让她看见我的书法了。"

"那能有几个字啊？"

"没几个字也能看出我的功底来！"

两个人自吹自擂了一阵儿，郁飞鸿提议说，"不如咱们今天请伟建上家里喝酒吧，庆祝庆祝。"

"是该庆祝庆祝，那咱们干脆把薛文也请来。"

"她也会喝酒？"

"不是会不会喝酒的问题，而是——她是伟建的女朋友，又是你这本书的责编——"

"哦，那是该请。但是咱家的饭桌这么小，多请一个人，咱家鸿远就只好下桌子了。"

"不用下桌子，让他和我坐一边，我们两个人个头都不大，坐得下。"

"就这么说！"

打完电话，她就去澳洲海归的格子间请客。

他一听，比她还高兴："签约了？太好了！我就说郁老师这块金子，迟早是要发光的嘛！叫郁老师抓紧时间开写下一部小说，咱一部接一部地出！"

她本来没想那么远，就这本书都还没真正出出来呢。但经他一提，她也觉得是这么个理儿。万事开头难，以前出不了书，就形成了恶性循环。越不出书，就越没人知道；越没人知道，就越出不了书。

现在已经开了个好头，打开了局面，打响了知名度，再出书就容易了。

她许诺说："嗯，我给他说说，让他接着写，但是——写什么呢？"

"写下集。"

"什么下集？"

"《飞鸿响远音》的下集啊。"

"《飞鸿响远音》的下集？"

"郁老师这本书不是只写到你们结婚吗？结婚之后又是这么多年了，不是够写下集了吗？"

她想了想，还真想不出结婚之后有什么事可以写，不就是上班下班做饭吃饭生孩子养孩子吗？写出来谁看？

他见她愣在那里，很体贴地说："我乱说的，还是看郁老师的吧，他愿意写下集就写下集，他不想写下集就写别的小说。反正郁老师这么有文采，随便构思构思，就能写出名著来！"

她承认丈夫有文采，但文采是文采，小说是小说，虽然相关，但不相等。写小说是需要经历和素材的，一个人不过几年大苦大悲的日子，不经过战火的洗礼，不生一场绝症，遭一次大灾，是很难写出名著来的。

但她不想让尚未到来的灾难冲淡了眼前的喜庆，急忙撇开新书的问题，回到现实中来："今天记得把文子也叫上。"

"好嘞！"

下午下班后，她正要冲出去坐公车，澳洲海归把她拦住了："坐我的车吧。你不是要买菜吗？坐公车多不方便。"

"但是你——不去接文子？"

"不用接，她自己有车。"

"哦，是这样，那——你不去接她，她不会生气吧？"

"生什么气啊？"

"女生不是很爱生这种气吗？"

"文子不是那样的女生。"

"算你走运！"

他们俩到超市去买菜买酒，回到家就忙着翻炒加工，终于赶在客人到来之前把饭菜摆上了桌。

文子还是一派森女打扮，白色的棉布上衣，领口那儿有一圈似有若无的淡蓝色蕾丝，下面是很有坠性的棉布裙子，配一双网眼的白色编织鞋，看上去洁净优雅，宛如天使。

文子的礼物是一束花，像是山间采来的野花，细细小小的叶子，细细小小的花，花是极淡的蓝色和粉色，散发着一股清香，很雅致。

她接过花，却羞愧地找不到一个相配的花瓶来插，家里仅有的几个花瓶在这束花面前都显得很俗气很笨重，而且都插着廉价的绢花。

澳洲海归眼疾手快，找了个长脖子的空酒瓶，装了点水，把花插上了，然后反客为主地招呼说："来来来，大家都来坐，不客气哈！"

可能是在其位谋其政吧，薛文这次比上次活跃多了，竟然跟郁飞鸿探讨起文学来，这下可把郁教授的灵感激发了，滔滔不绝，口若悬河，差点把个中国文学史和世界文学史横流倒背一遍。

侃尽兴了，郁飞鸿像考学生一样问薛文："你最喜欢哪个作家？"

薛文浅浅地一笑："我不说，说了你们要笑我的。"

她开玩笑说："我们为什么会笑？因为你喜欢——郭德纲？"

薛文捂着嘴咪咪地笑，不回答。

郁飞鸿一板一眼地分析说："肯定不是郭德纲，首先，我问的是'你最喜欢哪个作家'，而郭德纲不是作家；其次她说我们会笑她，而不是说她喜欢的作家会逗笑我们——"

薛文笑得更厉害了。

澳洲海归自告奋勇出来答疑："我知道她最喜欢哪个作家。"

"哪个？"

"三毛！"

她其实已经猜到了，因为第一次见面她就觉得薛文的打扮是跟森女的祖师奶三毛学的。

但郁飞鸿很不理解："怎么会最喜欢她？她写的那些不痛不痒的文字只适合那些肤浅的女性读者看——"

"说明我就是个肤浅的女性读者。"

她生怕丈夫和责编吵起来，急忙打岔："文子，我们都吃完了，他们两个酒鬼还有得一喝，我们去那边看电视吧——"

文子站起身："伟建说郁老师藏书量惊人，我可不可以参观参观郁老师的书房？"

"当然可以，我带你去。"

两个人来到书房，文子惊叹道："哇，真的很多书耶！"

她还比较满意这个效果，不像有些人，开口就是："买这么多书干吗？得花多少钱啊！还不如拿来买点好家具，把屋子装潢一下——"

文子一眼看见书架上有好几本影集，便指着问："我能看你们的影集吗？"

"当然能看，随便拿。"

文子抽出一本影集，翻开来，一张一张地看。

她侧着身子挤到文子身边，充当义务解说员："这几张是在华盛顿照的，正是樱花开放的时节，很多人去看。我们那次是开车去的，我儿子拿着相机，一路乱照，也不管有没有风景——"

"怎么会没风景呢？你看这一路，天多蓝，云多白，树叶多美啊！"

她挺高兴，介绍得更起劲了："你往后翻，往后翻，对了，从这里开始，是我们去加拿大玩时照的，坐飞机去的，然后在那边租的车——"

"加拿大也好美啊！"

又翻过几页后，她继续介绍："从这里开始，是我们去 Bahamas（巴哈马国）cruise（乘船出游）时照的。"

Cruise 这个词，她实在是没想到一个合适的汉语翻译，只好用了英语，生怕文子觉得她卖弄，或者崇洋媚外。

但文子一点不反感，还跟她一起用英语："你们还去 cruise 了？太幸福了！那里的海水多美啊！碧绿碧绿的，像宝石一样。你们在海边游泳了吗？"

"游了。"

"在这么美的海水里游泳，肯定有种回归自然的感觉吧？"

她答不上来，因为她那时只顾着遮遮掩掩，怕那些古铜色皮肤的人看见她那没见过太阳所以白惨惨的躯体。

现在被人问起这一点，她又自惭形秽了，因为自己太肤浅了，只在关心外表，根本没心思品尝回归自然的乐趣。

43

侯玉珊回美国那天，是匡守恒开车送她，没带孩子，因为他说送完机就要去跑工作，带着孩子不方便，专程把孩子送回康庄又很费时间。

她没反对，因为她也不敢带着孩子，怕待会儿没有勇气上飞机。

一路上，她强忍着眼泪，还装出如释重负的样子说："好了，这下利利索索地回去，全力以赴地读书——"

匡守恒反倒有点不舍："你这一去，我们又要过几个月牛郎织女的生活了。"

"不如你跟我一起回美国吧！"

"那怎么行？我这边还没完全绝望呢。"

她在心里诅咒他找不到工作，但嘴里却说："那我也不回美国了吧——"

"你不回怎么行？小珊还在那边呢！乖，先回去把书读完，把学位拿到手，等你找到工作了，我就把小恒送到美国去——"

她不吭声了，咬紧牙关忍眼泪。

整个航程，她就像那些炒股亏了本的散户一样，哭着哭着睡着了，睡着睡着哭醒了，满脑子都是遗憾和后悔："早知道是这样，我就不该——""如果我知道会是这样，我当时就——"

回到美国，她马不停蹄地操办起儿子的护照来。

先是去医院补办出生证，那个很容易，医院有记录，她出示了自己的身份证明，人家就把出生证补给她了。

接下来是准备表格。美国的规定是：给十六岁以下孩子办护照需要父母双方到场，如果一方不能到场的话，则需要填个表，委托另一方给孩子办护照。

她知道匡守恒不会填这个表，她连问都不敢问，怕暴露了自己的计划，引起他的警惕。

但没这个表，就不能给儿子办护照。

怎么办？

她绞尽脑汁，终于想到一个办法。但她没把握，不敢造次，先跟戴明商量："我想请柏老师帮我填个表，你说他会不会同意？"

"填什么表？"

"给我儿子办护照的表。"

"给你儿子办护照怎么会需要柏老师填表？"

"不是需要他填表，而是想请他——帮忙填个表，就是那个自己不能到场、委托配偶给孩子办护照的表。本来是该老匡填的，但他肯定不会填，还会发现我的计划，说不定还会把小恒藏起来，那就麻烦了。"

"哦，你的意思是让柏老师帮你们家老匡填表？"

"就是这个意思。"

"但你自己不能填吗？"

"表当然能自己填，但——还需要公证的。"

戴明听到"公证"二字，就觉得事情严重了："那他可能不会干吧？你让他冒充老匡去公证人面前签字，他们香港人——那么一本正经的——会干这种事吗？"

侯玉珊像泄了气的皮球："我也是觉得他不会干，所以不敢去找他，只好请你帮忙。"

"请我帮忙?"

"是啊,你跟他走得比较近——"

戴明听出了别的意思,急忙声明:"我哪里跟他走得近啊?"

"你家小明总是陪他儿子玩——"

"那也就是两个小孩子在一起玩玩而已,我跟他之间——"

"我知道你跟他之间没什么。你这么死心眼的人,不到你们老季抛弃你的地步,你肯定望都不会多望别的男人一眼。算了,我想别的办法吧。"

戴明有点过意不去,主动提议说:"要不让我们家老季帮你填表?"

"他会愿意帮我填表?"

"我去问问他。"

"算了,别问了,别搞得他向老匡打小报告,再说他和老匡长得一点也不像。"

"那我——帮你问问柏老师?"

"那最好了!你可以——婉转地暗示一下,就说如果他不肯帮你这个忙的话,你就不让你女儿跟他儿子玩了。他最心疼儿子了,你这么说他肯定——"

戴明连连摆手:"不行不行,我不能这么——威胁他!"

"我知道,我知道,你能帮我去问他就已经——超越了你做人的底线了,威胁人的事,你是肯定不会干的。那这样吧,你就帮我问问,把我的情况仔细对他说说,特别强调一下老匡是不经我同意就把孩子带走的,谅他这么爱孩子的人,应该能理解我的心情。"

"好的。"

戴明接了军令状,就给柏老师打电话,把这事说了。

她是一点也没指望柏老师会同意的,只是为朋友尽个心而已,她还做好了挨柏老师教训的准备。

哪知她刚一说,柏老师就同意了:"行啊。"

"你——答应了?"

"是啊。"

"你——真的答应了?"

"当然是真的。"柏老师很感兴趣地问,"我跟匡大夫长得像吗?"

"有点——像，也不是很像，不过在老外眼里，可能——都差不多吧。"

"那我去试试。"

"你不怕——被人家发现？"

"能怎么发现？把我抓去验 DNA？"

她想想也是。

柏老师理解地说："她肯定是太想孩子了，不然也不会出此下策。"

"是的，是的，她真的是太想她儿子了，自从她丈夫把孩子带走之后，她就茶饭不思，成天以泪洗面，人都瘦了一圈！"

"这个我完全能体会。如果谁把小聪从我身边带走，我——"柏老师没说下去，貌似仅仅是一个"可能"，都已经令他心痛难忍了。

美国的公证很容易，遍地都是公证人，随身带着公证章，有求必应地提供服务，反正也只是证明你是签字人，而不是证明你发明了原子弹或者证明你是美国总统，所以柏老师拿着匡守恒的护照驾照什么的，很容易就办到了公证。

现在是万事俱备，只欠东风了！

可惜的是，这东风还在东半球晃荡，没吹过来。

侯玉珊知道给十六岁以下的孩子办护照，是要孩子亲自出场才能办到的，但她不死心，跑到护照办理处碰运气。

她把自己的情况原原本本地都对办理护照的人讲了，想请他们高抬贵手，给她儿子办理护照，她好去中国把儿子接回美国来。

但人家说什么也不答应。

她急了，质问道："难道你们不保护本国公民吗？"

人家耐心地告诉她："这是你们家庭内部问题，请你先做你丈夫的工作，征得他的同意。如果你们自己不能协商解决这个问题，你可以向法庭起诉。等你获得孩子的监护权后，你把孩子带到美国驻中国大使馆，他们会给你儿子办护照。"

她心说去你爹的！这还用你说？我要是能拿到孩子的监护权，我还来这儿求你们给我儿子办护照？

她赔着笑脸，足足缠了人家几个小时，还是没达到目的，只好灰溜溜地离开了。

戴明听说后，劝解道："算了，你什么方法都试过了，都不行，那就先安下心来读书吧，等你两年读出来，再看老匡守不守信。"

"如果他不守信呢？"

"如果他不守信，那就只好——上法庭了。"

"上哪里的法庭？"

"当然是上美国的法庭，上中国的法庭你未必能争到孩子，他肯定会在那边找熟人走路子。"

"上美国的法庭有什么用？你以为他会乖乖跑回美国来出庭？"

"法庭可以缺席判决吧？"

"判决又有什么用？难道美国政府还会派人去中国帮我把孩子抢回来？"

戴明被问住了，想了一阵儿才说："但是你现在也没办法要到孩子啊。"

"我想回国去，先抢到孩子，然后带他去美国大使馆办护照！"

"嗯，那也是一个方法。但是——你现在把孩子抢来了，也没工夫照顾啊！你读书这么忙——"

"孩子抢来了，我就不读书了，一心一意带孩子。"

"那你拿什么养活他们？"

"我银行里还有点钱。"

"有点钱也不能用一辈子啊！"戴明苦口婆心地说，"我们要把孩子带在身边，还不就是为了让他们生活得好点吗？如果我们把孩子抢来了，却没能力给他们过好的生活，那又何必要抢呢？"

"那你的意思是我就忍了这口气？"

"我觉得这不是气不气的问题，而是——怎么样做让孩子过得更好。如果孩子跟着你能生活得更好，那当然是应该跟着你，如果跟着他爸能生活得更好，那你只能牺牲自己，让他跟着他爸。"

"你做得到？"

戴明也不知道自己做不做得到，但她知道孩子跟着她肯定比跟着丈夫生活得好，所以她肯定要让孩子跟着她。当然，侯玉珊可能也是这么认为的，所以才会不顾一切地抢孩子。

她苦笑着说："我这可能也是站着说话腰不疼，不过你看我们家老季这个样子，他会跟我抢孩子？他才不愿意讨这个麻烦呢！所以说啊，你们家老匡还算不错的，这么爱你，为了怕你跑掉，才把儿子带走，而且这样也的确有利于你读书。如果我们家老季有这么爱我，我睡着了都要笑醒呢。"

这一番"向下攀比"，还真起了作用。侯玉珊觉得心里好过多了，也是，虽说匡守恒偷偷把孩子带走是很可恶，但他毕竟还是因为怕她跑了，这比那些成天想着休掉老婆找个小姐结婚的男人，还是强多了。

她叹了口气，说："现在也只能这么想了，等我先把书读出来再说吧。"

她克制着对儿子的思念，集中精力读书，希望在最短的时间里完成学业，找到工作，好有能力给儿子过上最好的生活。

匡守恒在 S 市找遍了关系和熟人，也没能当上药监局局长，只好回到第一人民医院去操手术刀。

她赶紧游说："还是回美国来吧，反正是当医生，干吗不回美国来当医生呢？"

"那怎么行？我在这里是主任医生，在美国我屁都不是，还得考资格，考过了也得从住院医做起，一做就是好几年，工作累，工资低，还不如留在这里，等着进药监局当头儿。"

她知道他这个药监局局长的梦是做不醒的了，只好作罢。

当她在孤儿院接到妈妈泣不成声的电话时，她第一时间想到的是儿子出事了，两腿一软，差点歪倒在地上。

妈妈抽泣着说："玉珊，你姐姐——她——"

她松了口气，马上又紧张地问："姐姐她怎么了？"

"她——她——走了——"

她不敢相信自己的耳朵："走了？你的意思是——"

"她走了！"

"什么走的？你说清楚点啊！"

妈妈哭得一塌糊涂，只好把电话递给她爸。

她爸也说不出话来。

她急得大声问："爸你说话呀？妈的意思是说我姐她——去了吗？我的意思是她——她——究竟怎么了？"

"你姐她——去了。"

"怎么去的？"

"自——自杀的——"

"不可能！"

"有遗书——"

"有遗书也不可能是自杀！遗书不能伪造？你们先不要发丧，赶紧报告公安局，让他们派人来调查！"

44

侯玉珊又把女儿托付给戴明，自己风驰电掣地赶回中国。

这次她没先去S市看儿子，而是直接飞到R市，想赶在姐姐的遗体火化之前请公安局介入调查，解剖尸体，查明死因，捉拿凶手。

凭她看电视得来的知识，她知道如果姐姐是先被人杀死，然后再从五楼窗口扔出去的话，那么姐姐身上肯定会留下线索，比如头上有利器或钝器造成的创伤，胃里有砒霜，血液中有氰化钾等等。还可以根据内脏外器出血的情况判定人是活着跳下楼的，还是死后被扔下楼的。

她在电话里曾软硬兼施要父母去公安局报案，要求验尸，但父母坚决不肯："咱们就别折腾了，至少让你姐落个全尸！"

"现在重要的不是落个全尸，而是找出真正的死因！"

"死因就是自杀，还找什么呢？"

"你们怎么知道死因就是自杀？"

"有遗书嘛。"

"你们亲眼看到遗书了？"

"我和你妈都亲眼看了。"

她讥讽地说："你们连姐姐的笔迹都不认识吧？怎么知道遗书是她亲笔写的？"

那两人不吭声了。

她说父母不认识姐姐的笔迹，也不算夸张，因为父母以前工作忙，很少检查孩子的作业。就算检查过，也这么多年了，早就不记得姐姐的笔迹是什么样的了。

再说一个人的笔迹也是可以变的，知道姐姐小时候的笔迹，不等于知道姐姐现在的笔迹。父母已经是耆老之人，记忆力一年不如一年，跟姐姐的来往也不多，仅有的一点来往也不是书信来往，怎么会知道姐姐的笔迹？

她姐姐侯玉娟也是从读小学起，就有混混儿男生来骚扰，读中学的时候，就被学校出了名的调皮大王于光荣盯上了，他死打烂缠，软硬兼施，脱了棉衣吹冷风，割破手指写血书，终于让姐姐做了他的女朋友。

消息传到她父母耳朵里，少不得又是一顿打骂。

一边是父母响亮的巴掌，另一边是男友温暖的怀抱，姐姐自然更加倒向于光荣一边。

但于光荣实在不是读书的料，高中都没上，就混社会去了，卖茶叶蛋，做水泥工，什么都干过。

姐姐没心思也没时间学习，成绩自然也不好，没考上大学。

爸妈逼着姐姐复读，但姐姐不肯，说自己不是读书的料。

爸妈逼急了，姐姐就要跑，要去跟于光荣同居。

爸妈自然拼死反对："他连个正式工作都没有，以后拿什么养活你？"

"我自己养活自己。"

"你靠什么养活你自己？"

"我打工。"

"那你还得养活他！"

"我愿意。"

"你愿意，我们还不愿意呢！"

姐姐泣不成声："他说了，如果我不跟他，他就杀死我，再杀我全家。"

"那就该他去坐牢！"

"他不会去坐牢的，他会自杀。"

"那你更不能跟他了！这种残暴的人，你跟了他会有好下场？"

"他不是残暴的人，他只是太爱我了！为了我，他连眼睛都丢了一只——"

"他丢了一只眼睛，是因为他跟人打架！"

"但他是为了我才跟人打架的！妈妈，我已经是他的人了，这辈子非他不嫁。"

父母使了各种手段，都没法劝阻女儿，只好孤注一掷："你是要他还是要爹妈，你自己选吧！你要是铁了心跟他，今后就别进侯家的门！"

姐姐哭着说："爸，妈，我是两边都要的。但如果你们不让我进侯家的门，我也没办法，只能托付妹妹给你们养老送终了。"

没想到的是，于光荣后来居然混得风生水起，发了财，当上了公司的老总，姐姐辞了职，在家相夫教子，过上了阔太太的生活。

爸妈是有骨气的人，说出去的话，不会因为女婿发达了就改变："他连高中都没读，一贯打架闹事，居然能飞黄腾达，升官发财，只能说这个社会有问题，而不是我们对他的判断有问题！"

姐姐倒是不计前嫌，总想回家看爸妈，但爸妈不松口，姐姐也没办法。

后来，在她的极力斡旋下，爸妈才同意让大女儿回娘家。

于是，姐姐会在春节的时候带着姐夫和孩子回娘家来住几天，但爸妈绝对不会接受姐姐的任何资助和礼物："他那些钱来得不干净，我们不要！"

于光荣从来就不是一个老实人，对女人有着极强的征服欲，只要是他看上了的，总要想办法弄到手，所以外面总勾搭着几个女人，不过都比较隐蔽，没让姐姐知道。

随着世风的日渐低下，于光荣的胆子也越来越大，不那么避人耳目了，出去开会应酬出差旅游，都带着个年轻的女人，名义上是自己的秘书，其实就是情妇。

世上没有不透风的墙，姐姐终于发现了一些蛛丝马迹，也质问了丈夫，但丈夫总有办法遮掩过去。

有一次，姐姐接到线报，说丈夫公司里开庆典，丈夫让女秘书当女主人接待来宾。

姐姐跑去查，竟然亲手抓住了！

姐夫没想到姐姐会在那时候找到公司里去，所以大摇大摆地跟小秘以男女主人的身份主持庆典，手挽手地在宴会上穿梭敬酒。

门卫认识于总的夫人，拦着不让进去，说："您在这等一会儿，我去通报于总。"

但姐姐那天喝了点酒，胆子比平时大了十倍，一掌掴在门卫的脸上，把门卫打得傻站在那里。姐姐气冲冲地闯进宴会厅，看见自己的丈夫正挽着个年轻的女人在应酬客人，不由得怒火中烧，几步冲上去，揪住小秘就打。

旁人都不敢上来劝架，也不想劝架，都想看热闹呢。

于光荣自己拉开两个女人，好说歹说，把姐姐劝进车里，送回家中。

姐姐哭得昏天黑地，姐夫一迭声地解释："不是你想的那样！只是公事，走个过场，装个样子而已。现在的宴会，你又不是不知道，都学外国人，兴男主人女主人同时出来应酬的——"

"她是你老婆？"

"她哪是我老婆啊？只是一个秘书。"

"那你怎么让她当女主人？"

于光荣刮刮老婆的鼻子："傻了不是？女主人是主持宴会的女人，又不是男主人的老婆，你吃个什么醋啊？"

"那为什么不让我做女主人？"

"你又不是公司的人——"

姐姐那次是为了打听外国风俗才把这事告诉她的，说完还一再强调："你姐夫跟那个秘书真的没事，我托人打听了的，都说没事，人家秘书是有男朋友的人。"

她一听就觉得好笑："你托谁打听了？他们又是向谁打听的？如果是向老于公司的人打听，那能打听出什么来？人家肯定都向着于老板，联合起来骗你呢！"

"不是向公司的人打听的。"

"不是公司的人，当然什么都不知道，你能打听出什么来？"

姐姐很后悔把这事告诉她，急着挽回："我就是想问问你，看外国到底是个什么风俗，你不知道就算了。"

"我怎么会不知道呢？外国宴会是兴 host（男主人）, hostess（女主人），但那都是夫妻关系，除非男的老婆死了，才能找个别的女亲戚当 hostess，哪里会有老婆还健在，却找别的女人当 hostess 的？"

"呃——那他可能不是学的你们美国，而是学的别的国家。"

"哪个别的国家兴把自己的老婆放在家里，而让秘书当自己的 hostess？"

姐姐赶快扯到别处去了。

她抓住不放："你别往一边扯，这事还没说完呢。你最好雇个私人侦探跟踪老于，看他究竟在干些什么，抓住了他的把柄，你就跟他离婚，分他一半财产。"

"我不想搞得这么生分，连私家侦探都扯进来了。"

"你不想搞得生分？那就等着他把下家找好，把财产全都转移好，然后再来踢你出门吧！"

"他不会的。我从十六岁就跟他，在一起这么多年了，这份感情不是说没就没的。"

"你也不看看现在是什么世道，到处都是糟糠之妻下堂的事儿，你还指望他是个例外？"

"他不看我的分儿上，也会看孩子的分儿上，他可宝贝小荣呢，总不能让小荣没个完整的家庭吧？"

她气得无话可说，不知道怎样才能敲醒姐姐那榆木脑袋。

打那以后，她经常追问这事，但姐姐总是报喜不报忧："没有没有，现在再没有上次那种事了，他对我可好呢，前几天从欧洲回来还给我带了个路易·威登的包呢。"

"他去欧洲了？干吗？"

"参观学习。"

"怎么没带你去？"

"他是说要带我去，我正好——人不大舒服，就没去。"

她知道姐姐在撒谎："他没说带你去吧？"

"说了的，说了的，你不信可以问他。"

"我问他，他当然要撒谎说问过了。他把那个小秘带去了吧？"

"呃——我没问。"

"我去帮你问。"

姐姐急忙阻拦："别去别去！别搞得满城风雨！如果让他知道了，还以为是我叫你去打听的呢。"

"是你叫我打听的又怎么了？难道只许州官放火，不许百姓点灯？"

姐姐反倒替她着起急来了："玉珊啊，你也是三十多的人了，女人到了这个年纪，就成了豆腐渣，遇事不能像年轻时那么顶真了，还是睁一只眼闭一只眼，大面上过得去就行。你这么爱顶真，吃亏的是自己。"

她才不信那个邪呢："为什么吃亏的是我自己？如果老匡敢在外面找女人，我第一时间休了他！"

"休了他，你的孩子不是没爸爸了？"

"没爸爸怕啥？我给她找个更好的爸爸！"

"唉，你在美国，又比我年轻，可能还能找到男人。我这么一把年纪了，还上哪儿去找？就算找得到，也都是些歪瓜裂枣穷酸潦倒的，我何必要让人看笑话呢？"

她越听越着急，但她怎么劝都劝不醒姐姐，每次通话都弄得气鼓鼓的。慢慢地，她也懒得给姐姐打电话了。

现在她是越想越内疚，如果姐姐真是自杀死的，那不就是她的过错了吗？在这个世界上，她就是姐姐唯一能说上话的人，连她都不理姐姐了，姐姐还有什么活路？

但她不相信姐姐是自杀的，像姐姐那么会自欺欺人的人，亲眼见到姐夫出轨都可以不相信，怎么会绝望到要自杀呢？

肯定是于光荣搞的鬼！

也许姐姐最终发了狠，要离婚，而于光荣怕姐姐分了财产，所以使出黑手，把姐姐干掉了，然后起草一封遗书，伪装成自杀的样子……

她一想到那个场景，就忍不住哆嗦，一半是气，一半是怕。

45

按侯玉珊的计划，她是准备一下飞机就直奔 R 市公安局，先报案，再谈其他的。

但她刚下飞机，就被姐夫于光荣和侄子小荣截住了。

父子俩都戴着黑袖章。

于光荣满脸悲戚，声音嘶哑，连头发都像是白了许多，让她佩服之极：这水平，完全可以去中央戏剧学院当终生教授了！

小荣则像没事人似的，很淡定，好像妈妈不是刚去了另一个世界，而是在家做饭等他回去吃一样，一点悲伤的表情都没有，跟她打了个招呼，就低头玩自己的手机去了。

她心里哇凉哇凉的，这孩子，真是太不懂事，太没感情了！希望自己的两个孩子别像小荣，不然真是活得没意思！

姐姐就这么一个儿子，当然是含在口里怕化了，捧在手里怕飞了，宝贝得像命根子一样，吃的喝的用的，只要儿子开口要，姐姐没有不答应的。

姐姐只在学习上对儿子比较狠，一心想让儿子多读点书，把自己没读成的书全都给读回来，所以打骂儿子都是因为学习上的事。

但小荣在学习上可能踏了老爸的路，死活读不进去，又知道今后不愁找不到工作，更是不爱读书。

姐姐曾经想让她在美国找个学校，把小荣送出国留学，被她坚决拒绝了："你这不是爱他，是在害他！现在有你盯着，他都不好好学习，你把他送到外国来，他还不成天游手好闲？"

"我想请你帮忙盯着点——"

"我盯得住他？你这个做妈的能打能骂都降不住他，我这个做姨的——"

"你给我打，给我骂，我感谢你——"

"你这不是开玩笑吗？我在美国能打他？他报了警，不把我抓起来了？"

她讲了好几个事例，都是小孩出国后不好好学习，飙车出事，吸毒上瘾，被人谋害，等等。总而言之，就是越恐怖越好。

姐姐被说服了，决定等儿子大些再说。

不知道小荣是不是因为这个恨上他妈和她这个小姨，看见她冷冰冰的，对妈妈的死也一点不悲伤。

她为了不引起于光荣的怀疑，只好上了他的车，准备借机探探他的口风，看能不能发现一些可疑之处，再到姐姐的住所找点证据，然后见机行事。

司机开车，小荣坐在前排，她和姐夫坐在后排。

她先感谢姐夫和侄子来接机，然后问："你们怎么知道我的航班号？"

"我们不知道，是听爸妈说你今天回来，就到机场来接你，来了才查到的你的航班号。"

她在心里埋怨爸妈：真是老糊涂了！专门给你们说过，叫你们不要把航班号告诉任何人的，你们是不是觉得只说个回来的日子就不算把航班号告诉人了？

姐夫声音沙哑地说："玉珊，感谢你不远万里回来送你姐！整个侯家，就你跟她最亲，她最想念的就是你。你能回来给她送行，对她来说真是说太重要了！"

她没吭声，满心是"早知今日，何必当初"的后悔。

想当初，她还是个不懂事的小女孩，做人的原则基本就是"凡是父母赞成的，我就要反对；凡是父母反对的，我就要支持"，所以她是坚决支持姐姐和于光荣谈恋爱的，帮忙传字条啊，在爸妈面前打掩护啊，那是经常的事。

姐姐从家里跑出去跟于光荣同居之后，她羡慕极了，只想快快长大，也能像姐姐一样从父母的魔掌中逃出去，跟自己心爱的人在一起，过贫穷美好的生活。

那时姐姐还在S市，她隔三岔五地去看姐姐。姐姐手头拮据的时候，她把自己的零花钱拿给姐姐用，还从爸妈的钱包里偷钱出来送给姐姐。

现在回想起这一切，她的肠子都悔青了！

这不等于亲手把姐姐送上了死路吗？

那时怎么就那么傻呢？怎么就那么不相信父母的话呢？于光荣明明就是一个不学无术凶残自私的男人，怎么就硬是看不出来呢？

她责问于光荣："你知道我跟她最亲，为什么出了这么大的事，都没想到通知我一声？"

"我请爸妈转告你的。"

"别对我说你忙得连通知我一声的时间都没有。"

"不是忙，而是这几天——我——真的有点扛不过去了——"于光荣说着，从车座中间放的盒子里抽出一张面巾，不停地擦眼角。

如果不是知道他的根根底底，她真的要被他感动了。瞧那小样，还真像在经受丧妻之痛似的！只怕是心里笑开了花吧？这下可以自由自在地包小三娶二奶了，婚也不用离了，家产也不用分了。对这种忘恩负义的猥琐男人来说，还有什么比"中年丧妻"更惬意的事？

她冷冷地问："我姐过得好好的，怎么会突然想到自杀？"

"她患抑郁症好几年了——"

"抑郁症？我怎么没听说过？"

"她谁都没告诉。"

"那你怎么知道的？"

"我是她丈夫，她当然不会瞒我。"

"她有抑郁症，你怎么不带她去看医生？"

"一直在看，找的本市最好的精神科医生黄大夫看的。"

"黄大夫怎么说？"

"黄大夫说要注意休息，避免压力，避免劳累，避免情绪刺激——"

她忍不住厉声问道："那你怎么把医生的话当耳边风，偏要让她情绪上受刺激呢？"

"我——没有啊！我非常注意——"

"你注意什么？注意不让她发现你在外面有人？"

他无声地指着前面的座位，意思是叫她别在儿子和司机面前说这些。

她不留情面地说："这又不是什么秘密，连我在海外都知道了，这里还有谁不知道？"

他无奈地说："我知道外面有很多风言风语，但我自己问心无愧，没做过对不起你姐的事，我一再对你姐解释，但她总是不相信我，宁愿相信外面那些心术不正的人造谣生事，真没办法！"

她心说你就可着劲装吧，等我拿到证据再说！

她问："听说我姐她留下遗书了？"

"嗯。"

"我可不可以看看？"

"当然可以。"于光荣像是有备而来，马上从公文包里找出那封遗书，递给她。

她接过来，先大致看了一下，觉得字迹很像是姐姐的，但她也拿不太准，因为她也有好些年没见过姐姐写的字了。刚出国时她还在圣诞节前买一盒圣诞卡寄这个人寄那个人，人家也给她回卡，所以还看到过姐姐的字。过了几年，她就没那个兴趣，也没那个时间了，都是从网上找张电子卡，一寄了事。

唉，早知道有今天，她说什么也要每年和姐姐互寄明信片，还要互寄手写的信。

但她不死心，笔迹上不能肯定，她就仔细看内容，希望从内容上找到蛛丝马迹。

遗书首先就提到于光荣出轨的事，说自己是个为爱而生为爱而死的人，十六岁就跟了于光荣，为此得罪了一世界的人，搞得众叛亲离，连自己的爹妈都不要了，就是为了两个人的爱情。但自己为爱情所做的所有牺牲，换来的却是爱人的负心和背叛，说明这个世界根本就容不得真正的爱情，只是负心郎和小三的娱乐天地。

遗书还提到了儿子，说妈妈这些年忍辱负重，都是为了儿子，怕破碎的家庭会给儿子带来心理上的损伤和生活上的艰辛。现在儿子大学毕业了，工作了，自立了，妈妈已经成了一个累赘，还不如早日去了，于人于己都好。

遗书也提到了父母，说回首往事，才知道父母明察秋毫，恩重如山，以前所做的一切，都是为了自己的孩子好，可惜自己年少轻狂不懂事，没有听从父母的教导，虽然现在知道后悔，但已经晚了，世上真是没有后悔药卖啊！只求父母原谅女儿不孝，权当少生了一个。

最后一段是写给她的，感谢她一直以来的支持、理解和爱护，其实姐姐心里知道妹妹说的都是对的，但无奈木已成舟，想改也来不及了。幸好妹妹比姐姐幸运，找对了人，祝妹妹和匡守恒白头到老。

读了几遍，她感觉遗书应该是出自姐姐笔下，于光荣是写不出这样的遗书来的，他没多少文化，也没这么真挚的感情，写不出这么催人泪下的文字，即便是雇一个刀笔吏来帮忙，也很难把握姐姐对各方人士的不同心情。

但这并不能降低她对于光荣的怀疑和仇恨，也许这封遗书的确是姐姐在心情最抑郁的时候写的，但姐姐并没打定主意自杀，只是一种宣泄，写过就放一边了，是于光荣利用了这封遗书，杀害了姐姐。

即便姐姐真是自杀，罪魁祸首也是于光荣，如果不是他出轨，伤透姐姐的心，姐姐怎么会对爱情失去希望，对人生失去希望呢？

她咬牙切齿地在心里说：于光荣，我不会放过你的！

但她一开口，还是很客气很镇定的口气："老于，我想留着这封遗书，晚上再细看看，行不行？"

姐夫有点为难："这是她留给我的最后一点——笔墨了——"

"我又没说不还给你，只不过想再看看而已。"

"那好吧，但你千万别弄丢了或者——损坏了。"

"我知道。"

她又说："我这几天想住在姐姐——出事的那套房子里。"

"那个——不大好吧？"

"有什么不好的？你等着出租那套房子？"

"那倒不是。那套房是我和你姐姐来 R 市后最早的'爱巢'，她不肯出租，也舍不得卖，一直保存着原样，我怎么会拿去出租？"

"那你为什么舍不得让我去那里住？"

"不是舍不得，是担心你——住那里会害怕。"

"我怕什么？怕那是凶宅？嘁，自己的姐姐，我又没做什么对不起她的事，难道还怕她的鬼魂抓我不成？"

"不是那个意思。"

"那你是什么意思？"

"我是想到你们女人——比较胆小而已。"

"我姐姐可能比较胆小，但我不胆小。"

"那好吧，待会儿我让司机送你去那里。"

46

说实话，想到一个人去住姐姐出事的房子，侯玉珊还是很害怕的，不是怕谁的鬼魂来抓她，而是怕那种气氛，也怕害死姐姐的凶手担心她查出真相，会来个先下手为强，把她也干掉了。

她的孩子都还小，可不能让他们成为没有妈妈的孩子。

但她不能让姐姐不明不白地死去，她一定要查个水落石出，将凶手绳之以法，为姐姐报仇！

坐在车里，她没心思看沿途的风景，也没心思跟姐夫说话，自顾自地想着可以采取和应该采取的步骤。

很明显，姐夫是有备而来的，所以自己不能按照姐夫的"有备"行动，而要出其不意，乱出牌，才能打他一个冷不防。

但怎么样出其不意呢？

她真后悔没去学"犯罪心理学"或者"侦探学""法律学"什么的，而是学了会计，学会计有屁用，一点忙都帮不上！

车快到市里了，她突然灵光一闪，问："老于，可不可以先带我去看看姐姐？我听爸妈说——姐姐的——那个——还在殡仪馆——"

姐夫没半点犹豫，直接吩咐司机："老李，先去东区殡仪馆。"

老李一看就是个服从领导的好同志，二话没说，调转车头就往殡仪馆方向开。

到了殡仪馆，她和姐夫进去看姐姐，小荣不肯去，跟司机一起留在车里。

姐夫上前去跟殡仪馆的人交涉，她站在接待厅东张西望，一眼看见墙上贴着的"本馆规则"，其中一条就是"为保证遗体存放质量，死者亲朋不得在存放期间查看遗体"，她估计姐夫会拿规则说事，阻拦她看姐姐的遗体。

但姐夫带着一个中年男人走过来了，招呼她说："走吧，停尸房在那边。"

中年男人带着他们来到停尸房，按名字找到她姐姐，装在那种抽屉一样的柜子里，那人把抽屉拉出来一小段，立即有股冷气扑面，还有一种让人不舒服的气味。

她强作镇定，竭力不去想躺在那里发出怪味的就是自己亲爱的姐姐，而是一桩罪案的受害人，她自己则是 *Law and Order*（《法律与秩序》）里的侦探，或者《CSI》（《犯罪现场调查》）里的 forensic pathologist（法医），她要摈弃一切感情因素，全神贯注地找罪证。

姐姐身上盖着白布单，一直盖到下巴，她只能看见姐姐的脸，涂着很厚的脂粉和俗气的胭脂，嘴也涂得猩红，像电影里的媒婆，不由得让她想起以前看过的一部日本影片《入殓师》，人家那是多么尊重死者啊！

她想揭开白布单子看个究竟，但殡仪馆的人不让："别动别动，动出事来我可负不了责！"

"能出什么事？"

"影响尸体存放质量——"

她招呼站得远远的姐夫："老于，他不让我看！"

姐夫对工作人员说："让她看吧，不会有事的。上头问起来，就说是我要求的。"

那人只好同意了。

她揭开白布单，还是看不出名堂来，因为姐姐穿着一件白缎子的立领上衣，扣子一直扣到下巴那里，连脖子上有没有勒痕都看不见，更别说其他了。

她进一步要求说："可不可以让我看全部？怎么只让看一半呢？"

工作人员解释说："看全部就要全都拉出来，放到那边案板上去才行——"

"那就放到那边案板上去。"

那人不高兴地看着她，一动不动。

她问："是不是搬不动？我帮你！"

那人斜睨了她一眼，没说话，自顾自走到一边去了。

她正想再叫姐夫来施法，就见那人推了个车过来，直接插到姐姐的"抽屉"下，把整个"抽屉"都抽了出来，放在车上，推到他说的"案板"上。

她跟过去，浑身发抖，一是因为屋子里冷，二是因为她太紧张了，总觉得马上就要发现重大线索了。她站在"案板"前，深呼吸了几次，竭力让自己镇定下来，然后把姐姐身上盖的布单揭开，还把衣服纽扣也解开，仔细查看了一遍。

殡仪馆可能只在姐姐脸上下了一番功夫，身体连清洗都不彻底，各种擦伤裂痕和瘀青，一条胳膊奇怪地靠在身边，像是摔断了没接上，随便放在那里的，从胸前到下腹，有一道很长的口子，很潦草地缝在一起，有些地方连内脏都能看到，她差点吐出来。

她把姐夫叫过来，问："这是怎么回事？"

姐夫看了一眼，也是一副要吐的模样，强忍着说："这应该是——法医解剖留下的吧，我没看过，不敢肯定——"

"公安局——验过尸了？"

"验过了。"

"你叫他们验的？"

"我没叫他们验，但这是他们的程序，凡是——非正常死亡，都要验尸的。"

"怎么没听我爸妈说起验尸的事？"

"我没告诉他们。"

"为什么不告诉？"

"怕他们——难受，女儿死了还要被人——开膛破肚——"

她差点被他的体贴感动了，但她想起这可能只是他的一个借口，真实的原因，天知道是什么！

她问："公安局验尸报告怎么说？"

他又像先知先觉似的，从公文包里摸出验尸报告来递给她。

她站在姐姐的尸体旁边，又冷又累又怕，报告又都是些专业术语，基本看不懂，只看到结论是"坠亡"。

她质问道："坠亡是什么意思？是说我姐自己坠的，还是别人推下楼坠的？"

"应该是——自己坠的吧，如果是别人推下楼的，那不是应该叫——谋杀吗？他们肯定会立案调查——"

"你怎么知道他们没立案调查？"

"死亡鉴定书都发了，殡仪馆这边也接到了通知，说可以——发丧了——"

"死亡鉴定书在哪里？"

"这就是死亡鉴定书。"

她又看了一遍，没看出什么破绽，知道他肯定把一切都打点好了，不然也不敢这么大大方方地让她来殡仪馆看姐姐。

哼，现在这个社会，有钱能使鬼推磨，有权能使磨推鬼，他于光荣又有钱又有权，还有什么他不能打点的？

从殡仪馆出来后，她先跟车到于光荣在周湾的住所去拜望爸妈，她爸妈从S市过来奔丧，住在姐夫那里。

这是她第一次来姐夫的花园小洋房，从外面看，只相当于美国的 town house（镇屋，有一边或两边与人共墙的房子），但内部装修很豪华。

她恨恨地想，我要是有这么好的房子住，又不用上班挣钱，我才舍不得自杀呢！他在外面找女人，我就在外面找男人，看谁找得过谁！

爸妈比视频上看到的模样老多了，完全称得上"风烛残年"。两个人见到她就哭开了，搞得她也泪水涟涟，止都止不住。

哭了一通之后，才各自收敛，坐在那里唉声叹气，大眼瞪小眼。

她站起身说："老于，你让老李送我去那边吧。"

爸妈都问："你要去哪里？"

姐夫回答说："她要去我们在光明路那边的房子里住，就是玉娟——出事的那边——"

爸妈大骇："那怎么行？可别去那里！这里又不是没空房间，干吗不住这里呢？"

她坚持说："我想到那边去——陪陪姐姐。"

二老更大骇了："那不行的！玉珊，别犟了，我们都是为你好——"

"我知道。你们别担心，我不会有事的。那我过去了，你们好好休息，我明天再到这边来看你们——"

估计父母又被她气晕了，两个人都目瞪口呆地看着她，说不出话来。

她坐进车里，就开始向老李打听情况："你跟我姐夫很多年了吧？"

"嗯，有四五年了。"

"他对你还好吧？"

"好。"

"他跟我姐关系不好吧？"

"呃——这个——我们外人哪里会知道？"

"那你平时为我姐夫开车，有没有看见他带年轻女人兜风呢？"

"没有。"

"OK，我的问题问得不好，他肯定不会说是在兜风，而要说是为了工作什么的。那我这么说吧，干脆点，也不转弯抹角了，我的意思是，我姐夫在外面有女人吗？"

"我真的不知道。"

她估计老李为了自己的饭碗，是不敢伸张正义的，也不逼他，只叹口气说："可怜我姐姐，从十六岁就跟着我姐夫，在他最穷最苦的时候，陪着他受苦，帮助他创业，连自己的爹妈都不要了，好多年都没回过侯家的门，到头来却落得这个下场，你说叫我心里怎么过得去？"

老李貌似受了一点感动："唉，现在这个社会，做女人就得想开些，哪个猫儿不吃鱼，哪个男人不偷腥？连成龙都犯过每个男人都会犯的错误呢，何必那么在意呢？"

她紧抓不放："那你的意思还是说我姐夫犯过这种错误喽？"

"我可没那样说！"

她见老李吓得缩回脖子去了，便换了一套战术："我姐在世的时候，应该对你——不薄吧？"

"于夫人是个好人，大好人，从来不把我们当——下人看待，到底是那个年代过来的人，为人处事——很谦和很忠厚，不像现在那些小丫头，还没做到于夫人这个地位呢，头就昂到天上去了——"

"你是不是在说公司里那个姓卢的女秘书？"

老李又不肯说了。

她恳求说："我真的不会去我姐夫面前说你什么的，我只是可怜我姐姐，不想让她蒙冤去世，让凶手逍遥法外。"

"于夫人肯定是自杀的。"

"你这么肯定？"

"因为于总那几天根本没在 R 市，跟卢佩佩在海边度假呢。"

"你怎么知道？"

"我开车送他们去的嘛，怎么会不知道？于总接到消息的时候——还在被窝里——"

她心说他不会雇人行凶？

但她没把这话说出来，怕于光荣知道她在怀疑她，雇人把她也干掉了。

到了光明路姐姐的住所前，老李让她下了车，帮她把行李箱搬到五楼，就告辞说："那我走了。这是我的电话号码，你要用车就给我打电话。"

"进来坐一会儿吧！"

"不了，你们外国回来的人胆子大，敢在这里住，我可没那个胆子。"

47

老李走后，侯玉珊顾不上休息，马上开始搜查屋子里的每个房间。

说是"每个房间"，其实只有两室一厅一厨一卫，厨卫都是小得转不过身的那种，卧室和客厅也很小，总共才五十多平米。

这房子有年头了，原房主是个退休的小学教师，老伴死了之后，就搬去跟女儿住，这房子用来出租。

姐姐和姐夫初到 R 市的时候，就租住在这里。

在姐姐心目中，住在这里的那些年是一生中最幸福的时光，虽然那时两口子都没有正式工作，经济上很不稳定，有时连房租都交不上，但两个人相亲相爱，共渡患难，十分甜蜜。

后来，姐夫开始走狗屎运，赚的钱越来越多，住的房子越来越大，但夫妻俩在一起的时间却越来越少，因为姐夫总是在公司忙，在酒桌上应酬，在外面出差。

姐姐很怀念住在这里的时光，就买下了这套房，布置得跟以前一模一样，虽然没在这里住，但经常会过来流连忘返，重温旧日的好时光。

她以前也在这里住过，都是短期的，每次来 R 市看姐姐或者出差旅游，就到这里来住，省个旅馆钱。

那时，她万万没想到这里会成为姐姐告别世界的地方，不然她肯定会阻拦姐姐买下这个房子。如果姐姐没这个房子，也许就不会离世了，因为周湾的房子只两层，四周都是草坪，摔不死人。

她搜了一会儿，在写字桌的抽屉里找到了姐姐姐夫很久以前的爱情信物，其中还有她帮忙传递的字条和信件。

姐姐虽然没读大学，但看了很多课外书籍，尤其是金庸的武打小说和琼瑶的爱情小说，几乎每本都看过，所以姐姐写得一手好情书。抽屉里那些信，长的厚的都是姐姐写给姐夫的，而姐夫的回信都很短，千篇一律都是"我想你，我爱你，我一定会对你好的"之类的口号，字也很难看。

真不知道姐姐怎么会看上姐夫，感情层面绝对是不对等的，一个是感情丰富，心细如发，另一个则大大咧咧，只知道上床。这样的两个人结为夫妻，就算丈夫不出轨，也会是个感情沙漠。

她找了几个小时，确信这屋子里是找不到任何证据的了，才跑到楼下小卖部买了点吃的东西，胡乱塞饱了肚子，然后倒在床上，暗暗祈祷："姐姐，托个梦给我吧！告诉我证据在哪里，求求你了！"

那一夜，她梦还是做了几个的，但都跟证据没关。

第二天一早，她就提着行李下楼，打的来到周湾那边。

她爸妈已经起了床，百无聊赖地在客厅呆坐，看见她进来就急忙说："玉珊，你都查好了吧？查好了就告诉你姐夫一声，让他把殡出了，也好让你姐早日入土为安——"

她一愣："我查什么？"

"你不是在查你——姐夫吗？"

她更愣了："谁说的？"

父母面面相觑，吞吞吐吐地说："你不是说先别发丧，等你——查清楚了再发吗？"

"你们没把我这话也说给老于吧？"

那两人不吭声，不知道是已经说了很内疚，还是想不起说没说了。

她有点不耐烦地说："你们急什么？现在都是火葬，哪有什么入土为安？"

"火——火化了就不埋了？"

她也不知道姐夫准备怎么处置姐姐的骨灰，到底是埋，还是把骨灰坛放在家里，或者寄存在殡仪馆。如果是寄存在殡仪馆，那她就领走，带到美国去，跟着自己。

她到处张望了一下，问："我姐夫呢？"

"上班去了。"

"小荣呢，也上班去了？"

"好像在家吧。"

"我去找他，有点事。你们吃早饭了吗？"

"吃了，你呢？"

"我待会儿再吃。"

她找了一下，很容易就找到了小荣的卧室，因为里面有玩游戏的音乐声和砰砰啪啪声。

她敲了好一会儿门，小荣才在里面问："谁呀？"

"我，你小姨。"

小荣打开门，把她放进去，自己又坐回到电脑前，继续玩游戏。

她有点不高兴地说："小荣，可不可以先把你的游戏停一会儿？我找你有事。"

小荣很不情愿地停下游戏，问："什么事？"

她先寒暄几句，打开场面："你——今天没去上班？"

小荣没回答，满脸都是"你个二货，我要是去上班了还会在这"的表情。

她也懒得客套了，单刀直入地问："我就是想问问，你妈为什么会——走这条路？"

"我怎么知道？"

"你是她儿子，又住在一个屋檐下，怎么会不知道？"

"你是她妹，她什么事都告诉你，你应该知道。"

她被噎住了，好一会儿才说："是不是你爸——在外面有人？"

他不吭声。

她觉得不吭声就是默认，便开始动之以情晓之以理："小荣，你妈在世的时候，最爱的就是你，她这些年，是为了你才这么——忍辱负重的——"

"要不要说得那么苦情啊？"

她辩解说："这不是什么说得苦情，而是事实！"

"我妈她忍什么辱，负什么重了？还推到我身上！"

"我不是说她忍的是你的辱，负的是你的重，而是说她是为了你才忍辱负重。"

"我知道你的意思，你又不是说的英语，能有多难懂？告诉你，我妈她过得好得很，要钱有钱，要时间有时间，你去问问 R 市的女人，看有几个比我妈过得好的！是她心眼太小了，想不开。"

她惊呆了："你——你就是这么——这么看你妈的？"

"谁都是这么看我妈的。"

"哪个谁？"

他耸耸肩，没回答。

她语重心长地说："小荣，你还小，不懂得你妈的心情。但是看在妈妈生你养你的分儿上，你也不能就这么让她走啊！"

"我又不在那里，能怎么不让她走？"

"我不是在怪你没拦住她，而是说——我们要想办法找出那个——逼死你妈妈的——凶手！"

"我爸说你是回来闹事的，我还不相信，原来你真是回来闹事的呀？！"

"我怎么是回来闹事的？"

"你不是回来闹事的，干吗扯什么凶手啊？"

"难道你不想找出逼死你妈妈的凶手？"

"我妈是自杀的，你又不是不知道。"

"但我不相信。"

"你不相信拉倒！只求你别再闹了，早点让我妈入土为安。"

她硬性压住火气，问："你凭什么相信你妈是自杀的？"

"你不是看过遗书了吗？"

"你怎么知道遗书是你妈写的？"

"因为我认识她的笔迹。"

"你认识她的笔迹？"

"这么多年了，她每天给我留字条，叫我吃这穿那，我会不认识她的笔迹？"

她昨晚刚看过姐姐写的情书，所以不得不承认遗书是姐姐亲笔写的，但她分析说："即便遗书是你妈亲笔写的，也只能证明你妈曾经有那么一刻，想过——告别这个世界，但她还可以改变主意。有人做过统计，百分之八十以上写过遗书的人，最后都改变了主意。"

"那我妈就是那百分之二十。"

"你也别太肯定！你想想看，你妈对你爸的事一向都是——睁一只眼闭一只眼的，甚至可以说是两只眼都闭着的，哪怕她亲眼看见你爸和那个秘书在一起，勾肩搭背，像夫妻一样给来宾敬酒，她都——不愿意相信，怎么会突然就相信你爸有外遇呢？肯定是你爸逼你妈离婚，她才会走这条路！"

"我爸才不会逼我妈离婚！我还在我妈肚子里的时候，我爸妈就指着我发了誓的，永远都不会离婚。难道他会咒我死？"

这个情节她知道，还曾经认为是世界上最最动人的情誓。但人是可以变的，于光荣这种连法律都不遵守的人，会守住誓言？

她追问道："如果他没逼你妈离婚，你妈怎么会突然走上绝路呢？"

"因为她终于相信我爸——在外面有人了。"

"怎么会突然相信了呢？"

"因为她拿到证据了。"

"什么证据？"

"还不就是一些——片片喽。"

"她拍到你爸出轨的片片了？"

"不是她拍的，是她请信德拍的。"

"信德是谁？"

"信德是私家侦探所，还能是谁？"他讥讽地瞥她一眼，"不是你出的主意，让她去找信德的吗？你还装得不知道一样。"

她懒得申辩说自己根本都不知道 R 市有个信德，她也懒得打听他怎么知道是她出的主意，只抓住要点问："那片片呢？在哪里？"

"我怎么知道？"

"那你怎么知道有片片呢？"

"我听她找我爸闹的时候说的。"

"她——找你爸闹了？"

"他们在那里吵。"

"你爸怎么说？"

"还不就是劝我妈喽。我妈也真是想不开，现在还有几个男人在外面没女人的？只要他还念旧情，不让糟糠之妻下堂就行了。像我爸这样的男人，已经够意思的了，钱随我妈用，家给我妈管，今后肯定会养她一辈子，还要怎么样呢？我妈肯定是更年期，就知道作——"

她想都没想，抬手就给了他一巴掌，直接打在他左脸上，把他给打呆了。

她自己也呆了，想说声对不起，又不愿意认怂。但她心里还是有点悔有点怕的，毕竟不是自己的儿子，凭什么打他？如果他跳起来还手，她肯定打不过他，二十多岁的男生了，高她一个头还不止，随便擂她几拳，都该她倒霉。

他满脸通红，双拳攥得紧紧的，大声嚷道："你凭什么打我？"

"我——我——因为你太没人性了！"

"我怎么没人性了？"

"你是怎么说你妈的？"

"我怎么说了？"

"你说她更年期，还说她——作！有这么说自己妈的吗？"

"本来就是更年期嘛，为什么不能说？"

两个人各自嚷了几句之后，他放肆地说："我妈本来是不作的，都是跟你学的！我爸说得没错，我妈是你这个妖精妹害死的！如果不是你，我妈哪里会想到请什么私家侦探？现在好了，你把我妈害死了，我爸要去娶那个女人了，本来归我的家产都要拿去跟别人分了，你赔得起吗你？"

两个人的嚷嚷声把父母惊动了，跌跌撞撞地跑过来劝架："什么事什么事？怎么吵起来了？"

她把小荣的话对父母学说了一遍，但没收到预期的效果，父母根本没心思评理，只想息事宁人："好了好了，听我的劝，都少说一句，都少说一句！"

她知道策反小荣是没戏了，他已经不是从前那个跟在她屁股后头上街买糖吃的小人儿了，已经长成了一个心里只有"我"的小于光荣。真不知姐姐到底对谁更失望，是那个得志便猖狂的中山狼，还是这个越长越冷血的狼崽。

两个人都是姐姐最爱的人，两个人都辜负了姐姐的爱！

她压住火气，指指电脑，说："可不可以让我用一下电脑？"

他不置可否，但走到一边，把电脑前的位置让了出来。

她从网上查到信德事务所的地址，对爸妈说声"我出去有事"，就往外走。

小荣在背后叫道："你要作尽管作，但别把我牵扯进去！"

她冷冷地说："你放心，我一人做事一人当，你就安安心心做你爸的继承人吧！"

48

侯玉珊早饭都没顾得上吃，就打的来到信德。

一看牌子，才知道并不是"私家侦探所"，而是"信息服务公司"，不知道是玩低调，还是扩大业务范围。

貌似生意还挺红火，等候室里坐着好几个顾客，大多是中年妇女，可能都是来查丈夫外遇的，但一个个都躲躲藏藏，像做了亏心事，见不得人一般。

只有她一个人雄赳赳气昂昂地冲进去，直奔接待员窗口，登了记，昂首挺胸地坐那里等。

她没预约，所以等了好一会儿才轮到她。接待她的是一位挺年轻的小伙子，也不自我介绍姓甚名谁，就问她所来为何。

她把来意说了一通，那人一口拒绝："我们不能泄露客户信息。"

"我没问你要客户信息，只想要一份你们为客户拍摄的照片，我愿意付钱购买。"

"这不是钱不钱的问题——"

她只好打悲情牌，把姐姐的遭遇介绍了一番。

哪知道那人不仅不感动，还认为她在要挟人，紧急撇清说："我们只负责为客户搜集信息，至于客户拿到这些信息后如何反应和处置，那是他们自己的事。客人在使用我公司服务之前，就已经签下合同，一切后果自负，与本公司无关。"

那人说着，就拿出一份合同样板给她看。

她很快看了一眼，的确有这样的字样，只好孤注一掷："既然你们连这么一点忙都不肯帮，那我只好向警方报告，说你们采取非法手段获取信息了。相信你也知道，在中国，私家侦探业是个灰色地带，你可以开展业务，但你无权采用非常手段取证，否则可以告你的。"

"我们取证的手段都是合法的。"

"合什么法？你们未经许可，潜入私人住宅，拍摄他人私密行为，这还叫合法取证？"

"谁说我们未经许可？"

"难道我姐夫发了疯，会许可你们拍摄他和小三通奸的场面？"

"你姐夫没许可，不等于我们就没得到许可。"

她一愣，随即问道："那你的意思是——得到了卢佩佩的许可？"

"我只能告诉你，我们是得到了许可的，至于得到谁的许可，我们无可奉告。"

"也就是说，我姐姐并不是你们的客户，卢佩佩才是你们的客户，是她出钱请你们拍摄那些照片，然后寄给我姐，促成我姐自杀的？"

"我已经说了，客户如何处理我公司提交的服务结果，是客户自己的事，与我公司无关。"

"是的，你是这么说了，还给我看了合同样板。但你要明白一点：我姐并不是你们的客户，现在是你们的服务造成了我姐的死亡，难道你们脱得了干系？"

那人像是见过场面的，一点不退让："即便事情是你说的那样，那也属于客户行为的连带后果，与我公司无关，合同里写得有的。"

她知道在这里只能得到这么多了，便站起身，说："那我就不麻烦你们了，反正我只要知道不是我姐请的你们，而是卢佩佩请的你们就行了。"

那人还在撇清："我可没说是谁请的我们！"

她咕噜了一句"Whatever（随你怎么说）！"就走掉了。

从信德出来，她才在街边买了点东西吃，边吃边想下一步，现在只要拿到照片，应该就可以去公安局要求立案了，奸夫淫妇一起告！

问题是怎么才能拿到照片呢？

只好冒险了，如果小荣能帮忙，那最好，如果他不肯帮忙，她就撬门扭锁，一定要找到那些照片。

主意一定，她马上叫了辆的士，一车坐回周湾姐夫家。

爸妈仍然在客厅呆坐，见她回来又催促说："你查好了没有？查好了——"

她不耐烦地挥挥手："快了快了，急什么？难道你们不想找出杀害姐姐的凶手？"

父母都木讷地看着她。

她不知道父母是被姐姐的死讯震昏了还没彻底苏醒过来，还是人老了就是这么木讷，抑或是对姐姐没什么感情，现在只是在履行一个义务，所以巴望事情快快结束。

不管是什么原因，都让她心寒。

看来这人啊，还是得自己心疼自己，连你自己都不心疼自己了，人家就更不心疼你了！

她急匆匆地来到小荣的房间门口，听见里面还是砰砰啪啪地响着，知道他还在里面玩游戏。

她敲开门，第一句话就说："我帮你查到了，是那个卢佩佩在暗算你！"

小荣自然不懂："暗算我？"

她把来龙去脉讲了一番，分析说："肯定是你爸没有离婚再娶的意思，她等不及了，所以才想出这个损招，她知道你妈有爱情洁癖，看到那些照片，肯定会采取行动，不管是自杀还是离婚，都能达到她的目的。一旦除掉你妈，她就能借机上位，嫁给你爸了，然后生几个小崽子，就把你名下的遗产全都抢跑了！"

小荣还不是完全没脑袋："你怎么知道是她使的坏？"

她掏出一个手机形状的小录音机，把她和信德工作人员的对话放给他听："他是没直接承认这一点，但你听他说话的意思，难道不是这样吗？"

"他也没说客户就是——卢佩佩。"

"那就是你爸别的情人。"

"我爸没别的情人，顶多就是些一夜情。"小荣想了一会儿，说，"肯定是卢佩佩。这个傻B，玩到老子头上来了！等老子叫人收拾她！"

"你想怎么收拾她？"

"那你就别管了。"

"我不是要管你，而是不想让你做出犯法的事，把自己贴进去。"

"我肯定不会那么傻。"

她心说遗传的力量真是强大，于小荣活脱脱就是一个年轻二十多岁的于光荣！怎么一点都没遗传上姐姐的优点呢？

她游说道："我有个更好的办法，可以借刀杀人。"

"借谁的刀？"

"借政府的刀。你把那些照片找出来，我们到公安局去报案。你妈的死亡是那些照片造成的，我们可以告卢佩佩谋杀，因为她这是有预谋的——"

"把那些照片交给公安局，不是把我爸也牵连进去了？"

"不会的，你爸不过是出了个轨，但那是生活作风问题，不犯法，跟卢佩佩的性质不同。"

"嗯，你说得有道理。但是照片都在我爸那里，我们怎么拿得到？"

"难道他把照片随身带在身边？"

"有可能放在家里。"

"那我们去找找。"

两个人来到于光荣的办公室，找了一通没找到，因为抽屉都上着锁。

她提议说："钥匙在哪？如果没钥匙，就把他抽屉撬开吧。"

"别撬了，他会发脾气的。"

"我们这是在帮他！如果他知道是卢佩佩干的事，有脾气也不会发到你身上了。"

"谁知道？说不定那个傻 B 是经过他同意的——"

"绝对不会！你爸这么傻，会同意让人拍自己——通奸的照片？不怕人家放到网上去，搞得他身败名裂？卢佩佩肯定是瞒着你爸干的。"

小荣想了想，终于同意撬抽屉。

但照片并不在抽屉里。

小荣有点后悔了："我说不在抽屉里吧，你不相信。"

她特瞧不起这种磨叽版事后诸葛亮："不撬开你怎么知道不在里面？你怕什么呀？大不了说是我撬的就行了。保险柜的密码你知道不知道？知道就把保险柜打开来找，肯定在那里。"

"我怎么会知道他保险柜的密码？"

"他这么不信任你？"

"不是不信任，而是——"小荣走到保险柜跟前，"我来试试。"

还没试几下，就打开了："哈哈，是我爸我妈和我的生日！"

照片果然在保险柜里，一大叠，装在一个快件信封里，两个人把照片拿出来，匆匆看了一下，无非就是些光屁股做爱照，应该是从录像带里截屏下来的。

她指着照片分析说："你看，光线这么好，肯定开着灯。还有你爸的眼睛，完全是——特写，拍得这么清楚！如果不是卢佩佩安排的，你爸怎么会开着这么亮的灯——办事？还把脸转过来对着镜头？肯定是她让你爸看什么，你爸才转过头来的——"

她把照片塞进信封，说："你去把保险柜关好，最好找人把抽屉的锁修一下，我到公安局去报案。"

他没反对："你就以你的名义报案，别把我牵扯进去，我不想让我爸知道我在背后——这样搞他。"

这个正中下怀，因为她是想奸夫淫妇一起告的，带上小荣就泡汤了："没问题。那我去了。"

不知道是她"海外华人"的身份起了作用，还是于光荣的大名起了作用，反正她在公安局等了半个小时之后，就被叫进了一间办公室，而外面还有很多先来的仍在等候。

她说明来意，把照片放到工作人员的桌子上。

工作人员抽出来看了看，又放回去，把信封退还给她："这个是生活作风问题，不属于我们的管辖范围，你可以向他们的上级反映。"

"他们通奸可以算是生活作风问题，但雇佣私家侦探拍摄通奸场面，寄给我姐，导致我姐自杀，那就不是生活作风问题了！"

"你能证明私家侦探是他们雇的吗？说不定是你姐自己雇的呢？"

"肯定是卢佩佩雇的，你可以向信德取证。"

那人讥刺地一笑："别说外行话了，我们怎么能先立案再取证呢？要有足够的证据才能立案。"

她把录音机掏出来，放给工作人员听："难道他的话不足以作证？"

那人严肃地说："告诉你，这个不仅不能作为证据，还可以给你自己惹麻烦。你这种私带录音设备的做法——是不对头的！"

她费尽口舌，那人就是不肯立案。

她绝望地问："那如果让我姐姐的儿子来报案，你们能不能立案呢？"

"不能立案就是不能立案，谁来报案都一样。"

"那要怎样才能立案？"

"符合立案条件我们自然会立案。"

她按捺住火气："我就是在问你怎么样才叫符合立案条件！"

"你连什么叫符合立案条件都不知道，还在这里逼着我们立案？"

"如果我让信德出具证明，证明是卢佩佩让他们去拍照的，能立案吗？"

那人想了一会儿："你先把证明交给我们，我们讨论后决定。"

她看到了一线希望，立即从公安局出来，再到信德去交涉。

但信德坚决不肯出具证明。

她气昏了，只想去买把枪，把这些王八蛋全都打死！

她在街上漫无目的地走，边走边想对策。

不知道走了多少条街，走了多少里路，她终于想到一个死马当作活马医不得已而求其次的计策：以恶制恶，先让于光荣惩治卢佩佩再说。

她用照相机把那些照片全都拍摄了一遍，然后以胜利者的姿态回到周湾姐夫家。

小荣第一个迎上来问："报案报成了吗？"

"这么确凿的证据，能不报成吗？"

"太好了！"

"你请人把抽屉的锁都修好了吗？"

"修好了。"

她把照片掏出来："公安局已经全部复印了，这些就放回到你爸的保险柜里去吧。"

"太好了，我正在担心照片没了，老爸会怀疑是我拿走的呢。"

"我怎么会让他怀疑到你头上？要怀疑也会让他怀疑我。"

"好，你真仗义，到底是我小姨！"

"我觉得我们应该把卢佩佩的事告诉你爸，不然的话，你爸还以为她是什么好人，现在你妈刚过世，你爸正在悲痛时期，别被卢佩佩钻了空子，趁机嫁给你爸。"

"嗯，是该告诉他，但是——"

"放心，我不会把你牵扯进去的。"

于光荣回来后，她就把这事添油加醋地汇报了一通，一口咬定信德指证是卢佩佩雇的他们，还让他们在房间里安装了摄像头，并在做爱时开亮大灯，方便拍摄。

　　于光荣一声不吭，她紧张极了，怕他去信德对口供。

　　他大概是在对细节，而且终于对上了，恶狠狠地说："这个臭婊子，玩到我头上来了！"

　　她立即火上浇油地说："你当心点，信德把那些照片的电子版给她了。她想用照片控制你一辈子，如果哪天得罪了她，她就把那些照片发到网上去，让你吃不了兜着走——"

　　"哼，我会让她有那天？"

08　最大的轻蔑是沉默

放下电话，她第一个冲动是立即打电话去把匡守恒臭骂一通，出出心头这团恶气，但号码拨了一半又停下了，哼，骂他还太抬举他了，好像我把他当回事似的，而且他肯定不会承认，会说这是小荣被赶走不服气，在背后造谣污蔑他呢。既然我现在也没办法查明究竟是谁在撒谎，那又何必丢自己的面子去骂他呢？

49

匡守恒工作忙，出殡前一天才赶到 R 市来。侯玉珊本来指望这次能带儿子去 R 市的美国大使馆签证的，因为匡守恒肯定急着回去上班，不能留在 R 市多待，而她可以借口为姐姐服丧，暂时不回 S 市，谅他也不好意思阻拦，更不好意思当着那么多亲戚的面，硬性把儿子带回 S 市去。

但他没把儿子带来，只身一人来的。

她很失望："怎么没把儿子带来？"

"又不是什么喜庆事，带他干什么？"

"我在电话里不是叫你把他带来的吗？"

"他感冒了，有点不舒服。"

"他感冒了？那爷爷奶奶两个人——带得了吗？"

"我请了个保姆的。"

这个她还是第一次听他说起，虽说她提了好多次，叫他请个保姆，免得把爷爷奶奶累坏了（其实是怕爷爷奶奶年纪大了，照顾不好孩子），但他总是拖啊拖，老没请，怎么突然一下就请了个保姆，也没让她参与一点意见，把个关？

她不快地说："请的什么人啊？怎么也不跟我说一声？"

"是个亲戚，只是临时性的，算是帮个忙吧，所以没去麻烦你。"

她咕噜了一句"这怎么叫麻烦呢"，就没再往下说。

她是个讲实效的人，既然他已经先斩后奏了，她说再多也不能让历史的车轮倒转，反而把关系搞坏了，还是等见到保姆再说吧。如果好，那没话说；如果不好，那就别怪她不客气了，解雇保姆不算，还要好好教训教训他。

但她在 R 市就再也待不下去了，一心要赶回 S 市去，怕那三个人照顾不了她那正在学走路又患了感冒的儿子，最重要的是，怕那个新请的保姆不可靠，把儿子给拐走了。

回到康庄家里，她就傻眼了，所谓"保姆"，只是一个二十来岁的小姑娘，长得倒不难看，但就是没眼缘，给她的第一印象就不好。

她心目中的保姆，再怎么也得是个四五十岁的女人，穿得比较土气，但很干净，头发在脑袋后绾个发髻，一双长年累月做家务的手，骨节比较粗大，手指有点弯曲，脸上是谦和的笑容，说话声音很低，走路悄无声息。

但她家的这个所谓"保姆"，简直就是个做小三的天然良材！发育过度的身材，曲线毕露；留着披肩长发，中分，露出白白的头脑线；穿一件短袖 T 恤，挤出很深的事业线；下面是牛仔小短裤，把屁股绷出一道生命线；手指脚趾都涂成深蓝色，像天花板掉下来砸青了一般。

保姆打开门，见到她，二话不说，就从门边拿起一双拖鞋，扔到她脚跟前，仿佛在说："换上，换上，别让你那脏脚丫毁了咱家地板。"

她本来也是很心疼家里的硬木地板，进门肯定要换上布拖鞋的，但今天被这个保姆先声夺人地一呛，就把她给呛烦了，偏不换鞋，直接走进屋里。

保姆还想追剿，被匡守恒打断了："小荣，这是你婶婶。玉珊，小荣是我大哥家的三女儿，到 S 市来找工作的，还没找到，刚好你一直在说要找个保姆，我就让她来家帮几天忙。"

小荣很热情叫道："原来是婶儿回来了？婶儿，你好！"

她真是气不打一处来，最烦这种老大不小的青年人叫她阿姨什么的了，一叫就把人叫老了，这还更好，连"婶儿"都用上了，不仅把她叫老了，还把她打入了农村老土的行列！

她没理小荣，转过去质问匡守恒："那你怎么说你是两代单传？"

小荣热情地给她科普："因为他爷爷只生了他爸一个，他爸只生了他一个，所以他是两代单传。"

她心说你逗什么能啊？难道我连什么叫两代单传都不懂？

匡守恒知道她在发哪门子脾气，解释说："不是亲大哥，就是一个村的，都姓匡，又都是'守'字辈的，所以叫'大哥'。"

她知道匡守恒的地域观念很强，特爱帮助村里人，以前是碍着她的面子，尽量克制着不去招惹那些人，现在她不在国内了，他还不可着劲地把那帮人拉扯进家里来？

事已至此，她也不好一回家就把小荣给开了，但她决定气也要把小荣给气走，便端起女主人的架子问："小荣，做饭了吗？"

"没做，叔说今天去餐馆吃呢。"

她转过去问丈夫："今天去餐馆吃？"

"嗯，为你接风。"

"你什么时候通知她今天上餐馆的？我怎么没听见？"

"路上发了个短信。"

"上个餐馆还要提前通知？"

"怕她急着做饭。"

"那怎么也不跟我说一声？"

"不是想给你一个惊喜吗？"

她心说你惊个屁喜啊！不就吃顿饭吗，说得像是要送我一条钻石项链似的！明明是因为心疼你那个 fake（假的）亲戚，还拿我做幌子，你以为我猪脑子，连这都看不出来？

她忍住火气，问小荣："小恒呢？"

"在里屋睡觉。"

"他睡觉你不守在旁边？如果他从床上掉下来怎么办？"

"我把他放在地上睡，不会掉下来的。"

她再也忍不住了，厉声说道："你怎么能把他放地上睡？水泥地多冷啊！冻病了怎么办？"

"不会冻病的。"

"你怎么知道不会冻病？"

"又不是第一次在地上睡，从来没病过。"

"怎么没病过？他这不是就感冒了吗？"

"没有啊，谁说他感冒了？"

她愤怒地看向匡守恒，他开解说："我看他有点打喷嚏，以为他感冒了。"

"什么叫以为他感冒了？打喷嚏就是感冒了！"

匡守恒打圆场："小荣，把小恒抱床上去。"

她抢在前面冲进卧室，从地上抱起儿子，放在床上。

小家伙本来睡得鼾是鼾屁是屁的，突然被人一抱，立马惊醒过来，睁眼一看，不是自己熟悉的人，便放声大哭起来。

她赶快抱起来哄："小恒，是妈妈呀！别哭了，别哭了，该起来了，我们要出去上餐馆喽！"

但她左哄右哄都不行，儿子扯着个嗓子干号，一滴泪都没有。

小荣走上前来，很霸道地从她手里把孩子抱过去："小恒乖，别哭了，来玩包包喽——"

孩子马上就不哭了，抓住小荣胸前的两个包包，边捏边笑。

她赶快把孩子夺过来："小恒，你干什么呀？再不准这样了，听见没有？"

儿子瘪着嘴，一副即将号啕的样子，还转过头去向小荣求救。

小荣笑着说："没事的，我不介意。"

"你不介意，我还介意呢！不能让我儿子养成这个坏习惯！"

"这怎么是什么坏习惯呢？我们那里都这样的，有的还让孩子啃呢，我是怕痒才没让他啃——"

她更厌恶了："我不管你们那里是什么风俗，我这里坚决不许！什么乌七八糟的东西！愚昧落后之极！"

小荣也不生气，仍旧笑嘻嘻地说："婶儿你没听说过男人本色？男人的本色就是——色嘛！"

"他才屁大点，什么男人不男人！你给他养成这样的习惯，他今后在外面也去抓别人怎么办？人家不把他当流氓揍？"

小荣不吭声了。

她决定待会儿就以这个为理由，让匡守恒把小荣赶走。

匡守恒进来催换装："快打扮打扮，我们出去吃饭吧，肚子饿了。"

她把孩子交给丈夫，自己到洗澡间去洗澡，然后对着镜子精心化了个妆，选了自己最得意的衣裙穿上。

男人可以给你，但气场不能输给你！

战利品可以不要，但仗一定要打赢！

她收拾完了，一家老小就出去上餐馆。

小荣还是穿着刚才那一套衣服，没特意打扮，大概是仗着自己年轻，打"天然去雕饰"的牌呢。她则尽量做得自然大方，雍容华贵，不是拼给匡守恒看的，而是拼在场的各位观众朋友们看。

开车走在去餐馆的路上，小荣热情地问："婶儿，你还在用倩碧啊？"

"你怎么知道我用倩碧？"

"我上洗手间的时候看见的。"

"你怎么不用外面那个洗手间，要跑到主卧里面去用呢？"

"平时在那里看孩子，都是用那个，习惯了。"

她气得说不出话来，这不是小三登堂入室了吗？

小荣不识相，继续说："婶儿，倩碧是我们这个年纪的女生用的，你这个年纪的，皮肤已经老化了，用倩碧就没用了。"

"那你说我这个年纪应该用什么？"

"你应该用伊丽莎白·雅顿，那个才是为中年妇女设计的。"

她从来没研究过这些，一般都是哪家化妆品在搞促销，发奖品，她就买哪种，现在跟小荣呛上了，她只好撒谎说："我对雅顿过敏。"

"哦，那你就应该用'拉毛'。"

她知道小荣说的是 La Mer，总算抓住一个机会，讥讽地说："那个字读'拉毛'吗？一听就知道你是外行，老土。"

"我听我们那里的人都是那么读的。"

"哼，你们那里的人！"

"那应该读什么？"

她字正腔圆地用法语读道："La——Mer！这是个法国字，读不准别瞎读，丢人现眼的。"

小荣勤奋好学，照着她的腔调一遍遍练习："La——Mer,La——Mer。嗯，我会读了，下次回去好好笑笑我的那些小伙伴——"

她真拿这个小荣没办法，喜欢不起来，也恨不起来。

不过，令她开心的是，儿子已经慢慢被她赢回来了，坐在她腿上吃饭，吃得很带劲，还"妈妈妈妈"地叫，她也一遍遍地表扬，儿子就叫得更起劲。

但小荣也不甘示弱，像女主人一样教训说："小恒，别用手抓，要用叉叉吃！"

她反驳说："没事的，美国那边把这种东西叫 finger food（手抓食物），就是让人用手抓着吃的。"

匡守恒说："美国人就是些野人。"

她见丈夫明显地站在小荣一边，十分不快："人家是野人？人家吃顿饭刀刀叉叉一大套，你就两根木头棍子，还说人家是野人？"

"如果你说英国人吃起饭来刀刀叉叉一大套还差不多，美国人吃饭哪有什么刀刀叉叉一大套？就是两手抓个汉堡包开啃。"

她见他越说越上劲，更生气了："你那说的都是便饭，人家吃宴席的时候你见过吗？没见过就别乱说！"

他没再反驳，只给爸妈一人奉了一筷子菜，然后对小荣说："你放开吃啊，别拘束，你婶婶又不是外人——"

她见他把谁都照顾到了，唯独把她落下，已经气结到心里发梗了，但她没露声色，只在心里怒骂道，好你个匡守恒！我这次回去就把情人找下，给你一顶绿帽子戴戴！

50

吃完饭回到家里，侯玉珊再接再厉乘胜追击，继续跟儿子搞好关系。两母子搭积木，捉迷藏，玩得不亦乐乎。

小荣也不争抢，闪到客厅去追韩剧。

匡守恒开了一天车，太累了，澡都没洗，就躺到床上呼呼睡了。

母子俩玩了一会儿，小人儿开始打哈欠揉眼睛，她知道儿子困了，赶紧给儿子洗漱换衣服，然后放到床上，自己也躺在旁边，给儿子讲故事。

讲着讲着，把儿子讲睡着了，却把丈夫给讲醒了。

匡守恒看了看床头的钟，二话不说，翻身下床，抱起儿子就往外走。

她低声问："你把他抱哪儿去啊？"

"抱去跟小荣睡。"

"干吗抱去跟她睡？"

"我们好办事。嘿嘿，小别胜新婚！"

她本来极不愿意儿子接近小荣，但想到待会儿要谈事儿，怕闹起来吓着孩子，只好由着他抱去。

过了一会儿，匡守恒回到卧室来，闩上门，先把自己脱了个精光，然后色眯眯地爬上床来，开始脱她的衣服。

她没阻拦，只借这个机会说："你明天找个理由让小荣到别处去住吧。"

"为什么？她在这里又不是白住，能帮忙看孩子的，我们不吃亏。"

"不是吃亏不吃亏的问题，而是她有些做法太——不靠谱了。"

"什么做法不靠谱？"

她把摸包包的事说了，以为他跟她一样，要义愤填膺呢，哪知他呵呵一笑，说："是咱们的儿子摸了人家，又不是谁家的臭小子摸了咱家的闺女，怕什么？"

"你——你怎么能这么说呢？"

"那应该怎么说？"

"她这样搞，不是把我们儿子带坏了吗？"

"哪里有那么严重啊？谁家的小子不是摸着女人的奶长大的？也没见谁被带坏的。"

"但是——那是摸自己妈的——奶。"

"自己的妈，别人的妈，还不都是女人吗？小孩子哪里知道区别？"

她噎得慌："难道你们那里真的——都兴这个？"

"摸奶的事我没注意过，因为那时候还小，腼腆着呢，哪里好意思看人家小孩子摸奶？但我知道那里老辈子的兴摸小男孩的鸡鸡。呵呵，你要是看见那个，不更得大惊小怪了？"

她惊得坐了起来："摸——摸小男孩的——鸡鸡？你们那里怎么会有这么——恶心的风俗？"

"我怎么知道？又不是我定的风俗，但是肯定不止我们那里有这个风俗——"

"那更得叫她走了！别让她摸了我们儿子——"

"她不会的，我不是说了吗，是老辈子的摸。她跟我们儿子是一辈的，怎么会摸呢？"

"不管她摸不摸，你都得叫她走！"

他停下抚摸她的手，不快地说："乡里乡亲的，人家来投奔咱们，又帮咱们看孩子，我怎么能说叫她走就叫她走呢？她在 S 市没亲没戚的，我叫她走哪儿去？"

"你叫她自己去租房。"

"她哪有钱租房？你这不是逼她去做鸡吗？"

"那我不管，但我决不能让她待在这里。"

"你这是因为看见了，没看见的时候，不也啥事都没有吗？"

她生气地说："你还敢说！搞这么一个小妖精来家里住，也不跟我打个招呼，好歹我还是这个家里的女主人吧？"

他不吭声了，转过身去，背对着她。

这还是她第一次在床上遭到丈夫的冷落，以前从来都是他低三下四来求她，发天大的誓，许地大的愿，也要达到做爱的目的。

但今天他居然转过身去，就不再理她了，过了一会儿，还响起了均匀的鼾声。

她气昏了！

肯定是跟那个小妖精做成一处了！

他是一个性欲很旺盛的人，刚结婚的时候，几乎每晚都要做爱，曾经有过连做四十天不歇气的纪录。两个人在一起这么多年了，他仍然是每个星期都要做好几次，她怀孕期间都是如此，生完孩子，她下面的恶露没干净的时候，都是用手用嘴满足他，因为看他胀在那里不能发泄，也实在痛苦。

他以前经常半开玩笑地抱怨说："我就是吃了这根 × 的亏！它见到你就要起来敬礼，而你呢，刚好就抓住了我的命根子，专门利用这个机会整治我，让我不得不服。等我哪天把它割了，就不怕你了——"

那时她听他这样说，都是很开心的，因为这说明她魅力大嘛。

而且她知道他舍不得割掉那玩意儿的。

但这次明显不同了，他居然转过身去不理她了！

肯定有鬼！

离上次她回国都快半年了，如果这半年里他没跟别的女人做过，此刻还不如狼似虎饥不择食地扑上来？还不低声下气地她提什么他答应什么？看他这样子，分明是跟别的女人做过，而且是最近几天刚刚做过！

很可能就是跟这个小荣！

她越想越气，虽然她从他带走儿子的那一天起，就没指望再跟他做回恩爱夫妻，但突然发现他有了别的女人，而且是在她有别的男人之前，还是令她火冒三丈。

反了你了！

本来她这次回国，并没打算把儿子带走，而是准备等自己学业结束了再说的。但经历了姐姐家的那一大场，尤其是看到侄儿于小荣长成了这么一个无情无义眼里只有钱的冷血动物，她改变了主意，决定尽早把儿子带到美国去，跟自己一起生活，不然的话，儿子的心长野了，今后再怎么养都养不好。

但当她听说家里请了保姆的时候，她又准备先让儿子在中国待一段时间，因为她的学业实在很紧，把儿子带回美国去，肯定会影响她的学业。如果毕不了业，找不到工作，那她拿什么来养活儿子？

现在家里横空冒出这么个小妖精来，丈夫还不肯赶走她，那就没别的办法，只能把儿子带走了，免得儿子学一身臭毛病，长大让人当流氓揍。

匡守恒肯定不知道她这一连串思想发展轨迹，躺了一会儿，还是被小头征服了，又来求欢。

她为了稳住他，也没反对，让他得逞了。

完事之后，她习惯性地去上洗手间，顺便把擦了身体的卫生纸、安全套和装安全套的袋子等等拿去扔在垃圾桶里。

扔了之后，她坐在马桶上拉尿，无意当中瞟了垃圾桶一眼，发现装安全套的袋子看着很陌生。她撕了一块手纸，捏住袋子拿出来看，不是她上次买的杜蕾斯，而是杰士邦！

她愣了一阵儿，把袋子扔回垃圾桶，站到淋浴头下，把自己彻底清洗了一番，回到卧室，上床睡觉。

但她几乎没睡着，一直在盘算着下一步行动计划。

第二天，匡守恒很早就起了床："我今天有个重要的手术，不能在家陪你了，明天我可以请一天假陪你。"

"没事，你去忙吧。"

"想吃什么？我下班时带回来。"

她假装热心地点了几个菜，还指名道姓地要他去某某餐馆买这个，去某某餐馆买那个，搞得像是多么热切地等着吃他带回来的菜似的。

但等他一走，她就从床上跳起来。

先去开保险柜的锁。

密码没换，还是以前那个，不知道是他特别信任她，还是觉得保险柜里也没什么怕她看见的秘密，或者是小看了她，以为她没儿子的出生证明，尤其是没他的许可，她没法给儿子办签证。

不管是什么原因，反正是太有利于她了，简直就是命运在对她呵呵！

她把黄色大信封里的证件一股脑儿倒出来，全部放进自己的提包里，还顺手牵羊把保险柜里的一叠人民币也拿上了，然后找了几张旧报纸，装进黄色大信封，放回保险柜里，锁好保险柜，到小荣房间去抱儿子。

那两个人还在呼呼大睡，但她刚伸手去抱儿子，就把两个人都搞醒了。

儿子又要开哭，她连声哄道："是妈妈，是妈妈呀！妈妈带你去散步好不好？外面的空气好新鲜哦——"

小荣忙问："婶儿你起这么早，怎么不多睡会儿？"

"上年纪了，睡不着了，你接着睡吧，我来给他洗脸喂早饭。"

"我也不睡了。"

"睡吧，睡吧，你难得有机会睡个早床。"

"不难得，经常睡啊。小恒已经被我养成睡早床的习惯了——"

小荣像是得到了匡守恒指示似的，寸步不离地跟着她。她带孩子下楼去散步，小荣都像个尾巴一样跟在后面，把她气的！

马上执行第二套方案！

她给谢远音发了几个短信，约好中午一起吃饭，然后对小荣说："我要带小恒出去一下，跟朋友约好一起吃午饭，你跟爷爷奶奶自己吃，不用等我。"

小荣狐疑地问："你跟朋友吃午饭，还把小恒也带去？"

"当然要带去，他们没见过小恒，都想见见这个美国人呢。"

"那我也跟你去。"

"你去干什么？是我的朋友，又不是你的朋友。"

小荣不得已只好说实话："叔交代过了，说不让你带小恒出去的，要带就要我也跟去。"

"呵呵，他这么说了？"

"嗯。"

"他说没说为什么？"

"他说——怕你把小恒带回美国去。"

"为什么怕我把小恒带回美国去呢？美国不好吗？"

"美国好！反正我是觉得美国很好的。叔也说美国好，他说等他赚够钱了，还回美国去，把我也带去。"

她赶快游说："等他赚够钱？那得等到哪年哪月啊？钱是赚得够的吗？你等他带你去美国，黄花菜都等凉了！"

"反正也没别人带我去美国。"

"我可以带你去。"

"你怎么带我去？"

"给你办探亲啊。"

"但我不是你的亲戚啊。"

"那你是你叔的亲戚？"

"也不是。"

"就是啊，他能把你带美国去，我就带不去？"

"他说给我办旅游签证，去了就黑下来，在那里——找个美国人结婚——"

她灵机一动："那是多么老土的方法啊？又老土又冒险！万一你在那里找不到美国人结婚，你不一辈子黑在那里了？我给你想个更好的办法，在国内就找好一个美国人，结了婚再过去，那就妥妥的了。"

"在国内能找到美国人结婚？"

"怎么找不到呢？我就认识一个，人家既是美国公民，又是加拿大公民，还是澳洲公民，三大英语国家，你想去哪里就去哪里。他爹还是大款，如果你不想出国，他也能把你安插进任何你想进的单位！"

小荣有点露怯："人家那么好的条件会——看上我？"

"哎呀，你怎么这么不自信呢？你又年轻又漂亮，难得的是这么——性感，那些在海外混了几天的人，最喜欢你这种了，反而是那些瘦精精的女生，一点都不性感，人家不喜欢。"

小荣欣喜而羞怯地憧憬着。

她提议说："要不我让我朋友把他也叫上，我带你去跟他聚餐，好让你们见个面。"

"那我去洗个澡，化个妆。你别丢下我跑了！"

51

侯玉珊正在为自己的妙计得意，就见小荣跑到爷爷奶奶房间去了。

她赶快跟过去，听见他们在说家乡话。

她听不太懂，但大致知道小荣是在叫爷爷奶奶盯着她，不由得在心里恨恨地说：好你个小荣！我本来还挺内疚，觉得自己骗了你，会让你背黑锅，被你叔骂，哪知道你只是想利用我结识富二代，但你真正死忠的，还是你那叔叔兼情夫啊？哼，那我就不内疚了，整死你个小骚货！

小荣找好了替身，才从爷爷奶奶房间出来，突然看见她站在门边，有点吃惊，但没说什么，只对她一笑，就去洗澡间打扮去了。

爷爷也从房间走出来，看见她，也是一惊，然后火速走到客厅，搬了个椅子坐在门边，还伸出一条腿，顶在对面的门框上，像停车场的拦车杆一样，霸气地横在那里，准备狙击过往车辆。

她哭笑不得，就凭你一条老寒腿，还想挡住我？我是不跟你玩这套，不然我一脚踢翻你，让你连牙都没得找！

她换上一副笑脸，体贴地说："爷爷，快把脚放下来，当心把椅子蹬翻了，摔到地上！那里可是铺着大理石的，摔上面肯定头破血流。"

爷爷不听她的，大义凛然地说："我拼了这条老命，也不许你把小恒带走！"

"我把他带哪里去？"

"不是要带美国去吗？"

"谁说我要把他带美国去？要带我上次不把他带去了？我知道你们喜欢他，特意让守恒带回来给你们养的！"

爷爷没有被她的甜言蜜语哄住，仍然像卫士一样坚守着祖国的大门。

她摇摇头，回到卧室，拿了手机，抱起儿子，来到客厅，走到爷爷跟前，把儿子递过去："呐，你自己抱着吧，放心些。"

爷爷莫名其妙，但孙子已经塞到自己怀里来了，不接就会掉地上去，只好放下那条腿，仓皇地接过孙子。

她趁爷爷不注意，狠着心在儿子的屁股上捏了一把，儿子一下号哭起来。

爷爷慌了神，大声搬救兵："金秀！金秀！快来呀，孩子在哭呢！"

奶奶正在上厕所，大声回答："我在解手啊！"

她微微一笑，提醒说："爷爷，你自己哄他呀！不是说小孩子哭的时候，一摸他小鸡鸡就不哭了吗？"

爷爷醍醐灌顶，马上去摸孩子的鸡鸡。

她厌恶地皱起眉，指点说："你这样摸，能摸得到？你让他坐你腿上，不就好摸了？"

爷爷果真让孩子坐在自己腿上。

她又指点说："你让他背朝着你——"

爷爷让孙子背对自己坐在腿上，伸出手去摸孩子的鸡鸡，果然顺手多了。

她举起手机，灯光一闪，这一画面被永恒地记录下来。

然后她抢过孩子，抱回卧室，用湿纸巾给孩子擦了擦鸡鸡，戴上纸尿布，换上封裆裤，打电话叫了个出租车，再给谢远音发短信："计划有变，还得请你再帮一个忙，是这样的……"

谢远音接到侯玉珊的短信，就去澳洲海归的格子间征兵："喂，这是玉珊的来信，想请你帮忙呢，你看看行不行。"

澳洲海归接过她的手机，受宠若惊地仰望着她，问："让我看你的手机？"

"只是让你看玉珊的来信！"

"哦，好的。"他把几封短信从头到尾看了一遍，说，"行啊行啊，有什么不行的？"

"我看你跟她老公打得火热，怕你不愿意帮她这个忙呢。"

"我跟他老公打得再火热，也抵不过跟你打得更火热啊！"

"又在瞎说！"

"呵呵，你别想歪了，我的意思是——我跟你闺蜜玉珊的关系更铁，比跟她老公铁多了。"

她听他说她"想歪了"，有点不高兴，很想声明一下，但碍于是工作时间，也不想显得自己太在意，便装作没听见似的交代说："那你把你的那部分代码都给我，待会儿我帮你写完，你今天下午肯定是泡汤了的。"

"好嘞!"

她见他眉飞色舞摩拳擦掌的，有点酸酸地说："叫你去泡妞，你就这么开心?"

"我这不是因为好不容易摊上个机会能帮你忙嘛。"

"怎么是帮我的忙?"

"哦，不是直接帮你忙，但是也算——间接的吧?"

"间接的也不是。你又不是不认识玉珊。"

"但我能认识她，也得益于你呀!"

她懒得跟他扯了，讥讽地说："你也别美太早了! 人家玉珊的小保姆可是见过世面的人，家里又放着一个男神匡大夫，人家看不看得上你还两说!"

"呵呵，这世界上就没有看不上我的人!"

她正想再讽刺他几句，他又补充说："除了你之外。"

她脸一红，没再说什么，默默回到自己的格子间。

到了午饭时间，她率先离场，到停车场去等澳洲海归。

过了不到一分钟，他就跟来了。两个人坐进他的路虎，像执行任务的特警一样，满怀着使命感来到本市最大的购物中心"世纪广场"，在美食区找到了等在那里的侯玉珊。

小保姆也在那里，还有小恒。

双方介绍完毕，侯玉珊问："你们几个想吃什么? 说了我去买。"

澳洲海归站起身："怎么好意思劳动你去买? 你留这里看孩子，我去买。"

侯玉珊对另两个女人说："嗯，这孩子还不错，知道尊老。那你们告诉他想吃什么，等他去买。不过，钱还是该我来付的，因为是我请客。"

澳洲海归急忙反对："不行不行，钱应该我来付，虽然是你请客，但你是为我——请的嘛，对不对?"

谢远音帮腔说："玉珊，你就别跟他争了，他是该谢谢我们两个媒人。"

澳洲海归问明了每个人吃什么，就对小荣说："走，让她们两个当妈的逗孩子玩，我们两个去买吃的，我一个人端不了四份半饭菜，还有饮料什么的——"

"好，我去帮你端。"

两个年轻人走远了，侯玉珊说："太好了! 这次全靠你了!"

"靠我有什么用？"谢远音朝着澳洲海归的方向努努嘴，"还是得靠他。"

侯玉珊也看着那两个人的背影，说："嘿嘿，他们两个好像还挺有缘呢，说不定我们歪打正着，真把他两人凑拢了。"

"不会吧，伟建有女朋友的。"

"就是你上次说过的那个什么——文子？"

"是啊，人家长得挺不错的，打扮得也好，比你家这个小保姆——洋气多了。"

"但有没有我家这个小保姆漂亮呢？"

"呃——不好比，因为不是同一个路线的。文子是森女系的，你家这个应该算是——村里有个姑娘叫小芳——"

"那保不住伟建会喜欢上我家的小保姆呢。"

"不会吧？"

"怎么不会？男人嘛，还不都是喜欢丰乳肥臀的女人——"她想起家里的杰士邦安全套，心里恨恨的，说不下去了。

谢远音疑惑地说："男人真的喜欢这种大胸大屁股的——女生？我怎么觉得你们家小保姆——有点大过头了——"

"我也觉得她丰满过头了，但我们女人说了不算，我们说的胖瘦，都是从穿衣服的角度来说的。穿衣服嘛，瘦就是王道，当然是越瘦越好，人家模特还全都是平胸呢。但男人看女人，床下可能还看看穿衣服的效果，到了床上，那就全都是脱了衣服之后的效果了。"她犹豫了一下，接着说，"不瞒你说，我们家老匡就——看上她了！"

"真的？你怎么知道？"

她把这两天发生的事全都告诉了谢远音。

谢远音安慰说："也不见得吧？就一盒安全套，能说明什么问题？如果真是老匡跟别的女人用的，那他还敢大大方方地拿出来跟你用？"

"他可能根本没想到我跟他情人用的是不同牌子的安全套，再说黑灯瞎火的，他哪里分得出是什么牌子？唉，这么说吧，男人都是靠不住的，你也趁早防着点。"

"老郁没什么好防的，他又没你们家匡大夫那么——有吸引力。"

"话可不能这么说！你不是说文子是你老公的那个什么——责编吗？那他们

俩可能经常在一起吧？文学女青年碰上了文学男——教授，还能不擦出火花？我劝你盯紧点，别让他给你戴了绿帽子，你还蒙在鼓里帮人敲点子！"

谢远音知道侯玉珊的心理，自己的丈夫出了轨，就觉得全天下女人的丈夫都会出轨，因为那样想才能求个心理平衡。

她淡淡地说："我们家老郁不会的。"

"为什么不会？难道你老公打过出轨预防针？"

"不是打过预防针，而是——文子看不上他的。人家年轻，还是未婚姑娘，又有伟建这么强的男朋友罩着，怎么会看得上我老公？"

"呵呵，出轨这事，可不是像你这么比条件的。难道那些小三都比正室强？有些人就是犯贱，哪怕是山珍海味，他吃久了也吃厌了，看到粗茶淡饭他也想尝一尝。还有的就是贪嘴，山珍海味他也要吃，粗茶淡饭他也不放过，恨不得把全天下的异性都尝遍！"

正说着，那两个年轻人端着几大盘食物回来了，在桌子上摆开，几个人各自拿了自己的食物，开始饕餮。

看得出来，那两个人打个饭的工夫，已经交流了不少信息，说话内容已经不是姓甚名谁家住哪里之类的初级会话教程，而是"你们美国""我在澳洲的时候"等中级教程了。

澳洲海归以高富色的神情望着小荣，而小荣则满脸都是脑残粉的傻笑。

这边两个女人你看我，我看你，半是心领神会，半是疑惑不解。

吃了一会儿，侯玉珊站起身："我带小恒去洗手间拉尿，你们帮我带个眼睛，别让谁把我刚买的 Ferragamo（菲拉格慕，意大利奢侈品品牌）鞋顺走了，几千块钱呢。"

谢远音也站起身："我也去一下洗手间。"

那两个年轻人求之不得，连声说："去吧，去吧，我们给你们看着东西，占着位置。"

等走出了那两人的视线，侯玉珊马上对谢远音说："我去外面坐出租车，你过会儿再回去，就说我带着小恒在儿童区玩。如果小荣要去找我，你就叫伟建缠住她。"

"好的。"

"谢谢你，也请你帮我谢谢伟建。"

"你快走吧，等成功了再谢不迟。"

"桌上那双鞋，是买给你的，别忘了带走。"

"好的，谢谢了！"

52

侯玉珊上了出租车，直奔机场，找了一个还有座位的航班，也不问目的地是哪里，就买票上机，一口气飞到一个南辕北辙的地方，在机场附近找了个旅馆住下，策划下一步。

人是从S市跑出来了，但怎么跑到美国去呢？

有两条路。

一条是去美国大使馆给小恒办护照。

但她在网上查过了，办护照最少需要两周时间，因为美国护照是送回美国本土印刷制造的，造好了再寄到中国来，很费时间。

她肯定不能在中国住两个星期等小恒的美国护照，匡守恒肯定会想方设法到处找她。

她不知道他的关系网到底有多大，从他连齐伟建都要巴结的情况来看，他的关系网应该没多大，不然也不会那么奴颜婢膝地巴结一个市政协委员的儿子。

难道他真有本事调动别省别市的公安机关，让他们都来帮他抓老婆？

应该没那么厉害吧？

但不怕一万，就怕万一。

也许他就是个巴结不嫌多的人，只要是对自己有利的人，全都要巴结。市政协委员是没多大权力，但多一个熟人多一条路，今天巴结在这里，说不定哪天就用上了。

所以不能因为他巴结市政协委员，就得出结论说他的手眼还没通天，只通S市。

再说他要抓她，也不是非得依靠公安机关走合法路子不可，他完全可以让他的狐朋狗友们暗中出动，以非法手段来对付她，抢走她的孩子，把她打伤打残打死扔到臭水沟里，她能怎么办？

她家现在就剩两个风烛残年的爹妈了，别说替她报仇，连自身都难保。看他们在姐姐死后的那个样子，对她的遇难肯定也是无所作为，就让她冤死拉倒。

再说，抢孩子的事从来都没告诉过爹妈，他们都可能根本想不到这上头去，还以为她运气不好，路遇歹徒，或者脑残，自己跟人贩子跑了，结果被人玩残了杀掉。

一想到这里，她就不寒而栗。

死了了都没人替自己申冤报仇，还有什么比这更可悲更可怕的？

只能靠自己！

可惜在中国买不到枪，连菜刀都要实名制，只便宜了那些歹人，他们总有路子搞到枪搞到刀，来对付她这样手无寸铁的好人。

她在美国倒是有把枪，但肯定没法带进中国来，所以她根本没带。

第二条路是给小恒办美国签证。

她从家里的保险柜里把小恒的中国护照带来了，不知道办签证是不是容易一些。

签证应该不是送到美国本土去办的，而是就地办的，因为她清清楚楚地记得，自己办签证的时候，就没等两个星期，好像只几天就拿到了，记得还能加急，多交点钱，貌似第二天就能拿到。她那时也不急那么几天，所以没加急，但印象里是可以加急的。

但她在网上查了一下信息，发现她根本不符合加急的条件，因为只有亲人在美国发生死人翻船的重大事故，才能加急签证。

她自己是签过证的人，知道签证有多难，完全不能保证一定签过，万一拒签了，那就麻烦了！

想来想去，她决定还是给儿子办美国护照，把自己的特殊情况告诉使馆工作人员，也许他们会出于人道主义考虑，破例给她儿子一个临时护照之类的东西，反正只要她儿子能进美国就行。

万一不能给临时护照，说不定可以让他们住在使馆内，那样匡守恒就拿她无可奈何了。

连中国人遇到危险还知道往美国大使馆跑呢，她儿子是正宗的美国人，难道使馆会见死不救？

关键是要让他们相信儿子处于危险之中，必须立即离开中国去美国。

但怎么证明这一点呢？

　　她手里有姓匡的老家伙猥亵儿子的照片，但几张照片可能还不够，顶多能证明爷爷是个恋童癖，但那不足以证明孩子的父亲也是恋童癖，或者有其他虐待儿子的罪行。

　　干吗不把爷爷送交公安机关，自己和丈夫带着儿子好好过呢？

　　是的，你在美国读书，你想把儿子带到美国去，但你丈夫在中国工作，他想让儿子在中国生活，这就是你们夫妻俩的内部问题了。你们可以好好协商，达成一个皆大欢喜的协议。

　　什么？协商不成？那你可以申请离婚，等拿到孩子的监护权再来申请美国护照。他是美国人，我们美国什么时候都是欢迎他的。

　　去你的！

　　难道这些我不知道？还用得着你来指点？我现在要的是临时护照，你懂不懂？

　　她设身处地，换位思考，假设自己是大使馆工作人员，那么，在什么情况下自己才会相信这个带着孩子的中年女人是在说实话呢？

　　证据！还是证据！

　　但必须是匡守恒虐待孩子的证据，或者匡守恒会加害于她和孩子的证据。

　　她想了一个计策，就等匡守恒打电话来了。

　　但已经下午五点多了，匡守恒还没打电话来。她心里真是万分佩服齐伟建，这家伙到底是用的什么办法，能把小荣缠这么久，到现在还没向匡守恒报告她失踪的消息？

　　不会是给小荣灌了迷魂药，把小荣弄床上去了吧？

　　弄床上去可能还不是最糟糕的，最糟糕的是把小荣给干掉了，那就麻烦大了。

　　她忍不住给齐伟建发了个短信："还跟她在一起？"

　　"嗯。"

　　"在干吗呢？"

　　"逛商店。"

　　她放了心："我这边好了，你可以下班了。"

　　"好嘞！"

　　不到半个小时，匡守恒的电话就来了。

她不接，他就一直打。

等他打烦了，她用英语发了个短信回去："With friends. Not good to talk. Text me.（跟朋友在一起，不方便讲电话，发短信吧。）"

那边还在死硬着打电话，但她都不接。

终于，那边沉不住气了，开始发短信："你把儿子带到哪里去了？"

她知道他汉字输入很慢，提议说："Why not talk in English？ It's much faster.（怎么不用英语？那会快多了。）"

那边只好开始用英语发短信。

下面是短信内容的中文大意：

匡：你把儿子带哪儿去了？

侯：在朋友家。

匡：哪个朋友？

侯：你不是手眼通天吗？自己不会查？

匡：过得好好的，你干吗突然来这一招？

侯：因为我发现你们全家都是变态！恋童癖！性虐待我的儿子！

匡：你他妈的疯了？哪里来的这些屁话？

侯：我亲眼看见的，爷爷用手摸小恒的鸡鸡，小荣教小恒玩她的包包。

匡：我不是已经对你说过，那是我们家乡的风俗吗？又没恶意，你瞎想些什么？

侯：不是我瞎想，而是你们野蛮落后！我要是向美国当局报告你们，你们全都会吃不了兜着走，因为他们最保护儿童，最恨性虐待儿童的罪犯。

匡：你吓唬谁啊？这是中国，美国佬还想在中国抓人？

侯：中国也不允许对儿童性犯罪！

匡：中国根本就不把这当性犯罪！如果当的话，不知多少人得关进牢里去了。

侯：（不回答。）

匡：你能在朋友家待一辈子？

侯：我不待一辈子，我会把儿子带回美国去，不让他遭受性侵。

匡：我就不信你能插翅飞回美国！

侯：我不用插翅，我会去给他办美国护照。

匡：哼，没有我的同意，你想给他办美国护照？

侯：我为什么要征得你同意？你是一个不称职的父亲，你纵容你爹和保姆性侵我儿子，你不配当爹！儿子也是你偷偷把他带回中国的，你没经过我同意，你给他办中国护照走的是非法途径。

匡：你别以为你在美国待了几天，就成了法律大拿了。在中国有熟人就能办到护照，有什么非法途径合法途径的区别？

她觉得已经拿到了自己想要的东西，就不再回信了，打电话叫了晚餐，送到房间吃。

过了一会儿，匡守恒又打电话来了，她仍然不接，他只好又发短信。

匡：你他妈的要走就走，干吗把我的护照绿卡都拿走了？

侯：不拿走让你到美国去抢孩子？

匡：难道你拿走我的绿卡，我就不能去美国了？我不会花钱买个绿卡？

侯：别做梦了！你以为美国跟中国一样，只要有钱就能买到任何东西？

匡：你才真是别做梦了！美国跟中国一样，也是有钱能使鬼推磨，你不信我买个绿卡你看看！

侯：那你干吗怪我拿走了你的护照绿卡？

匡：我只是要让你知道，我不是傻瓜，连你偷走了我的绿卡都不知道。你记着，这是你逼着我走这条路的，我一定会找到你，把儿子夺回来！到时候我决不会轻饶你！

侯：(不回答。)

匡：还有那些钱呢？老子的血汗钱，都被你拿跑了！我他妈还好心好意把美元都留给你用，你这个贱货，真是敬酒不吃吃罚酒！

侯：你挣的钱，也有我一份，还有我儿子一份，我干吗不拿？难道留着让你去包二奶？

匡：我什么时候包二奶了？

侯：你不包二奶，但你比包二奶还恶劣！你包的是自己的侄女！

匡：我不是对你说了吗，那不是我的亲侄女！只是一个村里的。

她觉得到这里刚好，多说无益，便彻底关了机，带着儿子，又回到机场，找了个有美国大使馆的城市，买了票，等到第二天凌晨，飞到了 Q 市，顾不得休息，就带着儿子来到大使馆。

使馆门前没她签证时那么多人了，但还是有不少人，三个一群，五个一伙，叽叽喳喳的，煞是热闹。

她直接走到门卫那里，把来由讲了，还把儿子的出生证拿出来，证明儿子是美国人，希望门卫能放她进去。

但那个中国门卫打死也不放她进去，一定要预约才行。

她气昏了，真没想到宏伟计划会毁在一个同胞的手里。

正在无可奈何之际，她看到一个白人从使馆内向外走来，急忙上去用英语喊话，大意是说自己和儿子有生命危险，需要保护，然后指着儿子说："He was born in US. He's US citizen! Please help us!(他出生在美国，他是美国公民，请帮助我们 !)"

若要搁在平时，她肯定要臭骂这种崇洋媚外的人，你出生在美国了不起啊？你美国人了不起啊？老子还是美国人的妈呢！

但今天，她没别的办法，只能孤注一掷，就看美国政府是不是真的保护美国人了。

53

侯玉珊带着儿子回到美国的那天，戴明开着新买的 Honda Odyssey（本田·奥德赛）去接机。

这车她买来还没开过几回，用不着，也舍不得用。但今天不开不行了，因为小明小珊小康都要跟着她去，而且小康和小恒还要坐在 car seat（儿童座椅）里，很占地方，她和侯玉珊的旧车都是五个座位的小车，装不下。

侯玉珊比她预料的还要精神焕发，一点不像是刚回国参加了姐姐的葬礼，还在 R 市与姐夫侄子公安机关私家侦探等等等斗智斗勇，然后长途跋涉到 S 市，又与丈夫保姆公公婆婆等等等等斗智斗勇，再取道 P 市去 Q 市，跟美国大使馆的人斗智斗勇，最后经过十几个小时的飞行，终于回到 T 市的样子。

小恒倒是有点像只惊弓之鸟，可能是刚到美国，满眼都是高鼻子凹眼睛的老外，满耳朵都是叽里咕噜的鬼话，特别不适应，两只小手把妈妈的脖子搂得紧紧的，大声号哭，死都不肯坐到 car seat 里去。

侯玉珊无奈地说："这个老土，在国内坐车都是我抱着——"

戴明看着惊诧莫名的过往人群，担心被当成人贩子，被人报警，急忙说：
"要不你还是抱着他？"

"那怎么行？被警察抓住要罚款的，可别连累你。"

眼看侯玉珊好不容易才成功的救子行动就要功亏一篑，一位无名英雄站出
来救美了，是戴明那不到三岁的儿子小康，示范性地坐进 car seat 里，还拍手
欢笑，仿佛在说："别怕这玩意儿，坐着可舒服呢！"

小恒看了，停下哭号。

小康拍着另一个 car seat，示意小恒坐进来。

看来小小孩之间有他们的共同语言，也互相信任，小恒终于让妈妈把自己
放进 car seat 里，系上安全带。

戴明把车开动了，四个小孩坐在后排，吃着巧克力，说着儿语，煞是欢乐，
两个妈妈也终于有机会说点大人的事。

侯玉珊这次回国的前半部分旅程和经历，她都已经在电话和电邮里告诉过
戴明了，没来得及汇报的主要是从逃离 S 市开始，因为那一路都紧张得很，完
全没时间汇报。

戴明听侯玉珊讲述出逃过程，完全听呆了，好半天才说："真是多亏了那个
白人先生，不然你连大使馆都进不去！"

"就是啊，最后还是小恒的出生证起了作用，人家一看，态度就不同了，就
像他们说的那样，美国政府不保护美国人，还保护谁？他们在海外的职责就是
保护自己的侨民。"

"呵呵，我以前还以为他们在中国开使馆就是为了给中国人签证呢。"

"我也是那样想的。"

"那他们看了出生证，是不是就把护照给你家小恒办下来了？"

"哪有那么容易啊？"

"怎么回事？是不是柏老师帮忙开的许可信出了破绽？"

"那倒不是，我根本没用柏老师开的许可信。"

"为什么不用呢？"

"因为在外国办美国护照，要等两个多星期才能拿到，而我不能等那么久，
不然的话，我根本用不着想那么多主意，搞那么多证据，直接用出生证和柏老
师帮我开的许可信就能办到。"

"那你最后是怎么办到的呢？"

"其实应该算没办到。"

戴明很吃惊："没办到？那你怎么能把小恒带进美国来了？"

"我是用签证把他带进来的。"

"签证？什么签证？"

"美国签证啊。我当时把照片和短信什么的，全都给大使馆的人看了，然后对他们说，我必须马上走，不然会有生命危险，因为我丈夫跟黑帮分子有联系，他会派人来追杀我的。"

"老匡跟黑帮分子有联系？"

"哪里呀，不是想让大使馆给我办加急护照嘛。"

"那他们给你办加急的了吗？"

"没有，他们说可以让我在大使馆内住几天等护照。"

"真的？他们真是太好了！"

"的确很好，他们对本国公民真的是很保护。"

"那你答应在那里住了？"

"只住了一个晚上，因为我还是想尽快回美国，怕他们是把我稳在那里，然后左调查，右调查，如果查出我那些照片是怎么来的，或者查出老匡没那么阴险狡猾，那他们说不定会认为我是一个不诚实的人，反而把事情搞坏了，夜长梦多嘛。"

戴明真心佩服侯玉珊想得周到有远见："那幸亏是你，如果是我的话，肯定想不到那么远。人家叫我住在大使馆里，我就安安心心在大使馆住下了。"

侯玉珊谦虚地说："我也不是什么想得远，而是胆子大。如果是你的话，根本就不会像我那样下那些套，也就不怕大使馆派人调查了。说实话，我下了那些套，心里还是挺内疚的，一是坑了爷爷，二是坑了小荣，他们两个人其实不是什么坏人，但他们一定要做匡守恒的帮凶和走狗，死盯着不让我把小恒带走，那我就没办法了。"

"这不怪你，要怪也只能怪你老公，谁叫他不声不响把孩子带走的呢？"

"就是啊，我完全没想到他会来这么一手！"

"谁也想不到啊！平时他对你那么好，令我羡慕得不得了，天底下上哪儿去找这么完美的丈夫啊？人英俊，又勤快，嘴也甜，我们家老李能有你们老匡一半好，我都心满意足了。哪知道老匡会来这么一手呢！"

"哎，你说这世界上到底有没有爱情？我和老匡在一起这么多年，从来没想到他会来这一手，总以为他是真心爱我的，啥事都会听我的呢！哪知道他也只是把我当成一个生儿子的机器，平时殷勤我讨好我，都是为了我给他生儿子。儿子一生出来，他就开始打主意把儿子弄走——"

"那最后你是怎么把孩子带进美国来的呢？"

"大使馆的人听说小恒有中国护照，就提议先让小恒用中国护照进关，回到美国之后，再给他办美国护照。"

"为什么要这样？"

"因为签证是在中国做的，马上就能拿到。"

"那你这次是用中国护照把他带进来的？"

"是啊。"

"美国人没说他的中国护照是非法办来的？"

"我发现美国人讲是讲原则，但也懂得变通。他们知道小恒的中国护照是开后门办来的，但他们看我急切地想离开中国，就想了这么个主意。再说，你办中国护照不合法，违反的是中国的法，不是他们的事。"

"那倒也是。不管怎么说，把儿子带回来了就好。不知道你们家老匡会不会就这么善罢甘休？"

"肯定不会。"

真是说曹操，曹操就到！两个人正说到这里，匡守恒的电话就打来了，打的是她美国的手机。她正说得高兴，想都没想就接了电话。

那边像什么事都没发生过似的说："玉珊，你回到美国了？你和小恒都还好吧？"

她一惊，差点条件反射地挂掉，但想了想，就镇定下来，喊，我已经回到美国了，还怕你不成？

她回答说："嗯。"

"小恒没有美国护照，你是怎么把他带进美国的？"

"你是怎么把他带出美国的，我就是怎么把他带进美国的。"

"呵呵，还在生气啊？我已经骂了我爸了——"

她心说那你爸没告诉你是我使的坏？

匡守恒见她没搭腔，又说："你实在想把儿子带在身边，可以对我明说嘛，干吗淘神费力绕这么大个圈？"

"我说了你会答应吗？"

"只要你说了，我哪有不答应的？"

"别假装好人了！难道我没跟你说过？说了不知多少回了，你会让我带走？上次你是亲自盯着我，我在国内待了几天，你就守在家里盯了我几天。这次你又专门叫小荣盯着我，不让我把小恒带走——"

"哪有这样的事啊？上次我不是还没上班，正好在家陪着你吗？这次我要上班——都怪那个小妖精！太会生事了，我们夫妻之间闹矛盾，都是她造成的！"

"哼，你别把责任都推人家身上了。如果你敢作敢当，我心里可能还对你残存一点尊敬，至少你是在追求爱情。但像你这样脱了裤子上人，拉起裤子赖账，我对你连最后一点尊敬都不存在了。"

"怎么扯到脱裤子上去了？我跟她真的没那事！你怎么不相信我呢？我跟你在一起这么多年了，我是什么人，难道你还不知道？如果你说我在官场上有野心，或者说我想赚钱，那还说得过去，但我对女人真的没有兴趣——除了你之外，我怎么会跟一个小保姆搞在一起？你也把我说得太没眼光了吧？"

"你有没有眼光，不关我的事。你今天想说什么，就直接说，别耍嘴皮子浪费我时间。"

他沉默了一会儿，低声说："那你可不可以把我的护照和绿卡给我寄回来？"

"寄回去干吗？"

"我要凭那个回美国啊。"

"你回美国干吗？还想来抢孩子？"

"孩子的事，我已经想通了，不会跟你抢的。但我半年要回美国一次，才能保持我的绿卡身份啊。"

"你要绿卡身份干吗？"

"留条后路嘛，如果在中国混得好，那不要绿卡也行。但现在我还没混出人样来，绿卡还是不能丢。"

"你不是有后门，可以办到护照绿卡吗？"

"护照是办得到，但绿卡哪有那么容易？"

"你不是说假绿卡你也办得到的吗？"

"呃——那个——办得到也不敢用啊！万一被海关识破，我就麻烦了。"

她想了想，说："看你表现吧，你表现好，我兴许会把护照绿卡还给你，你表现不好的话，我不光不会把护照绿卡还给你，还会去 FBI（美国联邦调查局）告你，让你永远来不了美国！"

"你要我怎么表现？"

"怎么表现？老老实实在中国待着，老老实实去上班，不许你在外面找女人，赚了钱寄来给我和孩子们用——"

他嘟囔说："我一直以来都是这么表现的吗？"

她差点又要开声讨大会，但想了想，就忍住了，根本就没拿他当丈夫看待了，已经成了敌手，还声讨个甚？

她淡淡地说："那你就接着表现呗。"

54

匡守恒恳求说："我保证表现好，也请你在第一时间用快件把我的绿卡和护照都寄给我。"

侯玉珊当然不会答应："你这么急着要绿卡护照干吗？"

"我回来快半年了，再不回美国一趟，绿卡就会过期。你不会是连我们的夫妻情分都不要了，故意让我丢掉绿卡，回不了美国吧？"

不提"夫妻情分"还好，一提侯玉珊的火就上来了："到底是谁不要夫妻情分？你在那边连小三都招到家里来了，还说我不要夫妻情分？"

"哪有什么小三啊？我不是跟你解释过了吗，我跟小荣啥事都没有，你怎么总是不信呢？现在我已经把她赶走了，你总该相信了吧？"

她听说小荣被赶走了，又开始内疚起来，担心地问："她在 S 市没亲没故的，你把她赶哪里去了？"

"那我就不知道了。"

"万一她真的出去——做鸡呢？岂不是你——害了人家？"

"你看你这个人，怎么这么纠结呢？她在我这里的时候，你一心要赶她走；现在我把她赶走了，你又来怪我害了她。那你到底要怎么样？"

她也不知道要怎么样才好，只希望齐伟建真的喜欢小荣，会帮小荣找个工作，找个住处什么的，免得真的把小荣逼到鸡路上去了。

　　不过，匡守恒做得这么决绝，又让她相信他和小荣是真没什么事。但那盒杰士邦安全套又是怎么回事？难道真是小荣和别的男人鬼混时买了放在抽屉里的？

　　她知道这事问他没用，从他嘴里是问不出什么来的，问出来了她也没法相信，还得靠自己调查。

　　她威胁说："我要先调查调查，看你究竟有没有出轨。"

　　"你尽管调查，我绝对没出轨。但时间紧迫，你可不可以现在就把绿卡寄给我，然后再慢慢调查？如果到时你查出问题来，想怎么处置我都行。"

　　"如果我把绿卡都寄给你了，还能怎么处置你？"

　　"你不是还可以向美国政府报告我，让他们阻止我进关，取消我绿卡吗？"

　　她想想也是，便答应了："我现在还在高速公路上，等我到家再说吧。"

　　"好的，那你一到家就寄给我。"

　　侯玉珊打完电话，戴明由衷地说："太佩服你了，把你们家老匡收拾得服服帖帖的，不管你怎么凶他骂他，最终都是他开口求你。这要是放在我们家老季身上，那真是想都不用想。每次都是他凶我骂我，最后还得我开口求和。"

　　"你干吗要开口求和？"

　　"我不求和，他可以一辈子都不理我。"

　　"不理就不理！他一辈子不理你，你就一辈子不理他，谁怕谁呀？"

　　"但是一个家庭——弄得这么剑拔弩张的，多没意思！再说——孩子们看见了也不好。"

　　侯玉珊摇摇头："这就是你的软肋！你担心孩子，他不担心，所以你就软弱，他就硬气。你得狠下心来，跟他硬斗，我保证他服输，先来找你求和。"

　　"不会的，他跟你们家老匡不同，从来没在我面前认过输。"

　　"怎么会呢？男人再狠，他也有求女人的时候，只要你熬得起，终究该他服输，因为男人熬不过女人。"

　　"这个——也得看人，虽然我没什么——熬不熬得起的，但他也不存在——熬不起这回事。"

　　侯玉珊哈哈笑起来："哈哈，那是你没试过，你试试就知道了。我就不信你们家老季练过葵花心经，能熬个十天半月不近女色。"

"我的确没试过。"

"那你今天就试试，先找个由头跟他吵，然后不理他，不让他碰你，看他能熬多久。我保证他一个星期之内老老实实来求你。"

"要试也不能现在试。"

"为什么？没吵架的由头？"

"那倒不是，要想跟他吵架，随时随地能找到由头，因为他从来不干家务，不照顾孩子，还把家里搞得乱糟糟的，脏衣服脏袜子到处扔，还动不动对孩子发火——"

"那你还等什么？今天回家就收拾他！"

"现在真的不行，因为他最近——失业了，别让他以为我在嫌弃他。"

"他失业了，怎么回事？"

戴明叹了口气，说："他这个人你知道的，比较——心高气傲，总觉得自己毕业于名校，国内导师是全国有名的专业带头人，刚到美国时跟的也是全美国有名的老板，而现在这个老板——要说资历，还真的不比他强多少——"

"怎么，他跟老板搞不好？"

"嗯，还不是一般的搞不好，是——相当的搞不好。"

"那就是他傻了。人家是你老板，你的工资是人家开的，你跟人家处不好，那不是找死？你管人家资历不资历，人家能当老板，那就是资历，你就得服人家管——"

"他也不是不服人家管，但是——有些学术上的事，明明是老板不懂，还要他按照老板的路子来干，他怎么受得了呢？"

侯玉珊不以为然地说："那有什么？咱就一打工的，老板怎么说，咱就怎么干，老板说太阳是方的，咱就照着方的画，干出事来是老板的责任，大不了咱从头再来，反正干一天老板得发一天的钱，怕啥？他当老板的不着急，咱们干活的人还着急了？"

"他要是能像你这么——开通，就不会落到这一步了。"

"他老板把他开了？"

"开了不说，还不给他写推荐信，他在美国总共就这么两个老板，前一个老板去世他才跟的这个老板，如果这个老板不给他写推荐信，他上哪儿找工作去？"

"那他现在——就在家闲着？"

"不闲着还能——咋的？"

"哇，我完全没想到呢，我看你开着新车，还以为你们俩谁升职加薪了。"

戴明内疚地说："可能也怪我坚持买了这个车，才会招来这么个祸。我一直想买个大车，好放 car seat（儿童座椅），爷爷奶奶来了也方便。但他一直都不肯买，说一辈子没欠过钱，为了买车欠债，他开着都不安心。"

"贷款怎么是欠债呢？"

"他要这么想，有什么办法？"

"他这个人也太——老土了。"

"这不刚好我爸妈都签到证了，马上要来我这里玩，我们账上也还有点钱，买个车不成问题，所以我就大起胆子做了个主，把车买下了。"

"那他知道了不大发脾气？"

"脾气倒是没发，因为他挺喜欢这个车，开了一趟就舍不得下来了。但晦气得很，这车刚买，他就失业了。我想把车卖掉，但已经晚了，就这么几天的工夫，这车卖出去就要损失好几千块钱——"

"是这样的，什么车都是最开始一两年折价最多，再往后反而保值了，所以要卖也不能卖新车，只能卖旧车。"

"旧车能卖几个钱？"

"但是你哪里用得着卖车呢？老季肯定不会老失业在家的。"

"问题是他找都不愿意找啊，说他没介绍信，怎么找工作？又说那些老板都不如他，他才不到那些人手下去受气呢。"

"那他就争口气，自己当个老板。"

"老板哪是那么好当的？你不申请到 grant（科研基金），拿什么当老板？"

"那他就申请啊！"

"他现在连工作都没有，凭什么申请呢？"

两个女人顿时愁眉苦脸起来，一个为丈夫的工作发愁，也为父母即将到来发愁，这一来就看见女婿失业在家，还不急出病来？另一个则为自己的生计发愁，眼看就得送儿子去 day care（托儿所），每个月最少一千美金就不见了，晚上接回来还得自己看，拿什么时间学习？更别说打工了。

愁了一阵儿，侯玉珊打起精神，给谢远音发短信报平安。

　　两个人聊了几句，谢远音汇报说："你们家匡大夫把你家那个小保姆赶出来了，你知道吧？"

　　"听他说了。你怎么知道？"

　　"她去找伟建了嘛，我当然知道。"

　　"那伟建——收留她了吗？"

　　"他给了她点钱，让她先去租个房子住。"

　　她放了一点心："看来伟建是真喜欢她。"

　　"他不承认，说是看在你的分儿上，帮帮她。"

　　"是不是怕他那个女朋友知道？"

　　"有可能。"

　　"我就是担心小荣待在城里找不到工作，会走上邪路。"

　　"伟建在帮她找工作。"

　　"那你帮我谢谢他，我待会儿也给他发个短信谢他。这次多亏你和伟建了，不然我哪里能把小恒带回美国来？"

　　"听说你老公为这事很生气，不会跟你闹离婚吧？"

　　"他闹我也不怕，如果没有离婚的思想准备，我敢跟他抢儿子？"

　　"说实话，我最担心的就是你们夫妻会为这事闹不和。帮你的忙，我肯定是万死不辞的，但如果帮了你这个忙，就拆散了你和匡大夫，那我真的会内疚一辈子。"

　　"哎呀，快别这么想了！我们两口子拆得散？他刚才就打电话来求和了。"

　　"那你就跟他和好吧，反正他也没什么别的不是，就是没经过你允许把儿子带回来而已，但他的用心还是好的，是想让你安心读书。现在你也把儿子抢到手了，就别再跟他闹了，好好在一起过日子吧。"

　　侯玉珊知道谢远音是个"宁拆一座桥，不拆一抬轿"的人，她自己也不知道最终跟匡守恒怎么结局，所以不知道怎么回答，东扯西拉地寒暄了几句，就收了线。

　　她抓紧时间给齐伟建发短信，先是好好谢了他一番，然后问："听说小荣被赶出来了？"

　　"嗯，她跑来找我，我就给了她一点钱，让她先租个房子住下来。"

　　"以后就托付你照顾她了。"

"我会尽力的。"

"你女朋友知道这事吗？"

"她不知道。"

"如果她知道了有意见，你可以把我的电话号码给她，让我来对她解释。"

"好的。太谢谢你了。"

"不用谢，是我应该做的。如果不是为了我，你也不会认识小荣，更不会陪她一下午，她也就不会跑去向你求助了。总而言之，如果这事向不利于你女朋友的方向发展，都是因为我，我理所当然应该向她解释。"

"好的，如果她找我闹，我一定把你供出来。"

"小荣那里，你也帮我道个歉，如果不是因为放走了我，她也不会被赶出来。"

"哦，她不是为那事被赶出来的，她说是因安全套的事。"

"是吗？安全套怎么了？"

"她说她叔怪她放盒杰士邦在他抽屉里，害得你跟她叔大闹。"

"安全套真是她放的？"

"她说不是，她说她怎么会放盒安全套在她叔的抽屉里呢？是她叔自己带人回来过夜之后留下的。"

"她叔带人回家过夜了？"

"她是这么说的。"

55

侯玉珊一听，顿觉心口发疼，虽说嘴里总是说不在乎，思想上觉得自己不在乎，但一旦从外人口中得知丈夫出轨，还是很难受，像有人当胸踢了她一脚一样，痛彻心扉。

齐伟建那边大概半天没听到她回答，关心地问："你怎么了？没事吧？"

她深吸一口气，撒谎说："我没事，正开车呢。"

"哦，那你专心开车，我挂电话了。"

"好的，等我到家再跟你慢慢聊。"

"行。"

放下电话，她第一个冲动是立即打电话去把匡守恒臭骂一通，出出心头这团恶气，但号码拨了一半又停下了，哼，骂他还太抬举他了，好像我把他当回事似的，而且他肯定不会承认，会说这是小荣被赶走不服气，在背后造谣污蔑他呢。既然我现在也没办法查明究竟是谁在撒谎，那又何必丢自己的面子去骂他呢？

干脆给他来个最高的轻蔑——沉默！

但决不把绿卡和护照寄给他，等他着急上火打电话来问的时候，我再好好教训他一通。

戴明见她一个电话打得气咻咻的，不由得问："出什么事了？"

"别提了，恶心的事。"

"什么恶心事？"

"还不是老一套，老公出轨呗。"

"老匡？"

"是啊，我家那个小保姆说他往家带女人过夜！难怪家里有杰士邦的安全套呢，肯定是他为了跟那个女人鬼混才买的！"

"不会吧？他爸妈都在家里，他怎么好带女人回家过夜？"

"嗨，他那个爸妈，难道是什么——有原则或者知书达理的人吗？说不定还觉得自己的儿子有本事呢！他自己就是这种观点，说小保姆让小恒摸她的奶不是把我们儿子教坏了，而是让我们儿子赚翻了，因为那是我们家男人摸别人家的女人，不是别人家的男人摸我们家的女人！按照这个逻辑，那他往家里带女人不也是赚了吗？如果我找了别的男人，那才是赔了，不光我赔了，连他都跟着赔了，所以他千方百计要防止我找别的男人，就为了这他才把我儿子抢走的，以为手里捏着我儿子，我就得老老实实忠于他——"

"这不成了——只许州官放火不许百姓点灯吗？"

"可不就是只许州官放火不许百姓点灯！"

戴明想了想，问："如果他真带过女人回家过夜，你怎么办？"

"还能怎么办？当然是离婚！"

"他会同意离吗？"

"管他同意不同意！他同意也得离，不同意也得离。"

"你可能是真不怕离婚，反正离了肯定能找到人。"

"离了找不到人我也不怕离婚。离婚这种事，是怕得出来的吗？你越怕，他越是拿这个吓唬你。离就离，谁怕谁呀？"

"也不是怕谁，主要是孩子还小，没有父亲，总是一个缺憾。"

侯玉珊特听不得有人拿孩子做幌子来掩盖自己不敢离婚的事实，立马不客气地说："要我说啊，你们家孩子如果没老季这么个爸，一点缺憾都不会有。以前嘛，还说他能挣几个钱帮补一下家用，现在他工作也搞丢了，钱也挣不到了，那不全靠你了？你不仅要养家，还要养他。而他照样是那么大的脾气，在家里横草不沾，竖草不拿，动不动就吼孩子，你说你图他个什么？趁早跟他离了，屁缺憾都不会有！"

戴明没吱声，知道侯玉珊也就是图个嘴巴快活，站着说话腰不疼。真要搁她身上，不定多尿包，至少面子上也拉不下来嘛，怎么好意思因为丈夫失业就跟他离婚呢？如果说以前没失业的时候，还有可能因为他不做家务或者对孩子凶跟他离婚的话，现在反而不可能为了那些事就离婚了，怕他以为自己是在嫌弃他没工作。

她叹口气说："其实他这段时间还不算特别讨人厌，家务当然是不做的，但对孩子——没那么凶了，因为他整天黏在电脑上忙活，基本没工夫过问孩子的事。"

"哼，算他有自知之明！如果还那么凶，真的一脚踢开他！"

"我现在愁的是我爸妈就要来了，如果我爸妈看见他没工作，又那么懒，对孩子那么凶，肯定会替我发愁：看我这女儿过得多窝囊啊！"

"那你事先就给老季约法三章：我爸妈来了，你得勤快点，对孩子好点，最好每天早上还是装作上班的样子，去图书馆或者什么地方待着，晚上下班时间再回来，免得老人看出破绽来。"

戴明苦笑："我敢这样跟他说？借个胆子给我都不敢。"

"你到底是怕啥呀？大不了离婚。"

"如果我爸妈看见我闹离婚，不是更伤心了？"

"唉，你这辈子，都是为别人活的，不是怕孩子有缺憾，就是怕父母伤心。你自己呢？你就不怕自己委屈？"

"我哪有什么自己？如果我父母开心，孩子开心，我——还不就开心了？"

侯玉珊无奈地摇摇头："你活得都没自我了！其实你根本没试过，怎么知道孩子一定会有缺憾，父母一定会伤心呢？"

"这还用试？想也想得到嘛。"

"就不兴想错？"

"不会的。我自己的孩子，自己的父母，我最了解。"

侯玉珊见她这样说，就不好再往下说了，只提议说："等你父母来了，请他们帮我照看小恒吧，我付钱。"

"说什么钱啊！如果他们身体条件许可，肯定帮你照看小恒，就怕他们长途奔波累坏了。"

"不会的，国际航班都是大飞机，不会太挤太累。那就这样说定了！等他们来了，如果跟你们家老季搞不好，我就接他们来我家住。"

"他们在哪儿住的事，到时再说吧，但你忙的时候，他们帮你看看孩子，肯定是没问题的。"

"那就好。我正愁孩子没地方去呢。"

一车人先到麦当劳吃了东西，然后才开到侯玉珊家，戴明帮着看孩子，侯玉珊把家里大略拾掇了一番，戴明才开车回家。

侯玉珊累坏了，又有时差要倒，好不容易把小恒哄睡了，自己也迫不及待地跟着睡下。

但她刚睡着，匡守恒就打电话来了："绿卡和护照你寄了吗？"

她没好气地说："没有。"

"怎么还没寄？不是说一到家就寄的吗？"

"你也不看看今天星期几，就像催魂似的催啊催！"

"哦，对不起，我忘了今天是周末。那你明天一定记得寄哈。"

她实在忍不住了："你在国内过得那么滋润，还要这个绿卡干吗？"

"我不是说了吗——"

"我知道你说了什么，你想保住绿卡，如果在国内混得不好，还回美国来。但你也不能太贪了，什么都想得到吧？"

"我这不是为了你和孩子吗？"

"你就别打我和孩子的旗号了！是你那个女人想要你保住绿卡吧？"

"哪个女人？"

"我怎么知道？"

"你不知道干吗无中生有乱说呢？"

"我无中生有乱说？难道你抽屉里那盒杰士邦的安全套是我无中生有乱说出来的？"

匡守恒一愣，随即说："我不是对你说过了吗——"

"你是说过，说那是小荣带男人来家里鬼混时买的？你以为这样一说，我就相信了？你也不想想，你爸妈都在家，小荣她敢带男人到家里来鬼混？我亲自问过你爸妈，他们都说没见过小荣带男人来家！难道你爸妈那么老实的人还会撒谎？"

匡守恒不吭声了。

她心里又是一阵发痛。

其实她也就是这么随口推理了一下，再信口撒个谎，并没觉得能直中要害。如果他分辩说"那肯定是我爸妈在另一间屋里没看见"，或者"我爸妈才不管她的闲事呢"，她肯定就相信了。

但他不吭声，说明被她击中了要害，正在绞尽脑汁想对策。

她不给他时间狡辩，也不给自己时间被骗，狠狠地说："你就安安心心跟你的情人幽会去吧，我不会为难你们的，但你也别想我把绿卡和护照寄给你！"

那边也烦了："你别拿个绿卡威胁我！实话告诉你，我想保住这个绿卡，也是为了你，为了咱们这个家。别说是找情人，哪怕是找老婆，我十个八个都找得到！愿意跟我结婚愿意为我生儿子的不要太多！人家并不在乎一个绿卡，人家看中的是我这个人！"

"那你还等什么？"

"我是个信守诺言的人，当年答应过你爸妈，说要跟你白头到老的，我不会轻易背信弃义——"

"嘁，别把自己说得像朵花一样了！谁知道你打的是什么算盘！"

两人沉默了一阵儿，他说："我最后一次恳求你，把我的绿卡护照寄给我。如果你不寄的话——就别怪我不客气了。"

"你客气不客气又有什么区别？你客气都是这样子，不客气又能坏到哪里去？"

"你这个人怎么这么油盐不进呢？跟你好说歹说都说不通，存心作死还是怎么的？你别以为自己还挺俏，离了我能找到老外。我实话对你说了吧，真看得上你们这些华人大妈的老外，也就是 Jeremy(杰瑞米) 那种学文科的，连工作都找不到，只能在中国店打工的猥琐男 !"

"我俏不俏，就不用你操心了，你还是操心你自己吧 ! 我就不相信你这种在海外混不下去只好回国的 loser(失败者)，在国内又能混出多大个场面来，难道还能找到像我这样德智体全面发展又不嫌弃你凤凰男的女人 ?"

夫妻俩自粉了一通，又互黑了一番，最后各自放出狠话，叫对方"好自为之""小心点"，才气急败坏地挂了电话。

虽然她在电话上毫无畏惧，一往无前，仿佛胜券在握似的，但心里其实是又气又恨又怕又担心，第二天就跑到移民局和 FBI 去要求保护。

移民局的人安慰她说，没事，他没绿卡没护照，进不了美国的。

她说你们不知道他有多神通广大，不仅能办到假护照，还能办到假绿卡。

她把手机里存的短信给移民局的人看，以为会激起移民局的兴趣，把匡守恒当作破获假证件制造团伙的线索，跨国逮捕，严刑拷打，顺藤摸瓜，一网打尽。

但人家说匡守恒是在 bluffing（吹牛），说美国绿卡防伪功能强得很，能制得出以假乱真绿卡的人还没出生。

FBI 大概手头案子太多了，对这种人在国外的嫌疑分子没心思过问，也无权过问，只叫她一旦发现匡守恒在美国的踪迹，立即向他们报告。

她心说去你妈的 ! 我就是要你们把他堵在国门之外，如果你们还要等他进了美国，而且我老人家报了案你们才知道他来了，那我要你们干什么？

这帮废物，白用纳税人的钱 !

09 爱，或者不爱，只能选一个

她胸口堵得慌，很想破口大骂，他爷爷的！你还觉得我变庸俗了？是的，你从来不谈柴米油盐，而我总在操心柴米油盐的事。但你有没有想过，如果不是我在那里挣钱，在那里算账，在那里操劳，你这些年能吃饱喝足还有地方睡觉？就凭你那点收入，你连喝酒都不够，更别说娶妻生子，成家立业了！

56

戴明出国了这些年，这还是第一次把父母接来探亲。

不是父母不想来，就这么一个女儿，又在海外，见一面不容易，能不想念吗？再说父母都退休了，待在家也没事，早就想到美国来看看她一家，也看看美国的景色了。

也不是她不想念父母，或者不孝顺父母。她是独女，不管从哪方面讲，都应该把父母接到身边来照顾，至少要让父母到美国来探个亲，度个假，享受一下子孙绕膝的天伦之乐。

但她一想到父母来后和季永康相处的情景，她就发怵，完全提不起胆子邀请父母过来探亲。

其实季永康并没跟岳父岳母发生过重大冲突，甚至可以说从来没有正面交锋过，也没什么忤逆不道的历史污点。但她就是怕，怕他那张冷漠无情的脸，怕他那种事不关己的态度，怕父母会看到她在家里那么没地位，丈夫那么不疼她。

从谈恋爱开始，她就很怕带季永康回家，虽然他也没说过岳父岳母什么不是，但他那种漠然的态度，总是让她感到抬不起头来。

她把这一切归结于两个人是经人介绍的，而不是他自动追求的。

如果是他自动追求的，那从一开始就奠定了她公主或者女王的地位。他为了得到她的心，当然要使劲讨好她；他为了得到未来岳父岳母的同意，当然要使劲讨好她的父母。

她的小伙伴们都是公主或女王的待遇，至少在被追求的阶段，是这个待遇。有的结婚多年，仍然是这个待遇。这是她家乡的传统，风俗，默认形式。

但她从来没得到过这种待遇，因为她和季永康是介绍人撮合的。既然她答应了介绍人，愿意与他交往，那就等于表明了自己的态度：我是喜欢他的，是愿意跟他谈恋爱的，而且是奔结婚的路上去的。

这样一来，他就有恃无恐了，既用不着追求她，也用不着讨好她的父母。

那时他去她家，从来不做家务，就像回到他自己乡下的家里一样，总是做甩手将军，等家里的女人来待候。

她爸刚开始还想以身作则，用自己的行动来带动他，激励他，所以总是特别勤快，帮妈妈做很多事，但季永康一点都没觉察，或者觉察了也不以为意，自然也就没被激励，也没被带动。

她很想像别的女生一样，给他来个下马威：你在我爸妈面前表现好点，不然我就跟你吹！

但她不敢，本来就觉得自己和他之间的关系是命悬一线，没什么根基的，完全是命运的巧合，再加上介绍人的撮合。他同意跟她谈恋爱的前提，是她同意谈，并不是什么非她不可的爱情。如果她威胁说要跟他吹，他肯定立马就跟她吹了，绝不会坐以待毙，等她根据他的表现来吹他。

所以她那时只胆小怕事懦弱无能地恳求说："在我父母家的时候，你可不可以为了我的面子，稍微勤快点，讨好讨好我父母？等回到我们自己的天地，我加倍补偿你。"

但他连这样的折中计划也不愿意接受："那你的意思是如果我不讨好你爸妈，他们就会不同意我们的事？"

"也不是这个意思，他们是很——喜欢你的。"

"那你干吗要我做假呢？我就是这么个人，如果你现在就接受不了，那还是趁早算了，免得以后麻烦多。"

"我没说我接受不了。"

他不罢休，进一步敲打说："你看你去我家，我就从来没要你讨好我家里的人。你是什么样，就是什么样，那样我家里人看上你，才是真看上你，而不是看上了你的假面具。"

她心说你没让我讨好你家里人吗？那你干吗要我像你们家女人一样做家务？

当然，她不敢把这话说出来，说出来也于事无补，反而有害。

难道他会因为她证实了他要求过她讨好他家里人，就转变态度，说"哦，是这样啊？既然我要你讨好过我家里人，那我也来讨好你家里人吧"。

打死他都不会这样说！

他是个不认错的人，不仅不承认自己有错，而且根本不认为自己有错。

她改变不了他，只好吃柿子拣软的捏，要求父母让步："永康他们家乡就是这种风俗，男人都是不干家务的。"

妈妈担心地说："那今后不是该你吃亏了？"

"能有多少家务活啊？再说，他这是在一个生疏的地方，想做事也不知道怎么做，怕做错了。就我们两个人在一起的时候，他还是很勤快的。"

爸妈都是明白人，一眼就能看出她在说谎，但也能看出她说谎的良苦用心。再说女儿也不小了，好不容易找了这么一个长相和才华都挺出众的男朋友，就别太挑剔了，人无完人，金无足赤嘛，兴许今后时间长了，建立家庭了，有孩子了，就会慢慢改变。

后来她就尽量少带丈夫上父母家去，每年春节什么的，都去婆家过，从婆家过完春节回来，才蜻蜓点水地在父母家待一两天。

即便是那一两天，她也过得如坐针毡，度日如年，不是她跟自己的爹妈有什么处不好的地方，而是很怕爹妈看见季永康结婚之后还是那么懒，那么不在乎她，她对他一点支配能力都没有，怕父母会觉得季永康一点都不爱她。

出国之后，爸妈提了好几次，说想趁眼下两个老家伙都还走得动，到美国来看看她一家，免得以后想来都走不动了。特别是她怀上了老二之后，爸妈更是想来美国照顾她，帮她分担家务。

后来生了老二，妈妈知道她在家里的地位，怕她一个人又要照顾新生儿，又要做家务，月子里太累，会坐下病来，几乎是在向她求情了，说日常吃的药都开足了，衣服鞋袜都买好了，还把人民币换成了美元，来美国后二老的所有开销都是自己付，房租也按月付给她，如果她那里住不下，二老就到外面去租房住，只求她写个邀请信，他们好拿去办签证，到美国来帮她照顾儿子。

她每次接到父母的电话，说起来美国的事，都感到特别难过，她不想父母看见自己的窝囊样，更不愿父母到她家来做牛做马伺候那个大牌子二调子的女婿，所以总是推托，说公公婆婆要来了，或者说怕爹妈在美国病倒，没医疗保险。

这一次，她好不容易下了决心，要趁爹妈还走得动的时候，把他们接到美国来玩几天，反正儿子已经上 day care 了，家里也没什么家务要做了，就是做个饭，父母不会觉得她太忙，那么丈夫帮不帮她，就无所谓。

她跟季永康商量接父母来玩的事，他一点意见都没有，于是她给爹妈发了邀请信，出具了必需的证明，爹妈也一下就办到了签证，买好了机票。

哪知道，天有不测之风云，就在这个节骨眼上，季永康失业了！

如果不是知道丈夫是个最要面子，最不愿意被人解雇的人，她真的会以为他是故意丢掉工作，让她父母来不了，或者让她在父母面前下不来台的。

但她知道他不是故意的，可能他从来都没感觉自己在岳父岳母面前有什么做得不好的地方，也不知道她是这么担心父母看见他的表现。他这人自我感觉相当好，可能还以为自己是多么模范的丈夫，多么出色的女婿呢。

现在，父母已经是箭在弦上，不来也得来了。

人家是丑媳妇怕见公婆，而她则是窝囊女儿怕见父母。

那几天，她愁得跟什么似的，一点即将团聚的喜悦都没有，只在想着万一父母看见她的现状，替她伤心，她该怎么安慰父母。

有一次，她想横了，侯玉珊说得对，他季永康到底是多大的一坨糖啊？我干吗这么卑躬屈膝地宠着他，供着他，生怕得罪了他，生怕他不要我了？难道跟他离了婚，真的会对孩子不好？不见得吧？现在孩子见了他，就像老鼠见了猫一样，哪天他不在家，两个孩子就像解除了枷锁的奴隶一样，欢歌笑语庆解放。

她跟侯玉珊聊了聊自己的想法，侯玉珊非常高兴："就是这个理！你终于活明白了，活出人样来了！你要早这么想，说不定早就把你们家老季改造过来了，我就不信他一个凤凰男，离了你还能找到更出色的老婆！"

"一旦离了，我就不关心他找什么人了。找不找得到更出色的老婆，都是他自己的事，跟我无关。"

"说是这么说，但如果他真的找到一个更出色的老婆了，你还是会难过的。如果他离开了你，越过越潦倒，而你自己离开他之后，越过越好，你才会觉得自己是胜利者，离婚离对了，不然肯定后悔。"

"我真的不 care（在乎）他离了我能找到什么人，我也没指望找个比他更好的人，说实话，我根本就没指望再找人。离了就做个单身母亲，为我的儿女活着。"她半开玩笑地说，"我这是因为有你这个榜样，才敢这么想的，如果我真的跟他闹散了，你可不能抛弃我，要一辈子做我的朋友，支持我，陪伴我。"

"嘁，如果你离婚了，还用我陪伴你？早就有大群的男人跟在你屁股后头追了！"

"都这把年纪了，到哪儿找大群的男人跟着我追啊？年轻时都没人追我，更别说现在了！"

"年轻时没人追你，那是因为你太出色了。中国那些男人都是功利心很强的人，他们追你之前，都会权衡一把，看成功的几率有几成。如果他们觉得自己配不上你，或者你看不起他们，没有成功的希望，他们就干脆不出手，免得面子里子都受伤。"

她不知道是不是这样，但有人这样分析，还是令她高兴的，就像右派分子终于被摘了帽子一样，虽然没补发工资，蹉跎的青春也补不回来，但感觉不同了，不是我没人要，而是人家不敢追我，因为我太出色了！

哇，千疮百孔的自尊终于得到了缝补。

侯玉珊又说："现在你放心好了，美国男人是没那么多功利考虑的，他们喜欢谁，就会去追，至于人家是接受他还是拒绝他，那是人家的事。再说，世界上只有娶不上老婆的男人，哪有嫁不出去的女人？别说你正当年华，又这么出色了，就是那些七老八十的家庭妇女，只要想嫁，都没有嫁不出去的！"

"呵呵，咱们也就这么自我安慰安慰吧。"

"怎么是自我安慰呢？你要不信，我马上就找个人嫁给你看！"

"你当然嫁得出去，我怎么能跟你比呢？你长这么漂亮，从小就有人追——"

"别提我从小就有人追了！就是他们追啊追，才害得我到今天还在读书。"

"你这不是为了改专业吗？"

侯玉珊挤挤眼睛："其实我觉得咱们柏老师就是现成的一个追求者。"

"是吗？他在追你？"

"追我干吗呀？我是在说你！"

"追我？别瞎说了，他怎么会追我？"

"他现在当然不会，因为你是有丈夫的人嘛。等你跟老季离了婚再试试，他要是不来追你，我把侯字倒起来写！"

57

爸妈来了之后，戴明才发现自己以前是过虑了。

季永康并没她担心的那么糟糕，虽然他对她父母绝对说不上热情，但也还算礼貌周全。而她父母对她的幸福也没太高的期待值，看到她眼下的生活，没觉得失望，反而很满意："不错，不错，房子比以前大多了！"

她赶快声明："这个是租的房子，只两个卧室，因为我们准备买房，所以——没换个大点的——"

"够大了，够大了！就是我们一来，把小明挤到客厅去睡，真是太过意不去了。"

"没事，她喜欢在客厅睡。"

"其实我们可以在客厅睡的——"

"那怎么行？让你们住小卧室就已经很不好意思了，本来永康说把我们的卧室让给你们住——"

"那怎么行？你们夫妻俩还带着个孩子，不住主卧怎么住得下？"

季永康当然没说过把卧室让给岳父岳母住，她撒这么个谎，只是为了进一步融洽双方关系。她经常撒这种谎，都成了习惯，需要不需要，都会顺口撒一个。至于父母相不相信，那就听天由命了。

她没把丈夫失业的事告诉父母，怕他们担心她钱不够用，要急着回国。但她没再送儿子去 day care，借口是为了让爷爷奶奶多跟孙子在一起，实际上是为了省下那每个月一千多的托儿费。只靠她一个人的工资，还真拿不出这笔钱来。

她也让侯玉珊把小恒放到她家让两个老人照顾，因为她知道侯玉珊手头也很紧，也拿不出一个月一千多的托儿费。

但侯玉珊怕累坏了爷爷奶奶，只在自己有课的时候才把儿子放在她家，没课的时候都是自己带。她劝说了好多遍，侯玉珊才每天都把儿子送过来，但侯玉珊自己也经常待在她家，帮忙照看孩子，或者帮忙做饭，像一家人一样。

她没敢像侯玉珊建议的那样，让丈夫早出晚归，做个没失业的样子糊弄爸妈。她怎么说得出来？那不等于劈头盖脸给他一耳光吗？

自从他失业之后，她在家就没说过"失业"或者"就业"或者"招工"或者"找工"之类的词，也从来不谈家庭预算、付账交钱之类的话题，怕刺激了他，怕他以为她在催他找工，或者在嫌弃他不挣钱。

如果他自己不跟她提这方面的事，她绝对不会主动提起。即便他主动提了，她也是夫唱妇随，随机应变。他说想找个 faculty（大学教职）的工作，她就说"你绝对有这个 qualification（条件）"；他说当 faculty 太累，还是找个 research（科研）的职位，她就说"只要你看上的，肯定错不了"。

总之，就是既不能显得着急上火，也不能显得漠不关心，基本要领是肯定他的才华和能力，支持他的选择，要从思想上认识到这一点：找到工作了，那是他的本事；找不到工作，那是招工的有眼无珠。

但他自己主动跑外面去了，不知道是想在岳父岳母面前做个没失业的样子，还是嫌家里两老两小太吵，反正自从两个老人来了之后，他就每天跑去市图书馆，中午起床后就去，晚上图书馆关门了才回来。

所以两位老人一点没看出女婿失业了，只对他的作息时间感到奇怪："明啊，永康不是跟你在一起工作吗？怎么你那么早就走了，他那么晚才走，不怕迟到了挨批评？"

"哦，不会迟到的。我们搞科研的，都不坐班，愿意早去就早去，愿意晚去就晚去，反正每天肯定不止干八小时。"

"那你何必去那么早？早上多睡会儿不好？"

"呃——我那个——我的事有点不同，都得早点做，做出来了别人才好接着往下做。"

"哦，难怪永康总是回来那么晚。唉，他这——晚去晚归的，一家人吃顿饭都碰不到一起。等他回来的时候，我们都睡了，也没人给他热饭热菜——"

"他这么大个人了，还要你们给他热饭热菜？他自己放微波炉里转转就能吃了。"

她知道爸妈做的饭菜他还是吃了的，因为她每天早上都要给自己装饭盒，好带到单位去吃，所以她知道冰箱里还剩多少菜多少饭。有时晚上他回来时她还没睡着，也能听见他在厨房用微波炉的声音，早上更能看见几个用过了没洗的碗盘放在厨房水池里，等她来洗。

现在她恼火的是他晚上回来后，还不立即回房睡觉，而是在客厅用电脑，一用用到凌晨两三点。

她怕爸妈看见会以为他们夫妻分居了，悄悄对他说："你以后晚上回来了，就到卧室来——用电脑，免得开着灯，小明睡不着。"

他不置可否。

但到了晚上，他并没到卧室来，还是待在客厅，只不过把客厅的大灯关了，只开着沙发边小柜子上的台灯。

她也不好再劝他来卧室了，怕他以为她在提那方面的要求。

其实夫妻之间，又正当年，即使提提那方面的要求，也很天经地义。她还在网上看到过专家写的文章，说丈夫都是很喜欢妻子主动的，有些妻子从来不提那方面的要求，总要丈夫主动，让丈夫很沮丧。

但她从来没提过那方面的要求，一是她对那事真的没多大兴趣，二是这事主要还是仰仗男方。如果他有兴趣，自然会来找她；如果他没兴趣，她主动也没用，反而给他造成压力。

回想他俩的性爱史，一直都是他主动。而他主动的频率，好像一直在走下坡路。

他性欲最高的时期应该是结婚之前，那时他好像从早到晚都在想着那事，哪里都不愿意去，就想待在两个人的宿舍里，好做那事。

如果她提议去公园玩，他会说："公园有什么好玩的？那么多人。"

如果她提议去看电影，他会说："电影有什么好看的？那么多人。"

她开玩笑说："你怕人多？那我们去荒郊野外玩吧。"

他认真考虑一下，说："Y市附近哪有什么荒郊野外？到处都有人。"

"那哪里才没人呢？"

"我们宿舍就没人。"

于是就待在宿舍。

待在宿舍里，他也就是做那事之前对她有点兴趣，一旦做完了，他就忙着看书看论文，或者就跑实验室忙活去了。

总而言之，他从来没对她如胶似漆难分难舍过。

她曾为此难过了很久，总觉得爱情不应该是这样的。但她也没遇到过谁对她如胶似漆难分难舍过，所以她安慰自己说：可能男人就是这样的吧，他们找女朋友，就是为了做爱，那些如胶似漆难分难舍的爱情，都是写书的编出来的，或者是男人为了做爱而不得不违心做出的牺牲。

结婚这么多年了，她已经不再憧憬如胶似漆难分难舍的爱情了，反正不管他愿意不愿意，他总得回这个家，而家只有这么大，不管他躲多远，他也和她在同一空间里，最多离着几米远。

这就是婚姻的作用！

以法律的形式解除你的孤独！

刚结婚那段时间，他虽然不像结婚前那么猴急了，但基本频率还是差不多的，每周都得做那么两三次，只不过做爱有保障了，他就不用那么挖空心思想那事，显得从容多了。

再往后，随着年龄的增长，他的频率也慢慢降低，从一周两三次变成一周两次，再变成一周一次，两周三次。到刚出国那会儿，已经降到两周一次了。

她自己则刚刚进入佳境。

所谓"佳境"，不是说她有多么享受性爱，或者多么有床上功夫，而是说她已经达到了兵来将挡，水来土掩，招之即来，来之能战，战完能睡的境界。

在那之前，做爱曾经是她的一个包袱。

刚开始，是做的时候疼痛，他总怪她太干了，说她对他没反应，没感情。而她心里知道是他的问题，因为他平时从来不亲热她，做之前也没点准备活动，上来就直奔主题，她怎么会不干呢？

后来她好像习惯于他的突然袭击了，或者是身体日趋成熟了，或者是性激素水平提高了，反正是不再感到疼痛了，有时甚至能感到一点舒适感。

但还是有问题，因为他时间太短，她刚感到点意思，他就结束了，然后就呼呼大睡，把她丢在一边，好长时间睡不着。

所以她练到现在这个境界，真是不容易，做的时候不疼，做完之后能睡，世界上还有比这更惬意的夫妻生活吗？

仔细想想，他的情欲好像跟她无关，不是她长什么样穿什么衣服决定的，而是他自己的生物钟决定的。

她刚生了小明之后，人胖了很多，那时的人也不怎么打扮，估计她当时是要多难看有多难看，但他照样每周一次。

后来，她看了网上那些八卦文章，开始注意自己的体重长相穿着打扮，把肥减掉了，衣着打扮也比以前注意了许多，但也没见他性致勃发，还是一周一次。

所以他频率下降不下降，跟她没关，因为她跟以前比，并没什么变化，肯定是他自己老了，需求减低了。

现在他已经好几个月没碰她了，难道他提前进入更年期，四十多岁就完全没有性需求了？

终于有一天，她忍不住了，对侯玉珊说了这事，然后声明说："并不是我在这方面有什么——需求，我就是觉得好奇，你说他会不会是出轨了？"

侯玉珊笑着说："干吗特别声明一下你在这方面没需求啊？难道你来美国这么些年了，还这么封建？"

"不是封建——就是说个事实。"

"那说明老季这些年失职了！"侯玉珊毛遂自荐说，"你说他每天去市图书馆？等我哪天没课的时候去那里侦查侦查，看他是不是跟图书馆的女馆员勾搭上了。"

"别别别！让他看见多不好！"

"有什么不好的？难道图书馆是他一个人的，我就去不得？"

"不是这个意思，而是觉得——夫妻间要相互信任，爱人不疑，疑人不爱——"

"问题是你已经在疑了啊！"

戴明无话可说了。

侯玉珊解释说："夫妻间互相信任，并不是说连合理的怀疑都不能有了，那不成了自欺欺人？我去侦查他，正是为了排除你的怀疑，也排除冤假错案的可能，使你能够在事实的基础上信任他。"

"好吧，反正是你自己要去侦查的，我可没叫你这样——"

"当然是我自己要去侦查的，我对我的行为负百分之百的责！"

侯玉珊说干就干，趁没课的时间去了好几次图书馆，汇报说："哈哈，他在图书馆睡大觉！躺在人家的长椅子上，脸上盖着一本书，睡得可香呢。"

"真的？那图书馆的人不——说他？"

"说啥呀？图书馆那么大，又没几个人去，谁会跑那个角落去说他呀？"

另两次，侯玉珊汇报说："在上网。"

戴明咕噜说："家里又不是不能上网。"

"可能嫌我们家小恒太吵吧。"

"哪里吵啊？你家小恒又不是天天在这里，再说我爸妈经常带他们去小区的公园玩，下午基本都不在家——"

"我还专门把图书馆各个区的工作人员都看了一遍，绝对没有一个比得上你的，不是老头就是老太太，基本没年轻的，所以你放心好了，他在那里肯定没妞可泡。"

"那你说他怎么会这么久了，都不——那个呢？不是说男人都是——"

"可能跟心情有关吧。一个大男人，失业在家，肯定是很伤自尊的。自尊一伤，那玩意儿就站不起来了——"

"不会是——永久性的吧？"

"你还怕他永久性？儿女都生了，你又不在乎那事，管他是暂时性的还是永久性的？"

"我倒是不在乎，但是他自己——肯定还是很在乎的。"

"难道你怕他自尊心一上来，主动提出离婚了？"

她想象了一下，貌似也不是怕那个："我也不知道。"

"放心吧，他才不是那种人呢。如果他那么自尊，他肯定出去工作了，不管是什么工作，哪怕是餐馆端盘子，他也不会坐在家里吃闲饭！"

58

郁飞鸿的小说出版后，稿费还没拿到手，就让老婆出面请客吃饭，答谢华文精品的副总裁褚卫星、责任编辑薛文、牵线人齐伟建，还顺便请了郁飞鸿的几个同事和朋友以及在本市工作的老同学，名义上是请来作陪，实际上是向他们炫耀一下：你们可不要小看咱，咱出书了！

真所谓三年不飞，一飞冲天；三年不鸣，一鸣惊人！

澳洲海归听说谢远音要请客，就提议去"好运来"海鲜酒家："我给小荣找工作的时候，答应过那里的老板，说会帮他拉生意的。"

她没反对，他是最大的恩主，没有他，郁飞鸿出书的梦不知道哪年哪月才能实现。再说吃哪家餐馆都是吃，所以她乐得做个顺水人情："行啊，就是不知道那家的水平如何。"

"挺好的。"

"你吃过？"

"经常吃，不然也不会认识那里的老板了。"

"你把小荣介绍到那里打工去了？"

"嗯，她说要去当洗脚妹，我怕洗脚店那种地方不地道，劝她还是去餐馆比较好。"

"你考虑得还挺周到呢。"她开玩笑说，"你不会见一个爱一个，把咱们文子给甩了吧？"

"呵呵，只有她甩我，没有我甩她的。"

"她肯定不会甩你。"

"为什么？"

"你条件这么好。"

"好什么呀？条件好还会——没人看得上？"

"怎么没人看得上呢？文子不是就看上你了吗？还有这个小荣，肯定是看上你了，不然那天也不会被你迷得神魂颠倒，让玉珊钻了空子，带着孩子跑掉。"

"就是因为那天的事，我才觉得愧疚，想弥补一下——"

她安慰说："没什么呀，反正她到城里就是来找工作的，住在匡大夫家只是暂时的，找到工作了就会搬出去。现在你帮她找到工作了，她离开匡家不是正好吗？"

"是啊，帮她找到了工作，我心里才好过了点。"

她以大姐姐的身份提醒说："你帮她没什么，但得注意点，别跟她走太近，免得文子不高兴。"

"呵呵呵呵，你倒是很替别人考虑哈。"

"我不过是好心提醒提醒你，女生嘛，都是有点爱吃醋的。如果因为帮人引起吃醋，影响了你们的关系，就不值得了。"

"女生都爱吃醋？我怎么没见你吃郁老师的醋？"

"都老夫老妻了，还有什么醋吃？"

"呵呵，那你年轻的时候还是吃过郁老师的醋的哈？"

她想了想，说："还行，他不是那种招蜂惹蝶的主。"

"他不招蜂惹蝶，蜂蝶还可以来招惹他呀。"

她又想了想："貌似也没什么蜂蝶来招惹他。可能那时候的人比较自觉，看见他有主了就不再打他主意了，也可能他那种书呆子没几个人喜欢。"

"你可不能掉以轻心，现在的人不同了呢，管你有主没主，只要喜欢，就可以上去追。而且我们郁老师现在也出名了，是大作家了，喜欢他的人大把抓，你有醋可吃了。"

她笑起来："什么大作家呀！就出了一本书，还不知道能卖出多少本，出什么名呀？"

"慢慢来嘛，说不定哪天就畅销起来了。"

"但愿如此。"

"你还但愿如此？书畅销了，知道他的人就多起来了，女文青都跑来追求他，你不怕他被人抢跑了？"

"要抢跑也不是我怕就能解决的。"

"只要你发句话，我马上就让他一本书都出不了，连出了的书都可以下架，拖到造纸厂打成纸浆。"

"为什么要让他出不了书？"

"免得他走红了被人抢跑啊。"

"说得好像我很紧张他似的。"

"你不紧张？"

"紧张也没用。"

"你到底是发自内心就不紧张，还是因为紧张了没用才不紧张？"

"这有什么区别吗？"

他伸出食指，隔空刮了刮她的鼻子："嘴硬！"

她觉得他这个动作有点暧昧，而且有点卖老，像她儿子小时候一定要当她爸爸一样，很搞笑。她装作没看见似的，没搭理他，只私底下起了一阵鸡皮疙瘩。

聚会那天，她精心打扮了一番。

这次她不跟薛文拼靓了，根本不是一个年龄段的，拼也拼不过人家，还是集中精力，跟那几个中年女宾媲美吧。

中年女人嘛，就不能只讲穿着好看，而要讲讲档次了，所以这次她走的是名牌高档路线，穿了件从美国带回来的 Diane von Furstenberg（戴安·冯·芙丝汀宝）连衣裙，脚上穿的是侯玉珊送的那双"飞拉鸡毛"（菲拉格慕）皮鞋。

这双皮鞋可真让侯玉珊破费了，几千人民币！换了是她，打死都不会买原价。这些外国名牌本来就贵，到了中国就卖得更贵，经常会有几百到几千的差价，如果在美国买，遇上打折季，可以便宜到人神共愤的地步。她那件连衣裙，就是打折季买的，原价五百多美元，她只花了不到一百，用时尚网站的术语来说，就是"拣了一棵白菜"。

幸好她走了名牌路线，因为这次与会的女宾们都打扮得珠光宝气，满身名牌，只有薛文我行我素，还是森女一枚。但人家年轻，森得起啊！如果她也这么松松垮垮地一森，肯定像个叫花子。

她自我感觉还是拼赢了那几个中年女宾的，至少她没发胖，而且穿的都是外国名牌。

席间，她不仅要尽女主人的职责，还要在心里暗自与各位女宾媲美，又要照顾儿子吃菜，忙了个不亦乐乎。等她忙活完毕，才有心思注意本次聚会的主角，她那亲爱的丈夫郁飞鸿。

她不得不在心里惊叹成名对一个人的影响之大，虽说出一本书还算不上成名，但对郁飞鸿来说，也是一个很重大的突破了。奇怪的是，成名并没让郁飞鸿志得意满，刚好相反，他变得深沉了，内敛了，低调了。

最明显的就是当褚卫星提到"北 R 南 Q"的时候，他没再跳出来，脸红脖子粗地说南 Q 跟北 R 根本不是一个档次上的。他的同事提到哈金的时候，他也没蹦出来说哈金不过就是个政治宣传家。有个女宾曾经是个文青，说中国作家里最崇拜葛红兵，他也没出来唱反调，而她知道丈夫是最反感葛红兵的，说葛是个"披着教授皮的流氓作家"。

整个席间，郁飞鸿就像老僧入定了一样，坐在那里拈筷微笑。

看来这世事真的是不以她的意志为转移，上次聚会，她希望他低调点，收敛点，别得罪了出版商，结果他一路反抽扣杀，与褚总裁针锋相对，把她急得跟什么似的。而这次，她不那么担心得罪出版商了，他却变得这么驯顺，与世无争，搞得她都有点不习惯了。

不过大家的注意力并不在今天的主角郁大作家身上，而是在与出版写作八竿子打不着的小荣身上。

小荣是他们这个包间的女招待，穿着餐馆统一定制的大红旗袍，但好像做小了一号，胸前伟大得呼之欲出，吸引了男女嘉宾的眼球。男宾当然是在看他们最爱看的部位，而女宾则是在看自己的男人，再顺着男人的视线看向那一对蹦跳着的小兔子，然后收回视线，再次盯向自己的男人，眼神之凌厉，足以让那些男人心惊胆战，收回不老实的目光。

只有她还算坦然，因为郁飞鸿显然没注意到小荣的胸。

貌似小荣也很知道自己的优势，走到男宾身边端茶倒水上菜的时候，总是让自己的乳房与男宾的视线平齐，有时还故意俯身向前走点光，或者从男宾身边挤进挤出，让自己的身体与男宾们擦碰擦碰。

总而言之，就是把男女宾客的火气都调动起来了。

她很是看不惯小荣的做派，也很鄙视那些猥琐男，但她没说什么，只准备明天上班的时候，好好警告一下澳洲海归，叫他离这个小荣远点，不然迟早给他自己戴上绿帽子。

但还没等到明天，她就逮住个机会亲自向小荣表达了一下不满。

是在洗手间遇上的。

她去上洗手间，碰见小荣也在里面，正对着镜子补妆。

两个人聊了几句，她以过来人身份提醒说："今天伟建的女朋友也来了，看见没有？"

"谁呀？就是那个瘦得像鬼一样的女生？"

"人家哪里瘦得像鬼一样了？"

"呵呵，不光瘦，还惨白惨白，又披个黑头发，还穿一身白，像贞子一样。"

"别瞎说了！当心让她知道。"她嘴里制止着，心里却有点快意，呵呵，原来也不是人人都喜欢那个森女呀？

小荣满不在乎："她怎么会知道？除非你去告诉她。"

"我才不是传话的人呢。"

"我知道你不是传话的人，才会对你说。"小荣体己地说，"你还知道操心伟建，说明你也不是个二傻嘛，那你怎么不操心自己的老公？"

"我老公有什么要操心的？难道你对他有意思？"

"我才不会对他有意思呢！说个不好听的话，你老公连你都配不上，我还会看得上他？"

她从侯玉珊那里听说过小荣有多毒舌，当时她还劝侯玉珊来着，说小荣肯定是年轻不懂事，大嘴巴，该说的说，不该说的也乱说，根本没过心的。

但一旦毒到自己头上，她才理解了侯玉珊的气愤，真的有甩小荣几耳光的冲动！

她决定拿出大家风度，不跟这个脑残一般见识："我知道没人瞧得上我老公，所以我一点也不紧张他。"

小荣像看个二货一样看了她一眼："我只说了我看不上你老公哈，我没说天底下人都看不上你老公。你不就看上了吗？"

她没回答，知道小荣这样的脑残惹不起，你说十句，不能伤脑残一根毫毛，而脑残说一句，可以伤到你七窍出血。因为脑残脑残，就是脑子残了嘛，根本听不懂别人的讽刺挖苦，而你一个脑子完好的人，不仅能听得懂人家的讽刺挖苦，还能从字里行间读出人家没直说出来甚至没意识到的讽刺挖苦。

那不等于抓住人家握刀的手，使劲往自己胸上捅？

她才不干这种傻事呢！

她上完厕所，走到水池边洗手，小荣已经补好了妆，但站在那里没走，像是在等她一起出去。

她磨蹭着洗手，想让小荣先走，但小荣就是不走。

她朝外面努努嘴："你还不快去看看客人们需要不需要什么？"

"钱都付了，还有什么好看的？"

"钱付了？谁付的？"

"当然是伟建，还能是谁？"

她真不知道拿这个澳洲海归怎么办。

小荣抱怨说："你自己请客，怎么自己不付账？"

她虽然一再告诫自己别跟脑残置气，但还是忍不住火了起来："谁说我不付账了？我这不是准备上完洗手间就去付吗？"

"哼，等你上完洗手间，伟建早就给你付了！"

"那是他多事，我又没叫他付。"

小荣好像被噎了一下，但很快缓过气来，教训说："我知道你对伟建有意思，但你也是个有夫之妇，还是要注意点影响，不能吃着碗里占着盆里，总想夺别人的——心头之好！"

"谁的心头之好？是不是你的心头之好？"

小荣没反驳

她笑了笑，说："你放心好了，我不会夺你的心头之好的。他多大，我多大？我怎么会夺这么一个小屁孩呢？你的竞争对手是文子，不是我，别搞错了目标。"

"你真的不喜欢伟建？"

"我喜欢他干吗？"

"那他怎么总是——帮你的忙？"

"帮什么忙？帮我付账？那是他同情我穷呢。你放心，我明天就把钱还给他。说好了是用飞鸿的稿费请客的，要他在里面多个什么事？"

小荣貌似被说服了，体己地说："你说到那个文子，我倒是想提醒提醒你，别让她把你老公抢跑了！"

59

谢远音虽然心里讨厌死了小荣这个报恶信的乌鸦，恨不得马上回到席间，把丈夫从座位上揪起来，让他亲口证实小荣是在胡说，但她当然不会这样失态，也不敢拍胸担保丈夫一定能证明小荣是在胡说。

不是有这么一句名言嘛，"丈夫出轨，妻子总是最后一个知道"，所以千万不可以冒这个险，还是先拿到证据再说。

她努力控制着自己，淡淡地说："他的事，我有数的，你就别吃咸萝卜操淡心了。"

如果换个有脸的人，听到她这样拒人于千里之外的讥讽，肯定早就讪讪地说一句"我这都是为了你好哦，既然你不领情，那就别怪我没提醒你了"，然后逃之夭夭。

但小荣不愧为特级脑残，不仅没逃之夭夭，还像打了鸡血一样，兴奋地凑到跟前来："原来你早就知道啊？难怪我说我要告诉你的时候，伟建叫我别多事呢！"

她见澳洲海归也在背后嘀咕她，心里更加郁闷，难道他干干脆脆说一句"郁老师肯定不会做这种事的"或者"我了解文子，她肯定不会做这种事的"会死啊？为什么要说"别多事"？那意思是他也知道（最少是认为）郁飞鸿是和文子有一腿，只是不想让小荣过问？

　　她估计澳洲海归现在是不在乎文子跟谁有没有一腿了，因为他有了新欢小荣嘛，但他干吗不让小荣来告诉她？是怕她承受不了吗？还是故意让她蒙在鼓里，他好看笑话？

　　她想起他是问过她好几次怕不怕丈夫成名后另找新欢，而她总是说不可能。

　　该死！

　　她干吗不说"我不在乎"而要说"不可能"呢？到底是哪来的自信？

　　她见小荣盯着她，仿佛在等回答，只好强作镇定，模棱两可地说："呵呵，这种事——"

　　"原来你真的知道！那你怎么也不管管？是不是——你早就不想跟他在一起了，故意让他先出轨，你好在离婚的时候多要点东西？"

　　她心说："家里穷得叮当响，有毛可要啊？"但她没吭声，只漫不经心地笑。

　　小荣仿佛顿悟了一般，皱着眉头说："你刚才还说不喜欢伟建来着！"

　　"这跟伟建有什么关系？"

　　"那难道还有别人也看得上你？"

　　她高深莫测地说："这个你真的不用过问了，问了我也不会告诉你的。人嘛，都有点自己的隐私，没隐私的人是浅薄无聊的人。我劝你也成熟一点，别总像个没心没肺的——二傻，不管是对什么人，也不管是什么事，都敞着个嘴，一阵乱讲。男人最不喜欢这种二货女了。你要是不在这方面注意点，别说伟建了，谁都会看不上你的！"

　　她自己敞着嘴教训了小荣一通，准备遭到反唇相讥的，但小荣不仅没反唇相讥，还被镇住了，毕恭毕敬地看着她，像在聆听人生导师上课一样。

　　她得胜地想，你也就这点底气啊？看来还是怪我们这些人心地太好，太怕伤人了，总是给你留着口德，才会让你信心爆棚，以为自己多了不起，可着劲地欺负我们，而我们只能生闷气，受暗伤。等我们狠起心来，拉下脸皮，口无遮拦地教训你的时候，你就瘪包了，成了我们的下饭菜。

　　如果这不叫贱，啥叫？

　　小荣虚心请教说："你和伟建是同事，抬头不见低头见，肯定比我对他更了解，那你说说他喜欢什么样的人？"

　　她专拣小荣缺乏的说："起码要读过点书，肚子里有点知识嘛。"

　　"嗯，是的，你说得对，我看他总是抱着本书在那里读，说起话来，比我以前的语文老师还爱掉书袋。"

"呵呵，那还是浅薄无知的表现。真正肚子里有知识的人，哪里用得着成天捧着本书看，还成天掉书袋？"

小荣见她连伟建都瞧不上眼，更加敬佩了，也更加放心了，目标转向另一个情敌："那个文子是不是读了很多书？"

"那还用说？人家是出版社编辑，专门审阅别人的作品的，不读很多书能干得了？"

小荣好不懊丧，但转眼就给自己打气说："但是一个女人，读那么多书干吗？你读再多的书，如果长得不好看，男人还是不喜欢你！"

"你这就是脑残在意淫了。难道书读得多的人就一定长得不好看？难道你这种不学无术的就一定长得好看？人家文子就是书也读得多，人也长得好看！"

于是又回到"贞子"上去了。

她懒得为了文子跟小荣废话了，径直离开洗手间，回到自己座位上，发现大家都放筷了，有几个人在吃水果，其他的都坐在那里聊天。

她不动声色地观察丈夫和文子，不知道是不是心理作用，立马觉得不对头，文子倒是掩饰得很好，很文静地坐在那里听人说话，看不出什么破绽。

但郁飞鸿就完全是个堕入情网的痴汉，总是不由自主地朝文子那边望，别人跟他说话，他半天才回过神来，但根本不知道人家问的是什么，等到问明了人家的问题，也是支支吾吾地答不上来。有时可能连他自己都察觉自己失态了，赶快收回眼神，调整一下表情，专心听人家说话，但过不了一会儿，眼神又朝文子的方向望去，就像有人在他眼球上拴了根看不见的绳子，而一只调皮的猫总把绳子往文子那边扯一样。

她的心猛烈地抽搐起来。

这个眼神，这个眼神，她真是太熟悉了！

想当年，自己最先被打动的，不就是他那痴汉一般的眼神吗？

就像一个心儿被丘比特金箭射中的人，捂着流血的心，痴痴地看着自己所爱的人，那样一种无语的凝望，比大筐大筐的情话更让人感动。

她这一生，还只在电影上见过那样的目光，是《英国病人》（又译《英伦情人》《别问我是谁》）里的男主艾马殊伯爵，他爱上了一个有夫之妇凯瑟琳，爱入膏肓，而他看凯瑟琳的眼神就是这种痴汉的眼神，总像是在受着爱情的煎熬，万箭穿心似的，看得观众都替他难过，希望他和凯瑟琳能在一起。

她爱极了艾马殊伯爵，尤爱他的眼神，所以当郁飞鸿以那样的眼神看着她的时候，她一下就动情了。

那时，她曾含羞地问他："我脸上有脏东西吗？"

"没有啊。"

"那你怎么老盯着看？"

"我盯着看了吗？"

她一笑，不揭穿他。等他又深情凝望她的时候，她提示说："瞧，又开始了，又开始了——"

他狼狈不堪地收回眼神，低下头说："真的不是故意的，就像有什么扯着我的眼睛一样——"

"你觉得心很——痛吗？"

"嗯。"

"为什么？"

"我也不知道，就知道无论离你多近，还是觉得太远了，还想更近点——"
她真是爱死他这个痴萌状了！

当然，他早已不再这样深情地凝望她了，但她没有抱怨，知道无论感情多深，也不可能一辈子都这样痴痴地望着对方，他要工作，他要学习，婚后又天天在一起，怎么可能永远把时间花在望她上呢？

但今天，她又看见了他这样痴萌的凝望，只不过，凝望的对象已不再是她。

她知道现今社会风气不好，很多男人出轨，她也听说了甚至亲眼见过了同事熟人的配偶出轨的，她自己更是有这方面的心理准备，如果她的配偶也出轨，她肯定跟他一拍两散，脱祸求财！

但她理解的"出轨"，是那种男女之间的苟且，吃山珍海味吃腻了，所以换个口味去吃粗茶淡饭之类。

那种苟且的背后，是没有爱情可言的，在女方是贪财，在男方是贪貌，总之就是令人不齿的互相利用。

对那种出轨，她自认绝对不会被打倒，还会感到一种解脱，阿弥陀佛，谢天谢地！总算有人愿意接手这个烂摊子了，我就可以自由自在地走自己的路，不用因为谁的缘故，放弃我在美国优厚的工作和生活前景，跑回中国来，从

entry level(起点工) 做起，拿这么少的工资，每天为撑起一个家而犯愁了。

这并不等于她在抱怨丈夫挣不到大钱，当爱情存在的时候，过什么样的生活都是甜蜜的，她付出多少汗水和劳动都是值得的。但如果爱情不存在了，那么郁飞鸿就没有任何价值了。

现在，真的到了这一天，郁飞鸿对她的爱情真的不存在了，但她却没法说服自己不受伤害，因为他和文子之间明显的不是那种苟且的关系，而是动了真情，至少他是动了真情的！

怎么会这样？

几十年的感情，上千封的情书，还有刚出版的那本书，虽然名字被改成了俗气的《泥腿秀才教授女》，但故事仍然是她和他的呀！如果读者知道书中的男女主角现在是这样的下场，不知道作何感想，还会喜欢这个故事吗？

说到这本书，她才突然意识到就是这本书惹的祸！如果不是因为这本书，他怎么会认识这个什么文子？又怎么可能发展出这么一段感情？

只怪她眼太瞎了！

其实早就表现出不正常了，以前他爬了格子，都是让她给输入到电脑里去的，但这段时间，他一直在修改《飞鸿响远音》的文稿，说出版社要他修改的，不修改怕通不过上面的检查。

但他从来没把爬好的格子拿来要她输入到电脑里去，问他，他说是文子帮忙输入的。

她开始还觉得挺过意不去，怎么能麻烦编辑输入呢？

但他说："谁叫他们出版社要修改的？我的文字，居然还要修改，真是反了他们了！"

她生怕他倔劲上来，打死也不修改，把出版社搞烦了，不出他的书了，所以还一个劲地劝："这也不怪出版社，是上面要求的，只要不影响你的整体风格和主体思想，你就按他们说的修改修改吧，反正你也就是动个嘴，字都是人家文子帮忙打的。"

她那时万万没想到，就在这一个动嘴一个动手的过程中，他就对人家发展出了这么一段——孽情！

而她则扮演了天字第一号的傻瓜！

60

聚餐完毕，一帮人作鸟兽散，各开各的车，各回各的家。

薛文老马识途地坐进澳洲海归那辆路虎，而且是坐在驾驶室。澳洲海归则乖乖地往副驾上爬，边爬边声明："今天太高兴了，喝多了点。"

谢远音看到这一幕，心里又疑惑起来：这两个人才是恋人啊，那文子怎么会？——

看来郁飞鸿只是单相思。

但这个发现并没让她心里好过多少，不管文子对郁飞鸿有没有那个意思，郁飞鸿对文子是肯定有那个意思的，别的可以装，也可以被看错，但眼神是没法装的，更不会被看错。

郁飞鸿不知道是喝多了，还是看到心爱的人上了别人的车不开心，总之是很沉闷，坐在副驾上，侧着头看街景，一句话也不说。

她努力集中精力开车，但仍然在想七想八，主要是拿不定主意，到底要怎样开口说这件事。开口是肯定要开的，她无法容忍一个不再爱自己的男人睡在自己身边。

她是个清清爽爽的人，爱，或者不爱，只能选一个，不能拖泥带水模棱两可，更不能脚踏两只船，指望家外彩旗飘飘，家里的红旗还不倒。

要彩旗，还是要红旗，二者只能居其一！

她硬着头皮打开话题："书已经出版上市了，下一步有什么打算？"

说到书，郁飞鸿的兴致就上来了："准备写下一部。"

"还准备写下一部？"

"当然哪，如果出了一本书就没下文了，那不成了一本书作家？人家还以为我老郁并没有写作天分，只是撞大运才出这么一本书的呢。"

"那你下一本准备写什么？"

"还没完全想好。但目前这本书为我的创作定下了基调，以后可能还得写爱情方面的，华文精品也说爱情小说好卖，因为买书的多半是女生。"

"你不会把我们婚后的生活搬到小说里去吧？"

"婚后的生活有什么可写的？都是些柴米油盐，写了也没人看。"

"那你还能写什么呢？难道写些自己没经历过，全都是道听途说的东西？"

"道听途说的东西写出来没质感，毕竟不是自己亲身经历的，很难写得身临其境。至少要有部分经历是自己的，才好在上面进行文学加工。我这本书不就是这样写出来的吗？"

"那你还有什么亲身经历过的东西好写呢？总不能把你教书的事写成小说吧？"

"当然不能。不是说了要写爱情小说吗？"

她诱供说："我觉得写爱情小说的人，根本不该被困在婚姻里，因为他们创作需要激情，一段爱情发展到婚姻，就已经没激情了，写也只能写到结婚之前。结婚之后，要么搁笔，要么就——只好发展新的激情——"

他感觉遇到了知音，转过头来，看着她说："嗯，到底是中文系教授的女儿，又是中文系教授的妻子，还是作家夫人！虽然你自己不是搞这行的，但耳濡目染，潜移默化，对写作还是略知一二的。"

她心说我略知一二？我是忙着挣钱养家，没空写作，如果你在外面挣钱养家，让我来写作，我肯定比你写得好！比你写得更真挚更动人！

但她没工夫跟他比武功，只问了句："那你怎么办？到哪儿去找激情呢？"

他虽然喝了不少酒，有六七分醉，但听到这话也有所警惕："我——当然是从你身上找激情，还能上哪儿找？"

"但我们都老夫老妻了，再说我们的故事也已经写过了，还怎么找激情？难道你还能把我打回原形，从头开始恋爱？"

"那个是——不太可能了。"

"就是啊，那你怎么办呢？难道就此搁笔？"

"搁笔也是不可能的，我现在好不容易打开了场面，得趁着这股强劲的东风，抓紧时间写出第二本第三本来，不然这阵东风过了，创作热情也过去了，再想出书就难了——"

"你可以到别的女人身上去找激情啊！"

他看了她一会儿，半信半疑地问："你这样想？"

"为了文学创作，只能这样嘛，不然你怎么写下一本书？"

"你能理解？"

"当然能理解，好歹我也是中文系教授的女儿，还是作家的老婆嘛。作家的老婆是干啥吃的，就是为作家铺平创作道路的！她们在患难之中嫁给丈夫，然后就相夫教子，甚至挣钱养家，全心全意支持丈夫写作，等丈夫成为知名作家之后，她们就退居幕后，自动下堂，让丈夫去找新的激情——"

他愣了一会儿，感慨道："以前没注意，现在经你这么一说，才发现——真是这么回事呢！你看鲁迅、郁达夫、海明威——"

"所以，你尽管放心去找激情，我能理解的。"

他傲娇地说："但是激情也不是——找来的。"

"对！特意找来的就不叫激情了。激情嘛，就应该是一种——火山爆发式的感情，不需要寻找，更不需要追求，是自然而然产生的，是压抑都压抑不住，遮掩都遮掩不了的，那才叫激情！"

他牙痛般地呻吟了一声："噢——"

她心里又是一阵抽搐："我说得对吧？激情就是这样的吧？"

"你肯定是——经历过，不然不会描绘得这样栩栩如生。"

她心说我当然经历过，那时侯，我所有闺蜜和小伙伴都反对我跟你谈恋爱，说你钱没钱，貌没貌，又是学中文的，一辈子都别想发达。连我妈都这样说，希望我不要走她的老路，嫁给一个像我爸一样的穷书生。而我自己也有大把的追求者，知道你不是硬件最好的候选人，也知道自己嫁给你，是要终生受穷的，但我拗不过自己的感情啊！

就是那种明知道不该，但却没法压抑的感情！

她探询地问："难道你没经历过吗？"

他迟疑了一下才回答："如果没有经历过，怎么会知道你描绘得栩栩如生？"

她心里冒出一线希望："是吗？你经历过？那是什么时候的事？"

他回过头去，看了看在后座上已经熟睡的儿子，语无伦次地说："我——我全都告诉你吧，我真的憋不住了，今天是你问到这里来了，不然我也不敢说，但即便你不问，我迟早也会告诉你的，因为——因为我——实在憋不住——也不想憋了。"

她握紧手中的方向盘，算是给自己一个支撑："说吧，别憋在心里烂了长蛆。"

但他半晌没吭声。

她鼓励说："说吧说吧，待会儿儿子醒来就更没机会说了。"

他鼓足勇气，低声说："可能你——早就看出来了吧？"

"看出来什么？"

他又不说了。

她等得心烦，直截了当地问："看出来你爱上文子了？"

他又牙痛般地呻吟了一声，回答说："我——我知道这——很不道德，很对不起你和鸿远，但你刚才也说了，激情这种事——真不是我能控制的。我越想压抑，就越压抑不住；越想控制，就越控制不住。"

她忍着心痛，略带讥讽地说："快别这么难为你老人家了！你干吗要压抑要控制啊？这不挺好的事吗？你找到了能让你产生激情的人，你的下一本书就有着落了——"

"但是你——我不想做个喜新厌旧的陈世美啊！"

"你这思想也太老旧了点，现在还有几个人在讲究白头偕老啊？抛弃糟糠之妻再娶的还少吗？"

"是不少，但我不能那样啊！"

"为什么你不能那样？难道你是什么特殊材料制成的？"

"我——是你爸爸的学生，他是我的导师，他那时对我——那么器重，那么信任——"

"你又不是抛弃我老爸，你愧对他干吗呀？"

"那你一点都不怨恨我？"

"我怨恨你干吗？你一个书呆子，又挣不了几个钱，还不干家务，不照顾孩子，我一个人家里家外独当一面，还要把你像孩子一样照顾着，又要当酒鬼一样侍候着，下酒的菜都是我挣我买我烧好。如果有哪个女人愿意接手你这个烂摊子，我是求之不得，给她烧高香都来不及，我怨恨你干吗？"

他好像受了震动，半天没吭声，最后说："听了你这番话，我才终于明白自己为什么会对你失去感觉，而对——她产生激情了。我一直都内疚来着，觉得是自己——不道德，对不起你——"

"但其实不是你不道德，而是我变庸俗了，变大妈了，跟不上你那文学的步伐了，对吧？"

他没回答，算是默认了。

她胸口堵得慌，很想破口大骂，他爷爷的！你还觉得我变庸俗了？是的，你从来不谈柴米油盐，而我总在操心柴米油盐的事。但你有没有想过，如果不是我在那里挣钱，在那里算账，在那里操劳，你这些年能吃饱喝足还有地方睡觉？就凭你那点收入，你连喝酒都不够，更别说娶妻生子，成家立业了！

但她一句都没说，有什么可说的？没说都已经是庸俗了，如果说了岂不是庸俗后面还要加个泼妇？再说，你现在心都飞了，我说什么都没用了，我是个有爱情洁癖的人，绝对不会去试图挽回你的心，我就成全你，让你毫无良心责备地奔你的激情去吧！

她平静地说："生活就是这个样子，我就是这个样子，你就别自责了，也别内疚了。在爱情面前，不存在什么谁对不起谁，也不应该搞成债务关系，好像我当初下嫁了你，你就非得一辈子守着我一样。再说我愿不愿意你一辈子守着我，也还两说。"

现在轮到他来拷问她了："你是不是——也对别人产生了激情？我听文子说，你和伟建走得很近——"

"如果你和文子一定要替我找好了下家才能安安心心奔你们的激情，那么请你们放心，我能找到下家的。即使找不到，我带着鸿远也能过得很好。倒是你们两个，都不懂柴米油盐，到时别因为这个闹矛盾就好。"

他又牙痛一般地呻吟了一声："唉——我说什么都没法让你理解我和她之间的——感情，真的，那根本不是你所想象的——柴米油盐世界里的——任何一种感情——"

她讥讽地说："我知道你们都是不食人间烟火的，算我白操心。还是说具体的吧，虽然我们住的是你们学校的房子，但买房的钱都是我挣来的，儿子也在附近上学，所以房子得归我和儿子住。你一个单人，就自觉点，搬到文子那边去吧。"

这番人间烟火把他给熏蒙了，好一会儿才说："我——我得问问她。"

这是他第一次承认他的激情对象是文子，她又听见自己的心炸裂的声音，十分瞧不起自己，你这到底是为毛啊？这么个破人，值得吗？

但她知道自己的心并不是为了这个破人而炸裂，是为她自己，为她曾经付出一切的爱情！

她深吸一口气，指点说："你给她打个电话，就说我知道你们的事了，让你立即从家里搬出去。"

他胆怯地问："现在就打？"

"那还等什么？难道你不想早日跟她在一起？难道你不想离她近一点？难道现在不是离多近都嫌远的吗？"

但他没听出她话里的典故，犹豫了一阵儿，终于拿起电话，拨了文子的号码。

61

郁飞鸿打个电话，把谢远音的心都吊起来了，她屏住呼吸，尖起耳朵，想听听文子在那头说什么。

她希望文子断然拒绝郁飞鸿："你上我这儿来干什么？我有男朋友！"

或者犹犹豫豫，拖拖拉拉："现在就搬过来？那怎么好？你让我先考虑考虑！"

虽然即便文子不收留郁飞鸿，她也不会收留他，但那样会狠狠打击一下他的傲娇，让他知道自己姓甚名谁，几斤几两，别以为自己有多么俏巴巴，这世界上也就她这个傻瓜才会要他！

那样，她的心里会好过一些。

但文子立马就接受了！

郁飞鸿关上手机，十分得意地告诉她："她让我今晚就过去。"

她气得一哼，但故作欣喜地说："是吗？那太好了！她住哪里？我现在就送你去。"

"我总得回家收拾一下东西吧？"

"嘁，有了爱情，还需要那些柴米油盐干吗？"

"但我还有笔记本电脑什么的——"

她本来想说笔记本电脑是我给你买的，你不能带走。但她忍住了，知道这样太孩子气，而且显得自己很在乎他。

她一言不发地把车开回家，想叫他把熟睡的儿子抱进屋里去，但想到今后生活里就没他这个人了，不如从现在起就养成什么都不靠他的习惯，便摇摇儿子，轻声说："鸿远，我们到家了，来，去床上睡吧。妈妈抱不动，你得自己走——"

儿子乖乖地下了车，抓着她的手臂，迷迷糊糊走进卧室，一头扑在自己的小床上，继续睡觉。

她想到明天早上，儿子一睁眼，发现爸爸不在了，肯定会问她"爸爸呢？"不禁胸口发紧，眼圈发涩，只想躲到一边，痛痛快快流场泪。

但她眼下没这份奢侈，要哭也得坚持到他离开。

她打起十二分精神，从衣柜顶上拿下两个箱子来，把郁飞鸿的衣服鞋袜往里塞，心里还存着最后一点希望，希望他会冲上来阻拦她，说："干吗呀？说说而已，你当真了？"

但他没冲上来，只坐在床上看她收拾，像每次出门一样。

她塞好了两箱东西，又找了个纸箱，递给他说："先去把你那些急用的书装一箱子搬过去，余下的，你明天再来搬，全都搬走，好把房间给鸿远住，他也不小了，跟我住一间房不合适。"

他接过纸箱，到书房去了。

她则去洗手间漱口洗澡，想避免见到文子来接他。

等她弄完了出来，看见他还在那里，不由得心一动，看来他还是有几分不舍的。

她到处张望了一下，没看见文子，好奇地问："她还没来接你？"

"她没车，怎么来接我？"

"那你怎么过去？"

"当然是开车去喽。"

她知道他不是有什么不舍，而是在等她的车钥匙，顿时冒出一股无名火："不行，你不能把车开走，我送儿子上学需要车。"

"他在附小上课，那么近，走去就行了。"

"那你怎么总是霸着个车，说要送他上学？"

他没话可说了："那你开车把我送过去吧。"

"你脑子有病吧？你出了轨，还要我开车把你送到小三家去？世界上有这么脑残的老婆吗？"

"那我怎么过去？"

"那是你和她的事，你们自己解决。"

"那我叫个的士吧。"

"这么晚了上哪儿去找的士？"

"那我就先在这里住一晚，明天再走。"

"不行，我不能跟你这种——脏人住在一个屋檐下！"

他真的是没辙了，愣愣地看着她。

她讥讽地说："原来激情不能当车开呀？"

他好像受了刺激，拿出手机，拨了一个电话号码："是我，老郁，嗯，嗯，想请你帮个忙，出趟车，送我去——薛文那里——"

那边好像很花了点时间才消化了这个消息，又问了一串问题，终于同意了出车要求。

郁飞鸿喜笑颜开地说："太好了！那就谢谢你了！过几天安顿下来请你喝酒！"

她猜到他搬的救兵是澳洲海归，心说这个贱人，戴了绿帽子还嫌不够，还要定制一身绿制服配套？

她心里更加难受了，感觉全世界的人都站在了郁飞鸿那边，力撑他，帮他搭桥引线，帮他隐瞒私情，现在又帮他飞向他心爱的姑娘，明天还要来帮他运书，今后他们几个会经常聚在一起喝酒，嘲笑她有多么痴傻，被他们骗了这么久，居然一点都没察觉。

她真想躲到一个世外桃源去，没人认识她，没人知道她这段失败的爱情和婚姻，就没人可怜她，同情她，说些"可怜之人自有可恨之处"的屁话！

但她能逃到哪里去？

过了半个时辰，澳洲海归来了，像个小偷一样，不敢跟她的视线相碰，只低着头说了句"还没睡啊"就转过身去，"郁老师，东西在哪里？我帮你拎到车里去。"

郁飞鸿像即将出门春游的小学生一样，无比兴奋，手舞足蹈，蹦蹦跳跳，指指地上的两个箱子说："全部家当都在这里！"

澳洲海归拎起两个箱子往外走，郁飞鸿抱着纸箱跟在后面。

她追到门口，大声说："你尽快把你的书都弄走哈，一个星期之内不弄走，我就卖给收废品的了。"

哪知郁飞鸿一点也不在乎，豪爽地说："你卖吧，反正我也不会看，她那边也没地方放。"

她气晕了！

你他爷爷的！既然你知道自己不会看，那你干吗要买呢？花了钱不说，还搞得儿子没地方住，要挤在爹妈的卧室里，也不知道儿子有没有看到成年男女之间的那些事，如果看到了，说不定会在儿子心中留下一个阴影！

你这个贱人！伪君子！假文人！破学者！原来你买那些书是为了装门面？可怜我为了满足你对书籍的热爱，对知识的渴求，我克勤克俭，吃不敢吃，穿不敢穿，房不敢买，车不敢换，所有的牺牲都喂了你那颗忘恩负义的虚荣心！

郁飞鸿连别都没告一个，就爬上副驾的位置上坐下，还系上了安全带。

澳洲海归见状似乎不太好意思，从车上下来，走到她面前，低声说了句："那我送他过去了。"

"不送过去还怎么的？难道还要我找一帮人来夹道欢送？"

他没敢再说第二句，灰头土脸地回到车里，把车开走了。

她颤抖着回到屋里，关上门，闩上，倒在自己床上，默默流了一阵泪，不敢出声，怕惊醒了儿子。

然后她起身去洗手间，用冷水洗了把脸，再绞了两个热毛巾，敷在眼睛上，怕明天早上会顶着两个肿眼泡，送儿子上学时碰到熟人，人家会好奇打探。

她回到卧室，躺回床上，估算着澳洲海归的车到了哪里，应该到了吧？文子是不是听到汽车的声音，就从屋子里飞奔出来，迎接自己的白马王子？澳洲海归在旁边应该是羡慕忌妒恨样样占全了吧？等他走了，那两个人肯定要迫不及待地滚床单。

文子可能会说："哇，真没想到这么顺利！她竟然没闹！"

而郁飞鸿肯定会扬扬得意："她知道自己没戏了，还闹个什么？"

她暗骂自己：贱！真是贱！居然在这里想象自己的丈夫和小三相亲相爱的场面！世界上肯定没有比你更贱的傻瓜了！

她翻来覆去睡不着，干脆起身，走到书房里，给侯玉珊打电话。

侯玉珊很吃惊："现在几点了？你还没睡？"

她撒谎说："刚聚完餐呢。"

"聚餐聚到这么晚？"

"是啊，都是酒鬼嘛。我今天穿的是你送我的'飞拉鸡毛'（菲拉格慕）鞋哦。"

"真的？是不是全场惊艳？"

"那还用说？几个女宾看见我的鞋就说：'哎呀，到底是名牌呀，跟一般的鞋就是不一样！'"

"呵呵，幸好她们识货，不然真白穿了。"

"就是啊。"

两个人聊了一会儿穿着打扮，侯玉珊问："今天肯定是有什么事吧？不然不会这么晚给我打电话。"

她知道瞒不过侯玉珊，也不想瞒，便把今晚发生的事原原本本都倒了出来。

侯玉珊静静地听完了，评论说："我以前是不好说，现在你已经把他蹬掉了，那我说说就无妨了。我一向都觉得老郁配不上你，不是说相貌收入才华什么的，那个是秃子头上的虱子——明摆着的，反正我们也不是讲那些的人。我说的是文采。虽然他是中文系博士毕业，干的又是教书工作，但他实际上并没你那么有文采。只不过你选的不是中文专业，干的不是这个工作而已。若真要讲文采，你比他强多了！"

谢远音知道侯玉珊不会像一般人那样为她的遭遇唏嘘抱怨，不然她也不会选中侯玉珊做她的第一听众了。但她也没想到侯玉珊会说到文采，她以为侯玉珊会来个向下攀比，说说自己被出轨的事，或者用"世界上有三分之二的女人被出轨"之类的伪统计数据来安慰她。

但侯玉珊偏偏说到了文采，她好奇地问："你这么想？"

"是啊，我听你讲过你们的恋爱故事，还看过你的微博，里面也有对那段故事的回忆，那多精彩多文艺啊！但我在网上看老郁写成的小说，感觉差太远了——"

她习惯成自然地为他辩护说："出版社非让他改写不可——"

"出版社也只能让他改故事情节，难道还能让他改文笔？题目改老土了，那可能是出版社的问题；故事改庸俗了，那也可能是出版社的问题。但他的文笔可不是出版社让他改就能改的。"

"他文笔怎么了？"

"我就不信你没看出来！整个就是个干巴巴的书呆子文笔嘛，完全没激情没灵魂，对女人心理更是完全不懂，人物对话写得像是在背书，如果不是看在你的面子上，我根本看不下去——"

侯玉珊举了几个例子，使谢远音不得不承认侯玉珊说得对。其实她自己早就有这个感觉，但从来没说出来过，怕自己的感觉不对，也怕伤了郁飞鸿的自尊心。

侯玉珊接着说："所以我一直都替你抱不平，你一个才女，文采绝对在他之上，凭什么自己压抑着自己的文采，偏要把他当成文人作家似的捧着？不仅吃喝拉撒全照着他，还帮他打字，帮他找出版人！你们的故事，根本就应该由你来写！我保证你比他写得好！"

"但是毕竟我是学电脑的——"

"嘁，文采这事，可不认专业！有就有，没有就没有，学什么专业都没关系。"

"那你的文采一定是更高一筹了，不然怎么能看出谁高谁低？"

"怎么能这么说呢？伯乐识马，但他能比马还跑得快吗？"

两个人呵呵笑起来。

笑够了，侯玉珊说："这下好了，你可以再回美国来生活了！趁你儿子的眼睛还没读瞎，背还没累驼，赶快到美国来吧！你在这赚的钱是国内的十倍还不止，但这里物价多低啊！一双'飞拉鸡毛'，才几百美元，你一个月的工资可以买二十双飞拉鸡毛！你在国内买得了吗？"

"别说买二十双了，买两双都欠欠乎！"

"就是啊！还有房子，按你这个收入，这辈子别想在 S 市买房子。但你在美国，马上就可以买房！"

"但是我现在——还能回美国吗？"

"怎么不能？你在美国找个工作不就回来了？"

"我现在在国内，能在美国找工作？"

"怎么不能呢？我们当初不都是人在国内就在美国找到工作，然后出来的吗？"

"嗯，真是这么回事。"

侯玉珊许诺说："我帮你在这边打听打听，你自己也在网上找找，像你这样有过美国工作经验的人，肯定能找到工作！"

打完电话，谢远音一点睡意都没有，兴奋异常，恨不得立即动手把自己的故事写成小说，又想立即上网找美国的工作，真是忙得不知道先干什么好了！

她环视一下书房，轻蔑地说："嘁，郁飞鸿是谁？"

62

第二天，谢远音像往常一样，很早就起了床，从冰箱拿出冷冻的包子蒸上，然后去洗漱打扮。

都弄停当了，才想起用不着起这么早，因为有车开了，不用搭公车。

她不忍心这么早就叫醒儿子，更怕儿子发现爸爸不在家会问七问八，她赶快上网去查找对策，看看专家学者们怎么说。

对策倒是很多，但都不适合她家的情况，或者不对她的胃口，因为很多都是采取拖延和隐瞒的方式，美其名曰"给孩子一点时间"，要不就是模棱两可，说些"爸爸虽然离开了我们，但他还是爱你的"之类的废话。

嘁，他要是真爱你，会不爱那个与他共同创造出你来的妈妈？他要是真爱你，会舍得丢下你，自己远走高飞？

再说人都走了，爱不爱你又有什么用？

还不如对儿子说："反正你爸在这里也没好好照顾过你，管他去哪里！他走了，我们还宽敞些，你可以有自己的房间了！"

她懒得查了，决定待会就实话实说，如果儿子一时接受不了，哭闹起来，不肯上学，那她就干脆请一天假，在家陪儿子，反正她昨晚没睡几个小时，困得要命，去上班肯定也是出工不出活儿。

看看时间差不多了，她便去叫儿子起床："鸿远，该起床了！"

儿子睁开眼，看见妈妈，很是惊喜："妈妈，今天是周末？"

"不是啊，今天是星期一。"

"那你怎么——没有去上班？"

"因为妈妈今天有车开了，不用那么早去挤公车。"

儿子是个车迷，一听"车"字就来了精神，腾地坐起来："咱家又买了辆车？是跑车吗？"

"哪什么跑车啊！我说的是那辆丰田花冠。"

"你开丰田花冠去上班？那——爸爸开什么车呢？"

"他——不在咱家了，搬到——别处去了——以后——也不回来了——"

儿子很内行地问："是不是搬到他小三那里去了？"

她一惊："你——知道他有小三？怎么不告诉妈妈？"

"我不知道啊！"

"那你怎么说——他搬到小三那去了？"

"你说他以后不回来了，那不就是搬到小三那里去了吗？"

"为什么这么说？"

"因为王鹏的爸爸就是这样的嘛，还有刘志，他爸爸也是。"

她心说这些男人是疯了还是咋的？都一个个地找了小三，抛妻弃子，良心被狗吃了？

儿子很大气地安慰说："妈妈，你别怕，爸爸有了小三，就不会跟你抢我了，因为小三都不喜欢做后妈。刘志他爸就不要他，如果要了他，小三就会跟他爸吹！"

"是吗？"

"嗯。万一爸爸把我要去了，也不要紧，我天天跟他们捣乱，让他们不得安生，最后他们只好把我送还给你。"

她的眼泪涌上眼眶："你连这也知道？"

"是啊，王鹏就是这样的，他转到他爸爸那边去了之后，每天都逃学，还在他爸和那个小三的床上拉屁屁——"

"那他爸不打他？"

"打，但他不怕。他爸打了他，他就把他爸的刮胡子水全都换成胶水——"

"天哪！那他爸不是——"

"哈哈哈哈，他爸脸上粘得一塌糊涂，还上医院了！"

"最后他爸把他送回给他妈了？"

"嗯。不过他妈已经找了个男朋友，也不想要他，因为要了他的话，他妈的男朋友就会跟他妈吹。"

她心里一阵痛，为那个爹妈都不想要的男孩。

儿子问："妈妈，你不会不要我的，对吧？"

"当然不会，你就是我的命，我怎么会不要你？"

"如果你找了男朋友，我保证不跟他捣乱，我叫他爸爸，听他的话——"

她再也忍不住了，眼泪唰唰地流下来："别乱说了，妈妈不找男朋友，要找也会先征求你的意见，你批准了我才会找——"

"那你可以找怪叔叔，我批准他。"

"怪叔叔？"

"就是那个开路虎的叔叔呀。"

"伟建？你喜欢他？"

"嗯，如果他做我的后爸爸，我就天天让他送我去学校，让吴涛他们看我坐的是路虎，秒杀他们家的奔驰宝马！"

她被儿子的势利搞得哭笑不得："别瞎说了！妈妈谁都不找，就跟你相依为命。"

儿子很失望，但仍想榨出一点油水来："那如果老师让我用'相依为命'造句，我可不可以就用这句？"

"用这句干吗？我可不想让你的老师知道我和你爸分开了。"

儿子不敢违拗，安慰自己说："那就算了吧，反正老师也没叫我用这个词造句。"

她心说这个儿子得好好教育教育了，以前总以为家里有个男人，儿子就有了 role model（楷模），至少在三观上她这个做妈的就不用操心，现在看来郁飞鸿这 role model 一点都不管用，无论是言传还是身教，都没起多大作用，儿子的三观都来自于班上的同学。

吃完早饭，儿子背上书包："妈妈，我上学去了，老师叫我们提前到校读英语的，去得越早，加分越多。"

"等我开车送你。"

"不用送，我每天都是自己走去的。"

"你爸爸没开车送你？"

"他起不来。"

"怎么从来没听你说起过？"

"我们约好了的，如果我替他保守秘密，他就替我保守秘密。"

"你什么秘密？"

"不能说，说了你要骂我的。"

"是不是看电视的秘密？"

"他告诉你了？"

她无奈地摇摇头："妈妈已经起来了，可以送你去学校了。"

"哦耶！那我就可以到得更早了！"

她把儿子送到学校，自己开车去上班，虽然走得晚，但也比平时早到公司，还不用挤在公车上，一手捂着包，一手抓着吊环，被挤得歪来倒去，搞得她从来不敢带有汤水的食物，不然肯定会泼得到处都是。

到了公司，才想起自己没有买车位，连停车场都进不去，卡在栏杆前，进退两难。

正准备慢慢把车倒出去，却从后视镜里看见澳洲海归的路虎就跟在她后面，她推开车门，打手势叫他往后退。但他不仅没退，还下了车，走上前来，用自己的卡在读卡器上划了一下。

栏杆升了起来，他招呼说："快开进去啊！"

"开进去也没车位，还是你先把车开走，让我把车倒出去。"

"后面都是车，你怎么倒得出去？"

她踮起脚往后一望，的确是堵了好几辆车了，只好硬着头皮开进停车场，找了个空位停下，准备等车道空出来之后再把车开出去。但开出去之后怎么办，就不知道了，搞不好只能把车开回家去，然后坐公车来上班。

澳洲海归把车开到她车旁，对她说："你停我的车位吧，259 号。"

"那你停哪里？"

"我有地方停。"

她知道他跟公司上上下下都搞得很熟，应该能搞到一个车位临时停一天，便不客气地开到 259 号停下，从车里出来，站在那里张望，看他找没找到停车位。

过了一会儿，他甩着两手走过来了。

她问："找到车位了？"

"找到了。"

"谢谢你了。"

"谢什么？"

"谢你的车位啊，还有——谢你带我把你郁老师送到你女朋友那里去同居，还谢你带他们瞒着我呀。"

"我哪有帮他们瞒着你呀？"

"你没有吗？他们俩的事，你不是早就知道了吗？但你没告诉我，那不叫瞒着？"

"他们俩的事——我不知道啊。"

"你不知道？那怎么小荣说要告诉我，你叫她别多事？"

"呃——那不是因为我不知道吗？我的意思是——不肯定。"

"不肯定？那你还是知道一点风声的，对吧？"

"我——就是有几次看见他那辆——I mean 你这辆——丰田花冠——停在文子门前。"

她已经平息的怒火又燃烧起来："那辆车是给他送儿子上学的，他倒好，每天让儿子走去上学，自己开着车去——会情人！这都什么人啊！良心真的是让狗吃了！还有你，你看到他的车停在文子门口，你还不肯定？"

"也许他们——只是在谈出书的事呢？"

"你就没上去敲开门看看？"

"敲了，他们——没开。"

"那你还不敢肯定？如果是在谈出书的事，他们怎么不开门？我看你天生就是个做王八的命！自己的女朋友在屋子里跟人幽会，你都不敢吱个声，还随叫随到，帮着把女朋友的——情人——送去同居！你——你还是男人吗？"

他咕噜说："怎么不是男人呢？百分百的男人。"

"吹！"

"怎么是吹呢？要不要我——证明一下？"

"怎么证明？"

"你要我怎么证明就怎么证明。"他见她愣在那里，毛遂自荐说，"我可以脱给你看。"

她"呸"了一声："你就知道在我面前——耍流氓，你敢这样对待文子吗？"

"喊，她要我脱我还不脱给她看呢！"

"你是属猪的？猪头煮熟了牙齿还是硬的！"

"不是我牙齿硬，是真的。她是想做我的女朋友来着，但我没答应。"

"人家那么年轻漂亮，还会求着做你的女朋友？而你还不答应？说了谁信呢？"

"她哪里年轻啊？三十多的齐天大剩了，老黄瓜刷绿漆——装嫩而已！她也不漂亮，一点曲线都没有，棺材板子，看着就没——人气。"

虽然她知道他这是情场 loser（失败者）的气话，但听着也挺舒服的，她故意为文子辩护说："人家那叫森女，懂不懂？"

"啥森女啊！瘆女还差不多！那都是二维女生遮盖平板身材的手段，我才不会上当呢！"

"你就尽情地吹吧！"

她转身往办公室方向走，他跟在后面低声叫道："Shirley,Shirley，走这么快干吗？你听我说啊。"

她站下问："说什么？"

"我就是想告诉你——我以后可以每天去你家接送你上下班，免得你——没地方停车——"

"你住哪儿，我住哪儿？难道你还从城东头跑到城西头来接我？"

"那怕什么？再说我还可以搬到你家附近去住——"

"我家附近都是贫民窟，你搬那里去住，不怕你妈敲你的栗暴怪？"

"不会的，她只要我开心，她就开心——"

"反正我不要你接送。"

"那你今后就停259车位，我再去弄一个——"

"不用，我坐公车。"

"有车不开，那又是何必呢？"

"省汽油钱呗。"

她说是这么说，但心里一算，发现还真不用像以前那样数着铜板过了，因为今后不用给郁飞鸿买酒了，那就省了一大坨；也不用每天都想着买下酒菜了，更不用招待他那些酒肉朋友了，那又省下一大坨；每个月也不用买书了，再省下一大坨；白天家里没人，夏天不用开空调，冬天不用开取暖器，又再省下一大坨。

如果能在美国找到工作，哇，那就省都不用省，直接过资本主义生活去了！

不知道出版社工资有多高？估计也没多高，不然文子会连车都买不起？呵呵，他们俩那几颗颗工资，可能连郁飞鸿的酒钱都不够吧？

不过，郁飞鸿兴许会为了爱情戒酒。

想到这里，她又不痛快了。

她能接受"审美疲劳""喜新厌旧""婚姻是爱情的坟墓"等等说法，但想到郁飞鸿现在对文子的爱比他当初对她的爱更深更多，她就难以接受。

10　像女王一样去战斗

她是个很有自知之明的人，从来不会对那些在情场上比她幸运的人羡慕忌妒恨。一旦明白了柏老师的意图，她就尽力为那两个人撮合起来："我听玉珊说，远音长得非常漂亮，父亲是名校中文系教授，她从小知书识礼，才貌双全。"

63

·

侯玉珊是个"受人之托，忠人之事"的人，更何况为谢远音在美国找工作还是她自己主动提出来的，那就比"受人之托"还要"忠人之事"才像话。

特别是当她得知谢远音从国内很难上国外的找工网站之后，更是对这事全权负起责来，问谢远音要了个电子版的简历，就到各大工作网站去注册，然后搜寻电脑工作，找到合适的了就以谢远音的名义报名申请。

她不仅上互联网找工，还进关系网找，只要是她认识的人，不管人家是不是搞电脑的，也不管人家是不是招工的，她都请人家帮忙留心。因为关系网上面的每个结都不是孤立的，这个结连着那个结，那个结又连着另一个结，这样连来连去，就连到你所需要的结上去了。

戴明也是她关系网上的一个结，她当然不会放过，瞅空子就托付说："下次你送孩子去柏老师家学琴的时候，记得帮我问问，看他们公司招不招搞电脑的人。"

这段时间，侯玉珊因为怕自己那个到处乱窜乱爬的儿子在柏老师家搞破坏，都是请戴明帮忙送小珊去学琴，所以戴明没觉得奇怪，一口答应下来，关心地问："你帮谁找工啊？我问清楚了好向人家推荐，不光是柏老师那里，我们单位我也可以问问。"

"那太好了！现在电脑这么普及，哪个单位不需要搞电脑的人？"

"但是搞电脑也分得很细的呀，你这个朋友是搞哪方面的？"

侯玉珊拿出一份谢远音的简历："喏，这个给你带着。她说是软件开发，应该就是写代码的吧。"

戴明看了看简历："谢远音？这不就是你国内那个朋友吗？你还给过我她的地址的，让我找到了小恒的出生证就寄到她那里。"

"对对对，就是她！我这次能把我儿子带回来，全靠她帮忙。"

"我记得你说过，她当年是为了保全家庭，才特意放弃了美国的工作回国去的，怎么现在又想起要出国了？"

"唉，别说了，说起来我就替她冤得慌！"

侯玉珊把谢远音的遭遇一股脑儿讲了出来，戴明听了，很是唏嘘："你说女人这一生有什么意思？老匡看上去那么爱你，哪知道他却在外面做——那种事。还有这个小谢，为她丈夫做出了那么多牺牲，到头来还是落得这个下场——"

"不要这么悲观丧气嘛，这是因为国内风气不好。美国这边好多了，你家老季不是没出轨吗？"

"那谁说得准？我看主要是因为没个小荣那样的人起来揭发，如果有人揭发——天知道会揭发出什么来！"

"干吗等人揭发？你自己就可以查呀。"

"我怎么查？我总不能班都不上，成天跟在他屁股后头，看他在干什么吧？"

"跟倒是不用跟，我已经帮你跟过了，啥事没有。"

"但我总觉得他——有点不对头，可能人是没出轨，但心肯定是——不在原位了。"

"你这么觉得？"

戴明犹豫了一下，吞吞吐吐地说了说季永康在房事方面的反常表现

侯玉珊安慰说："那也不见得就是心飞了，有可能是受了失业的打击，有点萎靡不振。不要紧，那个是暂时的，等他找到工作了就会恢复正常——"

"唉，要说受失业的打击，我看我比他受的打击更大，因为我这里是现实问题，马上就少了一份工资，要交房租，要 pay bills(付账单)，要养活一大家子人，都是我在操心，他什么都不问，可能根本觉不到失业不失业的区别，说不定还觉得失了业更好，不用受老板的气，不用上班，想睡到几点起来就睡到几

点起来。"

"他不会这么没出息吧？他那么要面子的人，会安心待在家里吃闲饭？"

"可能他根本不觉得自己是在吃闲饭！人家这是在坚持原则，用实际行动抗议美国的用人制度呢，科研基金都给了那些不学无术的人，没给他这个人才，那他就不为美国干活儿！"

"呵呵，他这跟阿 Q 老先生还真是有得一比啊！"

"可不是吗？所以他说他不干实验室了，要去找个 faculty（大学教职）的工作。但像他这样的土博士，从来没教过书，英语口语又不好，上哪儿去找 faculty 的工作？"

"他的意思是不是在国内找 faculty 的工作？他是国内名校博士，在那边应该还是能找到教职的吧？"

"但他从来没提过回国的事。不过你这一说，我觉得也有可能，因为他前段时间跑来问我怎么才能在电脑上输入中文，可能是为了申请国内的大学吧。"

"输入中文？那也可以是跟人约炮呢。"

"约炮是什么意思？"

"约炮你不懂？就是找一夜情！"

"是吗？但是他从来没在外面过过夜，每天都是图书馆关门他就回来了——"

"没在外面过夜不能说明什么，一夜情只是个说法，并不是非得发生在夜里不可。要不你查查他的手机，还有 QQ 什么的？"

"怎么查？我从来没用过 QQ。"

"我帮你查吧。我每次送小恒去你家的时候，都看到他的手机和电脑扔在客厅里，而他自己在卧室睡觉，可能知道你是个道德高尚的老实人，不会偷看他的东西。我可以找个机会帮你查查他的手机和 QQ。"

"这样——不大好吧？如果他知道了，肯定要觉得我不信任他。"

"你本来就不信任他嘛，还怕他知道？再说是我查的，又不是你查的，怕啥？"侯玉珊见戴明还在犹豫，又补充说，"你放心，我不会让他发现的。万一被他发现了，我也不会把你供出来。我一人做事一人当。反正他对我印象不好，我也不怕把印象搞得更糟。"

戴明还在犹豫，侯玉珊也不逼她，把话题扯别处去了。

第二天，侯玉珊特地提前个把小时就把孩子送去戴明家，平时她都是尽量送晚点，因为她儿子比较吵，戴明家的爷爷奶奶怕影响了女婿睡觉，总是把两个小家伙带到外面去玩。

她老早就看不惯季永康的作息时间了，干啥呀？不跟着大部队的作息时间走，偏要另搞一套，人睡你起，人起你睡。人睡的时候你不管不顾，放水洗澡，开微波炉热吃的，搞得人家都睡不好，等到你睡的时候，就不许人家在屋子里玩耍说话？太霸道了！

就凭这点，我也要挖出你的秘密来！

她等两位老人带着孩子出去玩耍了，就把季永康撂在客厅沙发上的手机拿起来查看，不是 smart phone（智能手机），是个最 basic（基本款）的破机子，没法上锁的那种，她大摇大摆地进去了，打开 message（短信信箱）查看，但啥都没有。

她兴趣大减，嗨，用这种破手机的人，还能搞婚外情？真是开玩笑！

但她想起戴明说过，没买智能手机是因为用不着，成天都在电脑边，哪里用得着手机上网？只有开车时不能用电脑，但开车也不能用手机上网或者发短信，还不如就用最基本的手机，能打电话就行了。

对呀，不是还有电脑吗？

她转而去查季永康的手提电脑，也撂在客厅，不知道是设了密码，外人进不去，还是知道老婆是个正直道德的人，不会偷窥他的秘密。

她就不管什么正直不正直，道德不道德了。她的正直和道德，只用在正直人和道德人身上的，对那些寻花问柳摸鱼偷腥的臭男人，就要拿出 CIA（美国中央情报局）的劲头来：搞不垮你，咱就跟你讲道德，骂你不正直；搞得垮你，咱就搞垮你，谁叫你不设防的？

她打开电脑，迎面看见一个空白屏幕，只中间一个小方块里有Toshiba（东芝）字样，下面有两个英语词：owner locked（机主锁机），正在失望，突然想起自己的电脑也是这样的，从来不关机，也不退出登录，就把盖子一关，省事，待会儿打开就是这么个界面，看着挺唬人的，连个登录的条形框框都没有，让人无从下爪的样子。但只要点一下那个方块，电脑就敞开大门了，谁都能进。

她试着点了一下那个方块，电脑果然敞开了大门，yahoo（雅虎）信箱的来件列表映入眼帘，看样子昨晚根本没退出。

她不禁大喜，在心里调侃说：季永康啊季永康，你叫我说你什么好呢？就你这破水平，还搞婚外情？活该你认栽！

她拉了拉滚动条，扫视一下来信人，发现基本都是一个叫"沧海"的人写来的，而题目都是一大串 Re、Re、Re(回复之回复之回复)，Re 多了，连原标题都挤不见了，每封信的标题都是一串 Re……Re……Re……

她心说 Re 你个头！你们到底是太懒了，还是电邮盲？不知道题目里的 Re 们是可以去掉的？

这个"沧海"应该是个男 ID 吧，哪有女人叫"沧海"的？再看收件人，叫"巫山"，也不像是个女 ID，应该就是季永康。

难道季永康是个同性恋？难怪对戴明一直都是这么不冷不热的呢。

同性恋也是婚外恋！也不能放过！

她点开一封邮件看了看，只在拉家常，貌似两个人老早就认识，因为有"那时你还在读硕士""就是我们当年常去的那家饭馆"等字样。

这两个人每次回信都带上对方的来信，对方的来信又带上对方对方的来信，生生不息，像滚雪球一样，越滚越大，开一封而动全球，所有迄今为止的来往信件都能看到。

她心说这下可便宜我老侯了，都不用一封封去拷贝，只要打开最近的那封，就可以把全部通信内容一网打尽。

她不客气地打开一个编辑器，然后点开"沧海"最新的那封信，一个 control-A(标记全文)，再一个 control-C(拷贝)，然后一个 control-V(粘贴)，就一气呵成地把电邮内容拷贝下来了。

她把刚做的文件拷贝到自己的 U 盘上，删掉原件，清空垃圾箱，然后合上电脑，溜之乎也。

回到家，她才从自己的电脑上仔仔细细查看拷贝来的内容，结果看得她毛骨悚然，不是电邮讲了什么恐怖故事，而是想到戴明知道电邮内容后会有什么反应，使她细思恐极。

戴明会不会像她姐姐侯玉娟那样走上绝路？

应该是不会的，因为戴明的孩子还小，不会忍心让两个孩子从小没妈，但戴明一定会很难受，不知道挺不挺得过去。再加上戴父戴母都在这里，如果真相大白，戴明肯定会觉得在父母面前丢尽了面子，两个老人说不定会气出病来。

看来还不能就这样直统统地把电邮交给戴明，至少现在不能。得等戴父戴母走了再说，而且得想个办法，要把冲击力减少到最小最小。

64

戴明也是个"受人之托，忠人之事"的人，更何况托她的还是她最亲密的朋友侯玉珊，帮的又是侯玉珊的大恩人谢远音，而谢远音在美国找工作的原因，是因为丈夫爱上了年轻的小姑娘。

也就是说，谢远音是一个"被出轨"的糟糠之妻，这让她太有认同感了，虽然她到目前为止，还没有"被出轨"，或者说，还没有 officially（官方的，正式的）"被出轨"，但她的直觉告诉她，那一天应该不远了，说不定早就被出了轨，只是自己不知道而已。

于是她立马开始为谢远音找工作，先是到自己单位的网站上去搜寻，没看到招电脑工。但她不死心，知道很多工作都是先物色到人了，才到网上去打广告走过场的，于是亲自跑到 IT（信息部门）去问，但人家回答说没有空位置。

她又托几个朋友在他们单位打听，也没打听到招电脑工的。

现在只剩下柏老师这根稻草了，她等不到周末，当即给柏老师打电话，把替国内朋友找工的事说了。

柏老师没说行还是不行，却有点神秘地说："这事电话里说不方便。这样吧，你今晚上我家来，把你朋友的简历带来，我们详细谈。"

她心说我朋友又不是在找 FBI（美国联邦调查局）的工作，也不是想进 Pentagon（五角大楼，美国国防部所在地），电话里说有什么不方便的？

但现在是她求人，不是人求她，所以她不敢放肆，乖乖答应去柏老师家面谈。

去之前，她特意打扮了一下，没带孩子，怕儿子在那里乱跑乱叫，搞得她无法跟柏老师谈正事。

季永康照例不在家，可能还在图书馆用功。她想如果人家知道她的丈夫还失着业，而她却张罗着为万里之外没见过面的朋友找工，会不会觉得她有病？

但不是她不帮丈夫找工啊，实在是丈夫太不好侍候了，你给他找什么位置，他都是一副"高不成，低不就"的态度："那什么破工作啊？还不如我干过的那个。"

她心说是不如你干过的那个，但那个人家不是不要你了？还挂在嘴边有什么意思呢？没听说过识时务者为俊杰？

前不久，她工作的那个实验室在招人，她老板听说她丈夫失业在家，马上叫她让丈夫来申请。

她兴奋地对丈夫说了这事，但他死也不肯："我去那里干什么？跟你一个实验室。"

"跟我一个实验室怎么了？人家老板都不在乎夫妻店，你还在乎？"

"职称也跟你一样，我才不去呢！除非他给我一个高点的职称。"

"这就是我们实验室最高的职称了，再高就得让你当老板了。"

"让我当老板我就去。"

她气昏了，心说钱是人家申请来的，凭什么让你当老板？你想当老板，你去申请啊！凭你这个烂英语，我不给你把关，你连文章都发不了，更别说申请科研基金了！

看人家谢远音，想找工作就把姿态放得低低的，entry level（入门级）的工作都愿意干，这样才能找到工作嘛。等你进了这个门，你可以尽你的能力去跳槽。

那话怎么说来着？大丈夫能屈能伸！不是我不帮你找工作，而是你太能伸不能屈了！我宁可帮别人找工，也不去你那里讨没趣。

她如约来到柏老师家，发现柏老师也打扮过了，穿着挺括的衬衣和长裤，脚上是锃亮的皮鞋，只差打领带。

她有点吃惊，柏老师是不是听错了，以为是我要找工？

即便以为是我要找工，我也不是找他家的工啊，怎么他也穿得这么恭而敬之的，好像老板面试女佣一样？

不过见面的地点和摆设倒不像招工面试，不是在办公室里，而是在内阳台上，摆了一个小圆桌，上面是一个古色古香的茶壶，四个配套的茶杯，还有几碟小点心，旁边一个长条形的高桌子上，有一长溜燃着的蜡烛，散发着玫瑰的香味，很好闻。

就在这土洋结合的氛围中，两个人对面坐了，柏老师亲自给她上茶。

她是空手来的，心里好生后悔！早知道是这样，就该带点礼物来了。主要是在美国待了这些年，差不多都忘了请客送礼这档子事。其实像这种求人的事，还是应该带点礼物的，毕竟柏老师是华人嘛，可能比较讲究这些。

她坐立不安，恨不得先向柏老师告个假，跑出去买了礼物再回来。但柏老师一点没觉察，开始跟她谈找工的事。

她把谢远音的简历递给柏老师："这事就拜托您了！"

柏老师看都没看，就放在圆桌上，问："她以前在美国有工作，怎么中途跑回大陆去了？"

她立即把谢远音的故事讲了一遍。

柏老师很感兴趣，不光听，还一个劲地打听，特别是"被出轨"这段。

她是个二道贩子，并没有第一手资料，连谢远音长啥样也是听侯玉珊描绘的，所以只能发挥想象力和推理能力，尽其所能回答柏老师的问题。

她边回答边在心里疑惑：柏老师是不是对谢远音有那方面的意思？不然怎么这么感兴趣？

对呀！这两个人都是失婚人士，年龄也差不多，又是同行，还真挺般配的呢！

想到这里，她略略有点失落，因为侯玉珊一向都是说柏老师对她有意思的，虽然她绝对没有离婚或者出轨的打算，但她一辈子都是个孤独的行星，从来没有卫星环绕过，现在突然冒出来这么一颗卫星，而且是颗闪闪发亮的超级卫星，哪怕是人造的，也是人生第一颗，很难得的呀！

闹半天，人家柏老师对她并没那个意思，都是侯玉珊在那里胡思乱想，胡编乱造！

她是个很有自知之明的人，从来不会对那些在情场上比她幸运的人羡慕忌妒恨。一旦明白了柏老师的意图，她就尽力为那两个人撮合起来："我听玉珊说，远音长得非常漂亮，父亲是名校中文系教授，她从小知书识礼，才貌双全。"

"那她丈夫真是——有眼无珠了。"

"绝对是！这事对她打击很大，所以请你一定帮忙留心替她找工作，好让她早日脱离那个伤心之地。"

"我会尽力的。她这一步算是走对了，离开那个地方，换个新环境，对她肯定有好处。当初小聪他妈离开我们之后，我也是——再没办法在原地待下去了，所以换了个全新的环境，顿时感觉好多了。"

"你那时——也挺难过？"

"遇到这样的事，怎么会不难过呢？难道我不是人，没有七情六欲？"

她尴尬地笑了一下："我不是那个意思，我是说——你不是——那个什么带着自己的小世界出生的吗？"

"是带着自己的小世界出生的，但那只是说我比较能忍受孤独，而背叛和离弃——那是另一回事，所以我能理解你那个朋友，别说她一个女人了，就是我这个大男人，也差点熬不过去，多次想到一死了之。"

她一惊："真的？"

"当然是真的。"

"那你是怎么——熬过来的？"

他深吸一口气："我有孩子啊，怎么能只顾自己呢？"

"小聪他是不是——就是因为他妈妈的离去才——变成这样的？我看到过这样的科技文章，说父母在孩子很小的时候——如果不亲近孩子，可以使孩子患上——自闭症——"

她说完这话就很后悔，你扯自闭症干吗？人家柏老师早就说了，小聪不是自闭症，而是这样的性格，是带着自己的小世界出生的，所以不需要进入人家的世界，也不需要人家进入他的世界，自给自足，过得好得很，甚至可以说比其他人过得更好！

但柏老师没生气，还像是默认了："不是，刚好相反，是因为小聪——这样，他妈妈才——离开我们的。"

"难道她不疼自己的孩子吗？"

"疼当然疼，但她用的是不同的方法。"

"什么方法？"

他耸耸肩："离开我们哦。"

"那叫疼？完全是——逃避责任嘛！只能说她更疼的还是她自己！"

"她是个追求完美的人，忍受不了不完美的东西，不管是她自己，还是她的音乐，或者是她的——爱人孩子，她都希望是完美的。"

"这只是一个借口罢了！她自己很完美吗？如果不完美，她怎么没把自己——怎么样了？那就说明她还是能够容忍自己的不完美的，那她为什么不能容忍孩子的不完美呢？她作为一个母亲，难道不应该帮助自己的孩子完美起来吗？"

他静静地看着她在那里慷慨激昂。

　　她有点不好意思："对不起，这是你的家务事，我一个局外人，不该指手画脚。"

　　"你没有指手画脚，只不过在说你的看法而已。我赞同你的观点，也相信这是你自己做人的准则。如果换作是你，你一定不会逃跑，不会放弃，一定会——更爱自己的孩子，给他更多的爱——"

　　"难道这不是天经地义的吗？"

　　"对有些人来说，是天经地义的，但对另一些人来说，就成了——勉为其难了。"

　　"那你——恨不恨她？"

　　"恨谁？小聪的妈妈？我怎么会恨她？我——同情她，同情她的胆怯和软弱，也理解她对音乐的追求——"

　　"你真是——太宽宏大量了。"

　　他淡淡地一笑："这不是什么宽宏大量，而是自我解脱。事情已经是这个样子了，我不同情她不理解她又有什么用？只会让自己心中充满仇恨和自怜，一辈子生活在怨艾之中。要说宽宏大量，我这是对自己宽宏大量，不去要求爱情纯洁完美，不去要求婚姻地老天荒，不因别人的离去而看轻自己。"

　　"你说得——太对了！我发现你对人生——很有一套！"

　　"你的意思是我对欺骗自己很有一套吧？"

　　"不是欺骗自己，而是——开解自己，开解他人——"

　　"你说我会开解自己，还说得过去。但说到开解他人——我不如你呀！我很少跟人——深层接触，哪里有机会开解他人？你看我儿子，对你和小明就敞得更开，而对我——只是一种习惯而已——"

　　"才不是呢！他对你是——爱和依恋，对我们才是——习惯——"

　　他定定地看着她，小声说："我就怕有那么一天，你家小明长大了，不来我这里学琴了，我儿子会——很不习惯——"

　　她许诺说："不管小明来不来这里学琴，她都会来看小聪的。如果她到外地上大学去了，我会来看小聪。"

　　"一言为定？"

　　"一言为定！"

　　临走的时候，柏老师找出一个 DVD 光盘，递给戴明："这是一部很好的影片，《Cafe de Flore》（《花神咖啡馆》），可惜对我来说拍晚了点，如果我在最困难的时候能看到这部影片，一定会将我的痛苦减少百分之九十。借给你看看，希望你喜欢。"

65

澳洲海归还真是个讲信用的人，讲到了不管不顾的地步。

自从那次在停车场毛遂自荐要接送谢远音后，他就风雨无阻披星戴月地上她家来实践诺言。每天早上都是她刚打开门，就看见他坐在她家楼梯口的台阶上。

刚开始，她总是呵斥他："你坐这里干吗？像只拦路虎！"

他也不生气，还像赚了一坨似的很开心："呵呵，还好，没说'好狗不挡路，恶狗挡大路'！"

好学生鸿远一下就记住了："好狗不挡路，恶狗挡大路！以后谁挡着我的路了，我就用这句话来骂他！"

她转过去呵斥儿子："你好的不学，尽学这些东西！"

"这是好的啊！这是成语！哦，是格言。不是，是谚语！"

她不跟儿子纠缠，转过去对付澳洲海归："你挡在这里，人家怎么上下楼？"

"现在有谁上下楼啊？我坐了这么半天，一个上下楼的都没有。"

"我们不是人？"

"我不是起身让路了吗？"

三个人一起走到外面，她拉着儿子往自家车那边走，澳洲海归在后面叫道："在这边在这边，我的车停在这边！"

她站住了，问："我有让你来接我吗？"

他涎着脸说："我又不是来接你的，我是来送鸿远去上学的。"

"我也没让你来送他上学。"

"但我有责任送他上学呀！"

她以为他在赚她便宜，暗指是她男朋友，脸有点发烧，继续呵斥："又在瞎说！你有什么责任？"

"我怎么没责任呢？我把鸿远的司机送到文子那里去了，我当然有责任代替他的司机来送他上学。"

"那是什么司机啊？霸着一辆车，也不送鸿远上学。"

"所以我不能跟他学，而要扎扎实实地送。"

她哭笑不得，不知道说什么好。

而鸿远一看到她那无可奈何的表情，就知道她实际上是松口了，立即向澳洲海归的车冲过去："我要怪叔叔送我！我要坐他的路虎！"

她跟在后面教育儿子："你这孩子怎么这样？在哪里学来的？这么——虚荣，怎么总想着在同学面前炫耀呢？"

"谁叫他们每次都笑我家的车是'靠骡拉'的？"

她站下了，哼，是该给那些势利孩子一点颜色瞧瞧！

只怪这个社会太势利了，连这么小的孩子都不能幸免，全都是些势利家伙，嫌贫爱富，一切都是用金钱来衡量。

真是世风日下！

她在那里愤世嫉俗针砭社会，那两个家伙已经像日下的世风一样，飞快地钻进车里，飙出去好远。

她只好苦笑着摇摇头，自己开车去上班，因为她现在为了跟儿子同步，起得比以前晚了，再搭公车上班就会迟到。

连她自己都觉得自己有点作，儿子已经让人家送了，自己用的车位也是人家的，但却一定要自己开车上下班，这不是作是什么？

但她实在不好意思让他接送，感觉那样一来就成了他的女朋友。她可不想让人家说闲话，她和郁飞鸿的婚还没离下来，那么，从法律和道德上来讲，她就还是郁飞鸿的妻子，怎么可以同时又做澳洲海归的女朋友呢？

那不成劈腿了吗？

虽说是郁飞鸿出轨在先，但咱们可不能学他的样，情场上输了，道德上不能输。如果自己也在婚姻尚未正式解除之前就找男朋友，跟郁飞鸿那个堕落分子有什么两样？

除此之外，她也怕澳洲海归是在用她报复文子，等她物尽其用了，而他的目的达到了，他就会甩了她，回到文子身边去。即使他的报复计划没奏效，文子不吃醋，不要他，他也不会真的跟她在一起，她比他大那么多，又是结过婚有孩子的人，他怎么会爱她？

但澳洲海归打死都不承认是在施行报复计划："我报复她干吗？她又没

得罪我。"

"给你戴了绿帽子还不算得罪？"

他在头上抓了几抓，说："绿帽子？在哪里？"

她嘲笑说："你这是戴绿帽的最高境界，戴到了自己浑然不觉的地步！"

"不是浑然不觉，而是真没有。我早就告诉过你了，她不是我的女朋友。"

"是的，而且她想做你的女朋友，你不要来着。"

他咕噜说："本来就是这样嘛。"

"如果不是报复，那你说你这是在干吗呢？"

他突然羞涩起来："我——我这不是在——追你吗？"

"哈哈哈哈，追我？追我干吗？我欠了你的钱？"

"你没欠我的钱，但你欠了我的——情！"

"我啥时欠你的情了？"

"老早就开始欠了。"

"越说越离谱了。"

"一点都不离谱。从我爱上你的那天起，你就开始欠我的情了，因为我们是月下老人钦定的爱人，你 suppose (设定) 是该回应我的情的。"

"是吗？那是从哪天起？"

"从我认识你那天起。"

"你认识我的那天就——开始用情了？"

"当然啦。"

她讥笑说："你还'当然'！撒谎都不打个草稿！"

"不是撒谎，是真的！就是从我认识你的那天起，是 × 年 × 月 × 日 × 时 × 分，你不信去查公司的人事记录，我就是在那一刻被小老板带着来到你的格子间的。"

她想起是有那么一天，小老板带着那个已经被人议论了好几天的富二代到组里来与大家见面，其他人都从自己的格子间出来，到门那里迎接富二代，就她懒得搭理，仍旧坐在自己的格子间里写代码。

后来小老板专门带着富二代到她格子间来，后面跟着组里那帮小毛孩，叽叽喳喳地说："他说我们组里没女生，他不想待。我们说组里有女生，他还不相信。看，这不是一个女生吗？"

"嗯，真的有个女生。"他像给了多大个人情似的说，"那我不走了，就在这个 team。"

她连站都没站起来，就坐在那里，不屑地问富二代："没女生你就不在这儿待？什么意思？"

他百无廉耻地回答说："因为我是来找对象的。"

"喊，找对象你怎么不去婚介所？"

"去了，没找到。"

旁边的人哄堂大笑。

她没笑："那你跑到这里来更找不到，因为这里都是男的。"

她的意思是"这里没结婚的都是男的"，但说快了点，没说清楚，生怕他钻空子。

但他说："男的就不能做对象了？"

小毛孩们又哄堂大笑："找我，找我！我最喜欢高富帅了！"

现在她回想起当时的情景，也觉得很欢乐，但感觉却是大不一样了，只是说不出区别在哪里。估计无论是谁，回想起刚见面时的感觉，都会觉得大不一样，一个生疏，一个熟悉，怎么会一样呢？

澳洲海归见她愣在那里，很自以为是地说："陷入甜蜜的回忆了吧？"

"甜蜜个头！"

"不光是头吧？心里应该也是甜蜜的。"

"别自作多情了！"

"难道你不是对我一见钟情？"

"我对你一见生厌！"

"那是因为我搞出了太多的 bugs(代码错误) 吧？"

"你还敢说！害我们加那么多班。"

"那不是为了创造机会跟你在一起吗？"

她撇撇嘴："你这么强的想象力，真应该去当作家，写代码真是太委屈你了。"

他有点黯然："你是不是还没忘记你那个——作家丈夫？"

"谁是我的作家丈夫？"

"郁老师啊。"

"郁老师是谁？"

"你忘记他了？"

"根本都不认识的人，有什么忘记不忘记的？"

"嘴硬！我知道你还没 get over（彻底忘怀）他，但他肯定早就不记得你是谁了！"

她脸上笑哈哈的，心里却很痛很痛。

有一天，澳洲海归来到她的格子间，把自己的手机递给她："我的肺是已经气炸了的！看你的肺是不是强点。"

她接过手机，开玩笑地说："你有肺吗？"

"当然有肺，专门用来气炸的。"

她倒是很想知道究竟是何方神圣能把他的肺气炸，便点开链接，发现是文子的微博，最新的一篇是一首旧体诗，题目是"飞鸿写给我的诗"，开篇有文子的简介："讨厌啦，又给人家写格律诗！老男人的爱情，就是这么 vintage（古董）！童鞋们，看得懂的请举手！"

她气得血砰心，连字都看不清了，一腔愤怒都发泄在报恶信的乌鸦身上："你把这给我看干吗？"

"我以为——"

"你以为个头！滚！"

他乖乖地滚到自己的格子间去了。

她气了一阵儿，才意识到自己太没风度了，这么生气，不正好说明自己还是很在乎郁飞鸿吗？

她喝了半杯水，平静了一下，才有力量翻看文子的微博，发现人家早就在那里发布花边新闻了，从第一次在餐馆认识起，每次见面都有记载，其中不乏床戏情节。

她正看着，又蹦出一条新微博："有些女人就是那么悲催，明知自己的丈夫已经不爱她了，还要拖着不放，难道这就能赢回一颗去意决绝的心？老女人啊，让我拿什么说你好呢？"

她看得一惊，立即四下张望，看文子是不是正在附近观察她，不然怎么像是知道她在看微博，特意发这么一条呢？

她本想跟个帖，说不是自己拖着不离婚，而是郁飞鸿对她起草的离婚协议还没反响。但她不想让文子知道她在看这个微博，更不想让旁人知道她就是那个被丈夫抛弃的老女人，便跑到外面给郁飞鸿打电话："是你对她说我拖着不肯离婚的吗？"

"我——没有啊。"

"那她怎么在微博里乱说？"

"我——不知道啊。"

"我们还是趁早把婚离了吧，你们也好早日修成正果。"

"我——可是鸿远——"

"别拿儿子做幌子了，他离了你活得好得很！"她把儿子关于爸爸找小三的那番话学说了一遍，特意开心地笑着说，"呵呵，怎么样？现在不担心了吧？"

他好像很受打击，低声说："你别教他跟我作对，这样对孩子的心理不好的。"

她烦了："这是我教的吗？这都是他自己说的！要说对孩子的心理不好，你的做法才真正对孩子的心理不好！你丢下他跑去找你的小三，还倒打一耙，说是我在教他跟你作对？"

说完这几句，她就砰地合上电话。

一转身，看见澳洲海归站在不远处，担心地看着她。

她心里一热，头脑也一热，邀请说："今天下了班有空吗？"

"有啊，怎么了？"

"上我家喝酒去吧！"

他受宠若惊："真的？那太好了！"

66

连着好几天，戴明都没时间看柏老师向她推荐的 DVD。白天她要上班，虽然她也有自己的办公桌和电脑，可以上网看新闻、看八卦、发电邮甚至购物，但看 DVD 就不行了，因为有声音，会惊动别人，看默片又觉得辜负了柏老师的推荐。

下班回到家，她得忙着做家务。吃过晚饭，她就带儿子玩，好让爸妈休息休息，看看电视。

周末送几个孩子去柏老师家学琴，柏老师问起那盘 DVD，她只好红着脸说：
"还——还没抽出时间来看。"

柏老师没说什么，但她自己觉得很内疚，像小学生没完成老师布置的作业
一样。

回到家，她就趁着是周末，让小明带弟弟玩，自己躲进卧室，用电脑看柏
老师借给她的 DVD。

看着看着，她就看进去了，很能理解片中的人物，觉得他们都是好人，一
个坏人都没有，连那个驾车带着孩子同归于尽的妈妈，她都认为不是坏人。

想想看，那个妈妈家那么穷，今后也不像能发大财的样子，而儿子所爱的
女孩家那么有钱，人家父母会允许自己的女儿嫁给一个穷小子？如果任由儿子
发展对那个女孩的感情，到头来不是会落得个心碎万片？

当然，撞车而死也太惨烈了点，可以带着孩子搬到别处去嘛，或者让孩子
认识几个不那么有钱的女孩，发展出新的感情，那不就解决问题了吗？

不过那样一来，故事就平淡无奇，不会被写进电影里了。

她以观众的心态玩味了一会儿影片，又以小学生的精神总结了一下影片大
意，总共两条线，一条是唐氏综合征患儿堕入情网，而妈妈拼死阻拦的故事，
另一条是已婚男人出轨的故事，这两条线由一首叫"Cafe de Flore(花神咖啡
馆)"的歌曲联系在一起。最后，被出轨的女人意识到自己和丈夫前世就是另
一条线上的那对母子，觉得不该阻拦丈夫和小三的恋情，于是走出情困，让丈
夫放心与小三结婚，皆大欢喜。

她把这么错综复杂稀奇古怪的影片都看明白了，很有成就感，下周去见柏
老师，就不会像今天那样尴尬了。

但她是个对自己高标准严要求的好学生，总觉得仅仅知道个大意还不行，
如果柏老师问她"这部影片的中心思想是什么？有什么教育意义？"那她不傻
眼了吗？

她开始冥思苦想，为什么柏老师要介绍她看这部影片？

想啊想啊，突然脑子里有道闪电划过，是很亮很白、后面紧跟着就是一声
炸雷的那种闪电。

天啊！柏老师这是在暗示小明和小聪之间产生了恋情，而他担心她会像那
个唐氏综合症患儿的妈妈一样，采取极端措施来斩断这段恋情，所以才让她看

这部片子的呀！

如果不是因为这，那还能是因为什么呢？她又没被出轨，柏老师不可能是在叫她看另一条线上的故事。即使她被出轨了，柏老师也不可能知道。即使知道了，柏老师这种远离尘嚣的音乐家，也不会插手她的家务事啊！只能是与柏老师的儿子密切相关的事，他才会过问。

她失魂落魄，不知道该怎么办才好。按说自己这样一个充满了民主与博爱精神的二十四孝妈妈，是不应该干涉女儿的爱情的，况且爱情这玩意儿，干涉也是干涉不了的，只会越干涉越强烈。但她怎么可以看着女儿走上——把这个称为"邪路"不太好吧？应该还算不上邪路，那就换个说法，怎么能眼看女儿做出错误的决定而不指出呢？

她不否认小聪是个很聪明的孩子，电玩打得好，那就不说了，就是各门功课，也是非常出色的，长相那更是不用说，混血儿，要多帅有多帅。

但他毕竟是个病儿，患有自闭症，这个连柏老师都变相承认了。

当然我们不该歧视有病的孩子，但是女儿的终身大事，还是不能拿来拯救病儿呀！

她当即去找女儿，旁敲侧击地问："你觉得小聪——怎么样？"

"他呀？是我见过的最聪明的男生！"

啥？一个小屁孩，还没开始发育吧，就成"男生"了？怎么听着像是谈婚论嫁的节奏呢？

她追问："为什么这么说？"

女儿没听懂她的问题："可能因为他叫小聪吧，所以很聪明。"

她又是一惊，第一次发现这俩孩子的名字刚好是一个"聪"，一个"明"，合起来就是"聪明"，这难道是天造地设的节奏？

她惊惶地问："那你觉得——他可爱不可爱呢？"

"很可爱呀！"女儿接着就举了两件小聪可爱的例子，都是小屁孩的事，但看得出女儿是发自内心地喜欢小聪。

她目瞪口呆。柏老师肯定早就看出来了，不然不会这么早就在担心小明以后不学琴，就不会去他家看小聪了。而她当时浑然不觉，还答应不管学琴不学琴，小明都会去看小聪，这不是把小明捆死了吗？

她想象今后小明和小聪结了婚，生下一个自闭症孩子，那该是多么令人伤心的事啊！她当然会加倍疼爱那个孩子，但是，如果事先就知道孩子的一生会充满了曲折与艰辛，那又为什么要把孩子带到人世间来呢？

难道女儿这一生就不要孩子？那不是失去了做母亲的幸福吗？

她越想越心神不定，做实验都差点出错。

好不容易又到了周末，她趁着女儿学琴的机会，去敲小聪的门。

敲了半天，小聪才给她开了门，睁大眼睛看着她，仿佛在问："你干吗来打搅我？"

她更加伤心，看来今后就别指望小明被人当公主一样捧着了，自己这个岳母也别想有人来巴结了，人家天生就是这个样，你有意见？那你是歧视残疾人。

她按捺着内心的焦虑，和颜悦色地问："小聪，你在干吗呢？"

小聪不吭声，大概觉得她明知故问。

她试探说："小明姐姐今天是最后一次来学琴，以后她就不来了。"

小聪还是没反应。

她解释说："也就是说，小明姐姐以后不会来陪你玩了。"

小聪总算开了口："So（那又怎么样呢，你到底想说什么）？"

她又尴尬又惶惑，这是怎么回事？难道小聪对小明没什么意思，是小明单方面地爱上了小聪？

她急得要命，不知道怎么办才好，送小珊回家的时候，赶紧对侯玉珊吐槽，把事情的来龙去脉都讲了出来。

侯玉珊听了，哈哈大笑："这个柏老师真是个书呆子！我就是让他用自己的经历开导开导你，他干吗偏要节外生枝，扯出这么个 DVD 来？把你吓成这样！幸好你是个理智的人，如果跟影片人物一样，那不老早采取——极端行动了？"

"我怎么会像影片人物一样采取极端行动呢？"

"我知道你不会，我不是说幸好你是理智的人吗？"

"不理智也不会采取极端行动啊！又不是别人，是自己的女儿，怎么可以——同归于尽？不管她爱的是谁，爱得多辛苦，总比死了强吧？"

"是啊，是啊，电影嘛，当然要拍得耸人听闻一点才行的——"

戴明不想多谈电影："你刚才说让柏老师开导我，是什么意思？难道你也觉得我家小明对小聪——"

"什么呀！小明和小聪都还是小屁孩，能有啥事啊？你家小明是个听话的孩子，你叫她跟小聪玩，她当然就跟小聪玩，而且要玩好喽，哪里能是什么——爱情呢？"

"那你叫柏老师开导我，是开导什么？"

侯玉珊犹豫了一下，说："我本来想等你爸妈走了再告诉你的。"

戴明又急上了："是我爸妈的事吗？是不是他们生了病还瞒着我？"

"你看，你看，说起来你还是个科学家，怎么想象力倒这么强呢？而且专想别人，不想自己。"

"想自己？我自己怎么了？你的意思是——永康——你上次说要偷看他的手机和电脑的，你——看了吗？"

"说了看，还能不看？"

"那怎么没听你说起？"

"不是准备等你爸妈走了再说吗？"

"那要是我爸妈延期呢？你就一直瞒着我？"

"真不是瞒着你，是怕你跟老季闹起来，惹你爸妈着急，万一病在这里，又没医疗保险，那可够你喝一壶的。"

"我怎么会跟他闹？你看我像个闹事的人吗？"

"我不是说闹事，是说闹离婚。"

"离婚我也不会跟他闹，至少我父母在这里的时候不会。"

侯玉珊只好如实报告："我看了老季的手机和电脑，手机没什么，电脑上我看的是电邮，他和一个叫'沧海'的通信几个月了。他们以前是恋人，后来因为女方家庭不同意而分了手，各自结了婚。女的那边可能是婚姻不太幸福，所以又想起了从前的恋人，于是通过同学和熟人，终于跟你们家老季联系上了。"

出乎意料之外，戴明并没觉得这是多大个晴天霹雳，反而松了口气："哦，看来柏老师让我看DVD是因为这个，也不说说清楚，害我担了好几天的心，还以为我家小明——"

"呵呵，没想到你对老季的事看得这么开。"

"也不是什么看得开，只感觉像是一道解了很久没解出来的题，终于被一位同学解答出来了，而解答方式是我自己曾经想到过的，所以心里有点遗憾：其实我也想到那上头去了的，怎么就没解出来呢？"

"哈哈哈哈，女学究就是女学究啊！三句话不离本行！连被出轨的感觉都是这么学究！"

戴明自己也觉得好笑，不是应该放声大哭吗？怎么居然有"就这？我还以为什么大不了得事呢"的感觉呢？

她问："你早就查出来了，怎么不直接告诉我，而去对柏老师说呢？"

"我怕你承受不了，走了我姐那条路。"

"怎么会呢？我是那么——激烈的人吗？"

"我也觉得你不会，但我怕你会由此看轻自己，认为自己一辈子都没被人爱过，虽然跟老季结了婚，但他心里一直有别人，没爱过你——"

"我怎么会因为这事就看轻自己？就算是一幅名画，也不是人人都能欣赏的呢。"

"哇，这话说得真好！到底是女学究，随便一说，都像格言一样！"

"这话不是我说的，是从黄颜的《中国式不离婚》里看来的。就是这么个理儿，别说是我了，人家柏老师这么出色的人，不也被人抛弃了吗？"

"就是！只能说那些人有眼无珠！"

侯玉珊放心地把季永康那些电邮都给戴明看了，虽然戴明有思想准备，也竭力控制自己，但还是被其中一些句子给刺激到了："他们叫我'男人婆'？我有那么难看吗？"

"所以说他们是有眼无珠呢！你这不叫男人婆，而叫俊朗，叫西洋美！只能说老季他们没见过世面，根本不懂欣赏。人家柏老师走南闯北，见多识广，又娶过白人老婆，人家就说你很美，像电影明星，就是《阿甘正传》里的那个女主——"

"你也真是，怎么把这事告诉他了呢？"

"嘿嘿，我知道他喜欢你——"

"又在瞎说！"

"真不是瞎说！不信你去问他。"

两个人说笑了一会儿，又回到正题，戴明说："看来他们真是曾经沧海难为水，除却巫山不是云，他已经让她在国内给他找工作了。"

"不在国内找工作还能怎么样？美国这边都没人要他了，你没看见他垃圾邮箱里那么多拒绝信？他真是个电邮盲，以为删掉就彻底消失了，没想到只是丢进了垃圾箱。"

"他从来都没提过遭拒的事，总说那些职位太差，他申请都懒得申请。"

"吹呗。我估计他说的为了'沧海'再没碰你的事，也是在撒谎。说不定是他自己受了失业的打击，站不起来了，他却吹嘘说是故意不碰你的。真是死要面子活受罪！"

戴明同情地说："唉，这个失业对他的打击真是太大了！"

侯玉珊叫起来："喂，喂，你可不能做东郭先生，滥用你的同情心！"

67

自从那次邀请澳洲海归来家喝酒之后，谢远音就对他放宽了政策，默许他每天来接送她上下班，周末的时候还让他载着去买菜，然后一起做饭吃饭。

但除了第一次他喝多了点，是在她家客厅的沙发上过夜之外，其他时间她都坚持要他回自己家过夜，不论他挨到多晚，都是这样。

她很享受两个人之间这种关系，相当于万里长征已经走了九千九百九十九里，只剩下最后一里，就要胜利大会师，那是最兴奋最激动最有企盼的一里，走得越久越好。

这与当年跟郁飞鸿在一起的感觉完全不同，虽然都是谈恋爱，但郁飞鸿的爱更多地表现在文字上，或者说，她更爱他的文字。如果她不跟他见面，他还能坚持不断地写情书情诗给她，她一定会选择不跟他见面，因为隔得远远地看他的文字，会觉得他的爱情更美好更诗意。

她那时之所以会跟他见面，而且从接吻拥抱到做爱，一步一步走进婚姻，是因为他想那样。她知道如果她一条也不答应，他就不会给她写情书情诗了，所以她一步一步地答应了他。

当然，她并没觉得那样有什么不好，男女之间不就是那样的吗？女人以性换情，男人以情换性。女人渴求男人的情，是因为她爱他；男人渴求女人的性，也是因为他爱她。

但澳洲海归的爱就不同了，更多的是表现在语言和行动上，她也更愿意跟他在一起，享受他的关心与呵护，而看他写给她的那些情诗，虽然符合"平平仄仄平平仄"的要求，但总让她觉得搞笑，不知道是因为旧体诗与他平日里的潮男形象不符，还是因为社会已经前进（沦落？）到不再欣赏诗歌的地步。

她最喜欢跟他一起开车，因为一路之上，他都会紧紧握着她的手，只用一只手开车，还开得那么潇洒帅气，游刃有余。

刚开始她还警告他："快放开，前面要拐弯！"

他霸气地说："拐弯怎么了，我又不是女生，难道拐个弯还需要两个手扶方向盘？"

有时她故意嗔他："你老抓着我的手，都抓出汗来了。"

"抓出汗来才好，说明你不是冷血动物，说明你对我有反应！嘿嘿，我今天一天都不洗手，好让你的体香留在我手上。"

她嘴里说"恶心，恶心"，心里却甜蜜蜜的。

他们在单位还是装作一般同事的样子，吃午饭的时候，她吃她的，而他仍然跟那帮小毛孩一起出去吃。这是她要求的，因为不想让别人觉得她风流放荡，还没离婚就找了男友，而且是这么小的一个男友，老牛吃嫩草。

他焦急地问："那我们什么时候才能公开啊？"

"你为什么老想着公开？是不是跟谁打了赌，急着领赌注？"

"我打什么赌？"

"赌你想追谁就能追到谁？"

"我赌这干吗？"

"那你干吗急着公开？"

"公开了别人就不敢打你的主意了嘛。"

"呵呵，除了你这个傻瓜，还有谁会打我的主意？"

"多着呢！我可得防着点。"

"别瞎想了，我这么老了，又是已婚有孩的人，你倒贴钱把我送给别人，别人都不会要！不信你试试。"

"哼，我才不上你的当呢！"

她问他究竟是看上了她什么，他答不上来，就拿出他的看家本领，呆萌地说："我也不知道，就知道我看上你了，一天见不到你就难受。"

"等你天天都见到我的时候，你就会厌倦了。"

"不会的，我现在就是天天见到你，但我一点都不厌倦，还越见越有兴趣。"

她心说那是因为我还没跟你滚床单。

所以，她控制着不跟他滚床单。

有一个周末，他正在她家吃饭，就听他手机"嘀"一声，进来一条短信。他看了一眼来信人，赶快放下饭碗去看信，看完还急忙回起信来。

她起先没在意，现在的人嘛，都是机不离手，谁没个三朋四友的？

但他一直在那里看信回信，她跟他说话，他也有点心不在焉。她不开心了，谁这么大魅力啊？搞得他连我都不放在眼里了。这还才刚开始呢，等过些年，不是要拿我当空气？

等他终于放下手机，她闷闷地问："谁呀？连饭都顾不上吃了。"

他支吾说："一个朋友。"

"既然是朋友，你不能跟他说吃了饭再回？"

"事情比较急——"

她没再往下问，但心里很不痛快。

他则插科打诨逗她笑，想蒙混过关。

她决心拼个鱼死网破，要么这次拿下他，让他从此啥事都不敢瞒着她，要么拿不下他，那就分手，反正两个人年龄相差这么远，迟早是分手的下场。

她坚持绷着脸，一直绷到饭吃完了，他把碗也洗好了，她的脸还没绽开笑容。他撑不住了，搂住她做检讨："对不起，我不该吃饭时老用手机。下次再不敢了，我保证一定先吃饭再回信——"

"我管你什么时候回信了吗？"

"你没管，但我想你管。"

"想我管？那就把手机拿给我看。"

他犹豫了一下，拿起手机，输入密码，递给了她。

她看了一下，最新的都是一个叫"闺蜜"的人发来的，她沉着脸问："闺蜜是谁？"

"你看信啰，看了就知道了。"

她看了几封信，都是在谈 hacking（骇客）之类的事，越发奇怪了："这个闺蜜到底是谁呀？是你——前妻吗？"

"我又没结过婚，哪有前妻啊？"

"那就是你前女友！"

"别瞎猜了，是你的闺蜜！"

"我的闺蜜？谁呀？"

"玉珊啊！她不是你闺蜜吗？"

"你和她？——"

"快别想歪了，我跟她啥事没有，这是在办她姐的事。"

"她姐不是——过世了吗？"

"是过世了，是她姐夫——逼死的，所以她想报仇雪恨。"

"她姐不是那个小三——逼死的吗？"

"她起先也这么想，后来小荣告诉她，说那个小三被抓起来了，她就知道不是那么回事了。"

"小荣？"

"不是你见过的那个小荣，是个男小荣，玉珊她姐的儿子。"

"为什么小三被抓起来，就不是那么回事了呢？玉珊不是还报过案，就是想让公安局把小三抓起来吗？"

"是报过案，但她没有私家侦探所出具的证明，人家公安局根本没立案。"

"那小三怎么会被抓起来呢？"

"所以她就猜测是她姐夫搞的鬼，肯定是她姐夫另有新欢，不想跟那个小三在一起了，于是自己安排私家侦探来取证，逼死了老婆，再把小三送进监狱，一箭双雕，既不用跟老婆分财产，又不怕小三举报。听说现在她姐夫已经跟小四公开了恋情——"

"她怎么对你说这些？我都不知道呢。"

"因为她需要我给她帮忙。"

"帮什么忙？"

"帮忙 hack 进她姐夫的银行账号，掌握他贪污受贿的证据，然后整垮他。她知道你的电脑技术比我好，但她说你是个——有道德底线的人，不想让你为难。"

她想象了一下，觉得玉珊要是开口请她帮这个忙，还真让她为难呢，不禁发自内心地感谢玉珊的体贴。她问："那你——hack 进她姐夫的银行账号了吗？"

"呵呵，有的进了，有的嘛，就瞎编一通呗。"

"还能这样？"

"为什么不能？"

"这不是造假吗？"

"造假怎么了？只要能帮你的闺蜜报到仇，造个假怕什么？再说贪官就是贪官，不论我给他造多大个假，都不会冤枉他，他实际贪的肯定比我造的多。"

她不知道说什么好，只能从心底再次感谢玉珊没请她帮这个忙。她问："那你全都搞好了？"

"差不多了，但她又改变了主意，所以十万火急地发信来，叫我别把资料发出去。"

"她不想搞垮她姐夫了？"

"不是，她说暂时还用得着她姐夫，因为她想利用她姐夫把一个想海归到R大的人的事搞黄，等那事办好了，再收拾她姐夫不迟。"

"谁想海归到R大啊？"

"是她美国那边一个朋友的老公。"

"为什么要把朋友老公海归的事搞黄？"

"因为那个朋友被出轨了，她老公是为了跟老情人团聚才决定海归的。"

"是戴明的老公吗？"

"你知道戴明？"

"怎么不知道呢？我在美国的工作就是她帮我找到的。"

他紧张地问："你要去美国？那我怎么办？"

她瞪了他一眼："推都推掉了，你急什么？"

"是——为我推掉的吗？"

"那还能是为谁？"

他动情地搂住她："你真好！我一定好好报答你，绝不让你为这个决定后悔！"

她到现在还有点不习惯他这么乡土的表白，急忙转移话题："我听玉珊说过戴明老公出轨的事，但她没提她老公海归的事，更没提过搞黄的事。"

"她怕你觉得她下手——太狠了。这事连戴明都不知道，你别告诉她。"

"戴明都不知道？"

"嗯，因为戴明也是个老好人，肯定不赞成玉珊这样搞她老公。"

"她老公都出轨了，还护着他干吗？"

他看了她一眼，说："你老公也出轨了，你不是还护着他吗？"

"我什么时候护着他了？"

"那你怎么还不跟他离婚？"

"那是我在护着他？是他在扯皮，不同意我拟定的离婚协议，一定要我把房子给他，说房子是他们学校的优惠房，如果不是他在 S 大工作，我有再多钱也买不到这个房。喊，他一个书呆子，哪里知道这些？肯定是文子教的！"

"那就把房子给他吧，你和鸿远搬到我那里去住。"

"那鸿远上学呢？"

"转学不行？"

"附小是好学校，附中更是全市数一数二的重点学校，人家千里万里都要想办法进附中呢，我肯定不会把鸿远转到别的学校去。"

"那我们就在这附近租个房子。"

"那不是便宜了那两个家伙？房子可是我一点一点挣来的钱买的——"

"我们可以在别的方面惩罚他们。"

"怎么惩罚？"

"随便你，你想怎么惩罚他们，我就可以怎么惩罚他们，文的武的都行。"

"你这么厉害？"

"当然啦。"

"那我应该怕你吗？"

他急了："你为什么要怕我？我又不会惩罚你！"

"那是因为我没得罪你，也没人求你惩罚我。"

"哪怕你得罪了我，哪怕皇帝老子来求我，我也不会——惩罚你！"

"如果我不要你了呢？"

"我也不会惩罚你——但是——但是你怎么能不要我呢？我——这么爱你，你——可不能不要我！"

"开玩笑呢，我怎么会不要你？除非是你 cheat on me（骗我，出轨）。"

"我不会 cheat on you 的，永远不会！"

她满意地笑了。

虽然她没让澳洲海归惩罚郁飞鸿，但郁飞鸿还是受到了惩罚，而且一口咬定是澳洲海归干的："华文精品不跟我签合同了，肯定是他在背后搞的鬼！"

她心里有点疑惑，但嘴里很坚定："你胡说，他又不是华文精品的人，能搞什么鬼？"

"那我出书不是他——搞的吗？"

"你还知道你出书是人家帮你的？那你怎么拿了稿费都没谢谢人家？"

她还想说"你那稿费也应该分我一份，他不是看在我的面子上会帮你？"但她没说，总共才五万来块钱，就算分给她一份，也只几千块钱，说出去好像她这么缺钱用似的。

郁飞鸿咕噜说："我本来是想请他喝酒的，但是——你跟他——搞成这样，我还怎么请他？"

"嗾，还怪到我头上来了？"

她接完电话就去质问澳洲海归："我不是跟你说过别惩罚他的吗？怎么你还是跑到华文精品那边去搞鬼呢？"

他比窦娥还冤："我哪有跑到华文精品去搞鬼啊？你到底在说什么？"

她把郁飞鸿的话转达了一遍，他很有把握地说："肯定是文子搞的！"

"别瞎说了，文子会拆自己的台，让华文精品不出她——情人的书？"

"肯定是，因为她想断了他在国内的所有后路，好带她——出国去。"

"开什么玩笑？他能带她出国去？上次出国就是千载难逢的机会了，还会有第二次？"

"她这么认为。"

"为什么她会这么认为？是因为合同上说他是——美籍华人？"

"应该是这样。"

她不相信："合同上是这么写了，但她这么好骗？她不亲自问他的？"

"也许问了，但——郁老师没否认。"

她轻蔑地笑了笑，说："真没想到郁飞鸿堕落到了这个地步！靠欺骗手段来换取爱情。嗾，骗来的爱情，能长久吗？何况这还不是爱情，只是看中了他的美籍华人头衔。我一点也不看好他们两个的感情，迟早玩儿完。"

他担心地问："那你是不是——会等着他回头？"

"我等他回头干什么？我是个有爱情洁癖的人，凡是欺骗过我的男人，我绝对不会原谅！"

68

谢远音的恋爱生活热烈而顺利，但她总有一种不真实的感觉，像是在做梦，随时都有醒来的可能，她不奢求好梦成真，只希望自己晚点醒来。

但事与愿违，她很快就从梦中醒来了，而且醒来的原因十分卑污，就像被尿涨醒了一样，不光美好的梦境一扫而空，还在床上留下一个大大的尿印，拿出去晒都不好意思，洗也洗不掉，只能连下面的席梦思一起扔掉。

这泡尿就是文子星期天亲自上她家来尿的。

星期天是她特意留出来跟儿子共处的时间，所以从来不让澳洲海归过来。那个星期天，她正陪着儿子练书法，忽听有人敲门，她还以为是澳洲海归熬不住相思跑来看她呢，心里甭提多甜蜜了。

爱情的种种苛律，本来就是设在那里让爱人突破的嘛。

她连嗔他的表情都准备好了，结果打开门一看，是她的冤家对头——文子！

她先是一惊，但很快镇定下来。哼，小三上门找原配，还能是什么？肯定是来逼她离婚的。如果想打架，森女文子肯定不是她的对手，更何况她还有个儿子护法在那里呢。

至于离婚，她这儿正巴不得早日离婚呢，所以一点也不怕小三上门，立即先声夺人，硬邦邦地说："如果你是来催我和郁飞鸿离婚的，那你应该催他才对，因为我已经起草了新的离婚协议，答应把房子给他，我也找好了出租房，只不过要下月初才能从这里搬出去，但这不影响离婚，是郁飞鸿拖到现在还没签字。"

文子弱弱地说："我知道。我不是为这事来的。"

她心说那还能是为什么？难道连汽车和存款也想分一半？那也太过分了吧？我绝对不会答应，反正我也不急着再婚，拖着就拖着，看谁拖得过谁。

她继续硬邦邦地问："那你还能是为什么来的？"

"可以让我进屋去说吗？"

她让儿子继续练书法，自己把文子带到卧室去说话。

文子半个屁股坐在床前的一把椅子上，上身挺得笔直，庄严肃穆地说："我今天是来向你告辞的。"

这个她可没想到："向我告辞？干吗向我告辞？我是你——什么人？"

"你不是我什么人，只是我和伟建打赌的——赌注。"

"赌注？你们打什么赌？"

"是这样的，伟建追了我很久，但我一直没答应，总说他是跟谁打了赌，说自己谁都能追到，才来追我的。他发誓说不是，说他要打赌也不会用我来打赌，因为他是真心爱我的。但他的确是想追谁就能追到谁，所以最终也能追到我。"

文子停下了，好像在等她的反应。

她想起澳洲海归说过，是文子想做他的女朋友，而他没答应。但他当时那么刻毒地评价文子，现在想来倒真有可能是他追求文子没得逞。

她问："但这跟我有什么关系？"

"他对我说过你的事，从一进公司就说起，说他那个 team 里有个女人，中年大妈一个，还特把自己当根葱，特爱嘚瑟，总是朝着小女孩的方向打扮。我叫他别管闲事，人家爱穿什么穿什么。但他说还不光是穿着打扮烦人啊，还总说他不学无术，好像自己多么学富五车似的；又总把自己当个圣母，觉得别人都道德败坏，三观不正；还爱炫耀自己和丈夫如何如何浪漫诗意，感情如何如何深厚，婚姻如何如何牢固。所以我就说，别说什么世界上所有女人了，你就把你们 team 里那个特讨嫌的中年大妈追到就行了。"

她听得七窍冒烟，全凭着一点惯性在哪里支撑着，不至于当场就叫起来。

文子看了她一会儿，接着说："然后他就追起你来，故意在代码里搞些 bug（代码错误）出来，好让你们加班，借机接触你。他每次都来向我汇报，进行到哪里哪里了，你有什么反应，等等。刚开始你没什么反应，我还以为我赌赢了。但他去过你家之后，就对我说：'这个赌绝对是我赢了！她老公又老又丑又赚不到钱，当然只好老老实实跟着她，她还以为人家有多爱她呢！只要让她老公见识见识真正漂亮的女生——他的意思是我这样的——肯定就会甩了她。'"

她瞪着文子，恨不得一杯热茶直接灌进那张乌鸦嘴里去。

文子浑然不觉，继续乌鸦："后来他知道飞鸿想出书，他就开始张罗出书的事，以赞助华文精品十万块钱为条件，让老褚答应出飞鸿的书，还让老褚分配我做这本书的责编——"

她讥讽地说："只是让你做责编？没叫你勾引郁飞鸿？"

"他是叫我——勾引了，但我没有，因为我不想他赌赢，赌赢了我就得——做他的女朋友。"

"那你怎么跟郁飞鸿——搞在一起了呢？"

"是飞鸿对我动了真情，他说没有我他就没法活下去。"文子把微博里贴过的那些情话又重复了一遍，真算得上横流倒背。

"那你是为了救人一命才跟郁飞鸿搞在一起的喽？"

"我是个心软的人，最见不得男人的眼泪了——"

"那伟建没流着泪追求过你？"

"也流过，但他这个人，我是知道的，为了达到目的，可以不择手段，根本没有道德底线。所以他的眼泪只是——鳄鱼的眼泪，信不得。"

"郁飞鸿的眼泪就不是鳄鱼眼泪？"

文子惊讶地抬起头，两只眼睛天真无邪地看着她："阿姨，难怪飞鸿觉得你从来不懂得——欣赏他呢！你连他的眼泪真诚不真诚都不知道？"

她被这声"阿姨"叫得鸡皮疙瘩乱冒，不客气地说："我听伟建说，你也是三十多岁的人了，还叫我阿姨？是不是真的以为自己才年方二八？"

文子一点不生气，有点害羞地解释说："飞鸿总是叫我萝莉，所以我就叫他大叔，那么你作为他的原配，当然就是阿姨了。"

她真没想到郁飞鸿还这么与时共进，居然连"萝莉"这样的网络热词都掌握了，看来爱情的力量真是强大，以前打个字都不会的人，现在居然变得这么潮了！

她讥刺地说："你这么善心，救人可得救到底，不能中途丢下你大叔跑掉了。"

"我是这样想的，但是——我发现飞鸿对我——不诚实。"

"是吗？又找了小四了？"

"那倒不是，但是我发现他——对我撒谎了。"

"撒什么谎？"

"他一直对我说他是——美籍华人——"

"而你发现他不是？"

"嗯。"

"所以你——不想要他了？"

"我有爱情洁癖，绝不会爱一个欺骗我的人。"

她差点笑出声来，这要不是"既想做婊子，又要立牌坊"，啥是？

她忍不住说："你还真是冲他的美籍华人身份来的呀？"

"谁说我是冲他的美籍华人身份来的？"

"你甭管谁说的了，只说是不是吧。"

"当然不是！"

她估计文子这种牌坊婊子是打死都不会承认自己卑劣的动机的，也不逼了，静默了一会儿，问："你想出国吗？"

"我想沿着三毛当年的足迹走一遭，去西班牙，去美国，去德国，去撒哈拉沙漠——积累丰富的人生经历，写出流芳百世的文字。"

"那你可以自己办个签证去这些地方啊！说不定还能遇到你自己的荷西，成就一段浪漫的爱情。但如果你跟着郁飞鸿这样的大叔去周游世界，不是把自己的路都堵死了，啥浪漫故事都发生不了了吗？"

"我也没说要和大叔一起周游世界。"

"只借助大叔给你办个美国护照？那你真是找错了人，郁飞鸿根本不是美籍华人，连绿卡都没有，他就是一个公派学者，持的是J签证，到期就得回国，回国了还得服务几年，不能立即再出国的那种。"

"我已经对你说过了，我跟飞鸿——不是为了他的身份。"

她懒得抵谎了，对文子这种"伸手放火，手没缩都不认"的铁杆牌坊婊子，真没什么好抵的。她只好奇地问："既然你想出国，怎么又不接受伟建的追求呢？他家有钱有后门，不是想去哪儿就可以去哪儿吗？"

"他想去哪儿就可以去哪儿？那他当初怎么不去美国留学，而要跑到澳洲去？"

"那些年去美国是不那么容易，读书要看成绩，旅游签证也不是谁都办得到的。但现在不同了，语言学校遍地都是，旅游签证也好办得很。"

"语言学校有什么用？考不过托福GRE还是进不了大学。旅游签证也没用，旅游完了还得回来。"

"那你是想长期待在美国？"

"其实我并不是想长期待在美国，我只想能有本美国护照，可以自由自在地想去哪儿就去哪儿——"

"那你还不承认是看中了郁飞鸿的美籍华人身份？"

"真不是看上了他的身份，我老早就知道他不是美籍华人了。我跟他在一起，一是同情他，可怜他，二是想用这种方法让伟建对我——死心。"

"他对你死心了没有呢？"

"暂时还没有，所以他还在继续追你，以为那样就能刺激到我。"

"你被刺激到了没有呢？"

文子淡然一笑："我这么了解他，怎么会被他刺激到？他就是一个花花公子，成天想着玩女人，在国内就有无数个女朋友，去了澳洲更是如此，他永远都不会满足于只有一个女人的，虽然他现在对我赌咒发誓说要忠于我，永远爱我，但一旦我相信了他，真的跟他在一起了，他很快就会丢下我去追别的女人，这是他的本性，他到这个世界来就是来伤透女人心的。你可得防着点。"

"我有什么要防的？"

"你不是被他迷住了吗？"

"谁说我被他迷住了？"

"不迷住会为他推掉美国的工作？"

如果说文子前面那些话她都还能打个问号的话，听到这句，她再也无法打问号了，因为推掉美国工作的事，她只告诉了澳洲海归一个人，文子怎么会知道？只能是他向文子汇报打赌进展的时候讲出来的！

文子站起身："我今天就是来告诉你，我把飞鸿还给你了，请你看在多年夫妻的分儿上，收留他吧。"

"喊，你以为世界上就你一个人有爱情洁癖？这么对你说吧，我比你还洁癖，就算郁飞鸿跪在地上求我，舔遍我踏过的每一寸土地，我也不会收留他！"

"随便你，反正我马上就要离开 S 市。你们的爱恨情仇，都跟我无关了。"

文子走了之后，她还在卧室待了很久，脑子一片空白，失去了思考的能力。

清醒过来之后，她立即打电话给澳洲海归，把文子的指控一股脑儿说了出来。

他急得大叫："你可别听她的！这都是她编造出来的！她发现郁老师不是美籍华人，就来追我，我不答应，她就想出这么个方法来报复我！你千万别信她的！我现在就去把她抓来，让她亲自向你解释！"

"算了吧，你这么凶神恶煞地跑去把她抓来，她能不吓得按照你的意愿说话吗？"

"那你——你要怎么样才能相信我的——清白？"

"我也不知道。但你这几天别来找我，让我好好想一想。"

"Shirley,Shirley，别这样对待我，难道你不相信我，宁可相信她？"

"我谁都不相信！"

尾　声

　　谢远音越想越烦，不知道该信谁的话了，决定还是三十六计走为上计，出国去吧，离开这个是非之地。

　　于是，她厚起脸皮给侯玉珊打电话，看能不能请戴明帮忙问问，她推掉的那个工作还在不在，如果还在的话，能不能重新给她。

　　侯玉珊一听，非常高兴："伟建同意你出国了？"

　　"别提他了！"她一股脑儿把文子的话都倒了出来。

　　侯玉珊不相信："不会吧？我觉得伟建是真心爱你的。"

　　"但文子怎么会知道那么多呢？肯定是他告诉她的。"

　　"可能刚开始他是因为打赌才来追你的，但追着追着产生了感情，这种事也是很多的呀，电影里都经常出现的。你不能因为人家刚开始的动机不纯，就否认人家的真情，不让人家改过自新嘛。"

　　"产生了感情也没用，他能对我这样又老又带孩子的人产生感情，那他对谁不能产生感情？"

　　"哈哈哈哈，你怎么跟戴明一个口气？人家柏老师那么爱她，她就是打死也不敢相信。"

　　"柏老师？就是那个帮我找工作的人？"

　　"是啊，戴明还硬说柏老师喜欢的是你，不然不会这么热心地给你找工作。"

　　"快叫她别瞎想了，柏老师认都不认识我，怎么会喜欢我？人家是看在她的面子上才帮我找工作的。"

　　"呵呵，看来就我一个人脸皮厚，我就从来不去想人家为什么要爱我。爱情嘛，本来就没有一个客观统一的衡量标准，你认为不值得爱的人，人家就是爱得死去活来，你能把他吃了？再说咱们也算得上聪明美丽成熟贤惠，人家爱上我们也不稀奇啊!"

谢远音听得鸡皮疙瘩直冒,怎么可以自己说自己"聪明美丽成熟贤惠"?

不过仔细想想,她私下里也觉得自己配得上这几个词,就是嘴里不好意思说出来而已。看来自己的脸皮真的不够厚,还得多练练。

侯玉珊接着说:"伟建说他爱你,那就当他是爱呗,先接受下来,享用了再说。如果他哪天说不爱了,咱再拍屁股走人,也不晚嘛,干吗早早地就在那里担惊受怕,怀疑来怀疑去的?不怕把真爱你的人吓跑了?"

谢远音本来想说"吓跑了拉倒",但想到把澳洲海归吓跑的前景,心里真是万分不舍,突然觉得自己真的是本末倒置,担心他在撒谎,其实就是担心哪天他真面目露出来,会离她而去。那现在就赶他走,不是反而让自己的担心提前实现了吗?

她真诚地说:"听你一席话,胜读十年书。我自己想来想去的,怎么也想不出个头绪来,跟你聊了几句,马上就云开雾散了。真的,操那么多心干吗呀?他说他爱我,我就当他爱我,享受一天是一天。等他哪天撒谎撒厌了,不再说他爱我了,我就告诉他:不爱我的人,我也不会爱他!"

"对头!就是这么个理儿。只要保证了'不爱我的人,我绝不爱他'这一条,咱就刀枪不入了,放心大胆地接受男人的爱。"

"就是,像咱们几个,当初不都是认为自己选定的人一定能跟自己白头偕老,才跟他们走进婚姻殿堂的吗?结果怎么样?还不是中途散伙!既然咱们被出轨的事都经历过了,活下来了,而且活得很好,那还怕啥呀?"

"对呀,白头偕老也不是说一生只能爱一个人,咱们把一段一段的爱情加起来,最后那个不就白头偕老了吗?"

谢远音忍不住笑起来:"听你说一段一段加起来,感觉后面还有很多段爱情似的。"

"完全有可能啊!人家七老八十离婚丧偶的,都还能寻到爱情呢!至少这样一想,就不会把眼前的这一段看太重了。爱一天,就在一起待一天;什么时候不爱了,咱就分手,重新开始下一段。"

"想起黄颜的名句来了:生命是一种体验,爱情是一个过程。"

"至理名言!曾经的我们,追求的是一生唯一的一个过程。但现在这气候,哪找那么多的唯一?只要每个过程都是真爱,那就够了。"

两个人畅谈了一阵儿爱情哲学，侯玉珊说："那我们以后多在一起聊聊，还可以把戴明也叫上，搞三方通话。"

"现在国内有微信了，你们那边能用吗？"

"微信？听说过，但没用过。"

"我可以教你。要不我来开个微信群，把你和戴明都加上，那样的话，一个人发言，其他人都能看见，有了什么信息也方便交流，什么时候有空什么时候看，不受时间地点限制。好不好？"

"好是好啊，但微信不是得智能手机才行吗？戴明还没智能手机呢。"

"她连智能手机都没有？"

"是啊，她最近手头比较紧，丈夫失业在家——"

"我听说他丈夫想回国？"

"是想回国，但被我搅黄了。"

"干吗搅黄呢？回了国不是更方便——柏老师追她吗？"

"但她丈夫会跟她抢孩子。现在这样，她丈夫就抢不到孩子了，也不妨碍柏老师追她，多好啊！呵呵，我不仅把他回国的事搅黄了，连他那个老情人，也给搅散了。这都多亏了你呀！"

"多亏了我？"

"是啊，如果不是你，我怎么会认识伟建呢？"

"这事是他搞的？"

"不光是他，还有我那个姐夫。但他起了很大作用，我姐夫的事，就全靠他了。所以我觉得他是真心爱你的，为了你，他什么都愿意做。我跟他开玩笑，说你不怕坐牢？他说不怕，只要 Shirley 不嫌弃我。"

她听得心里热乎乎的，自己体会出来的爱不算什么，情人嘴里说的爱更不算什么，但旁人观察到的爱，那就不同了，尤其是侯玉珊这样头脑灵光火眼金睛的人观察到的，绝对没错！

侯玉珊有点郁闷地说："我让戴明把手机加在我的计划上，每个月只多十块钱，就能用智能手机，但她这个人，最不爱占人家便宜了，硬是不肯，总说她平时整天都能用电脑，用不着智能手机。"

"那这样吧，我来开个 QQ 群，她用电脑就能上。"

"行。"

"我只负责技术，群主还是你来做，因为你最有魄力。"

"什么魄力啊！你就说我脸皮最厚，胆子最大，最没底线就行了。"

两个人哈哈大笑起来。

没过几天，谢远音就建起了 QQ 群，群里暂时就她们三个，经过热烈讨论，她们给自己的群起了个名字，叫"糟糠联盟"。

（完）